中國學術思想 研究輯刊

五 編

林 慶 彰 主編

第 16 冊

宋代《詩經》學探析：
以歐陽修、蘇轍等六家爲中心的考察（下）

黃 忠 慎 著

花木蘭文化出版社

國家圖書館出版品預行編目資料

宋代《詩經》學探析：以歐陽修、蘇轍等六家為中心的考察
（下）／黃忠慎 著—初版—台北縣永和市：花木蘭文化出版社，
2009〔民 98〕
目 4+222 面；19×26 公分
（中國學術思想研究輯刊 五編：第 16 冊）
ISBN：978-986-254-045-9（精裝）
1. 詩經　2. 研究考訂　3. 宋代
831.18　　　　　　　　　　　　　　　　　　　98014969

ISBN - 978-986-2540-45-9

9 789862 540459

中國學術思想研究輯刊
五 編　第十六冊　　　　　　ISBN：978-986-254-045-9

宋代《詩經》學探析：
以歐陽修、蘇轍等六家爲中心的考察（下）

作　　者　黃忠慎
主　　編　林慶彰
總 編 輯　杜潔祥
出　　版　花木蘭文化出版社
發 行 所　花木蘭文化出版社
發 行 人　高小娟
聯絡地址　台北縣永和市中正路五九五號七樓之三
　　　　　電話：02-2923-1455／傳眞：02-2923-1452
網　　址　http://www.huamulan.tw 信箱 sut81518@ms59.hinet.net
印　　刷　普羅文化出版廣告事業
封面設計　劉開工作室
初　　版　2009 年 9 月
定　　價　五編 20 冊（精裝）新台幣 33,000 元

中國學術思想 研究輯刊

五 編

林 慶 彰 主編

第 16 冊

宋代《詩經》學探析：
以歐陽修、蘇轍等六家爲中心的考察（下）

黃 忠 慎 著

花木蘭文化出版社

國家圖書館出版品預行編目資料

宋代《詩經》學探析：以歐陽修、蘇轍等六家為中心的考察
（下）／黃忠慎 著—初版—台北縣永和市：花木蘭文化出版社，
2009〔民98〕
目 4+222 面：19×26 公分
（中國學術思想研究輯刊 五編；第 16 冊）
ISBN：978-986-254-045-9（精裝）
1. 詩經　2. 研究考訂　3. 宋代
831.18　　　　　　　　　　　　　　　　　　　98014969

ISBN - 978-986-2540-45-9

9 789862 540459

中國學術思想研究輯刊
五　編　第十六冊　　　　　　　ISBN：978-986-254-045-9

宋代《詩經》學探析：
以歐陽修、蘇轍等六家爲中心的考察（下）

作　　者　黃忠慎
主　　編　林慶彰
總 編 輯　杜潔祥
出　　版　花木蘭文化出版社
發 行 所　花木蘭文化出版社
發 行 人　高小娟
聯絡地址　台北縣永和市中正路五九五號七樓之三
　　　　　電話：02-2923-1455 ／傳眞：02-2923-1452
網　　址　http://www.huamulan.tw 信箱 sut81518@ms59.hinet.net
印　　刷　普羅文化出版廣告事業
封面設計　劉開工作室
初　　版　2009 年 9 月
定　　價　五編 20 冊（精裝）新台幣 33,000 元　　　　　版權所有‧請勿翻印

宋代《詩經》學探析：
以歐陽修、蘇轍等六家爲中心的考察（下）

黃忠慎　著

目次

第五章　程大昌之《詩經》學

第一節　程大昌（1123～1195）傳略

　　程大昌，字泰之，徽州休寧人。〔註1〕十歲能屬文，登紹興21年（1151）進士第。主吳縣簿，未上，丁父憂。服除，著十論言當世事，獻於朝，宰相湯思退奇之，擢太平州教授。次年，召爲太學正，試館職，爲祕書省正字。〔註2〕

　　孝宗即位，遷著作佐郎，〔註3〕當時帝初政，銳意事功，命令四出，貴近或預密議。會詔百事言事，大昌奏曰：「漢石顯知元帝信己，先請夜開宮門之詔。他日，故夜還，稱詔啟關，或言矯制，帝笑以前詔示之，自是顯眞矯制，人不復言。國朝命令必由三省，防此弊也。清自今被御前直降文書，皆申省審奏乃得行，以合祖宗之規，以防石顯之姦。」又言：「去歲完顏亮入寇，無一士死守，而兵將至今策勳未已。惟李寶捷膠西，虞允文戰采石，實屠亮之階。今寶罷兵，允文守夔，此公論所謂不平也。」帝嘉美其言。〔註4〕連遷國子司業兼權禮部侍郎、直學士院。〔註5〕據《宋史》記載，「帝問大昌：『朕治

〔註1〕　見《宋史》，卷433，程大昌本傳。休寧在安徽省，《讀史方輿紀要》：「休寧縣，本歙縣地，三國吳析置休陽縣，後以景帝諱，改曰海陽，晉曰海寧，屬新安郡，梁屬新寧郡，隋開皇18年，改曰休寧。」
〔註2〕　見《宋史》，卷433，程大昌本傳。
〔註3〕　此據《宋史》本傳、《南宋書》及《休寧縣志》，《南宋館閣錄》則謂大昌於紹興32年7月爲著作郎，9月爲駕部員外郎。
〔註4〕　參閱《宋史》，卷433，程大昌本傳；《南宋書》，卷35；《休寧縣志》，卷6。
〔註5〕　參閱《宋史新編》，卷164；《休寧縣志》，卷6。

道不進，奈何？』大昌對曰：『陛下勤儉過古帝王，自女眞通和，知尊中國，不可謂無效。但當求賢納諫，修政事，則大有為之業在其中，不必他求奇策，以幸速成。』又曰：『淮上築城太多，緩急何人可守？設險莫如練卒，練卒莫如擇將。』帝稱善。」〔註6〕可見程大昌之政論頗獲朝廷認同。

　　後除浙東提點刑獄，時逢歲豐，酒稅踰額，有挾朝命請增額者，大昌力拒之，云：「大昌寧罪去，不可增也。」〔註7〕後徙江西轉運副使，大昌謂：「可以興利去害，行吾志矣。」適遇歲歉，出錢十餘萬緡，代輸吉、贛、臨江、南安夏稅折帛。清江縣舊有破坑、桐塘二堰，以捍江護田及民居，地幾二千頃，後堰壞，歲罹水患且四十年，大昌力復其舊。〔註8〕

　　進秘閣修撰，召為秘書少監，《宋史》記載，帝勞之曰：「卿，朕所簡記。監司若人人如卿，朕何憂？」兼中書舍人。〔註9〕時有六和塔寺僧以鎮潮為功，求給賜所置田免徭，大昌奏：「僧寺既違法置田，又移科徭於民，奈何許之！」乃寢其命。權刑部侍郎，升侍講兼國子祭酒。大昌言：「辟以止辟，未聞縱有罪為仁也。今四方讞獄例擬貸死，臣謂有司當守法，人主察其可貸則貸之，如此，則法伸乎下，仁歸乎上矣。」帝以為然，兼給事中。〔註10〕

　　江陵都統制率逢源縱部曲毆百姓，守帥辛棄疾以言狀徙帥江西。大昌因極論「自此屯戍州郡，不可為矣！」逢源由是坐削兩官，降本軍副將。累遷權吏部尚書。〔註11〕

　　會行中外更迭之制，大昌力請郡，於是出知泉州。遷知建寧府。光宗嗣位，徙知明州，尋奉祠。紹熙5年（1194），請老，以龍圖閣學士致仕。慶元元年（1195），卒，年七十三，謚文簡。〔註12〕

　　大昌篤於學術，於古今之事靡不考究，有《禹貢論》、《易原》、《雍錄》、《易老通言》、《考古編》、《演繁露》、《北邊備對》等書行於世。〔註13〕

〔註6〕　見《宋史》，卷433，程大昌本傳。

〔註7〕　見《宋史》，卷433，程大昌本傳。

〔註8〕　參閱《宋史》，卷433；《南宋書》，卷35；《宋史新編》，卷164；《休寧縣志》，卷6。

〔註9〕　見《宋史》，卷433，程大昌本傳。

〔註10〕　參閱《宋史》，卷433；《南宋書》，卷35；《宋史新編》，卷164。

〔註11〕　參閱《宋史》，卷433；《南宋書》，卷35。

〔註12〕　參閱《宋史》，卷433；《宋史新編》，卷164。

〔註13〕　參閱《宋史》，卷433；《宋史新編》，卷164。按：相關資料另可參「故園徽州」網站，http://bbs.huizhou99.com/read.php?tid=58101

第二節　《詩論》之書名、卷帙、篇數與版本

　　《宋史》程大昌本傳列舉大昌之著作凡七種，中無《詩論》一書，考程著《考古編》載有今本《詩論》一卷，而《宋史‧藝文志》亦未有《詩論》之著錄。

　　《詩論》之版本可得見者有四：（一）《芝園秘錄初刻》本，（二）《藝海珠鑒金集（甲集）》本，（三）《學海類編》本，（四）《叢書集成初編》本。〔註14〕各本之書名、卷帙皆爲《詩論》一卷，唯朱彝尊《經義考》著錄《詩議》一卷，〔註15〕《江南通志》則題爲《毛詩辨正》。〔註16〕朱氏之前，《詩論》一卷未獨立標題，朱氏《經義考》別立《詩議》之標題後，不讀《考古編》者，亦可知程氏有此一《詩經》學之專著。

　　《四庫提要》：「考原本實作《詩論》，則曹溶本（按：即《學海類編》本）是也。」又云：「曹溶本作十八篇，而彝尊引陸元輔之言，謂程氏《詩議》十七篇，一論古有二〈南〉而無〈國風〉之名，二論〈南〉、〈雅〉、〈頌〉爲樂詩，諸國爲徒歌，三論〈南〉、〈雅〉、〈頌〉之爲樂無疑，四論四始品目（按：「四始品目」應作「四詩品目」），五論〈國風〉之名出於《左》、《荀》，六論《左》、《荀》創標〈風〉名之誤，七論逸詩有闕雅、闕頌，而無〈闕風〉，以證〈風〉不得抗〈雅〉，八論〈闕〉詩非〈七月〉，九辨《詩序》不出於子夏，十辨〈小序〉綴詩出於衛宏，十一辨《詩序》不可廢，十二據季札序《詩》篇次知無〈風〉名（《提要》原案：此篇爲改定《毛詩》標題，元輔此語未明），十三論《毛詩》有古《序》，所以勝於三家，十四論採詩序詩因乎其地，十五論南爲樂名，十六論〈關雎〉爲文王詩（《提要》原按：此解「周道闕而〈關雎〉作」一語，非論文王，元輔此語亦未明），十七論詩樂及商魯二〈頌〉，乃併末兩篇爲一，考原本亦作十七篇，元輔之言不爲無據，然詳其文意，論詩樂與論商魯〈頌〉了不相屬，似《考古編》刻本誤合，曹本分之，亦非無見也。〔註17〕茲即據《學海類編》本之十八篇《詩論》，逐一評述程大昌之《詩經》學於下。

〔註14〕見《叢書子目類編‧經部‧詩經類》。
〔註15〕見朱彝尊：《經義考》，卷106。
〔註16〕按《江南通志》凡200卷，清兩江總督趙宏恩等監修。
〔註17〕見《四庫全書總目》，卷17，經部《詩》類存目一。

第三節　《詩論》之主要見解

　　《詩論》卷前有程大昌〈自序〉一篇，云：「三代以下，儒不談經？而獨尊信漢說者，意其近古，或有所本也。夫古語之可以證經者，遠在六經未作之前，而經文之在古簡者，親預聖人授證之數，則其審的可據，豈不愈於或有師承者哉！而世人止循傳習之舊說，無乃舍其所當據，而格其所不當據，是敢於違古背聖人，而不敢於違背漢儒也。嗚呼！此《詩論》之所為作也。」是知《詩論》一書多異於漢儒之說。其內容包括：

一、論古有二〈南〉而無〈國風〉之名

　　　　程大昌曰：「《詩》有〈南〉、〈雅〉、〈頌〉，無〈國風〉，其曰〈國風〉者，非古也。夫子嘗曰『〈雅〉、〈頌〉各得其所』，又曰『人而不為〈周南〉、〈召南〉』，未嘗有言〈國風〉者，予於是疑此時無『國風』一名，然猶恐夫子偶不及之，未敢遽自主執也。《左氏》記季札觀樂，歷敘〈周南〉、〈召南〉、〈小雅〉、〈大雅〉、〈頌〉，凡其名稱與今無異，至列敘諸國，自〈邶〉至〈豳〉，其類凡十有三，率皆單純國土，無今〈國風〉名目也。當季札觀樂時，未有夫子，而《詩》名有無，與今《論語》所舉悉同，吾是以知古固如此，非夫子偶於〈國風〉有遺也。蓋〈南〉、〈雅〉、〈頌〉樂名也，若今樂曲之在某宮者也。〈南〉有周、召，〈頌〉有周、魯、商，本其所從得，而還以繫其國土也；二〈雅〉獨無所繫，以其純當周世，無用標別也。均之為〈雅〉，音類既同，又自別為大小，則聲度既有豐殺廉肉，亦如十二律然，既有大呂，又有小呂也。若夫邶、鄘、衛、王、鄭、齊、魏、唐、秦、陳、檜、曹、豳，此十三國者，詩皆可采，而聲不入樂，則直以徒詩著之本土，故季札所見與夫周工所歌，單舉國名，更無附語，知本無〈國風〉也。」

　　按：《詩》之內容有〈風〉、〈雅〉、〈頌〉三大體制，〈風〉有十五單元，後人恆稱十五〈國風〉，然春秋時代實無「國風」之名，《左傳·襄公二十九年》記載吳公子季札觀樂，有曰「為之歌〈小雅〉」、「為之歌〈大雅〉」、「為之歌〈頌〉」，故知〈雅〉、〈頌〉之名古已有之，而《左傳》載季札觀樂，雖曰「使工為之歌〈周南〉、〈召南〉」、「為之〈邶〉、〈鄘〉、〈衛〉」、「為之歌〈王〉」、「為之歌〈齊〉」……，然從未有「為之歌〈國風〉」之語，似

其時尙無〈國風〉之名。近人屈萬里說:「〈國風〉這個名詞,不如〈雅〉、〈頌〉來得古老。隱公三年《左傳》說:『〈風〉有〈采蘩〉、〈采蘋〉』,雖然已經用到風字(屈氏原註:《荀子‧儒效篇》也把〈國風〉稱作風),但還沒把「國風」兩字連用。而且《左傳》這句話的上文,有『君子曰』的字樣,因此,這話究竟是《左傳》原來就有,抑是漢人所竄入,還不能絕對肯定。《禮記‧表記篇》說:『〈國風〉曰:「我今不閱,皇恤我後!」』又說:『〈國風〉曰:「心之憂矣,於我歸說。」』上兩句出於〈邶風〉的〈谷風〉。下兩句出於〈曹風〉的〈蜉蝣〉。《荀子‧大略篇》也有:『〈國風〉之好色也,……』的話。〈表記〉的著成時代,不會早過《荀子》。如此說來,〈國風〉這個名詞,大概是起源於戰國晚年。」〔註18〕此說甚諦,程氏謂古無〈國風〉之名,若「古」謂戰國之前,則其說不誤。程氏又謂〈南〉、〈雅〉、〈頌〉爲樂名,〈國風〉爲徒詩,其詳見於下篇。

二、論〈南〉、〈雅〉、〈頌〉爲樂詩,諸國爲徒詩

程大昌曰:「春秋戰國以來,諸侯、卿大夫、士賦《詩》道志者,凡《詩》雜取無擇,至考其入樂,則自〈邶〉至〈豳〉,無一詩在數也。享之用〈鹿鳴〉,鄉飲酒之笙〈由庚〉、〈鵲巢〉,射之奏〈騶虞〉、〈采蘋〉,諸如此類,未有或出〈南〉〈雅〉之外者,然後知〈南〉、〈雅〉、〈頌〉之爲樂詩,而諸國之爲徒詩也。〈鼓鐘〉之詩曰:『以雅以南,以籥不僭。』季札觀樂,有舞象箾南籥者,詳而推之,南籥,二〈南〉之籥也;箾,〈雅〉也;象舞,〈頌〉之〈維清〉也,其在當時親見古樂者,凡舉〈雅〉、〈頌〉,率參以〈南〉。其後〈文王世子〉又有所謂『胥鼓南』者,則南之爲樂,古矣。《詩》更秦火,簡編殘闕,學者不能自求之古,但從世傳訓故,師弟相受,於是㧱命古來所無者以爲〈國風〉,參匹〈雅〉、〈頌〉,而文樂遂包統於〈國風〉部彙之內,雖有卓見,亦莫敢出眾疑議也。杜預之釋《左氏》,亦知南籥當爲文樂矣,不勝習傳之久,無敢正指以爲二〈南〉也。劉炫之釋〈鼓鐘〉,雖疑雅南之南當爲二〈南〉,亦不敢自信,惟能微出疑見,而曰『南如〈周南〉之意』而已。夫諸儒既不敢主二〈南〉以爲南,

─────────────

〔註18〕見屈萬里:《詩經釋義》,敍論,「《詩經》內容」。台北華岡出版部印行。

而《詩》及《左氏》雖皆明載南樂，絕不知其節奏爲何音何類，其贊頌爲何世何主，惟鉤命決之。《書敘》載四夷凡樂，適有名南者，鄭氏因遂采取以傅足其數，孔穎達輩率皆因襲其說，凡六經之文有及於南者，皆指南夷、南樂，以應塞古制，甚無理也。且夫周備古樂，如〈韶〉、〈夏〉、〈濩〉、〈武〉，各取一代極盛者用之，何有文王象舞而獨采夷樂以配，此其謬誤，不待辨而白也。假設其時欲以廣取爲備，乃四夷之樂獨取其一，何名爲備？反覆討究，凡諸儒之所謂南者，揆之人情則無理，質之古典則無據，至於籥之舞象，籥之奏南，凡季札之所親見者，明言其爲文王之詩，苟是南也而非二〈南〉之南，則六經、夫子凡所謂南者，果何所指邪？此予所以敢違諸儒之說，而斷以爲樂也。」

按：程氏謂〈南〉、〈雅〉、〈頌〉爲樂詩，諸國爲徒詩，言人所未曾言、不敢言，然其說終未圓融。考列國之詩，其始多爲隨口吟詠之作，初無設樂、入樂之理，其後行人采詩獻於大師，比其音律，〔註19〕孔子於三百五篇又皆弦歌之，以求合〈韶〉、〈武〉、〈雅〉、〈頌〉之音，〔註20〕於是〈國風〉亦爲樂詩。元儒吳澄謂「樂有歌，歌有辭，鄉樂之歌曰風，其詩乃國中男女道其情思之辭，人心自然之樂也。故先王采以入樂，而被之絃歌。朝廷之樂歌曰雅，宗廟之樂歌曰頌，於燕饗焉用之，於會朝焉用之，於享祀焉用之，因是樂之施於是事，故因是事而作爲是辭也。然則風因詩而爲樂，雅頌因樂而爲詩。詩之先後，於樂不同，其爲歌辭一也。經遭秦火，樂亡而詩存。漢儒以義說《詩》，既不知《詩》之爲樂矣，而其所說之義，亦豈能知詩人命辭之本意哉？」，〔註21〕吳氏以二〈南〉屬之〈國風〉，此與程氏說異，而其所謂〈國風〉因詩而爲樂，〈雅〉、〈頌〉因樂而爲詩者，誠可補程說之不足。

顧炎武亦主《詩》三百不能悉入樂之說，惟顧氏之說與程氏亦略有不同，《日知錄》：「〈鼓鐘〉之詩曰：『以〈雅〉以〈南〉。』子曰：『〈雅〉、〈頌〉各得其所。』夫二〈南〉也，〈豳〉之七月也，〈小雅〉正十六篇，〈大雅〉正十八篇，〈頌〉也，《詩》之入樂者也。〈邶〉以下十二國之附於二〈南〉之後，而謂之〈風〉；〈鴟鴞〉以下六篇之附於〈豳〉，而亦謂之〈豳〉；〈六月〉以下

〔註19〕 參閱《漢書‧食貨志》。
〔註20〕 參閱《史記‧孔子世家》。
〔註21〕 見吳澄：《吳文正集》，卷1，《四庫全書》本，台灣商務印書館印行。

五十八篇之附於〈小雅〉，〈民勞〉以下十三篇之附於〈大雅〉，而謂之變〈雅〉，《詩》之不入樂者也。」〔註22〕顧說以爲〈豳〉之七月雖屬〈風〉，而亦入樂，〈六月〉以下五十八雖屬〈小雅〉，〈民勞〉以下十三篇雖屬〈大雅〉，而亦不入樂，此說與程氏大異，而其以爲《詩》有入樂不入樂之分，殆亦深受程氏之啓迪。

　　陳啓源《毛詩稽古編》則徹底反對程氏之說，陳氏云：「〈風〉、〈雅〉、〈頌〉之名，其來古矣。不獨〈大敍〉言之，見《周禮》大師之職，又見樂師師乙答子貢之言，又見《荀子‧儒效篇》，歷歷可據也。又三百十一篇，皆古樂章也。二〈南〉、〈雅〉、〈頌〉之入樂，載於《儀禮》之〈燕禮〉、〈鄉飲禮〉及內外《傳》。列國燕享所歌，無論已；至魯人歌周樂，則十三國繼二〈南〉之後。《周禮‧籥章》：迎寒暑則龡豳詩，祈年則龡豳雅，祭蜡則龡豳頌。《大戴‧投壺禮》稱可歌者八篇，則〈魏風〉之〈伐檀〉在焉。漢末杜夔能記雅樂，則〈伐檀〉之詩與〈鹿鳴〉、〈騶虞〉、〈文王〉並列。十三國，變〈風〉之入樂，又歷歷可考也。宋程大昌謂『《詩》有〈南〉、〈雅〉、〈頌〉，而無〈國風〉，自〈邶〉至〈豳〉十三國《詩》，皆不入樂』，豈非妄說乎？……」又曰：「《詩》篇皆樂章也，然《詩》與《樂》實分爲二教。〈經解〉云：『《詩》之教，溫柔敦厚；《樂》之教，廣博易良。』是教《詩》教《樂》，其旨不同也。〈王制〉云：『樂正立四教以造士，春秋教以《禮》《樂》，冬夏教以《詩》《書》。』是教《詩》教《樂》，其時不同也。故敍《詩》止言作詩之意，其用爲何樂，則弗及焉。即〈鹿鳴〉燕群臣，〈清廟〉祀文王之類，亦指作詩之意而言；其奏之爲樂，偶與作詩之意同耳。敍自言詩，不言樂也。意歌詩之法，自載於《樂經》，元無煩敍《詩》者之贅。及《樂經》不存，則亦無可考矣。《集傳》於正雅諸詩，皆欲以樂章釋之，或以爲燕享通用，或以爲祭畢而燕，或以爲受釐陳戒，俱以辭之相似，臆度爲之說。殊不知古人用詩於樂，不必與作詩之意相謀；如鄉射之奏二〈南〉，兩君相見之奏〈文王〉、〈清廟〉，何嘗以其詞哉？況舍詩而徵樂，亦異乎古人之《詩》教矣。」〔註23〕陳氏以《左傳》、《周禮》、《大戴禮記》爲證，以見十三〈國風〉亦無不入樂，然二《禮》出於孔子正樂之後，〔註24〕故無以爲據，以《左傳》有歌〈邶〉、〈鄘〉、〈衛〉、〈王〉、

〔註22〕見顧炎武：《日知錄》，卷3。
〔註23〕見陳啓源：《毛古稽古編》，卷25。
〔註24〕參閱張心澂《僞書通考‧經部》關於《周禮》、《大戴禮記》之討論。

〈鄭〉……之記，而謂十三〈國風〉無不入樂，其說對程氏頗爲不利，雖《左氏》之書存在著一些問題，〔註 25〕但程氏亦據以謂古無〈國風〉名目。今人或謂《左傳》之俱言歌，「或爲便於行文之故也」，〔註 26〕此說雖未必虛言逃避，然仍不免失之勉強。陳氏又以爲《詩》、《樂》應分二教，《詩》雖入於樂章，而《詩》自爲《詩》，《樂》自爲《樂》，其爲用亦不同；此說或是，又有謂《樂》本無經者，〔註 27〕然《莊子‧天運》明載：「孔子謂老聃曰：『丘治《詩》、《書》、《禮》、《樂》、《易》、《春秋》六經，自以爲久矣……。』《老子》曰：『幸矣子之不遇治世之君也！夫六經，先王之陳迹也，豈其所以迹哉！……』」若《樂》本無經而存在於《詩》、《禮》之中，則五部經典名爲六經，似不見前人提出眾可信服之理由，故陳氏據《禮記‧經解》而謂《詩》自爲《詩》，《樂》自爲《樂》，其說可信度不低。

顧鎭《虞東學詩》亦反對程氏之說，其言曰：「凡《詩》皆爲樂也。樂之八物，所以節詩而從律也。《周禮‧大司樂》：『以《樂》語教國子。』《樂》語者，《詩》也。荀卿曰：『詩者，中聲之所止也。』蓋以詩爲本，以聲爲用。離《詩》以言樂，則鐘鼓之徒樂，而非樂也，故謂『笙詩無辭』者（原註：鄭夾漈），非也。離樂以言《詩》，則後世之徒詩，而非《詩》也，故謂『《詩》有不入樂』者（按：此處原註「顧亭林」三字，事實上，首先主張《詩》有不入樂者爲程大昌），非也。世徒知〈雅〉之用於朝，〈頌〉之用於廟，〈南〉之用於鄉人邦國；而餘詩者未詳所用，遂以爲不可入樂而徒陳美刺，轉疑司馬氏『三百皆弦歌』之說爲不可信；而興《詩》成樂，竟爲截然不相侔之事矣。昔季子請周樂，而太師所歌變〈風〉、變〈雅〉皆在焉。令非中聲所止，則魯之樂工，何能強叶諸律，以次第歌之？朱子斥鄭衛諸詩，爲里巷狹邪所

〔註 25〕《左氏》之書問題叢生，即以襄公二十九年季札觀樂事爲例，姚鼐曰：「〈國風〉之〈魏〉，至季札時，亡久矣，與〈邶〉、〈鄘〉、〈鄶〉等，而札胡獨美之曰：『以德輔此，則明主也。』此與魏大名公侯子孫必復其始之談，皆造飾以媚魏君者耳。又明主之稱，乃三晉篡位後之稱，非季札時所宜有，適以見其誣焉耳。」（《姚姬傳全集‧左傳補注序》）依此，《左傳》有關季札觀樂之記載，亦有問題。另有關《左傳》時代、文字之討論，可參閱康有爲《新學僞經考》、張心澂《僞書通考》等書。

〔註 26〕引文見文幸福：《周南召南發微》，《師大國文研究所集刊》第 23 號，頁 37。

〔註 27〕如邵懿辰《禮經通論》云：「《樂》本無經也。詩言志，歌永言，聲依永，律和聲，故曰『《詩》爲《樂》心，聲爲《樂》體』。……《樂》之原在《詩》三百之中，《樂》之用在《禮》十七篇之中，故曰『興於《詩》，立於禮，成於樂』、『子所雅言，《詩》、《書》、執禮』，不言《樂》也。」

歌，不可用之鬼神賓客。夫用之鬼神，未聞也；用之賓客，則鄭伯之享趙孟，六卿之餞韓宣，叔孫豹之食慶封，固有者矣。至秦穆公之賦〈六月〉，叔孫穆叔之賦〈鴻雁〉，中行獻子之賦〈祈父〉，戎子駒支之賦〈青蠅〉，皆變〈雅〉也；而謂有不入樂之詩乎？說者謂：『賦也，非歌也。』若衛獻公使太師歌巧言之卒章，非歌乎？且樂有不必盡用之鬼神賓客者，《詩序》云：『風者，主文而譎諫。』〈虞書〉曰：『工以納言，時而颺之。』注家言：『樂官誦詩，以納諫也。』又《國語》稱：『師箴，瞍賦，矇誦。』則美刺之詩，譜而歌之，以朝夕獻善敗於君，非即所以用之者歟？奚必鬼神賓客之用之始爲樂也！劉舍人有言：『《詩》爲樂心，聲爲樂體。樂體在聲，瞽師務調其器；樂心在《詩》，君子宜正其文。』可謂達於其旨者矣。」〔註28〕顧氏除舉《左傳》季子觀樂事爲證，並益以《左傳》、《國語》所敘之賦詩及衛獻公令太師所歌之巧言，使主張《詩》三百悉入樂之說之論據得以強化。

　　全祖望亦否認《詩》有入樂不入樂之分，而曰：「正《詩》乃正樂中事，古未有《詩》而不入樂者。」〔註29〕此外，馬瑞辰於〈詩入樂說〉一文，亦力主詩篇皆可入樂，其言曰：「《詩》三百篇未有不可入樂者。〈虞書〉曰：『詩言志，歌永言，聲依永，律和聲。』歌、聲、律，皆承詩遞言之。《毛詩序》曰：『在心爲志，發言爲詩。』又曰：『言之不足，故嗟嘆之，嗟嘆之不足，故永歌之。』此言詩所由作，即〈虞書〉所謂『詩言志，歌永言』也。又曰：『情發於聲，聲成文謂之音。』此言詩播爲樂，即〈虞書〉所謂『聲依永，律和聲』也。若非《詩》皆入樂，何以被之聲歌，且協諸音律乎？《周官・大師》教六詩，而云以六德爲之本，以六律爲之音，是六詩皆可調以六律已。《墨子・公孟篇》曰：『誦《詩》三百，弦《詩》三百，歌《詩》三百，舞《詩》三百。』《鄭風・青衿》詩，毛《傳》云：『古者教以《詩》《樂》，誦之、歌之、弦之、舞之。』其說正本《墨子》，是三百篇皆可誦歌弦舞已。若非《詩》皆入樂，則何以六詩皆以六律爲音？又何以同是三百篇，而可誦者即可弦、可歌、可舞乎？《左傳》吳季札請觀周樂，使工爲之歌〈周南〉、〈召南〉，並及於十二國，若非入樂，則十四國之詩不得統之以周樂也。《史記》言《詩》三百五篇，孔子皆弦歌之，以求合〈韶〉〈武〉〈雅〉〈頌〉；若非入樂，則三百五篇不得皆求合於〈韶〉〈武〉〈雅〉〈頌〉也。《六藝論》云：『《詩》，弦歌諷諭之聲也。』《鄭志・答張逸》

〔註28〕見顧鎮：《虞東學詩》，卷前〈詩樂說〉。
〔註29〕見全祖望：《經史問答》，卷3。

云：『國史采眾詩時，明其好惡，令瞽矇歌之，其無所主，皆國史主之，令可歌。』據此，則鄭君亦謂《詩》皆可入樂矣。程大昌謂：『〈南〉、〈雅〉、〈頌〉爲樂《詩》，自〈邶〉至〈豳〉，皆不入樂，爲徒詩。』其說非也。或疑《詩》皆入樂，則《詩》即爲《樂》，何以有刪《詩》訂《樂》之殊？不知《詩》者載其貞淫正變之詞，《樂》者訂其清濁高下之節。古詩入樂，類皆有散聲疊字以協於音律，即後世漢魏詩入樂，其字數亦與本詩不同，則古詩之入樂，未必即今人誦讀之文一無增損，蓋可知也。古《樂》失傳，故《詩》有可歌，有不可歌。《大戴禮・投壺篇》曰：『凡〈雅〉二十六篇，其八篇可歌，歌〈鹿鳴〉、〈貍首〉、〈鵲巢〉、〈采蘩〉、〈采蘋〉、〈伐檀〉、〈白駒〉、〈騶虞〉。八篇廢不可歌，其七篇商齊可歌也，三篇間歌。』所謂可歌者，謂其聲律猶存，不可歌者，僅存其詞，而聲律已不傳也。若但以其詞言之，則三百五篇俱在，豈獨〈鹿鳴〉、〈鵲巢〉諸篇爲可歌哉？」〔註30〕馬氏除舉季札觀樂之事，又歷舉周太師教六詩、《墨子・公孟》歌《詩》三百諸記載，以明古詩荼不可歌，其後因聲律不傳，乃使《詩》有可歌與不可歌之分。主張詩篇皆可入樂者，又有了新添之證據。

　　魏源雖痛斥陳啟源「不知祖述，橫生異端」，然亦不贊成程氏之說，其言曰：「古者，《樂》以《詩》爲體，夫子自衛反魯而樂正，〈雅〉、〈頌〉各得其所，則正樂即正《詩》也。《樂》崩而《詩》存，於是有三百篇入樂不入樂之訟。鄭推謂夫子刪《詩》，其得詩而得聲者三百餘篇，其得詩不得聲者，則置之逸詩，凡存者皆可以祭祀燕享；而程大昌則謂春秋列國燕享所用，未嘗出二〈南〉、〈雅〉、〈頌〉之外，而自〈邶〉至〈豳〉則無一篇，因謂二〈南〉、〈雅〉、〈頌〉爲樂詩，而諸國爲徒詩；陳暘、焦竑皆從程說，不知〈鼓鐘篇〉『以雅以南』，《禮記》之『胥鼓南』，《左氏》之『觀舞象箾南籥』，漢儒皆釋爲南夷之樂，有樂舞而無歌詩，今指爲二〈南〉，與《詩》、《禮》、《春秋傳》皆不合；馬端臨則力詆徒詩之謬，而仍不得其聲樂所用。函矢相笑，冰炭無休，豈知《詩》有爲樂作、不爲樂作之分，且同一入樂而有正歌散歌之別耶！古聖人因禮作樂，因樂作詩之始也。欲爲房中之樂，則必爲房中之詩，而〈關雎〉、〈鵲巢〉等篇作焉。欲吹豳樂，則必爲農事之詩，而豳詩、豳雅、豳頌作焉。欲爲燕享祭祀之樂，則必爲燕享祭祀之詩，而正〈雅〉及諸〈頌〉作焉。三篇連奏，一詩一經，條理井然，不可增易。此外則諸詩各以類附，不特變〈風〉變〈雅〉，采於下陳於下者（按：「陳於下」似爲「陳於上」之誤），與樂章迥殊，即二〈南〉之〈殷其

〔註30〕見馬瑞辰：《毛詩傳箋通釋》，卷1。

雷〉、〈汝墳〉、〈行露〉、〈甘棠〉，〈豳〉之〈破斧〉、〈伐柯〉，〈頌〉之〈訪落〉、
〈閔予小子〉、〈小毖〉、〈敬之〉，凡因事抒情，不爲樂作者，皆不得謂之樂章矣。
然謂皆徒詩而不入樂乎？則師瞽肄習之何爲？然則其用之奈何？曰：一用於賓
祭無算樂，再用於矇瞍常樂，三用於國子絃歌。」又曰：「蓋樂主人聲而律和之，
合歌者之詩與擊者拊之器，而始謂之樂。故《儀禮》升歌三終，閒歌三終，與
笙入合樂，皆謂之正樂。若夫徒吹謂之和，徒歌謂之謠（原註：《爾雅》），不歌
而誦謂之賦（原註：班固〈兩都賦〉），則與樂絕不相入（原註：《初學記・韓詩》
薛君云：有章曲曰歌，無章曲曰謠。〈藝文志〉曰：誦其言謂之詩，詠其聲謂之
歌。《毛詩傳》：合樂曰歌，徒歌曰謠）。故魯享〈季武子〉，武子賦〈魚麗〉之
卒章；公賦〈南山有臺〉，鄭燕穆叔賦〈采蘩〉。夫燕享時既散歌合樂此三篇矣，
而賓主又舉之爲賦，豈非各爲一事，絕不相蒙？而諸儒尙據列國賦《詩》，以證
入樂，謬矣。然則以入樂言之，則變〈風〉、變〈雅〉不但無不可歌，亦無不可
用。以《儀禮》正歌言之，則不但變詩不得與，即正詩亦有不得與。何者？周
公時未有變〈風〉、變〈雅〉，而已有無算樂，則知凡鄉樂自〈樛木〉、〈甘棠〉
以下諸詩，〈大雅〉召康公諸詩，〈周頌〉成王諸詩，亦止爲房中賓祭之散樂，
凡詩不爲樂作而可入樂者皆是也。自唐以來，惟孔氏《正義》謂『《詩》本樂章，
《禮》《樂》既備，後有作者，無緣增入。其二〈雅〉正經而外，雖用於樂，或
爲無算之節，或隨事類而歌，又在制禮之後，樂不常用』云云，深悉源流」。〔註
31〕魏氏以《詩》有爲樂作者與不爲樂作者兩類，其說蓋承自吳澄，而其所謂正
歌散歌者，又本於孔穎達，故稱孔氏深悉源流。推孔子之意，以爲周公制樂之
後，本聲律以作《詩》，所謂二〈雅〉正經，皆是爲樂而作者。自是而後，作者
日多，此即所謂不入樂而作者。雖不爲樂而作，而亦用之於樂。《儀禮》燕禮、
鄉禮、射禮，皆於升歌笙間合樂之後，工告正歌備，無算爵，亂之以無算樂。
無算云者，或間或合，盡歡而止，所歌之詩，即不爲樂而作者，故於工告正歌
備後行之，此即所謂散歌。歌有正散，魏氏之言當是。至於《詩》有爲樂作不
爲樂作之分，則當分別言之。三百篇中，有爲樂而作者，然必謂爲房中之樂而
作〈關雎〉、〈鵲巢〉，爲豳樂而作豳雅、豳頌，爲燕享祭祀之樂而作正〈雅〉及
諸〈頌〉，則未免拘泥。〔註32〕

〔註31〕 魏源：《詩古微》，卷1，〈上編之一・通論詩樂・夫子正樂論上〉，重編本《皇
　　　　清經解續編》，《詩》類，第6冊，台北漢京出版社印行。

〔註32〕 參閱胡樸安：《詩經學》，頁54。台灣商務印書館印行。

　　范家相亦不贊同程氏之說，其言曰：「生於心而節於音，謂之《詩》，故一言《詩》而樂自寓焉。委巷小兒，聯歌拍臂，皆可配以管弦。優伶俗樂，吹竹彈絲，亦能別翻新調。一言樂而章曲亦自生焉，是故人之有《詩》，非必緣樂以作。聖人作樂，非必因詩以興。而詩爲人聲，金石絲竹爲物聲，各有相須之妙，聖人見其然，因之以詩入樂，亦以樂合之於詩而成樂。古之樂不可得聞矣，然觀四詩之中，短長參差，體制不一，明是因詩而合樂，非必因樂以作詩也。要之，三百五篇有節有調、可歌可絃，無非樂章樂譜而已。」〔註33〕范氏非唯謂詩篇皆可入樂，且逕謂三百五篇無非樂章樂譜，此說未必爲是，夫樂譜乃聲律之謂，而詩爲樂詞，詞譜本爲二事，詞譜俱存方能歌之，其後譜亡，詩乃不能歌。

　　上述諸家於《詩》樂之關係，多有己見，然論其說之嚴謹圓融者，則不能不推諸皮錫瑞。皮氏著《經學通論》，主張三百篇皆入樂，證之以《史》、《漢》、《左傳》，其說最後出，能盡納、整合前儒論證，是以顯得最爲透闢，〔註34〕至此，程氏所謂十三〈國風〉爲徒詩之說，已不易成立。又程氏解《左傳》「見舞象箾南籥者」，謂「南籥，二〈南〉之籥也；箾，雅也；象舞，頌之維清也」，說雖新穎，然終覺其扞格不入，近人羅倬漢評此說曰：「……竟以象、箾、南析讀爲頌、雅、南，而以籥總之，不但不顧上下文，不研籥舞與武舞之類別，而以箾爲雅，究何所據？豈胸中先有〈南〉、〈雅〉、〈頌〉之統紀，遂可以任意進退古之文句乎？」〔註35〕羅氏之質問洵然不誣，程氏之解僅憑臆測，未爲定論。要之，先民作詩，其始雖有不可入樂者，然一經采錄，必皆按聲製譜，若有闕，則孔子自衛反魯後，亦已一一譜之，故先秦《詩經》三百五篇皆可入樂。顧頡剛嘗就《左傳》、《國語》、《論語》、《莊子》、《孟子》等書所引之春秋徒歌，以證《詩經》所錄全爲樂歌，〔註36〕其證據亦可謂有力；黃振民折衷諸家之論，綜述《詩》三百全入樂之理由，〔註37〕雖無新解，然由主張《詩》三百皆入樂之論據十足，可知程氏之說實難以成立。

〔註33〕見范家相：《詩瀋》，卷1，〈總論上・聲樂一〉。
〔註34〕詳見皮錫瑞：《經學通論・詩經》，「論《詩》無不入樂，《史》《漢》與《左氏傳》可證」條。本書第四章「鄭樵之《詩經》學」第四節已引，茲不贅。
〔註35〕羅倬漢：《詩樂論》，頁198。台北正中書局印行。
〔註36〕詳顧頡剛：〈論詩經所錄全爲樂歌〉，《古史辨》，第3冊，頁608～657。
〔註37〕詳黃振民：《詩經研究》頁281～288。台北正中書局印行。

三、論〈南〉、〈雅〉、〈頌〉之爲樂無疑

程大昌曰：「周之燕祭，自雲韶等類，兼采異代以外，其當代之樂，惟〈南〉、〈雅〉、〈頌〉三者隨事配用，諸〈序〉序所爲作，其言其故大抵皆入律可奏也。〈清廟〉之詩凡三十一，其不指言祭祀者八，而皆作之於廟也。至於商十二詩，其存者五，皆配聲以祀；知非徒詩也。魯之頌，雖不皆於祀乎用之，而其始作也，固已得請爲頌矣，其節奏必皆依頌成聲，故得齒於商、周而無嫌也。語曰：『夫子自衛反魯，然後樂正，〈雅〉、〈頌〉各得其所。』夫〈雅〉、〈頌〉得所於樂正之後，非樂而何？『子謂伯魚曰：汝爲〈周南〉、〈召南〉矣乎？』爲之爲言，有作之義，既曰作，則翕純皦繹，有器有聲，非但歌詠而已。夫在樂爲作樂，在南爲鼓南，質之《論語》則如『三年不爲樂』之爲，吾以是合而言之，知二〈南〉、二〈雅〉、三〈頌〉之爲樂無疑也。」

按：程氏謂〈南〉、〈雅〉、〈頌〉皆爲樂，所言大致可採。〈鼓鐘〉之詩言「以雅，以籥不僭」，則〈雅〉、〈南〉係屬樂歌無疑。其時既有樂歌名爲「雅」者，則二〈雅〉諸詩必當可歌，否則無由題爲「雅」，且〈小雅〉、〈大雅〉猶後世言小曲、大曲、小調、大調之類，如其中無大小曲譜之不同，亦無緣題曰〈小雅〉、〈大雅〉。〔註38〕固然，《詩序》以〈雅〉爲正，以政有小大區分〈小雅〉〈大雅〉，然其說並不精密，〔註39〕且《序》說乃就詩之內容而言，未必得〈雅〉命名之根由。鄭玄以〈雅〉爲「萬舞」，〔註40〕王質以〈雅〉爲樂歌之名，〔註41〕鄭樵以〈雅〉爲「烏鴉之鴉」，〔註42〕朱子以〈雅〉爲正樂之歌，〔註43〕梁啓超以〈雅〉爲「周代最通行之樂，公認爲正聲」，〔註44〕說雖有異，然諸儒皆知與其由內容歸納雅義，毋寧由樂曲以推敲其義。明何楷疑「雅」之取義實本於樂器之名，其言曰：「愚意樂器中有所謂雅者，《周禮・笙師職》云：『春牘應雅，以教祴樂。』祴夏之樂，

〔註38〕　參閱羅倬漢：《詩樂論》，頁206。
〔註39〕　詳見本編第三章「蘇轍之《詩經》學」，第15節第15段「論〈小雅〉〈大雅〉之異」之按語。
〔註40〕　見〈小雅・鼓鐘・箋〉。
〔註41〕　見王質：《詩總聞》，卷9。
〔註42〕　見顧頡剛輯鄭樵：《詩辨妄》一卷，原載《北京大學國學門周刊》1卷5期。
〔註43〕　見朱子《詩集傳》，卷9。
〔註44〕　見梁啓超：《要籍解題及其讀法》。《梁啓超學術論叢》，頁1061，南嶽出版社印行。

先王之所以示戒也。『舂牘應雅』四者，所以節之也。陳暘云：『雅者，法度之器，所以正樂者也。』賓以雅，欲其醉不失正也；工舞以雅，欲其訊疾不失正也。賓出以雅，用滅夏以示戒，則工舞以雅可知。先儒謂狀如漆桶而盒口，大二圍，長五尺六寸，以羊韋鞔之，旁有兩紐，疏畫武舞，工人所執，所以節舞也。」〔註45〕章太炎贊同此說，曰：「凡樂言疋者有二焉，一曰大小疋，再曰舂牘后雅。雅亦疋也。鄭司農說〈笙師〉曰：『舂牘以竹大五六寸，長七尺，短者一二尺，其端有兩空，屢畫，以兩手築地。應長六尺五寸，其中有椎。雅狀如漆筩而弇口，大二圍，長五尺六寸，以羊韋鞔之，有兩疏畫。』後司農曰：『牘應雅教，其舂者謂之築地。賓醉而出，奏移夏，以此三器築地，爲之行節。』兩說雖少異，器長五尺以至七尺者，趣以築地，皆杵之倫，〈樂記〉：『治亂以相，訊疾以雅。』」〔註46〕由《周禮》之《注》及何、章二氏之闡論，可知〈雅〉之名約源自樂器，歌〈雅〉詩時皆伴以「雅」之樂器，遂相沿以爲樂歌之名。又因雅樂與俗樂不同，故《詩序》以「正」釋「雅」，程子謂「『雅』者，陳其正理」，〔註47〕朱子以〈雅〉爲「正樂之歌」；凡以〈雅〉爲正者，皆後出之引申義。章太炎又謂「雅」即「烏」，其說曰：『『雅』何以訓作『正』？歷來學者都沒有明白說出，不免引起我們的疑惑。據我看來，『雅』在說文就是『鴉』，『鴉』和『烏』音本相近，古人讀這兩字也相同的，所以我們也可以說『雅』即『烏』，《史記·李斯傳·諫逐客書》、《漢書·楊惲傳·報孫會宗書》，均有『擊缶而歌烏烏』的秦聲，後人因爲他所歌詠的都是廟堂大事，因此說『雅者正也』。」〔註48〕其後陸侃如極力推崇此說，並謂：「雅的意義，當從章太炎讀爲『烏』，是秦聲，亦即西周之聲，正好與南對峙，爲古代音樂之兩大系統。」〔註49〕殊不知章氏之說本不可通，近人楊樹榮云：「章氏之說，固自新穎，然〈雅〉非必關中之人作之，安得有關中之聲乎？且夫『擊甕叩缶，彈箏搏髀，歌呼烏烏』、『仰天附缶，而歌呼烏烏』，所謂關中之聲音也。而顧可以舂容大雅，詞旨正大，氣象開闊之〈雅〉當之耶？抑烏烏舊稱蠻夷

〔註45〕 見何楷：《詩經世本古義》，卷首，論二〈雅〉。
〔註46〕 見章太炎：〈小疋大疋說上〉」，收於《章氏叢書》上冊，《太炎文錄初編》，卷1。世界書局印行。
〔註47〕 見程頤：《伊川經說》，卷3，《二程全書》本。
〔註48〕 見章太炎：《國學概論》，第4章。
〔註49〕 見陸侃如：〈寄胡適之書〉，《國學月報彙刊》1集。

之音，秦人且自棄之而以就鄭衛矣，而謂彼舂容大雅，詞旨正大，氣象開闊之〈雅〉，反引以爲名哉？此說之不可通者也。且今之〈雅〉乃作於周鼎既定之後，『普天之下，莫非王土』，又安得強以秦聲概周聲，以關中之聲概全國？若周聲可以秦聲名之，則豈獨〈雅〉而已，彼〈風〉之與〈頌〉，其可名爲〈雅〉者亦多矣；亦見其不能自圓說也。」〔註50〕楊說一針見血，章說難以深信；且〈商頌〉亦作於周，非眞商詩，此爲《詩經》學史上之定論，章氏所謂「商有〈頌〉無〈雅〉，可見〈雅〉始於周」云云，亦不易成立。

〈鼓鐘〉之詩言「以雅以南」，雅既爲樂名，則南亦必爲樂名，詩句始可暢通，僅此，已可知程氏謂〈南〉爲樂，其說大致無可置疑，茲因程氏《詩論》第十五篇爲「論「南」爲樂名」，故「南」之討論留置於後。

「頌」之爲義，歷來無甚大爭辯，《詩序》：「頌者，美盛德之形容，以其成功告於神明者也。」鄭玄：「頌之言容，天子之德，光被四表，格於上下，無不覆燾，無不持載。」〔註51〕又曰：「頌之言誦也，容也，誦今德，廣以美之。」〔註52〕反對毛鄭最力之鄭樵亦以「容」釋「頌」，〔註53〕大約諸家所論，多不出「頌容」之義以外。阮元以爲頌字即容字，其說頗詳：「頌字即容字也，故《說文》：『頌，貌也。从頁，公聲。籀文作額。』是容即頌。《漢書·儒林傳》『魯徐生善爲頌』，即善爲容也。『容』『養』『羕』一聲之轉，古籍每多通借，今世俗傳之『樣』字，始于唐韻，即『容』字轉聲所借之『樣』字，……所謂〈商頌〉、〈周頌〉、〈魯頌〉者，若曰『商之樣子』、『魯之樣子』而已，無深義也。何以三〈頌〉有樣，而〈風〉無樣也？〈風〉〈雅〉但弦歌笙間，賓主及歌者皆不必因此而爲舞容，惟三〈頌〉各章皆是舞容，故稱爲〈頌〉，若元以後戲曲，歌者、舞者與樂器全動作也，〈風〉〈雅〉但但若南宋人之歌詞、彈詞而已，不必鼓舞以應鏗鏘之節也。……」〔註54〕梁啓超亦以「頌」即「容」字，其說可補阮說之不足：「後人多以頌美之義釋「頌」，竊疑不然。《漢書·儒林傳》：『云魯徐生善爲頌。』蘇林《注》云：『頌，貌威儀。』顏師古《注》云：『頌讀與

〔註50〕見楊樹棻：《讀詩劄記》。
〔註51〕見《毛詩正義》，卷19之1，〈周頌譜〉。
〔註52〕見鄭玄：《周禮·注》。
〔註53〕見顧頡剛輯鄭樵《詩辨妄》一卷，原載《北京大學國學門周刊》1卷5期。
〔註54〕《揅經室集》，重編本《皇清經解》，第20冊，卷1068，總頁15507～15508。台北漢京文化事業公司印行。

容也。』頌字從頁，頁即人面，故容貌實頌字之本義也。然則〈周頌〉、〈商頌〉等詩何故名爲『頌』耶？〈南〉、〈雅〉皆爲歌，〈頌〉則歌而兼舞。《周官》：『奏〈無射〉，歌〈夾鐘〉、舞〈大武〉。』《禮記》：『朱干玉戚，冕而舞〈大武〉。』〈大武〉爲〈周頌〉中主要之篇，而其用在舞，舞則舞容最重矣。故取所重，名此類詩曰『頌』。〈樂記〉云：『夫〈武〉，始而北出，再成而滅商，三成而南，四成而南國是疆，五成而分周公左、召公右，六成復綴以崇天主。夾振之而四伐，盛威於中國也。分夾而進，事蚤濟也。久立於綴，以待諸侯之至也。』觀此則大武舞容何若，尚可髣髴想見。三〈頌〉之詩，皆重舞節，此其所以與〈雅〉〈南〉之唯歌者有異，與〈風〉之不歌而誦者更異也。」〔註55〕王國維則不然以上諸說，而以爲〈風〉、〈雅〉、〈頌〉之別當於聲求之，其言曰：「阮文達〈釋頌〉一篇，其釋頌之本義至確，然謂三〈頌〉各章皆是舞容，則恐不然。〈周頌〉三十一篇，惟〈維清〉爲舞象之詩，〈昊天有成命〉、〈武〉、〈酌〉、〈桓〉、〈賚〉、〈般〉爲武舞之詩，其餘二十四篇爲舞詩與否，均無確證。至〈清廟〉爲升歌之詩，〈時邁〉爲金奏之詩（原註：據《周禮・鍾師・注》引呂敘玉說，則〈執競〉、〈思文〉亦金奏之詩），尤可證其非舞曲。《毛詩序》云：『頌者，美盛德之形容，以其成功告於神明者也。』盛德之形容，以貌表之可也，以聲表之亦可也。竊謂〈風〉、〈雅〉、〈頌〉之別，當於聲求之。〈頌〉之所以異於〈雅〉、〈頌〉者（按：「〈雅〉、〈頌〉」當爲「〈風〉〈雅〉」之誤），雖不可得而知，今就其著者言之，則〈頌〉之聲較〈風〉〈雅〉爲緩也。何以證之？曰：〈風〉〈雅〉有韻，而〈頌〉多無韻也。凡樂詩之所以用韻者，以同部之音間時而作，足以娛人耳也。故其聲促，韻之感人也深；其聲緩者，韻之感人也淺。韻與娛耳，其相去不能越十言或五言，若越十五言以上，則有韻與無韻同。即令二韻相距在十言以內，若以歌二十言之詩，歌此十言，則有韻亦與無韻同。然則〈風〉〈雅〉所以有韻者，其聲促也。〈頌〉之所以多無韻者，其聲緩，而失韻之用，故不用韻。此一證也。其所以不分章者亦然。〈風〉〈雅〉皆分章，且後章句法多疊前章，其所以相疊者，亦以相同之音間時而作，足以娛人耳也。若聲過緩，則雖前後相疊，聽之亦與不疊同，〈頌〉之所以不分章、不疊句者當以此。此二證也。〈頌〉如〈清廟〉之篇，不過八句，不獨視〈鹿鳴〉、〈文王〉長短迥殊，即比〈關雎〉、〈鵲巢〉亦復簡短，此亦當由聲緩之故。此三證也。燕禮記若以樂納賓，則賓

〔註55〕見梁啓超：〈要籍解題及其讀法〉，《梁啓超學術論叢》，第 2 冊，頁 1061。台北南嶽出版社印行。

及庭，奏肆夏，賓拜酒，主人答拜，而樂闋，公拜受爵而奏肆夏，公卒爵，主人升，受爵以下，而樂闋。又大射儀，自奏肆夏以至樂闋，中間容賓升，主人拜，至降洗，賓降，主人辭，賓對，主人盥，洗觚，賓辭洗，主人對，主人升，賓拜洗，主人答拜……，凡三十四節，爲公奏肆夏時亦然。肆夏一詩不過八句，而至始奏以至樂闋，所容禮文之繁如此，則聲緩可知。此四證也。然則〈頌〉之所以異於〈風〉〈雅〉者，在聲而不在容，則其所以美盛德之形容者，亦在聲而不在容可知。以名〈頌〉而皆視爲舞詩，未免執一之見矣。」〔註56〕王氏謂〈風〉、〈雅〉、〈頌〉當以聲別，舉證歷歷，其說足可與阮說抗衡。近人張西堂著《詩經六論》，又別出新義，謂「頌，即鏞，大鐘也，以佐宗教舞蹈之樂」，〔註57〕其例證有四，一曰從文字通假上來看，舉朱氏《說文通訓定聲》言；二曰從〈頌〉詩本身上來看，舉〈靈臺〉言；三曰古代歌舞也用鐘爲樂器；四曰儀式多用鐘爲樂。〔註58〕所謂「也用鐘爲樂器」、「多用鐘爲樂」者，似難以據謂頌即鐘；庸、鏞、頌一聲之轉，而〈靈臺〉云：「虡業維樅，賁鼓維鏞。於論鼓鐘，於樂辟廱。」以此而推論「頌」之本義爲「鐘」之樂器，證據終嫌薄弱，故張氏之說仍未爲定論。愚意以爲，三百篇之輯成，悉付之工歌，則三百篇無論原始面目爲何，其後皆已可爲入樂之歌辭，而〈頌〉詩又可能如王國維所云未必皆爲舞曲，故〈頌〉之爲義，似仍由歌義求之爲宜，其與〈風〉〈雅〉之異，亦自當以聲求。大抵言之，〈風〉詩多爲各地風謠，其始僅可清唱，采詩之後方得入樂；〈雅〉詩多爲燕享朝會公卿大夫之作，歌之以時伴以「雅」之樂器（或：朝廷認同的高雅樂器，非地方性的樂器）爲主，此爲中夏之正聲；〈頌〉詩多爲祭祀頌神頌祖先之樂歌，〔註59〕內有舞曲，有升歌之詩，有金奏之詩，鐘或亦爲其重要之樂器；惠周惕謂「〈風〉、〈雅〉、〈頌〉以音別」，〔註60〕〈風〉、〈雅〉、〈頌〉之不同大概包括作者身份、內容性質與音樂各方面，但如何「以音別」，其詳迄今仍難以確知。觀程大昌之言，其知「〈南〉〈雅〉、〈頌〉之爲樂無疑」，其論則語焉不詳，此亦無可如何。近人周予同嘗謂：「〈風〉、〈雅〉、〈頌〉的區別，歷來經學家的意見非常紛歧，比較重要的約有三說，一以爲由於詩篇內容

〔註56〕見王國維：〈說周頌〉，收於《觀堂集林》，卷2。

〔註57〕見陳耀南：《典籍英華》，上冊，第1章引。台灣學生書局印行。

〔註58〕見文幸福：《周南召南發微》，上篇第3章第2節引。

〔註59〕〈魯頌〉、〈商頌〉之例外有其原因，參閱屈萬里：《詩經釋義》，敘論，「《詩經》之編集」。

〔註60〕詳見惠周惕：《詩說》，卷上。

的不同……，二以爲由於詩篇作者的不同……，三以爲由於詩篇音調的不同……，按這三說，如果以現存的〈風〉、〈雅〉、〈頌〉一篇一篇的去考校，都有這難通之點，所以這問題仍是經學史上沒有解決的問題。」〔註61〕〈風〉、〈雅〉、〈頌〉之區分標準，至今確實未有圓融而能爲學者普遍接受之結論，周氏言之不誣，此毋庸諱言。

四、論四詩品目

程大昌曰：「〈南〉、〈雅〉、〈頌〉以所配之樂名，〈邶〉至〈豳〉以所從得之地名，史官本其實，聖人因其故，未嘗少有加損也。夫子自衛反魯，然後樂正，〈雅〉、〈頌〉各得其所，其曰得所者，復其故列云爾，既曰復其故列，則非夫子創爲此名也。季札觀魯在襄之二十九年，夫子創魯在哀之十一年，卻而數之，六經之作，上距季札無慮六十餘年，《詩》之布於〈南〉於〈雅〉於〈頌〉於諸國，前乎夫子，其有定目也久矣，則不待夫子既出而創以名之也。學者求聖人太深，曰六經以以軌萬世，其各命之名，必也有美有惡，或抑或揚，不徒然也。重以先儒贅添「國風」一名，參錯其閒，四詩之目，萬世不敢輕議。又從而例其議曰：『一國之事，繫一人之本，謂之風。言天下之事，形四方之風，謂之雅。雅者，正也，言王政之所繇廢興也。政有大小，故有〈小雅〉焉，有〈大雅〉焉。頌者，美盛德之形容，以其成功告於神明也。』四者立而大小高下之辨起，從其辨而推之，有不勝其駁者矣。〈頌〉愈於〈雅〉，康、宣其減魯僖乎？〈雅〉愈於〈風〉，則二〈南〉其不若幽、厲矣。先儒亦自覺其非，又從而支離其說曰，〈風〉有變〈風〉，〈雅〉有變〈雅〉，不皆美也；夫同名〈風〉〈雅〉，中分正變，是明以璵璠命之，而曰其中實雜碔砆，不知何以名爲也！且其釋雅曰『雅者，正也』，則雅宜無不正矣，已而覺其詩有文、武焉，有幽、厲焉，則又自正而變爲政，而變爲大小廢興，其自相矛盾，類如此。又有大不然者，東周之王位號以世，雖齊威、晉文，其力足以無上，而頫首歸尊，稱之曰王，不敢少變。信如先儒所傳，實有〈國風〉，而〈風〉又非王者總統列國之

稱，則夫子聞〈黍離〉於衛鄭，其遂以天王之尊，下伍列國矣，累百世儒者，至此不敢極辨，蓋皆心知其不然，而無說以爲歸，故宵置不談而已，此皆始於信四《詩》而分美惡，故雖甚善傳會者，愈鑿而愈不通也。且《詩》、《書》同經，夫子刪定《詩》有〈南〉、〈雅〉、〈頌〉，猶《書》之有典、謨、訓、誥、誓、命也。誥之與命，謨之與訓，體同名異，世未有以優劣言者，其意若曰是將其名云爾，若其善惡得失，自有本實，不待辭費故也。是故，秦穆之誓，上同湯武；文侯之命，參配傅說；世無議者，正惟不眩於名耳。而至於《詩》之品目，獨譊譊焉，是非謂之不知類也乎？

按：《論語・子罕》記載：「子曰：吾自衛反魯，然後樂正，〈雅〉、〈頌〉各得其所。」此爲孔子自言，故爲研究孔子與《詩經》關係之重要資料。此章鄭《注》：「反魯，哀公十一年冬，是時道衰樂廢，孔子來還乃正之，故〈雅〉、〈頌〉各得其所。」〔註62〕邢《疏》：「此章記孔子言正廢樂之事也。孔子以定十四年去魯，應聘諸國，魯哀公十一年自衛反魯，是時道衰樂廢，孔子來還乃正之，故〈雅〉、〈頌〉各得其所也。」朱《注》：「魯哀公十一年冬，孔子自衛反魯，是時周禮在魯，然《詩》樂亦頗殘闕失次，孔子周流四方，參互考訂，以知其說，晚知道終不行，故歸而正之。」劉寶楠《正義》：「……《禮》、《樂》之書，稍稍廢棄，孔子曰『吾自衛反魯』云云，謂當時在者而復重雜亂者也，惡能存其亡者乎？《周官・太師》先鄭《注》，亦云時禮樂自諸侯出，頗有謬亂不正，孔子正之，則二鄭皆以〈雅〉、〈頌〉得所爲整理其篇第也。毛氏奇齡《四書改錯》不從鄭說，謂正樂非正詩，又云：『正樂，正樂章也，正〈雅〉、〈頌〉之入樂部者也。部者，所也。如〈鹿鳴〉一雅詩，奏於鄉飲酒禮，則鄉飲酒禮，其所也。又用之鄉射禮、燕禮，則鄉射、燕禮，亦其所也。然此三所不止〈鹿鳴〉，又有〈四牡〉、〈皇皇者華〉兩詩，則以一〈雅〉分數所，與聯數〈雅〉合一所，總謂之可得其所。乃從而正之，則先正諸〈雅〉之在諸所者，並正此〈雅〉之錯入他所，與他〈雅〉之錯入此所者，皆謂之正〈雅〉。惟〈頌〉亦然，〈清廟〉祀文王、則祝文其所也，然而祭統謂大嘗禘歌清廟，則嘗禘又其所，又且文王世子謂天子養老，登歌清廟，而仲尼燕居且謂清廟者，兩君相見之樂歌，則養老與君相見禮，無非其所，此必夫子當時專定一書，合統諸節目，

正其出入，如漢後樂錄名色，而今不傳矣，茲但就〈雅〉、〈頌〉二詩之首，約略大概如此。……』毛氏之論，視鄭爲戇。包氏慎言《敏甫文鈔》以〈雅〉、〈頌〉爲音，與毛又異，而義亦通，今都錄其說云，《論語》〈雅〉、〈頌〉以音言，非以詩言也，樂正而律與度協，聲與律諧，鄭衛不得而亂之，故曰得所。……《漢書・禮樂志》云：『周衰，王官失業，〈雅〉、〈頌〉相錯，孔子論而定之，故曰吾自衛反魯，然後樂正，〈雅〉、〈頌〉各得其所。』班氏所謂〈雅〉、〈頌〉相錯者，謂聲律之錯，非謂篇章錯亂也；所謂孔子論而定之者，謂定其聲律，非謂整齊其篇次也。……」〔註63〕日人安井衡曰：「皇侃云：『孔子以魯哀公十一年從衛反魯，而刪《詩》、《書》，定《禮》、《樂》，故樂音得正，所以〈雅〉、〈頌〉之詩，各得其本所也。〈雅〉、〈頌〉是《詩》義之美者，美者既正，則餘者正亦可知也。』案此章論正樂之事，故止言〈雅〉、〈頌〉各得其所。二〈南〉亦播之樂，而此不言者，用之房中，用之鄉黨，用之燕樂，人皆肄之，未失其所也。〈雅〉、〈頌〉唯天子用之，諸侯雖亦用〈雅〉，然必祭祀賓客之事，而始奏之，又不得盡用之，世亂道衰，肄之者益少，所以失其所也。皇侃兼《詩》而說之，故云『〈雅〉、〈頌〉既正，則餘者正亦可知』，蓋未達此義也。」〔註64〕竹添光鴻云：「樂正句，虛；〈雅〉、〈頌〉得所，是樂正之實。蓋分言之，則樂自樂，〈雅〉、〈頌〉自〈雅〉、〈頌〉，合言之，則樂即是〈雅〉、〈頌〉，〈雅〉、〈頌〉即是樂。『興於詩』章是分言，此章是合言。夫《詩》無次第，《樂》有次第，如〈鹿鳴〉之三，則必聯〈四牡〉、〈皇皇者華〉，〈鵲巢〉之三，則必聯〈采蘋〉、〈采蘩〉，而今《詩》乃以〈草蟲〉次〈采蘋〉，是無次第也。〈大武〉以武之三爲〈賚〉，武之六爲〈桓〉，而今《詩》乃〈桓〉爲武八，〈賚〉爲武九，則又無次第。此章論正樂之事，故言〈雅〉、〈頌〉各得其所。二〈南〉亦播之樂，而此不言者，用之房中，用之鄉黨，用之燕樂，人皆肄之，未知其所也。」〔註65〕其餘諸家之注疏尚多，然聚訟紛紜，莫衷一是，故毋庸多引。筆者以爲，毛奇齡《四書改錯》與包慎言《敏甫文鈔》所言各有一得；《漢書・禮樂志》所言「周衰，王官失業，〈雅〉、〈頌〉相錯，孔子論而定之」，「〈雅〉、〈頌〉相錯」一語可有兩解，一指樂章（篇次）相錯亂，

〔註63〕見劉寶楠：《論語正義》，卷 10。
〔註64〕見安井衡：《論語集說》，卷 3。
〔註65〕見竹添光鴻：《論語會箋》，卷 9。

一指樂音（聲律）相錯亂；依文理言之，孔子之正樂或正其樂章，或正其樂音，兩義均可通，故近人錢穆折衷舊說曰：「《詩》篇之分〈雅〉、〈頌〉以體製，樂之分〈雅〉、〈頌〉以音律，正其樂章，如〈鹿鳴〉奏於鄉飲酒、鄉射、燕禮，〈清廟〉奏於祀文王、大嘗禘、天子養老、兩君相見之類是也。正其樂音，正其音律之錯亂也。」〔註66〕錢氏之說可采。程氏大昌謂「其曰得所者，復其故列云爾」，乃就樂章而言；程氏又謂「既曰復其故列，則非夫子創爲此名也」，此言亦是，〈風〉（含二〈南〉）、〈雅〉、〈頌〉之名本非孔子所創也。程氏又謂「先儒贅添〈國風〉一名，參錯其閒，四《詩》之名，萬世不敢輕議」，此則令人不敢苟同，夫「國風」一詞雖晚於〈雅〉、〈頌〉，然〈邶〉、〈鄘〉、〈衛〉……諸國之《詩》既經采入三百篇，則先儒發明「國風」一詞以總領之，亦甚宜也，何可謂之「贅添」？不唯此也，古皆以〈風〉、〈雅〉、〈頌〉爲《詩》之三大類，如《周禮・春官・大師》云：「大師教六詩：曰風，曰賦，曰比，曰興，曰雅，曰頌。」未聞以二〈南〉獨立於〈風〉之外，宋儒始強以〈南〉與〈風〉、〈雅〉、〈頌〉並列，〔註67〕「四詩」之名實創自宋儒，如此又何得謂「四詩之名，萬世不敢輕議」？至於《詩序》之解釋〈風〉、〈雅〉、〈頌〉，誠如程氏所言，不必盡信，而〈風〉、〈雅〉有正變之說，無論由世之治亂分，〔註68〕由時代分，〔註69〕由《詩》之入樂與否分，〔註70〕由美刺分，〔註71〕由樂之應用不同而分，〔註72〕其說於《詩》之本身未必有何必然之深意，而所持之理由又紛紜各異，當然也很難說有何必然可信之理，故程氏不以「同名〈風〉〈雅〉，中分正變」爲然，其說亦是。程氏又謂《詩》有〈南〉、〈雅〉、〈頌〉，猶《書》之有典、謨、訓、誥、誓、命，以《詩》之類別無優劣之分，言之頗是，然程氏若

〔註66〕　見錢穆：《論語新解》，上冊，頁313。作者自印本。

〔註67〕　蘇轍《詩集傳》解〈小雅・鼓鐘〉「以雅以南，以籥不僭」之句時，以二〈雅〉釋雅，以二〈南〉釋南，雖未明言「南」宜獨立，然其說已影響及當代之學者。程氏《詩論》、王質《詩總聞》俱以〈南〉與〈雅〉〈頌〉並論，或亦深受蘇氏之啓發。後世之顧炎武、崔述、梁啓超諸學者繼起，皆承程、王之說，續發議論，就中，顧氏《日知錄》主張「〈南〉、〈豳〉、〈雅〉、〈頌〉爲四詩，而列國之〈風〉列焉」，其說又非宋儒所可預期者。

〔註68〕　如《詩序》、孔穎達《毛詩正義》皆如此主張。

〔註69〕　如鄭玄《詩譜》、歐陽修《詩本義》皆如此主張。

〔註70〕　如顧炎武《日知錄》如此主張。。

〔註71〕　如惠周惕《詩說》如此主張。。

〔註72〕　《詩集傳》如此主張。。

因此而謂〈風〉不可與〈雅〉、〈頌〉並列，而欲以〈南〉取代〈風〉之位；
此則不可，蓋〈邶〉至〈豳〉之詩凡百三十五篇，已近《詩》三百之半數，
豈可以〈南〉代之？故以〈南〉、〈風〉、〈雅〉、〈頌〉四體並列，或猶有可
說，以〈南〉、〈雅〉、〈頌〉為三詩，則實有不妥。

五、論「國風」之名出於《左》、《荀》

程大昌曰：「『國風』之名，漢人盛言之，而揭著篇首則自毛氏始。
戴記、遷史，凡援說〈國風〉，或別為自己所見，或託以夫子所言，
蓋皆沿襲前傳，不足多辨載。嘗究求其元，則左氏、荀況氏既云爾
矣，曰『〈風〉有〈采蘩〉、〈采蘋〉』（按：語出《左傳‧隱公三年》），
曰『〈風〉之所以為風者，取是以文之也』（按：《荀子‧儒效》原文
作「〈風〉之所以為不逐者，取是以節之也：〈小雅〉之所以為〈小
雅〉者，取是而文之也……」），是時去孔子不遠，已有若言矣。左
氏之非邱明，前輩多疑之，其最不掩者有曰『虞不臘矣』，世未更秦，
未有臘名，是不獨不與夫子同時，亦恐世數相去差遠矣。又況其託
說於『君子曰』者，乃明出左氏臆見，故如指〈采蘩〉、〈采蘋〉為
〈風〉，援引〈頌〉文而冠商、魯其上，皆春秋以後語，非如季札所
列，是其魯府古藏本真也，豈可繫徇世傳，疑其授諸夫子也哉？荀
況之出，雖附近夫子，其源流乃出子弓；子弓者，古云仲弓也。雍
之所得，既非參、賜之比，而況之言又不純師也。《中庸》率性，子
思親受之其家，而成性存存、克己復禮，皆易《論語》中夫子筆舌
所出也，況乃繫曰人性本惡，其善者偽也；若以善為非性，則禮也、
道義也，皆非天賦，而自外來，設使己欲己克，本性已成，元無此
禮，本無放失，循何而復不蘊？道義則本自無有，亦何存之得存哉？
此其學術已明戾夫子，不可信據矣。猶有可諉曰，傳授或偏，見解
不至，至如唐虞象刑，典謨既嘗兩出，又皆虞史所書，亦帝舜本語，
而況直曰治古無象刑而有肉刑也！夫六經明有其文者，況猶忽忘，
以為無有，則訛詩為風，其可堅合以為有所傳授乎？」

按：程氏《詩論》第二篇論古無「國風」之名，已見前引，此則論《左氏》、
《荀子》發明「國風」之名，並謂《左》《荀》之說皆不可信。程氏之說，
未必盡然。《左傳》之作者，自來多以為與孔子同時之左丘明，世之疑之者

雖多，然多無實證以非舊說，如程氏所云之「虞不臘也」一句，說者多謂不臘為秦時文字，〔註73〕遂據以謂《左傳》非丘明作，然張守節早已明言：「秦惠王始效中國為之，是以不臘為秦時文字，未足為據。」〔註74〕趙汸亦謂「臘字考字書別無他意，只是臘祭耳。從臘者，蓋取狩獵為義。秦以前已有此字，已有此名。如三王之王，不知帝世已有此名，至禹始定為有天下之稱也。後儒不深思；則謂秦始稱臘，學者便據此以疑《左傳》，此何可信哉？」〔註75〕故程氏以「虞不臘也」一句，推論《左傳》作者與孔子「世數相去差遠」，其說未足憑信。雖然，《左傳》文字亦不必盡信，劉逢祿以為劉歆改竄傳文，〔註76〕其說必不盡誣，姚鼐謂「《左氏》之書，非出一人所成。……後人屢有附益，其為邱明說經之舊，及為後所益者，今不知孰為多寡矣」，〔註77〕說亦屬實，故近人裴普賢云：「非獨劉歆而已，如涉及六國時事者，當由戰國季世之為《左氏》學者所增益。古書全無改竄者實在很少。所以《左傳》之失其真，應該在六國之季世已然，不必自劉歆開始。」〔註78〕《左傳》之文字既經後人改竄，而《左傳》「〈風〉有〈采蘩〉、〈采蘋〉」之語之前又冠有「君子曰」三字，則此語之來歷更難以追究矣。至若《荀子》之學，本出孔氏，而尤有功於諸經；〔註79〕而其學以《禮》為宗，禮義之統乃由歷史累積而成，為儒家客觀理想之所本，亦孔子所急於成就者；〔註80〕故不可以為《荀子》之學前無所承，亦不可據《荀子》書中疏漏之處，而遂謂其提出〈國風〉之名必無所傳授。又《左傳》雖有「〈風〉有〈采蘩〉、〈采蘋〉」之語，然並未連用「國風」兩字，而《荀子‧大略》有「〈國風〉之好色也」之句，故「國風」之名當出於《荀子》。

六、論《左》、《荀》創標〈風〉名之誤

　　程大昌曰：「漢人贅目〈國風〉以參〈雅〉、〈頌〉，其源流正自況出

〔註73〕如鄭樵《六經奧論》、程端學《春秋本義》皆有是說。
〔註74〕見張守節：《史記正義》。
〔註75〕見趙汸：《春秋師說》，卷上。
〔註76〕詳見劉逢祿：《左氏春秋考證》，《皇清經解》，卷 1294。
〔註77〕見姚鼐：《姚姬傳全集‧左傳補注序》。
〔註78〕見裴普賢：《經學概述》，頁 111。台灣開明書店印行。
〔註79〕參閱汪中：《荀卿子通論》，收於《述學》，卷 4。
〔註80〕參閱韋政通：《荀子與古代哲學》，第一章，〈荀子「禮義之統」系統的解析〉。台灣商務印書館印行。

也，何以知其然也？漢之《詩》師，莫有出申公之先，而其《詩》派亦無能與《魯詩》爲匹者，申公之師則浮邱伯，而浮邱伯者，親況門人也。高后時，浮邱伯嘗遊京師，文帝時，申生又以精《詩》爲博士，即劉歆所謂《詩》始萌芽者也。漢《詩》自公毛以外，得立學官者凡三家，齊轅固事景帝，始爲博士，獨韓嬰在燕，申生在魯，最爲蚤出，然終西都之世，魯派之盛，如王臧、孔安國、王式、韋賢、賢子元成，皆嘗以《詩》顯名，爲世所宗，轅韓之學絕不能抗，則漢世《詩》派大抵皆自況出也。譬之水然，源濁則流濁，所受則然，何怪乎況說之曼衍於漢哉！左氏之生在況先後，則未易盃斷，然而創標〈風〉名以比〈雅〉、〈頌〉，則二子同於一誤也。抑嘗深求其故，則亦有自，蓋札之言《詩》，嘗曰『其〈衛風〉乎』，又曰『泱泱乎大風也哉』，是語也，謂康叔、太公之餘風，形見於詩者，若此其盛云耳。左、荀之在當時，其必尊信札言，而不究其所以言，意札之謂〈風〉者，與〈雅〉、〈頌〉配對，又會十三國者，徒詩而無他名，徒國而無附語，遂並〈齊〉、〈衛〉二詩，槩取風名，加配諸國，於是乎〈風〉與〈雅〉、〈頌〉，遂有名稱與之相敵，後儒因又加國其上，而目曰〈國風〉，毛氏正采〈國風〉之目，分寘十三國卷首，而作〈大序〉者，又取司馬遷四始而擴大之，遂明列其品曰〈風〉、〈雅〉、〈頌〉，分爲四詩，是謂四始，《詩》之至也。四始立，而〈國風〉之體上則捃沒二〈南〉，使其體不得自存，又上則包并后稷、平王，使王業王位下齒侯國，其失如此。究求所始，皆左荀二子誤認季札本意而已，此其誤之所起，而可攷者如此。」

按：四家《詩》之出，魯最爲先。《漢書・藝文志》曰：「魯申公爲《詩》訓故，而齊轅固、燕韓生皆爲之傳。或取春秋，采雜說，咸非其本義，與不得已，魯最爲近之。」可見當時最尚《魯詩》。《魯詩》爲申公所傳，其「弟子爲博士者十餘人，其治官民，皆有廉節，稱其好學。學官弟子，行雖不備，而至於大夫、郎中、掌故以百數，言《詩》雖殊，多本於申公」。〔註81〕申公嘗與魯穆生、白生、楚元王劉交等，俱學於浮邱伯，而浮邱伯爲荀子之門人，故申公之《詩》，源於荀子。〔註82〕申公弟子傳《詩》著名者，有周霸、夏寬、

〔註81〕語見《史記・儒林傳》。
〔註82〕參閱《漢書・楚元王傳》。

魯賜、繆生、徐偃、闕門慶忌、王臧、趙綰、孔安國、瑕邱江公、許生、徐公諸家，而尤以瑕邱江公為盡得其傳，徒眾亦最盛。其後《魯詩》愈盛，有韋氏（韋賢）、張氏（張長安）、唐氏（唐長賓）、褚氏（褚少孫）、許氏（許晏）之學，其餘諸家之傳承亦不勝枚舉，程氏大昌謂西漢之世《魯詩》最盛，其說甚是，而申公之《詩》既源於荀子，則漢人標舉〈國風〉之名以參〈雅〉、〈頌〉，源出荀子，亦言之有據。不僅此也，毛氏采〈國風〉之目，分寘十三國卷首，大小毛公之學亦源自荀子，〔註83〕故謂荀子創標〈國風〉之名，誠然不虛。程氏以左氏生年不易論斷，故謂左、荀創標〈風〉名，又謂二子同於一誤，並求其故，謂左、荀乃誤解季札之言；程氏之言恐未必然。《左傳・襄公二十九年》記吳公子札來聘，請觀於周樂，使工為之歌〈周南〉、〈召南〉，為之歌〈邶〉、〈鄘〉、〈衛〉……，為之歌大小〈雅〉，為之歌〈頌〉，季札聞後皆有評語；為之歌〈邶〉、〈鄘〉、〈衛〉，則曰：「美哉！淵乎！憂而不困者也，吾聞衛康叔、武公之德如是，是其〈衛風〉乎？」此一「風」字，杜預與日人竹添光鴻皆以樂聲釋之，〔註84〕程氏則以風化、風教釋之，觀諸文義，二說皆可誦，很難說何者得季子原意。至工為之歌〈齊〉，季子有「美哉！泱泱乎大風也哉」之嘆，則絕不可謂為左、荀創標風名之自，蓋此風如字，泱泱為弘大之聲，〔註85〕左、荀當不致因季札此語而創標風名。程氏又謂「〈國風〉之體上則揜沒二〈南〉，使其體不得自存，又上則包并后稷、平王，使王業王位下齒侯國，其失如此」，似乎程氏以為非唯二〈南〉不在〈國風〉之內，連〈豳風〉、〈王風〉也都不宜列入〈國風〉。二〈南〉是否宜獨立於〈風〉、〈雅〉、〈頌〉之外，乃一久訟不決之問題，程氏以〈南〉、〈雅〉、〈頌〉為樂名，而欲別出「南」體，雖有可說，而理由、證據仍嫌不足；〔註86〕今本《詩經》

〔註83〕參閱熊師翰叔：《荀卿學案》，頁11。台灣商務印書館印行。
〔註84〕見竹添光鴻《左傳會箋》，卷19。
〔註85〕此依杜預注。
〔註86〕程發軔嘗曰：「孔子曰：『吾自衛反魯，然後樂正，〈雅〉〈頌〉各得其所。』是《詩》三百篇孔子皆絃歌之，以求合〈韶〉〈武〉〈雅〉〈頌〉之音。如不合樂律，而隨意分合二〈南〉與〈國風〉，則孔子不必正樂矣。朱載堉，明代世子也，精研律數，著有《樂律全書》、《律呂精義》等書。其《樂律全書》既謂：『〈周頌〉、〈魯頌〉多羽調（今A調），十五國多角調（今E調）。』自必有樂律之依據。軔已提出〈雅〉〈南〉並稱，而不敢離〈國風〉而獨立成類者，以不知樂律如何配合也。章太炎先生謂：『十五〈國風〉，不見荊楚。荊楚者，〈周南〉〈召南〉之聲，已在〈國風〉中矣。』（〈詩終始論〉）是二〈南〉屬於〈國風〉之說，較獨立說為數較多也。」見孔孟學會主編：《詩經研究論集》，

以〈王風〉與諸國之詩並列，程氏謂爲漢儒之失，然〈王風〉乃周平王東遷之後，王城畿內之詩歌，是時諸侯勢力凌駕天子，以〈王風〉與諸國之詩並列，亦宜然；〔註87〕至於〈豳風・七月〉之詩，《詩序》謂爲「陳王業也。周公遭變，故陳后稷先公風化之所由，致王業之艱難也」，其說本無堅強實據，〈七月〉內容爲豳人自咏其生活，〈豳〉詩列於〈國風〉，可謂天經地義。

七、論逸詩有豳雅、豳頌，而無〈豳風〉

程大昌曰：「《周官》之書，先夫子有之，其〈籥章〉所歟逸詩有豳雅、豳頌，而無〈豳風〉，則又可以見成周之前，無〈風〉而有詩〈雅〉、〈頌〉，正與季札所見名稱相應也。大師比次《詩》之六義曰風也、賦也、比也、興也、雅也、頌也，列以爲六，蓋類而暢之，猶曰《詩》之各有其理者如此而已耳。鄭司農於此，遂取季札〈衛風〉一語以實其說，而曰〈國風〉者古固已有，如大師所掌也。是鄭氏亦覺六經夫子無言《詩》之有〈風〉者，特並沿六經，以證夫〈風〉之有本耳。故予得以斷謂左荀之失，起於誤認札語也。且鄭不知此之六目，特釋其義，而未嘗以命其名也，試言其類，吉甫之贈申伯也，自敍所著曰：『其詩孔碩，其風肆好。』是正六義中取〈風〉以爲義者也，然而夫子釐〈雅〉、〈頌〉以正其所，而〈崧高〉部彙自屬〈大雅〉，足以見〈雅〉之體可以包〈風〉，〈風〉之義不得抗〈雅〉，其證甚明也。若參六義言之，謂〈雅〉、〈頌〉與〈風〉俱居六義之一，而〈風〉當匹敵〈雅〉、〈頌〉，則夫賦比興三體者，今無一《詩》以行于世，豈夫子而肯不論當否，盡刪剟無遺矣乎？此皆可推，而知其不然者。若不信周官、季札、夫子，而堅據荀況、左氏、漢儒以爲定，則正恐舍形徇影，失本太遠也。」〔註88〕

按：《周禮》之作者及時代，自古至今，爭辯不絕，言人人殊，迄未定論。此書舊題周公撰，漢儒張禹、包咸、周生烈皆疑之，唐賈公彥亦謂其書「附雜

頁 322，台北黎明文化事業公司出版。王師靜芝：「蘇轍的《詩集傳》、程大昌的《考古編》，王質的《詩總聞》，顧炎武的《日知錄》、梁啓超的〈釋四詩〉等，都主張這一說（按：指二〈南〉宜獨立）。但所提出的理由，都不見得十分有力，證據都嫌不足。」《經學通論》，上冊，頁 254。台北環球書局印行。

〔註87〕　參閱本編第三章，〈蘇轍之詩經學〉，第三節。
〔註88〕　參閱裴普賢：《經學概述》頁 85。

之者大牛」，〔註89〕宋儒更多有疑之者，如張載謂「其間必有末世增入者，如盟詛之類，必非周公之意」，程頤謂「《周禮》不全是周公之書注，亦有後世隨時添入者，亦有漢儒撰入者」，〔註90〕蘇轍謂「秦漢諸儒以意損益之者眾矣，非周公之完書也」，〔註91〕洪邁謂「《周禮》一書，世謂周公所作，而非也。昔賢以爲戰國陰謀之書，考其實，蓋出於劉歆之手」。〔註92〕宋以後至今，考《周禮》之書者甚多，茲不具引，而近人於《周禮》鑽研極深者多，錢穆、徐復觀皆具有代表性。錢氏有〈周官著作時代考〉之大作，舉證歷歷，以明何休之說不誣，《周禮》確爲戰國晚年之書；〔註93〕徐氏則有《周官成立之時代及其思想性格》一書，以長約十萬字之文以證「《周官》乃王莽、劉歆們用官制以表達他們政治理想之書」。〔註94〕錢、徐二氏之結論雖異，然《周禮》內容問題叢生則無可否認。既然，則程氏大昌以《周官》之書先夫子有之，實亦言之過早。以來歷不明之書，而謂可證成周之前無〈風〉而有《詩》〈雅〉、〈頌〉，亦已失其所據。抑有甚者，同爲《周禮》之書，〈春官・大師〉有「風」之名，程氏不以之證明古有風名，而謂《詩》之六義乃「《詩》之各有其理者如此而已耳」；古書至程氏手中，可以任意解釋，則其論辨尚有何窒礙！且程氏認定《詩》無「風」名，乃可謂〈籥章〉龡豳詩非龡〈豳風〉；近人林尹以爲古有「風」名，而謂豳詩爲〈豳風〉，蓋《詩》爲總名，下言〈雅〉、〈頌〉，故知此爲〈豳風〉，〔註95〕其說又何嘗不可？程氏又以〈大雅・崧高篇〉「吉甫作誦，其詩孔碩，其風肆好，以贈申伯」之句，而云「雅之體可以包風，風之義不得抗雅」；夫詩句之意爲「吉甫作此詩，甚詩甚爲大美，其意甚爲深長，以贈申伯」，〔註96〕風指其詞中之意也，〔註97〕與六義之〈風〉無涉，何可謂雅之體可以包風也！程氏又謂「若參六義言之，謂〈雅〉、〈頌〉與〈風〉俱居六義之一，而〈風〉當匹敵〈雅〉、〈頌〉，則夫賦比興三體者，

〔註89〕詳見賈公彥：《周禮正義・序》。

〔註90〕張載、程子之說見《經義考》，卷12。

〔註91〕見馬瑞臨：《文獻通考》，卷180。

〔註92〕洪邁：《容齋續筆》，卷16，《容齋隨筆》，下冊，頁411。上海古籍出版社印行。

〔註93〕〈周官著作時代考〉一文，收於錢穆《兩漢經學今古文平議》一書。台北東大圖書公司印行。

〔註94〕參閱徐復觀：《周官成立之時代及其思想性格》，台灣學生書局印行。

〔註95〕參閱林尹：《周禮今註今譯》，頁249。台灣商務印書館印行。

〔註96〕引文見王師靜芝：《詩經通釋》，頁588。

〔註97〕此「風」之義取胡承珙《毛詩後箋》之說。見《毛詩後箋》，卷25。

今無一詩以行於世……」，程氏謂〈風〉若可與〈雅〉、〈頌〉並立，則《詩》之六義爲六體；自說自話，其說甚不可通，同時之王質則謂「賦、比、興三詩皆亡，風、雅、頌三詩獨存」，〔註98〕說更離譜；夫六義之中，〈風〉、〈雅〉、〈頌〉爲《詩》之體別，賦、比、興爲《詩》之作法，二者性質不同，截然不混，非賦、比、興別有篇卷，此理之甚明，唯《周禮》六義之排列較爲錯綜，易滋後人疑惑而已。〔註99〕程氏以風雅頌與賦比興混爲一談，扞格難通。

八、論豳詩非〈七月〉

程大昌曰：「《周禮・籥章》龡豳詩、豳雅、豳頌，則〈豳〉疑於入樂矣。然予嘗取《周官》，凡嘗及樂者，反覆推考，以類證類，然後知〈籥章〉之謂豳詩、豳雅、豳頌者，非今〈七月〉等詩也。蓋自大司樂以下，《詩》之入樂者，皆枚數其篇名，若如〈九夏〉之〈王夏〉、〈肆夏〉，〈大射〉之〈騶虞〉、〈貍首〉，是其證也。而未嘗有如〈籥章〉所龡，槪舉〈詩〉、〈雅〉、〈頌〉三體，無分其爲何篇何名者也。夫既於篇章無所主指，不可憶其爲詩矣。設如所云即詩、雅、頌，自是三類，使一類但有一詩，豈其不爲三詩乎？今考諸豳爲詩凡七，獨〈七月〉一篇與迎氣祈祭相入，至〈鴟鴞〉以下六篇，皆明指東周時事，既與迎氣祈祭絕不相類，又無緣可混〈雅〉、〈頌〉以爲名，鄭氏必欲附會，乃取〈七月〉而三分之，曰此風也，此雅也，此頌也，一詩而雜三體，吾不敢憶斷其然乎否也，然獨質諸《論語》，夫子以〈雅〉、〈頌〉得所，始爲樂正，則〈雅〉、〈頌〉混爲一語，其得爲正乎？其既不正，豈不爲夫子之所刊削也乎？且又有不，

〔註98〕 見王質：《詩總聞》，卷2，〈聞風〉。

〔註99〕 《周禮・春官》：「大師教六詩：曰〈風〉，曰賦，曰比，曰興，曰〈雅〉，曰〈頌〉。」〈詩大序〉六義之排列與此同，然則賦、比、興何以置於〈風〉與〈雅〉、〈頌〉之間，不易理解。《詩序》孔穎達《疏》謂：「六義次第如此者，以《詩》之四始，以〈風〉爲先，故曰〈風〉。〈風〉之所用，以賦、比、興爲之辭，故於〈風〉之下，即次賦、比、興，然後次以雅、頌。〈雅〉、〈頌〉亦以賦、比、興爲之，既見賦、比、興於〈風〉之下，明〈雅〉、〈頌〉亦同之。」劉大白《白屋說詩》則曰：「古代沒有輕脣音，風、賦兩音都屬幫紐，合比字同一發音。頌字本來就是形容的容字，而古代喩紐歸影，容讀影紐，合雅字也是同一發音。興屬曉紐，和影紐不過深喉淺喉之別，所以作〈大序〉的人依發音底同異，而把這六字分爲兩類。」以上兩種推論迄未定論。

用以入樂，其全奏乎？抑斷章而歙乎？使其全奏，則一樂所舉，凡三奪其倫，〈籥章〉其失職矣。使斷章而取，自應別〈七月〉而三奏之，不應雜三體以爲一《詩》也。鄭氏既欲曲取〈七月〉，以實〈籥章〉所歙，而〈籥章〉所歙〈詩〉也、〈雅〉也、〈頌〉也，是以鼎立爲三。細而推之，三者之中，《詩》之名既可以該括〈雅〉、〈頌〉，而〈七月〉一詩又域於諸儒所謂〈國風〉中，若從〈籥章〉之舊，而謂之《詩》，則是於四始獨遺〈國風〉，於是又捨〈籥章〉本文，而自出己語，獨改幽詩以爲〈幽風〉，而曰此詩即籥章氏所歙者也，此可以見其遷就無據之甚矣。歐陽文忠公疑別有〈幽詩〉，于今不存，所謂理至之言，不得不服者，吾取以爲斷也。」

按：《周禮・籥章》曰：「〈籥章〉掌土鼓幽籥，中春，晝擊土鼓，歙幽詩，以逆暑。中秋，夜迎寒，亦如之。凡國祈年于田祖，歙幽雅，擊士鼓，以樂田畯。國祭蠟，則歙頌，擊土鼓，以息老物。」〔註100〕鄭玄《注》謂「幽詩，〈幽風・七月〉也，吹之者，以籥爲之聲。〈七月〉言寒暑之事，迎氣歌其類也。此〈風〉也，而言詩，詩，揔名也。……幽雅亦〈七月〉也，〈七月〉又有于耜舉趾、饁彼南畝之事，是亦歌其類。謂之雅者，以其言男女之正。……幽頌亦〈七月〉也，〈七月〉又有穫稻作酒、躋彼公堂、稱彼兕觥、萬壽無疆之事，是亦歌其類。謂之〈頌〉者，以其言歲終人功之成」，是鄭玄以〈七月〉一詩分割爲〈風〉、〈雅〉、〈頌〉三體，故其箋《毛詩》即用此說。然此說之不通也甚明，〈風〉詩之中若可兼雜〈雅〉、〈頌〉，豈其詩亦可入於〈雅〉、〈頌〉？且《詩》有三百餘篇，唯〈七月〉一詩兼有三體，未免過分特殊。吾人相信，若非《周禮》明言歙幽詩、幽雅、幽頌，鄭玄箋《詩》必不致強調〈七月〉兼含〈風〉、〈雅〉、〈頌〉三體，此所以朱子《詩集傳》非之，以爲〈風〉中不得有〈雅〉、〈頌〉，又一詩之中，首尾相應，剟其一節而用之，恐無此理。〔註101〕馬瑞辰駁之尤詳，其說曰：「諸《詩》未有一篇之內備有〈風〉、〈雅〉、〈頌〉者，而鄭君獨謂〈七月〉一詩兼備三體，先儒嘗駁之矣。謹案：〈籥章〉以掌籥爲專司，故首首幽籥，先鄭謂幽籥，幽國之地竹，其說非也。《禮記・明堂位》：『土鼓、葦籥，伊耆氏之樂也。』蓋籥後世始用竹，伊耆氏止以葦之，幽籥即葦籥也。郊特

〔註100〕見《周禮正義》，卷24。
〔註101〕詳《詩集傳》，卷9。

牲正義謂伊耆即神農。籥章『祈年於田祖』，鄭《注》：『田祖，始教耕者，神農也。』又言祭蠟，據《史記》

小司馬補〈三皇紀〉『神農始作蠟』，與〈郊特性〉『伊耆氏始為蠟』合，是伊耆即神農之證。祈年所以祭神農，祭蠟亦行神農之禮，故仍其舊樂，祭以土鼓、葦籥。〈籥章〉既言土鼓，則知豳籥即葦籥，不曰葦，而曰豳，蓋豳人習之，因曰豳籥，猶商人謌之謂之商，齊人謌之謂之齊也。〈籥章〉專主吹籥，則統下豳詩、豳雅、豳頌三者，皆吹以豳籥也。古者〈風〉、〈雅〉、〈頌〉皆可吹以籥，〈籥章〉以豳籥吹豳詩及雅、頌，故有以豳籥觀之耳。觀言逆寒暑吹豳詩，足證惟迎寒暑，方以豳籥吹豳詩，此外則不吹豳詩，豳詩指〈七月〉之詩，籥章特言豳詩以別之，將以明乎豳雅、豳頌之不為〈七月〉詩也。祈年吹豳雅，祭蠟吹豳頌，蓋祈年用雅，以豳籥吹之，因曰豳雅；祭蠟用頌，以豳頌吹之，因曰豳頌。總之，觀〈籥章〉言祭田祖，言祭蠟，言土鼓，則知豳籥即葦籥矣。觀〈籥章〉首言豳籥，而後言吹豳詩、吹豳雅、吹豳頌，則知三者皆吹以豳籥，而雅、頌所以稱豳在是矣。觀迎寒暑吹豳詩，則知豳雅、豳頌之不用豳詩，正不必強分〈七月〉一詩以備三體矣。」〔註 102〕馬說極為透闢，〈七月〉一詩不可能兼包〈風〉、〈雅〉、〈頌〉三體，鄭注《周禮》、箋《毛詩》，言有未當。程氏大昌由大司樂以下，《詩》之入樂者皆枚數篇名，以證鄭氏之言純屬臆測；又以〈雅〉、〈頌〉混一，其樂不正，必為夫子所刊削，又以全奏則籥章失職，斷章則不應雜三體以為一詩，以證鄭氏解經，遷就無據；義正詞嚴，理亦充分，令人無可反駁，其言實深中肯綮，洵然不誣也。至其與歐陽公俱疑古別有豳詩，於今不存；古詩本甚易亡逸，其懷疑自亦不無可能。

九、論《詩序》不出於子夏

程大昌曰：「《詩序》世傳子夏為之，皆漢以後語，本無考據，學者疑其受諸聖人，噤不敢議，積世既久，諸儒之知折衷夫子者，亦嘗覺其違異，而致其辨矣。予因參己意而極言之，夫子嘗曰『〈關雎〉樂而不淫，哀而不傷』，是說也，夫子非以言《詩》也，或者魯大師摯之徒樂及〈關雎〉，而夫子嘉其音節中度，故曰雖樂矣，而不及於淫，雖哀矣，而不至於傷，皆從樂奏中言之，非以敘列其詩之

〔註 102〕見馬瑞辰：《毛詩傳箋通釋》，卷 1，考證，「豳雅豳頌說」。

文義也，亦猶賓牟賈語武，而曰聲淫及商者，謂有司失傳，而聲音奪倫耳，非謂武王之武實荒放無倫也。今《序》誤認夫子論樂之指，而謂〈關雎〉詩意實具夫樂淫哀傷也，遂取其語而行之曰『憂在進賢，不淫其色，哀窈窕，思賢才，而無傷善之心焉，是〈關雎〉之義也』，其與夫子之語既全不相似，又考之〈關雎〉，樂則有之，殊無一語可以附著於淫哀傷也，夫本聖言而推之者，尚破碎如此，其他何可泥名失實，而不敢加辨也歟？至他序失當，與《詩》語不應，則有昭然不可掩者矣。蕩之詩，以『蕩蕩上帝』發語，〈召閔〉之詩，以『閔天疾威』發語，蓋采詩者摘其首章要語以識篇第，本無深義，今《序》因其名篇以『蕩』，乃曰『天下蕩蕩無綱紀文章』，則與『蕩蕩上帝』了無附著，於〈召旻〉又曰『旻，閔也，閔天下無如召公之臣也』，不知『閔天疾威』有閔無臣之意乎？凡此皆必不可通者。而其他倒易時世，舛誤本文者，觸類有之。又如〈絲衣〉之《序》引高子曰，以綴其下，自是援引他師解詁，以釋詩意，決非古語。世儒於其不通者，則姑歛默而闕疑焉，大抵疑其傳授或出聖門焉耳。然而不能明辨著《序》者之主名，則雖博引曲諭，深見古詩底蘊，學者亦無敢主信也矣。」

按：毛公、鄭玄、蕭統、王肅、陸德明、陸璣、陳奐……皆有子夏作《序》之說，〔註103〕唐朝之韓愈已知此說非是，其言曰：「子夏有不序《詩》之道三：知不及，一也；暴揚中冓之私，《春秋》所不道，二也；諸侯猶世，不敢以云，三也。」〔註104〕及至宋朝，歐陽修、蘇轍、鄭樵皆不信子夏作《序》，〔註105〕程氏大昌繼諸儒之後，亦謂《詩序》不出於子夏，其所持理由主要是說《詩序》每多失當，與《詩》語不應，必非聖門之作。茲檢論程氏駁《序》之語，皆無可非議，〈關雎〉之詩句，確無一語可以附著於樂淫哀傷；〈蕩〉、〈召閔〉之詩，確無「天下蕩蕩無綱紀文章」、「閔天下無如召公之臣」之義；〔註106〕〈絲衣〉之《序》引高子曰，自是援引他師解詁，以釋詩意，且《序》言「〈絲衣〉，繹賓尸也」，說亦不需深

〔註103〕參閱王師靜芝：《詩經通釋》頁17。
〔註104〕引文出自韓愈〈詩序議〉，轉引自范處義《詩補傳》，卷前，〈明序篇〉。
〔註105〕歐、蘇、鄭之說詳見本編二至四章。
〔註106〕詳見本編第四章「鄭樵之《詩經》學」，第四節第21段之按語。

信，清人姚際恒已直指其非；〔註107〕程氏之說頗有參考之價值。

十、論〈小序〉綴語出於衛宏

程大昌曰：「謂序《詩》為子夏者，毛公、鄭玄、蕭統輩也。謂子夏
有不序《詩》之道三，疑其為漢儒附託者，韓愈氏也。《詩》之作，
託興而不言其所從興，美刺雖有指著，而不斥其為何人。子夏之生，
去《詩》亡甚遠，安能臆度而補著之歟？韓氏所謂知不及者，至理也。
范曄之傳衛宏曰，九江謝曼卿善《毛詩》，宏從受學，作《毛詩序》，
善得〈風〉〈雅〉之旨，于今傳於世，而鄭玄作《毛詩箋》也，其敘
著傳授明審如此，則今傳之《序》為宏所作何疑哉！然以子夏而較衛
宏，其上距古詩年歲，遠近又大不侔，既子夏不得追述，而宏何以能
之？曰：曄固明言，所序者毛《傳》耳，則《詩》之〈古序〉非宏也，
〈古序〉之與〈宏序〉，今混并無別，然有可考者，凡《詩》發序兩
語，如『〈關雎〉，后妃之德也』，世人之謂〈小序〉者，〈古序〉也；
兩語以外，續而申之，世謂〈大序〉者，宏語也。鄭玄之釋〈南陔〉
曰，子夏序《詩》，篇義合編，遭戰國至秦，而〈南陔〉六詩亡，毛
公作《傳》，各引其〈序〉，冠之篇首，故詩雖亡，而義猶在也。玄謂
《序》出子夏，失其傳矣，至謂六詩發〈序〉兩語，古嘗合編，至毛
公分冠者，玄之在漢，蓋親見也。今六〈序〉兩語之下，明言有義亡
辭，知其為秦火以後，見〈序〉不見《詩》者所為也。毛公於《詩》，
第為之傳，不為之序，則其申釋先序辭義，非宏而孰為之也？以鄭玄
親見，而證先秦故有之《序》；以六〈序〉綴語，而例三百五篇〈序〉
語，則〈古序〉、宏〈序〉昭昭然白黑分矣。」

按：《後漢書·儒林傳》明載衛宏作《詩序》，則主衛宏作《序》之說者，
稍有根據，但仍不足以為定論。程氏之前，蘇轍疑《序》為毛公之學，而
衛宏所集錄，因惟存其一言（即程氏所謂「發序兩語」），以下餘文，悉從
刪汰；程氏辨〈小序〉綴語出於衛宏，或亦受蘇轍之啟迪，蓋蘇轍之惟存
《詩序》發端之語，正以此為〈古序〉可信，而刪汰綴語，則以之為宏序
不可信。又衛宏作《序》之說，清儒之邃於經學者多非之，曾樸《補後漢

〔註107〕詳見姚際恒：《詩經通論》，卷17。

書藝文志》言之尤詳，而近人王禮卿、徐復觀亦各出新解，以明衛宏作《序》
之不可信，徐氏之說，本編第四章〈鄭樵之詩經學〉已引，茲再引王氏之
說，以見衛宏作《序》之說尚待商榷：「曾氏《補後漢書藝文志》，列舉七
驗，以證其非宏作。一據前引鄭志答張逸問〈常棣〉、〈絲衣〉（按王氏駁衛
宏作《序》之前有曰：考〈詩・常棣・正義〉引《鄭志》：「張逸問：〈常棣・
箋〉云：周仲文以左氏論之，三辟之興，皆在叔世，謂三代之末。即二叔
宣爲夏殷末。鄭君舍曰：此注左氏者亦云管蔡耳。又此《序》子夏所爲，
親受聖人，足自明矣。」是鄭以《序》爲子夏作。又〈絲衣・正義〉引答
張逸曰：「高子言，非毛公，後人著之。」是鄭以《序》發瑞語下，皆毛公
作。……）以證鄭君不知爲宏作。二據《後漢書》賈逵、鄭眾皆傳《毛詩》，
與宏師法相同。韋昭《國語解》引賈逵《國語解詁》：『〈常棣〉之篇，所以
閔管蔡而親兄弟。』又引鄭眾《國語章句》：『昔正考父校商之名頌十二篇
於周太師，以〈那〉爲首。』謂一據〈常棣・詩序〉爲解，一據〈那・詩
序〉爲解。而鄭賈、服虔引同時人說，皆標姓名，此於《詩序》獨無宏名。
以證三君不知爲宏作。三據《獨斷》引舊說皆標出之；龍虎紐一條稱衛宏
曰；其載同頌《序》三十一章，與今《詩序》不異，而不及宏一字。以證
蔡邕不知爲宏作。四據《孔子家語・王肅注》：『子夏所序《詩》，今之《毛
詩》是也』。及〈正義〉引〈關雎〉、〈車鄰〉、〈伐柯〉、〈魚麗〉王肅《序》
注，謂肅且爲《序》作注。以證王肅不知爲宏作。五據郭璞、徐邈、崔靈
恩等皆爲《詩序》作音或作注，而不言宏作。宋周續之、雷次宗、梁劉瓛，
並專爲《詩序》作注，皆不言宏作。瓛《詩序義》且謂『《詩序》子夏所敘，
毛公附焉』。以證晉宋以來亦不知《序》爲宏作。六據司馬相如〈難蜀父老〉：
『王事未有不始於憂勤，而終於逸樂』。謂此〈魚麗・序〉。王子淵〈四子
講德論〉：『昔周公詠文王之德而作〈清廟〉，建爲頌首。吉甫歎穆如清風，
列於〈大雅〉』。謂一引〈清廟・序〉，一引〈烝民・序〉。竝謂相如、子淵
何由先知此序？以證《序》非宏作。七據《御覽・禮儀部》引衛宏舊儀語，
謂用〈載芟〉〈良耜〉《序》文。又據《史記・封禪書・正義》引舊儀語，
謂據〈絲衣・序〉說。竝謂如是則爲宏自用自據，以證《序》非宏作。……
案：毛《傳》除極少篇外，皆與《序》說相應，故多謂宏依傳而作《序》。
然《序》者一詩之綱也，《毛詩》既碻有師承，小毛公於河間獻王時已爲博
士，若有傳而無《序》，何以授一詩之恉，傳一家之義？必待二百年後，宏

出始作之，豈可及乎？此非宏據傳作《序》，其一徵也。〈周頌〉三十一篇之《序》，毛魯詞義幾同。《魯序》雖載《獨斷》，非邕所作，乃錄魯先師之詞，觀《獨斷》多據經典可證。若謂宏依傳襲魯，魯何以與傳恰合？凡學非一家，原出一脈者，詞義多同，《說苑》、《新序》、《韓詩外傳》，其顯證也。毛魯所以脗合，正即此例，即此足爲《序》出一源，《序》義早存之確證，非宏之所襲也。且宏既能依傳作《序》矣，則此三十一篇何不自作？而獨於此襲取《魯序》，以自示其陋，自敗其迹乎？此非宏襲魯爲《序》，其二徵也。此三十一序，賴《獨斷》之存而知爲《魯序》。其餘三家之《序》，除前延數十條外，書闕有間，不得考見。若今《序》中襲之尚多，鄭君及見三家《序》，何以信其爲子夏毛公之文？若〈周頌〉外無復襲取，何獨襲此三十一篇之《魯序》？斯理之所不可通者。此非宏襲三家爲《序》，其三徵也。宏既可以襲《魯序》，他書敘詩惝與毛《傳》合者，亦可襲之。前引《孔叢子》二十一條，義皆與《序》合。若《孔叢子》成書於宏之先，《序》何無一語相襲？此非宏襲漢人著述爲《序》，其四徵也。魏源謂『錢大昕據《孟子》：勞于王事，不得養父母，爲《孟子》之用〈小序〉。〈緇衣篇〉：長民者，衣服不二，從容有常，爲公孫尼子之用〈小序〉。則不如據《論語》：〈關雎〉樂而不淫，哀而不傷，爲夫子用〈小序〉之爲愈也』。此蓋謂宏襲《論》、《孟》、《禮》爲《序》。案：〈後序〉爲歷代說《詩》者所益，已如前述。此三〈序〉延用之迹甚明，殆爲春秋戰國經師引附之詞。他若〈伐木・序〉：『不遺故舊，民德歸厚矣』。〈吉日〉『無不自盡』。〈裳裳者華〉『古之仕者世祿』。〈苑柳〉『而刑罰不中』。〈都人士〉『民德歸壹』。〈隰桑〉『小人在位，君子在野』。〈白華〉『以妾爲妻』。苕之華『因之以饑饉』。竝與《論》《孟》詞句大同，皆同此例。蓋《序》義出於國史，詞非盡出國史，經師儘可引用諸書以明其義。觀其會通，自得其故。故謂《孟子》公孫尼子用〈小序〉固非，必謂衛宏所襲亦非也。又陳啓源謂『司馬相如〈難蜀父老〉云：王事未有不始於憂勤，而終於逸樂。此〈魚麗・序〉也。班固〈東都賦〉：德廣所及。此〈漢廣・序〉也』。考相如爲武帝時人，其時《毛詩》僻在河閒，非所得見。然其封禪文般般之獸一章，所述形色質性，與〈騶虞・毛傳〉悉同，與三家說大異，則非用三家。然既不見《毛詩》，何以脗合？意古說古語，或布在方策，或傳於眾口，學者類能知之，故時有不期然而合者。騶虞仁獸，出於古說；始於憂勤，出於古語；其例正同，故兩

家皆可用之。觀難蜀父老上言民勞，下言封禪之盛，中以且夫提起，安頓
此二語，以憂勤束上，以逸樂起下，證成其義。蓋用古語以增其爲證之重
也。〈魚麗・後序〉上言『文武以天保以上治內，采薇以下治外』；下言『故
美萬物盛多。可以告於神明』；中則著此二語。案『以上』者，如〈四牡〉、
〈皇皇者華〉；『以下』者，如〈采薇〉、〈出車〉、〈杕杜〉；皆慰勤勞之詩。
至〈魚麗〉，則樂物多且時之詩。《箋》釋告神明，謂『於祭祀時歌之』，蓋
極形其治成之樂，《序》文與詩意正符。上數詩言憂勤，下一詩言逸樂，故
中以此二語束上起下，證成其義。文法與難蜀父老正同。蓋亦用古語以增
其爲證之重也。故謂難蜀父老用《序》者固非；倘疑宏襲長卿文，則無解
於封禪文亦同毛《傳》之故，且不明於《序》與難文例之同，則亦非已。
至〈東都賦〉德所及，上言『四夷閒奏』，而下言四夷諸樂。李善《選注》
引〈鼓鐘〉毛《傳》：『舞四夷之樂，大德廣所及也』。正用此傳，其義始合。
〈漢廣〉義與夷樂無涉，班賦非用彼《序》甚明。陳氏謂班用〈漢廣・序〉，
亦疏於考。班氏用《序》之證，在彼不在此。綜上所舉與他書同詞者，亦
皆有其故，此非宏襲諸經漢文爲《序》，其五徵也。鄭樵謂『今觀宏之《序》，
有專取諸書之文至數句者。有雜取諸書之說而辭不堅決者。有委曲宛轉，
附經以成其義者。牽合爲文，取譏於世，此不可不辨也。』夫後《序》爲
歷代經師所附益，詞非出於一人。蓋本首《序》之綱，敷暢其實，以申首
《序》之義，故所徵者廣。或出於有心之引用，或出於無心之偶合，續學
爲文，理勢然也。六經以降，秦漢之書，詞義相類者，不可枚舉。若字櫛
句比，一一據其先後，指爲某書襲某，幾無不襲取之書，幾無不牽合之文，
豈獨一《毛序》乎？鄭乎既未能一一指實，今亦不一一爲辨。然徒證以字
句辭之同，則其故已析述於上。茲惟略綜其義，以明非宏襲諸書爲《序》，
爲本節之殿焉。綜斯五徵，是爲第。」〔註108〕王說晰明已甚，衛宏作《序》
之說雖見諸正史，未必可信。程氏據《後漢書》之孤證，謂衛宏作《序》
決無可疑，實言之過早。唯程氏亦甚明智，蓋若指《詩序》出於衛宏，則
〈南陔〉等六詩既亡其辭，宏何能爲之作序？程氏於是謂〈小序〉發端之
語爲〈古序〉，以下綴語始爲宏序，如若不然，則衛宏作《序》之說，因六

〔註108〕詳王禮卿：〈詩序辨〉，孔孟學會主編：《詩經研究論集》，頁436～442，後收
　　　　入王氏所著《四家詩恉會歸》一書。按：王氏雖具引曾氏之言，但以爲其第
　　　　一證最爲確實，其餘諸說仍不無蟬隙。

詩亡辭而有《序》一端，即足以動搖其說。至於〈古序〉究爲何人作，則文獻不足，程氏亦不敢確指。又程氏云世謂凡《詩》發序兩語爲〈小序〉，以下爲〈大序〉，此一稱謂，宋儒范處義亦採之，〔註109〕其與諸儒說不同者，陸德明謂舊說自「〈關雎〉，后妃之德也」，至「用之邦國焉」，名〈關雎·序〉，亦謂之〈小序〉，自「風，風也」迄末爲〈大序〉；〔註110〕成伯瑜、李樗則以〈關雎·序〉爲〈大序〉，其餘各篇之序爲〈小序〉，〔註111〕朱子則謂「詩者，志之所之也」至「是謂四始，詩之至也」爲〈大序〉，「〈關雎〉，后妃之德也」至「教以化之」，「然則〈關雎〉、〈麟趾〉之化」至「是〈關雎〉之義也」，以及各詩之〈序〉，皆爲〈小序〉，〔註112〕此外，尚有〈前序〉、〈首序〉、〈下序〉、〈後序〉、〈續序〉之說，〔註113〕可謂紛雜至極，令人無所適從。筆者以爲，〈關雎·序〉最長，內涵亦最豐富，若以之爲〈大序〉，另依程氏〈古序〉、宏〈序〉之說，以〈葛覃〉以下諸篇發端之語爲〈首序〉、〈前序〉或〈古序〉，申述之語爲〈綴序〉、〈後序〉或〈續序〉，則區分亦甚方便。

十一、論《詩序》不可廢、國史作〈古序〉

程大昌曰：「宏之學出於謝曼卿，曼卿之學出於毛公，故凡序，宏文大抵祖述毛《傳》，以發意指，今其書具在，可覆視也。若使宏《序》先毛而有，則《序》文之下，毛公亦應時有訓釋，今惟鄭氏有之，而毛無一語，故知宏《序》必出毛後也。鄭氏之於毛《傳》，率別立箋語，以與之別，而釋《序》則否，知純爲鄭語，不竢表別也。又況周自文、武以後，魯自定、哀以前，無貴賤朝野，率皆有詩，詩之或指時事，或主時人，則不可概定，其決可揆度者，必因事乃作，不虛發也。今其〈續序〉之指事喻意也，凡《左傳》、《國語》所嘗登載，則

〔註109〕見范處義：《詩補傳》，卷前，〈明序篇〉。
〔註110〕見陸德明《經典釋文·毛詩音義上》。
〔註111〕成氏之說見《毛詩指說》，李樗之說見《毛詩李黃集解》。
〔註112〕見朱子《詩序辨說》1卷。
〔註113〕按《二程全書》以〈關雎·序〉爲〈前序〉，郝敬《毛詩原解》以各〈序〉首句爲「首序」，鄭樵《六經奧論》以詩之「下序」序所作爲之意，范家相《詩瀋》謂「〈關雎〉樂得淑女」云云乃〈小序〉中之「後序」，龔澄《詩本誼》謂兩語而外，續而申之，謂之〈續序〉。

深切著名，歷歷如見，苟二書之所不言，而古書又無明證，則第能和
附詩辭，順暢其意，未有一序而能指言其人其事也。此又有以見《序》
之所起，非親生作《詩》之世，目擊賦《詩》之事，自可以審定不疑
也。然則暐謂〈續序〉之爲宏作，眞實錄矣。且夫《詩》之〈古序〉
亦非一世一人之所能爲也，采詩之官，本其得於何地，審其出於何人，
究其主於何事，其有實狀，致之大師，上之國史，國史於是采案，所
以綴辭其端，而藏諸有司，是以有發篇兩語，而後世得以目爲〈古序〉
也。《詩》之時世，上自周，下迄春秋，歷年且千百數，若使非國史
之隨事記實，則雖夫子之聖，亦不得鑿空追爲之説也。夫子之刪《詩》
也，擇其合道者存之，其不合者去之，刪采既定，取國史所記二語者，
合爲一篇，而別著之，如今書序之未經散裂者，《史記》、《法言·敘
篇》傳之，同在一帙者，其體制正相因也。經秦而〈南陔〉六詩逸，
詩雖逸而《序》篇在，毛公訓傳既成，欲其便於討求，遂釐剟《詩序》，
各寘篇首，而後衛宏得綴語以紀其實曰，此六詩者，有其義而亡其辭
也，此又其事情次比，可得而言者然也。」

按：陸元輔謂此篇在辯《詩序》不可廢，實則尚有一重點，即程氏以爲〈古
序〉非一世一人所能爲，采詩之後，上之國史，國史綴辭其端，而今所見之
三百篇〈古序〉得以完成。茲分別論述之。1.《詩序》之說雖未必篇篇可信，
然亦不可輕言廢止，筆者前已再三致意，茲再進一言，《詩序》隨文發明，或
記本事，或釋詩意，即令作者爲衛宏，其說亦必有所傳承，絕非衛氏個人讀
《詩》之見地，大抵而言，透過《詩序》，我們可以管窺秦漢以前儒生（特別
是漢儒）以《詩經》配合倫理政教所作之努力，縱使認定《序》說深淺不能
盡當，仍須承認那是某一段時期儒家詮《詩》的辛苦成果，若盡棄《序》不
觀，以爲「《詩序》引人走入了迷途」，〔註114〕「《詩序》之說如不掃除，《詩
經》之眞面目便永不可得見」，〔註115〕因而盡去《詩序》，自爲之說，以爲先
儒之說皆未得詩之本義，己說一出，《詩經》之學即如撥雲霧而見青天，乃至
於有《詩》三百皆尹吉甫之作，亦爲其自傳之駭人聽聞之結論，〔註116〕如此
實非合理之研《詩》態度。昔馬端臨嘗謂：「《書序》可廢，而《詩序》不可

〔註114〕引文爲近人李辰冬之言，見《詩經研究》，頁201。水牛出版社印行。
〔註115〕引文爲鄭振鐸之言，見〈讀毛詩序〉，收於《古史辨》第3冊。
〔註116〕詳見李辰冬：《詩經通釋》。水牛出版社印行。

廢。就《詩》而論之，〈雅〉、〈頌〉之《序》可廢，而十五〈國風〉之《序》不可廢，何也？書直陳其事而已，序者後人之作，藉令其深得經意，亦不過能發明其所以言之事而已，不作可也。《詩》則異於《書》矣，然〈雅〉、〈頌〉之作，其辭易知，其意易明，故讀〈文王〉者，深味文王在上以下之七章，則文王受命作周之語贅矣。讀〈清廟〉者，深味於穆清廟之一章，則祀文王之語贅矣。蓋作者之意已明，則《序》者之辭可略，而敷衍附會之間，一語稍煩，則只見其贅疣而已。至於讀〈國風〉諸篇，而後知《詩》之不可無《序》，而《序》之有功於《詩》也。蓋〈風〉之爲體，比興之辭多於敘述，〈風〉喻之意浮於指斥，蓋有反覆詠歎，聯章累句，而無一言敘作之之意，而《序》者乃一言以蔽之曰爲某事也。苟非傳授之有源，探索之無舛，則孰能臆料當時指意之所歸以示千載乎？……」〔註117〕馬氏蓋見宋儒多不信《詩序》，遂有十五〈國風〉之《序》不可廢之折衷之言，其所持理由同程氏，以其傳授有源，絕非無本之學。筆者於此不妨再作如是之說明：就經學觀點說《詩》，《詩序》不可廢，就文學觀點說《詩》，《詩序》的重要性稍微減低，但仍不能不取以備覽。2.國史作《序》之說，於史並無徵驗，本編第四章「鄭樵之《詩經》學」，第四節「《六經奧論》中有關《詩經》學之主要見解」，第十三段「鄭樵論國史作〈大序〉」（按：樵所謂之〈大序〉，即程大昌所謂之〈古序〉）之按語，已引用黃以周《經說略》論《詩序》非出國史孔聖之言以駁之，茲再引朱子辨國史不掌《詩》之言，以爲本篇之結：「國史明乎得失之迹，這一句也有病。《周禮》、《禮記》中，史并不掌《詩》，《左傳》說自分曉。」〔註118〕有待一提者，程氏此篇與鄭樵《六經奧論》之言大同，究係程氏鈔襲鄭說，抑《六經奧論》之纂輯者以程說錄入鄭書，則無從得知。

十二、改定《毛詩》標題

程大昌因《左傳》記季札觀樂，有〈雅〉、〈頌〉而無〈國風〉之名，乃改定今本《毛詩》標題。毛氏作：

〈周南・關雎・詁訓傳〉第一

《毛詩・國風》

程氏改定：

〔註117〕見馬端臨：《文獻通考》，卷178。

〔註118〕見黎靖德編：《朱子語類》，卷80。

〈關雎‧詁訓傳〉第一

《毛詩‧周南》

程氏又謂「〈召南〉視此而定」。

毛氏作：

〈邶‧柏舟‧詁訓傳〉第三

《毛詩‧國風》

程氏改定：

〈柏舟‧詁訓傳〉第三

《毛詩‧邶》

並謂「自〈邶〉以下至〈豳〉，視此而定」。自〈南有嘉魚〉篇卷以後，則並毛氏本來標題，無所更定。程氏謂：「蓋〈雅〉、〈頌〉自為一體，不受汨雜，故比之古，則亦無增損也。」

按：程氏不僅有古無〈國風〉一詞之理論，甚而改定《毛詩》標題，以為此則已復《詩》三百之本來面目，且不論此舉是否確已恢復《詩》之舊觀，其與蘇轍、方玉潤諸人之另立「南陔之什」、「彤弓之什」……等名目者，[註119] 於《詩經》學實皆無甚意義。

十三、論《毛詩》有〈古序〉，所以勝於三家

程大昌曰：「〈孔子世家〉：『古詩三千餘篇，及至孔子，去其重複，取可施於禮義者三百五篇。』然而今《詩》之著《序》者顧三百一十一篇，何也？龔遂謂昌邑王曰『大王誦《詩》三百五篇』，讖緯之書如《樂緯》、《詩緯》、《尚書璇璣鈐》，其作於漢世者，皆以三百五篇為夫子刪采定數，故長孫無忌輩推本其說，知漢世毛學不行，諸家不見《詩序》，不知六詩亡失也，然則先漢諸儒，不獨不得古傳正說而宗之，雖〈古序〉亦未之見也。夫既無〈古序〉以總測篇意，則往往雜采他事比類，以求歸宿，如戰國之人相與賦詩，然斷章取義，無通概成說，故班固總齊、魯、韓三家，而折衷之曰，申公之訓、燕韓之傳，或取春秋雜說，咸非其本義也；然則〈古序〉也者，其詩之喉襟也歟？毛氏之傳，固未能悉勝三家，要之有〈古序〉以該括章指，故訓詁所

〔註119〕見蘇轍《詩集傳》、方玉潤《詩經原始》之分卷。

及，會六詩以歸一貫，且不至於漫然無統。河間獻王多識古書，於三
家之外，特好其學，至自即其國立博士以教，與左氏傳偕行，亦爲其
源流本古故耳。然終以不得立於夫子學官故，竟西都之世，大顯，積
世既久，如《左氏春秋》、《周禮》六官，儒之好古者，悉知本其所自，
特加尊尚，而《毛傳》始得自振。東都大儒如謝曼卿、衛宏、鄭眾、
賈逵、鄭玄，皆篤鄉傳習，至爲推廣其教，而萬世亦皆師承，昔之三
家，乃遂不能與抗，則〈古序〉之於毛公，其助不小矣。……」

按：程氏以爲《毛詩》有〈古序〉，乃能勝三家，此說未必盡然，蓋三家《詩》
亦自有《序》或類似《序》之解題之作。劉向世傳《魯詩》，〔註120〕其《新
序》以〈二子乘舟〉爲伋之傅母作，〈黍離〉爲壽閔其兄而作，〔註121〕其《列
女傳》謂〈芣苢〉爲蔡人妻作，〈汝墳〉爲周南大夫作，〈行露〉爲申人女
作，〈邶·柏舟〉爲衛宣夫人作，〈燕燕〉爲定姜送歸婦作，〈式微〉爲黎莊
公夫人及其子傅母作，〈大車〉爲息夫人作，〔註122〕由是知《魯詩》有《序》。
《齊詩》亡逸最早，亦最殘缺，故鄭樵謂「《齊詩》無序」，〔註123〕然魏人
張揖習《齊詩》，其〈上林賦·注〉曰：「〈伐檀〉，刺賢不遇明王也。」可
見《齊詩》似亦有《序》。〔註124〕朱彝尊曰：「《齊詩》雖亡，度當日經師，
亦必有《序》。」〔註125〕雖無實證，然說《詩》者無《序》，又何以說《詩》？
鄭玄初學《韓詩》於張恭祖，〔註126〕其注《禮記》，以「于嗟乎騶虞」爲嘆
仁人，以〈燕燕〉爲定姜之詩，以〈商頌〉爲宋詩，玄注《禮》之時，未
得毛《傳》，所述蓋《韓詩》也。〔註127〕又《水經注》引《韓詩·周南·敘》
曰：「其地在南郡、南陽之間。」〔註128〕至諸家所引者，如「〈關雎〉，刺時
也」「〈芣苢〉，傷夫有惡也」（《文選注》）、「〈漢廣〉，悅人也」「〈汝墳〉，辭
家也」（《後漢書》注）……等等，不勝枚舉，可見《韓詩》不唯有《序》，

〔註120〕《漢書·楚元王傳》謂王受《詩》於浮邱伯。劉向爲楚元王之孫，世傳《魯詩》。
〔註121〕見劉向《新序》，卷7，〈節士〉上。
〔註122〕見劉向《列女傳》，卷2、卷4。
〔註123〕見鄭樵《六經奧論》，卷3「《詩序》辨」條。
〔註124〕參閱蔣善國：《三百篇演論》，頁78。台灣商務書館印行。
〔註125〕見朱彝尊：《經義考》，卷99。
〔註126〕參閱《後漢書》，卷35，鄭玄本傳。
〔註127〕此據近人蔣善國之說。按：陳喬樅《三家詩遺說考》謂鄭玄注禮用《齊詩》
　　　　之說，馬瑞辰謂鄭玄箋《詩》多本《韓詩》。
〔註128〕見《水經·河水注》。

且其例與《毛序》首句相等。清王先謙有《詩三家義集疏》之作，蒐羅三家遺說甚爲完備，三家《詩》對於詩旨的解釋於是書可見一斑。於此亦可知程氏以《毛詩》之卒勝三家，乃因有〈古序〉之故，其說未必盡然。近人傅斯年謂西漢博士好假借經書，以發揮其政治哲理，〔註129〕屈萬里據此而云三家爲使經學配合政治，郢書燕說遂疊見層出，〔註130〕三家《詩》之先盛後衰，與此或者有關。〔註131〕

十四、論采詩、序詩因乎其地

　　程大昌曰：「古者陳詩以觀民風，審樂以知時，若樂語言聲音耳，而可用以察休戚得失者，事情之本眞在焉故也。如使采詩典樂之官稍有增損，則雖季禮、師曠，亦末以用其聰與智矣。是故，詩之作也，其悲歡譏譽，諷勸贈答，既一一著其本語矣。至其所得之地，與夫命地之名，凡詩人之言既已出此，史家寧舍國號以從之，無肯少易，夫其不失眞如此，所以足爲稽據也。及其衰輯既成，部居已定，聖人因焉定之以〈南〉者，既不雜〈雅〉；其名〈雅〉者，亦不參〈頌〉；其不爲〈南〉、〈雅〉、〈頌〉，而爲徒詩者，亦各以國若地繫之，率仍其舊，聖人豈容一毫加損哉！知此說者，其於《詩》無遺例矣，故〈南〉一也，而有周、召，以分陝命之也；〈頌〉一也，而有周、商、魯，以時代別之也。《詩》陳於夏，而類著於〈豳〉，周人因后稷先公賦詩之地也。自〈七月〉以後，多爲周公而作，察其言，往往刺朝廷之不知，豳大夫其實爲之也。在盤庚時，商已爲殷，且頌又有〈殷武〉，今其頌乃皆爲商。唐叔封唐，在燮父時已爲晉矣，至春秋時，實始有《詩》，今其目乃皆爲唐。又其甚者，三監之地，自康叔得國時已統於衛，今其詩之在邶、鄘、文、武者，乃復分而爲三，曰邶、鄘、衛，凡此數者，猝而視之，若有深意，

〔註129〕傅孟眞：「今以近人所輯齊魯韓各家說看去，大約齊多侈言，韓能收斂，魯介二者之間，然皆是與伏生書、公羊春秋相印證，以造成漢博士之治哲學者。」《傅斯年全集》，頁194，聯經出版社印行。

〔註130〕見屈萬里：《詩經釋義》，敘論，「三家《詩》」。

〔註131〕按：今人程元敏從史志著錄與三家《詩》殘文斷定漢四家《詩》唯《毛詩》有《序》，詳《詩序新考》，頁35～50、137～226。五南圖書出版公司印行。備之以參。

徐而考實證類，正從民言之便熟者紀之耳，本無他意也。後世事有
類此者，中國有事於北狄，惟漢人為力，故中國已不為漢，而北虜
猶指中國為漢；唐人用事於西，故羌人至今以中國為唐；從其稱謂
熟者言之，古今人情不甚相遠也。〈王・黍離〉諸篇，既徒詩而非
樂，不可以參之〈南〉、〈雅〉、〈頌〉，故以詩合詩，雜寘列國，如
冀州之貢，下同他州，不必更加別異，知於帝都之體無損也。不獨
此也，〈木瓜〉美齊，而列於衛；〈猗嗟〉刺魯，而繫諸齊；召穆之
〈民勞〉、衛武〈賓之初筵〉，不附其國，而在二〈雅〉；推此類具
言之，若事為之說，則不勝其說，而卒不能歸一也，今一言以蔽之
曰，本其所得之地，而參貫其說，俱無疑礙，故知其為通而可據
也。……」

按：程氏此篇論采詩序詩因乎其地，辭意大致可采，有待商榷者：1. 周、
魯、商頌非以時代而別。〈周頌〉純是周代朝廷所用之樂歌，〈魯頌〉是魯
國之詩，商代為春秋時宋國之詩。〔註132〕宋詩曰商者，以其為商之後代，
〔註133〕以程氏之語而言，亦可謂「從其稱謂熟者言之」。2. 程氏謂〈豳〉
詩多刺朝廷之不知，此係據〈續序〉而言，向者程氏嘗謂《毛詩》以有〈古
序〉而勝三家，然據〈古序〉則〈七月〉乃「陳王業也」，〈鴟鴞〉乃「周
公救亂也」，〈東山〉乃「周公東征也」，〈破斧〉、〈伐柯〉、〈九罭〉、〈狼跋〉
四詩俱「美周公也」，並未有刺意，若謂〈古序〉迂曲附會、鑿空立說，則
以〈七月〉為豳人自咏其生活之詩，〈鴟鴞〉為周公自述艱苦為國之詩，〈東
山〉為東征之士記歸途及到家情狀之詩，〈破斧〉為豳人隨周公東征之士，
美周公伐罪救民之詩，〈伐柯〉為咏婚姻宜合於禮之詩，〈九罭〉為東人送
周公西歸之詩，〔註134〕縱不中，當亦不遠；而〈狼跋〉之詩，〈古序〉謂為
美周公，正得詩之本義，程氏據〈續序〉，謂〈豳〉多刺朝廷之不知，說恐
非是。3. 程氏謂「〈猗嗟〉刺魯，而繫諸齊」，刺魯云者，《詩序》之說也，
〔註135〕考〈猗嗟〉當為魯莊公初到齊，齊人美之之詩，〔註136〕既為《齊詩》，

〔註132〕參閱王師靜芝：《經學通論》，上冊，頁 269～270。

〔註133〕參閱《史記・宋微子世家》。

〔註134〕參閱王師靜芝：《詩經通釋》頁 311、319、321、325、326、328。

〔註135〕《詩序》：「〈猗嗟〉，刺魯莊公也。齊人傷魯莊公有威儀技藝，然而不能以禮
防閑其母。失子之道，人以為齊侯之子焉。」

〔註136〕參閱王師靜芝：《詩經通釋》頁 225。

自當繫諸齊。程氏又謂「〈木瓜〉美齊，而列於衛」，美齊云者，亦《詩序》之說，〔註137〕考〈木瓜〉當爲男女相贈答之詩，〔註138〕采之於〈衛〉，繫之於〈衛〉，理所當然；以配合政教之《詩序》之言，作爲「采詩序《詩》本其所得之地」之例證，似無必要。

十五、論「南」爲樂名

程大昌曰：「或曰衛宏之言南也，曰化自北而南也。今二〈南〉之詩有〈江〉、〈沱〉、〈漢〉、〈汝〉，而無〈齊〉、〈衛〉、〈鄘〉、〈晉〉，則其以分地南北爲言，不無據也。曰十五國單出國名，而周、召獨綴南其下，以漢人義類自相參較，則既不一律矣，而謂其時化獨南被，未能北及者，意其當文王與紂之世也，然而紂猶在上，文王懼得以身受命，而居西爲伯，召公安得伯爵而稱之？況又大統未集，周雖有陝，陝外未盡爲周，周雖欲限陝而分治之，召公亦於何地而施其督莅邪？又如甘棠所詠，正是追詠遺德，疑其尚在召公國燕之後，於是時也，周之德化既已純被天下，無復此疆爾界也。〈騶虞〉、〈麟趾〉，蓋其推而放諸四海無不準者，豈復限隔何地？而曰某方某國甫有某詩，則宏之即周召分地而奠南北者，非篤論也。周公居中，王畿在焉，故所得多后妃之詩；召公在外，地皆侯服，則諸侯、大夫、士、庶人皆有詩可采，亦各隨其分地，而紀繫其實。宏乃因其及后妃也，而指爲王者之化；因其在侯服也，而命爲諸侯之風；然則王化所被，亦何狹而不暢邪！此皆不知南之爲樂，故支離無宿耳。」

按：程氏《詩論》第二篇、第三篇皆論〈南〉、〈雅〉、〈頌〉爲樂詩，此篇則由「南言化自北而南」「其時化獨南被，未能北及」「周召分地而奠南北」「因及其后妃，而指爲王者之化；因其在侯服，而命爲諸侯之風」等傳說之不當，反證「南」本爲樂。夫舊說釋「南」確多有不當，除程氏指出者之外，崔述所云「江漢汝墳皆非周地，何以獨爲王者之風？〈殷其雷〉稱『南山之下』，〈何彼襛矣〉亦詠『王姬之車』，明明周人所作，不應反目

〔註137〕《詩序》：「木瓜，美齊桓公也。衛國有狄人之敗，出處于漕，齊桓公救而封之，遺之車馬器服焉。衛人思之，欲厚報之，而作是詩也。」
〔註138〕參閱朱子：《詩集傳》，卷3。

爲諸侯之風也」、「序以爲化自北而南，亦非是。江沱汝漢皆在岐周之東，當云自西而東，豈得言化自北而南乎？」〔註139〕亦可見舊說委實有待商榷。考先儒對「南」字之解釋極端紛紜，總而言之，約有下列數說：1. 南化說。即前所謂之舊說，《詩序》、鄭玄、朱子、李迂仲、汪婉……等主之。2. 南夷之樂說。毛《傳》解〈小雅·鼓鐘〉「以雅以南」之南爲南夷之樂，鄭玄解《禮記·文王世子》「胥鼓南」之南爲南夷之樂。3. 南音說。《呂氏春秋》、章太炎皆有此說。4. 樂歌之名說。程大昌、王質主之。5. 南國南土說。此亦前所謂之舊說，《逸周書》、鄭玄、朱子……等主之。6. 南面說。劉克、章潢主之。7. 詩體說。崔述、梁啓超主之。8. 楚風說。林艾軒、趙惪、章太炎嘗有是說。9. 吳懋清《毛詩復古》謂二〈南〉詩篇多有「南」字，此南所由名。〔註140〕除以上九說外，近人郭沫若謂南爲樂器，使南說增爲十說，今人文幸福由文字、聲韻之學多方舉證，證明郭氏謂南爲樂器，確不可易，其結論：1. 南即鐃，今粵樂尙存此器，唯以雙手各持一器，以二器彼此碰擊，其音「丁丁」，清脆悅耳，用以節拍眾樂，其形正與舞鐃相似，此即古之「南」。2. 南始爲瓦器，或用以盛酒漿黍稷，其後見擊其聲音硜然殻然，故以之爲樂器。此種樂器初行之時，恐非各地皆有，或但出於某地，時人以其音色美妙，遂大量製造，而形成其地之特產，外地之人或遂因名其地，此殆地名「南」之始也。〔註141〕南說之言人人殊，已如上述，愚意以爲，由郭氏與文氏之考證，古有樂器名「南」者，此自無可疑，唯二〈南〉之南，其命名是否緣於此種樂器，似難遽爾論定；若從程大昌之說，以「南」爲樂歌之名，則〈風〉、〈雅〉、〈頌〉（依程說則爲〈南〉、〈雅〉、〈頌〉，茲以二〈南〉屬之〈國風〉）乃以音調而分，如仲呂調、大石調、越調之類，此一注重節奏之分法非僅有據，亦且可以免除由內容歸類而有之困擾，故吾人可曰，前舉鄭樵「三者之體，正如今人作詩有律、有呂、有歌行」（《詩辨妄》）、惠周惕「風、雅、頌以音別」（《詩說》）、王國維「風雅頌之別，當於聲求之」（〈說周頌〉），以及程氏大昌再三致意之「若今樂曲之在某宮」之說，實最爲合情入理。唯古樂早已失傳，〈風〉、〈雅〉、〈頌〉之聲調究何所別，則難以獲悉。

〔註139〕見崔述：《讀風偶識》，卷1，〈通論二南〉。
〔註140〕詳見文幸福：《周南召南發微》，第三章，〈詩樂與四詩說〉。
〔註141〕詳見文幸福：《周南召南發微》，第三章，〈詩樂與四詩說〉。

十六、解「周道闕而〈關雎〉作」之語

程大昌曰:「或曰:『古語曰「周道闕而〈關雎〉作」,又曰「康后晏
朝,〈關雎〉作」,或使南而果樂也,安得純爲文王之樂也?』曰:『從
作《詩》者言之,固可以命以爲作,從奏樂言之,豈其不得謂之作
乎?〈關雎〉,文王固已有之,爲夫晏朝之不能憲祖也,遂取故樂奏
之,以申儆諷,其曰作,猶『始作翕如』之作,則雖人更百世,南
更萬奏,猶不失爲文樂也。……』」

按:魯說曰:「周道缺,詩人本之衽席,〈關雎〉作。」又曰:「周之康王夫
人晏出朝,〈關雎〉豫見,思得淑女,以配君子。」又曰:「周衰而詩作,
蓋康王時也。康王德缺於房,大臣刺晏,故《詩》作。」〔註142〕此與《毛
詩》謂〈關雎〉爲〈文王之詩〉者異。程氏於此特謂「作」之言奏樂也。
昔鄭樵嘗以《論語》子曰「人而不爲〈周南〉〈召南〉」之「爲」爲作,筆
者嘗論其未必爲是,〔註143〕程氏《詩論》第三篇亦謂《論語》「爲〈周南〉
〈召南〉」之「爲」爲作,其說亦恐非是,而此謂「周道闕而〈關雎〉作」
「康后晏朝,〈關雎〉作」之「作」爲奏,則有憑有據,蓋《論語·八佾》
記載:「子語魯大師樂曰:樂其可知也,始作,翕如也,從之,純如也,皦
如也,繹如也,以成。」始作或謂五音始奏,〔註144〕或謂金奏,〔註145〕
無論爲何,「作」之意確爲奏,既然,則魯、毛之說並不相悖。

十七、論《詩》樂

程大昌曰:「或曰:『子以徒詩不爲樂,則〈籥章〉之於〈豳〉詩,
嘗并豳雅、豳頌而比竹以籥矣,則安得執爲徒詩也?』曰:『此不可
臆度也。古來音韻節奏必皆自有律度,如從今而讀〈雅〉、〈頌〉等
之具爲詩章焉,執適而當爲〈雅〉,執適而當爲頌也?迺其在古,必
有的然,不可汩亂者,所謂『〈雅〉〈頌〉各得其所』者是也。然則
列國之詩,其必自有徒詩,而不堪入樂者,不可強以意測也。』或

〔註142〕詳見王先謙:《詩三家義集疏》,卷1。
〔註143〕見本編第四章「鄭樵之《詩經》學」,第四節第3段。
〔註144〕見何晏:《論語集解》,卷3。
〔註145〕《周禮·大司樂·鄭注》:「始作謂金奏。」《太平御覽》卷564引《論語注》:
　　　　「時聞金奏,人皆翕如……。」

曰：『〈頌〉則有美無刺，可以被之管絃矣。〈雅〉之辭，且具譏怨懟
出，其時而可明播無忌歟？』曰：『此不可一概言也。若其隱辭寓意，
雖陳古刺今者，《詩》之樂之皆無害也。至其斥言政乖民困，不可於
朝燕頌言，則或時人私自調奏，而朝廷不知，亦不能絕也。朝廷不
知，而國史得之，錄以示後，以見下情壅於上聞，而因為世戒，是
或自為一理也歟？其可悉用常情而度古事哉！』」

按：程氏以諸國之詩不入樂，然〈豳風・七月〉根據《周禮・籥章》之記載，
則分明可以入樂，程氏於此特謂古來音韻節奏自有律度，〈雅〉、〈頌〉不可汩
亂，而列國之詩必有徒詩不堪入樂者；愚意以為，程氏之答不能扣緊問題，
且如前引馬瑞辰之言，〈豳〉詩指〈七月〉，豳雅、豳頌另有他詩，〈雅〉、〈頌〉
不可汩亂、諸國之詩不堪入樂云云，實難厭服人心。由此亦可反證，程氏以
諸國為徒詩之說尚待商榷。至於部分為刺《詩》之雅辭，亦可播之於樂，其
所以之故，程氏言之極詳詳，雖其說無以證明必然，然已可謂合情入理，且
〈雅〉、〈頌〉皆可入樂，本係事實，故其說亦難以非議。

十八、論商魯二〈頌〉

程大昌曰：「或曰：『季札所觀之《詩》，其名若次，皆與今同，而獨
無商、魯二〈頌〉，是魯雖有詩而不得其全，豈得盡據札語而證定他
詩邪！』曰：『此其所以古而可信也，僖雖有頌，未必敢與周頌並藏，
商頌雖賴周大師以存，魯未必遂亟得之後，經夫子鳩集刪次，乃為今
詩，則札之觀魯，其不見宜也』。或曰：『《詩序》今與經文並置學宮，
如是說行，獨奈何？』曰：『不相悖也。「周餘黎民，靡有孑遺。崧高
維嶽，峻極于天」，周民其果無餘乎？崧高其果極天乎？而聖人存之
不廢，蓋不以其辭妨實理也。《詩》而一語不附事實，聖人且所不刪，
則《序》之發明於《詩》為不少矣，而又可廢乎？記禮之書，萬世通
知漢儒所為，今其有理者，亦偕古經列實學宮，則於《詩序》乎何議！』」

按：季札觀樂，有〈周頌〉而無商、魯二〈頌〉，與今本《詩經》不同，其
故程氏言之極是，孔子雖未大幅刪《詩》，但於《詩經》確實曾經下過整理、
重編的工夫，鄭玄以為魯、商二〈頌〉乃孔子編入《詩經》，〔註146〕說頗合

〔註146〕見鄭玄《詩譜》之〈魯譜〉、〈商譜〉。

理，近人屈萬里亦謂以魯宋之詩與〈周頌〉平列，乃出自孔子之手，其說本編第三章第三節已引，雖無確證，然魯宋之詩既入於〈頌〉，只要屈氏能自圓其說，則結論至少可成一家之言。程氏又以詩語之誇大者，聖人且存之不廢，以明《詩序》有功於《詩》，自更不可廢；實則《詩序》究成於何人，迄未定論，設使程氏所謂之〈古序〉眞出於聖人之前，則爲配合政教，聖人自無庸廢《序》，然以聖人不廢誇大之詩語，以強調《序》更不可廢，則殊無必要，蓋詩人作詩既有賦、比、興之作法，爲夸飾故，自不必句句屬實，否則即不成其爲詩。既爲詩，則詩語之有夸飾，不但不足爲病，且甚有必要，聖人若於此刪之，則何詩不可刪？。

第四節　程大昌《詩經》學之評價

一、前人之評介

（1）陸元輔不以程氏謂《詩》有二〈南〉無〈國風〉爲然，其言曰：

> 唐應德稱其文義蔚然，繹其論義，洵多獨得之見，然〈風〉、〈雅〉、〈頌〉之名，《周禮》、《左傳》、《荀子》有之，季札亦言之，而程氏必謂有二〈南〉而無〈國風〉，憑臆妄決，無所稱據，亦難乎免於穿鑿之譏矣。〔註147〕

按：唐應德謂程氏《詩論》多獨得之見，由前節之探論，可知其言並不誇張，陸元輔則稱程氏之謂《詩》無〈國風〉爲憑臆妄決，無所稱據，難免穿鑿之譏此言不甚平允。程氏謂古無〈國風〉之名，就現有文獻觀之，〈雅〉、〈頌〉之名確早已有之，而《左傳》雖有「風」之名，卻無「國風」一詞，直至《荀子》、《禮記》始有「國風」之名。《左傳》、《荀子》本係程氏謂古無「國風」之證據，茲陸氏反據以駁程氏，寧不可怪？又陸氏謂《周禮》有「國風」一詞，此無中生有，使有，《周禮》之書晚出，更可見「國風」之名晚於〈雅〉、〈頌〉；要之，程氏之言不爲無據。唯程氏每以〈南〉、〈雅〉、〈頌〉並稱，從不承認「國風」之名，不免矯枉過正。

（2）毛奇齡引《禮記》以駁程氏之說，其言曰：

> 程大昌謂《詩》有〈南〉無〈國風〉，此不然，〈樂記〉曰：「正直而

〔註147〕見朱彝尊：《經義考》，卷106引。

諫，廉而謙者，宜歌風。」〈表記〉引〈國風〉曰：「我恭不閱，皇恤我後。」又引〈國風〉曰：「心之憂矣，於我歸說。」此不稱〈國風〉而何？〔註148〕

按：〈樂記〉有「風」之名，而無「國風」一詞，〈表記〉雖連用「國風」兩字，但其著成時代不會早於《荀子》。〔註149〕由是知「國風」一詞約起自戰國晚年，洵不如〈雅〉、〈頌〉命名之古老。

（3）《四庫提要》謂大昌之意，惟在求勝於漢儒，其言曰：

其大旨謂〈國風〉之名出漢儒之附會，其說甚辯。惟《左傳》「〈風〉有〈采蘩〉、〈采蘋〉」語，《荀子》「風之所以為風」語，不出漢儒，無可指駁，則以左氏為秦人，風字出於臆說，謂《荀子》之學出於仲弓，仲弓非商賜可與言《詩》之比，故《荀子》所傳亦為臆說。近時蕭山毛奇齡據〈樂記〉……（按：已見前引），以駁詰大昌，不知大昌之意，惟在求勝於漢儒，原不計經義之合否。即引〈樂記〉、〈表記〉以詰之，亦不難以戴《記》四十九篇指為漢儒附會也。觀其於《左氏》所言季札觀樂，合於己說者，則以傳文為可信，所言〈風〉有〈采蘩〉〈采蘋〉，不合己說者，則又以傳文為不可信，顛倒任意，務便已私，是尚可與口舌爭乎？且即所謂可據者言之，十五〈國風〉同謂之周樂，〈南〉〈雅〉、〈頌〉亦同謂之歌，不云〈南〉〈雅〉、〈頌〉奏樂，〈國風〉徒歌也，豈此傳又半可據、半不可據乎？傳又稱金奏肆夏之三，工歌鹿鳴之三，亦將謂頌入樂，雅徒歌乎？是與所引孔子正樂但言〈雅〉、〈頌〉不言〈風〉，而忘其亦不言南者，同一不充其類而已矣。〔註150〕

按：《四庫提要》直指程氏《詩論》，唯在求勝漢儒，此係以想當然耳之辭，度先儒之腹，其評實嫌過苛。除此之外，其餘之駁詰誠可謂一語中的，《左傳》實乃程氏新解之主要憑據，然傳中若有不利於己之記載，程氏必找理由曲為之說，此益可見程氏《詩論》之破綻迭見也。又提要針對《詩論》之要害，予以痛擊，冷眼冷語，毫不留情；提要之撰者，其批評之能人歟！

〔註148〕見朱彝尊：《經義考》，卷106引。

〔註149〕此依屈萬里之說，見《詩經釋義》，敘論，「《詩經》內容」。

〔註150〕見《四庫全書總目》，卷17。

二、小　結

　　程大昌《詩論》篇幅不長，能成為宋代《詩經》學中的名著，主要是因為充滿鮮明的一己之見。其實這也是宋代宋代《詩經》學的一大特色，研經者競出新意，不再像魏晉隋唐般的謹守注疏之學。值得我們注意的是，對程大昌的新舊歸派，學界持有兩種相反的意見。多數學者將之歸於新派，或者廢《序》派、疑《序》派，但也有學者視之為保守的尊《序》派。根據簡澤峰的觀察，《詩論》討論《詩序》的地方共有四則，即第九則：「論《詩序》不出於子夏」；第十則：「論〈小序〉綴語出於衛宏」；第十一則：「論《詩序》不可廢，國史作〈古序〉」；第十三則：「論《毛詩》有〈古序〉，所以勝於三家」。從這四則的名稱看來，程大昌似乎對於《詩序》有支持的，也有反對的意見，因此造成後學者區分他歸屬尊《序》或反《序》時的矛盾。從總體而言，《詩論》所表現出的精神或寫作風格，是趨向於求新。〔註151〕

　　筆者以為，既然程氏尊重〈首序〉（或稱〈前序〉、〈古序〉），則不宜逕稱之為「廢《序》」派，而其勇於建立新說，完全符合當時的說《詩》潮流。面對著其諸多之新解，促使吾人不得不對傳統之說予以重新檢討，乃至於適度修正，這是程氏在《詩經》研究史上的貢獻。

〔註151〕詳簡澤峰：《宋代詩經學新說研究》，頁 11～12。國立彰化師範大學國文研究所 97 年博士論文。簡澤峰並說：「程大昌的歸屬分類，夏傳才歸為『考據學』一派，氏著：《詩經研究史概要》，頁 183；林葉連則歸之為『廢《小序》派』，氏著：《中國歷代詩經學》，頁 247；戴維則以他為『尊《序》派』，氏著：《詩經研究史》（湖南教育出版社，2001 年），頁 332～334；郝桂敏則以他為『全面疑《詩序》』的《詩經》學闡釋，氏著：《宋代詩經文獻研究》，頁 94～101」。

第六章　朱子之《詩經》學

第一節　朱子（1130～1200）傳略

　　朱子，名熹，字元晦，一字仲晦，徽州婺源人。〔註1〕父韋齋先生松，第進士，歷官司勳吏部郎，以不附和議忤秦檜去國。行誼為學者所師，嘗為閩延平尤溪縣尉，高宗建炎4年（1130）罷官，寓尤溪城外毓秀峯下之鄭氏草堂，〔註2〕同年9月15日，朱子生。〔註3〕

　　朱熹幼穎悟，五、六歲時，「心便煩惱天體是如何，外面是何物。」〔註4〕就傅，授以《孝經》，一閱，題其上曰：「不若是，非人也。」嘗從群兒戲沙上，獨端坐以指畫沙，視之，乃八卦。〔註5〕

　　紹興13年（1143）3月24日，丁父韋齋先生憂。〔註6〕稟學於劉屏山、劉草堂、胡籍溪三先生之門。〔註7〕

　　紹興17年（1147）貢於鄉，18年中進士第。主泉州同安簿，選邑秀民充弟子員，日與講說聖賢修己治人之道，禁女婦之為僧道者。罷歸請祠，監潭州南嶽廟。次年，以輔臣薦，與徐度、呂廣向、韓元吉同召，以疾辭。〔註8〕

〔註1〕　參閱《宋史》，卷429，朱熹本傳。婺源，民國23年劃屬江西省。
〔註2〕　參閱《宋元學案》，卷12，〈晦翁學案〉。
〔註3〕　參閱《朱子行狀》。
〔註4〕　語見《朱子語類》，第3冊，卷45，頁1115。台北華世出版社印行。
〔註5〕　參閱《宋史》，卷429，朱熹本傳。
〔註6〕　參閱《朱子文集》。
〔註7〕　參閱王懋竑：《朱子年譜》。
〔註8〕　參閱《宋史》，卷429，朱熹本傳。。

　　紹興 23 年（1153），朱熹二十四歲，始見李侗於延平，二十九歲再見李侗於延平，三十一歲三見李侗於延平，始師事之。〔註9〕

　　孝宗即位，詔求直言，朱熹上封事，謂帝王之學不可以不熟講，修攘之計不可以不早定，本原之地不可以不加意。又謂帝王之學，必先格物致知；修攘之計不時定者，講和之說誤之也；四海利病，係斯民之休戚，斯民休戚，係守令之賢否；監司者守令之綱，朝廷者監司之本；欲斯民之得其所，本原之地亦在朝廷而已。〔註10〕

　　隆興元年（1163），復召。入對，其一言：「《大學》之道，在乎格物以致其知。陛下雖有生知之性，高世之行，而未嘗隨事以觀理，即理以應事。是以舉措之間動涉疑貳，聽納之際未免蔽欺，平治之效所以未著。」其二言：「君父之讎不與共戴天。今日所當爲者，非戰無以復讎，非守無以制勝。」且陳古先聖王所以強本折衝、威制遠人之道。時相湯思退方倡和議，除先生武學博士，待次。同年，《論語要義》、《論語訓蒙口義》成。〔註11〕

　　隆興 2 年（1164），先生三十五歲，春正月，如延平，哭李侗先生，比葬復往會。九月，如豫章，《困學恐聞》編成。題曰《困學恐聞》者，蓋取子路有聞，未之能行，惟恐有聞之意。以爲困而學者，其用力宜如是。〔註12〕

　　乾道元年（1165），促先生就職，既至，而洪适爲相，復主和，論不合，請監南嶽廟以歸。〔註13〕

　　乾道 3 年（1167），陳俊卿、劉珙薦朱熹爲樞密院編修官，待次。4 年，夏 4 月，崇安饑，請粟於府以賑之，民遂得無饑亂以死，無不悅喜。同年，《程氏遺書》成。5 年，丁母祝孺人憂。〔註14〕

　　乾道 6 年（1170），工部侍郎胡銓以詩人薦，與王庭珪同召，以未終喪辭。7 年，既免喪，復召，以祿不及養辭。9 年，梁克家相，申前命，又辭。克家奏先生屢召不起，宜蒙褒錄，執政俱稱之，上曰：「熹安貧守道，廉退可嘉。」特改合入官，主管台州崇道觀。先生以退得進，於義未安，再辭。淳熙元年（1174），始拜命。2 年，上欲獎用廉退，以勵風俗，龔茂良行亟相事，以先生名進，除

〔註 9〕　參閱王懋竑：《朱子年譜》。
〔註10〕　參閱《宋史》，卷 429，朱熹本傳。
〔註11〕　參閱《宋史》，朱熹本傳、《朱子年譜》。
〔註12〕　參閱《朱子年譜》、《朱子文集》。
〔註13〕　參閱《宋史》，朱熹本傳、《朱子行狀》。
〔註14〕　參閱《宋史》，朱熹本傳、《朱子年譜》、《朱子文集》。

秘書郎，力辭，且以手書遺茂良，言一時權倖。群小乘間讒毀，乃因先生再辭，即從其請，主管武夷山沖佑觀。同年夏4月，東萊呂公伯恭來訪，近思錄成。偕東萊呂公至鵝湖，復齋陸子壽、象山陸子靜來會。鵝湖講道，為其時之盛事，伯恭蓋慮朱陸猶有異同，欲令歸於一，而定其所適從。〔註15〕

淳熙4年（1177），《詩集傳》、《周易本義》成。5年，史浩再相，除知南康軍，降旨便道之官，先生再辭，不許。至郡，興利除害，值歲不雨，講求荒政，多所全活。訖事，奏乞依格推賞納粟人。間詣郡學，引進士子與之講論。訪白鹿洞書院遺址，奏復其舊，為學規俾守之。明年夏，大旱，詔監司、郡守條其民間利病，遂上書言天下之務莫大於恤民，而恤民之本，在人君正心術以立紀綱。君心不能自正，必親賢臣，遠小人，然後乃可得正，今宰相、台省、師傅、賓友、諫諍之臣皆失其職，而君上所與親密謀議者，不過一二近習之臣云云，且謂「莫大之禍，必至之憂，近在朝夕，而陛下獨未之知」，上讀之，大怒曰：「是以我為亡也。」先生以疾請詞，不報。〔註16〕

陳俊卿以舊相守金陵，過闕入見，力薦朱熹。上依宰相趙雄之言，除朱熹提舉江西常平茶塩公事旋錄救荒之勞，除直秘閣，以前所奏納粟人未推賞，辭。會逝東大饑，改提舉逝東。入首，首陳災異之由，與修德任人之說，次言近習便嬖側媚之態，既足以蠱心志，而胥史狡獪之術，又足以眩聰明，邪佞充塞車就道，日鈎訪民隱，按行境內。郡縣官吏憚其風采，至自引去，所部肅然。於救荒之餘，隨事處畫，必為經久之計。上以為先生政事確有可觀。〔註17〕時鄭丙上疏詆程氏之學，陳賈亦論道學者大率假名以濟僞，願擯棄勿用，蓋皆指朱熹。14年（1187）周必大為相，陳朱熹提點江西刑獄，以疾辭，不許，遂行。次年（1188），王淮罷相，遂入奏，首言近年刑獄失當，獄官當擇其人，次言經總制錢之病名，及江西諸州科罰之弊，而末言願陛下自今以往，一念之頃，必謹而察之，無毫之私欲，得介乎其間。孝宗謂「今當處卿清要，不復以州縣為煩也」，除兵部郎官。〔註18〕

光宗紹熙2年（1191），朱熹以子喪請祠。時史浩入見，請收天下人望，乃除先生秘閣修撰，主管南京鴻慶宮。有旨：「長沙巨屏，得賢為重。」乃赴

〔註15〕 參閱《宋史》，朱熹本傳、《朱子年譜》、《象山年譜》。
〔註16〕 參閱《宋史》，朱熹本傳、《朱子年譜》。。
〔註17〕 參閱《宋史》，朱熹本傳、《宋元學案》。
〔註18〕 參閱《宋史》，朱熹本傳、《朱子年譜》、《宋元學案》。

長沙。有洞獠擾蜀郡，先生遣人諭以禍福，皆降之。申敕令、嚴武備，戡姦吏，抑豪民。所至興學校，明教化，四方學者畢至。〔註19〕

　　寧宗即位，入除煥草閣待制侍講。每以所講編次成帙以進，寧宗亦開懷客納。始寧宗之立，韓侂胄自謂有定策功，居中用事。先生憂其害政，數以爲言，且約吏部侍郎彭龜年共論之。會龜年出護使客，先生乃上疏斥言左右窃柄之失，在講筵復申言之。御批云：「憫卿耆艾，恐難立講，已除卿宮觀。」趙汝愚袖還御筆，且諫且拜，詔依舊煥章閣待制，提舉南京鴻慶宮。慶元2年（1196），沈繼祖爲監察御史，誣先生十罪，詔落職罷祠。4年，以老乞休。5年，依所請。明年（1200）卒，年七十一。〔註20〕

　　朱子著作等身，四部具備，其尚存之著作有《周易本義》、《易學啓蒙》、《蓍卦考誤》、《詩集傳》、《詩序辨說》、《儀禮經傳通解》、《孝經刊誤》、《四書章句集注》、《四書或問》、《論孟精義》、《中庸輯略》、《資治通鑑綱目》、《伊洛淵源錄》、《名臣言行錄》、《紹熙州縣釋奠儀圖》、《二程遺書》、《二程外書》、《延平答問》、《近思錄》、《雜學辨》、《小學》、《陰符經考異》、《周易參同契考異》、《楚辭集註》、《韓文考異》、《南嶽唱酬集》等。其經後人編纂而成之書有《朱文公易說》（宋朱鑑輯）、《朱子禮纂》（清李光地輯）、《朱子四書語類》（宋葉士龍編）、《紫陽宗旨》（宋玉泌編）、《朱子成書》（元黃端節編）、《朱熹抄釋》（明呂丹編）、《朱子全書》（清李光地編）等。另朱子已失之著作有《易傳》、《毛詩集解》、《詩風雅頌》、《四書音訓》⋯⋯等數十種。〔註21〕

　　朱子之門下弟子眾多，近人陳榮捷《朱子門人》一書，計敘629人。〔註22〕其中，當以蔡元定、蔡沈、黃榦、陳淳四人爲其門人之代表。〔註23〕

　　朱子爲學，大抵窮理以致其知，反窮以踐其實，而以居敬爲主。嘗謂聖賢道統之傳散在方冊，聖經之旨不明，而道統之傳始晦。於是竭其精力，以研窮聖賢之經訓。理宗淳祐元年（1241）正月，上視學，手詔以周、張、二程及朱子從祀孔子廟。黃榦曰：「道之正統待人而後傳，自周以來，任傳道之責者不過數人，而能使斯道章章較著者，一二人而止耳。由孔子而後，曾

〔註19〕參閱《宋史》，朱熹本傳、《朱子年譜》、楊蔭深：《中國學術家列傳》（西南書局印行）。
〔註20〕參閱《宋史》，朱熹本傳、《朱子年譜》、楊蔭深：《中國學術家列傳》。
〔註21〕詳見陳震華：《朱子思想之研究》，頁43～51。作者自印本。
〔註22〕詳見陳榮捷：《朱子門人》，台灣學生書局印行。
〔註23〕參閱范壽康：《朱子及其哲學》，頁251。台灣開明書店印行。

子、子思繼其微，至孟子而始著。由孟子而後，周、程、張子繼其絕，至熹而始著。」識者以為知言。〔註24〕令人陳鐘凡評朱子之學曰：「其說多本諸前人，要能加以組織，自成系統，實集近代思想之大成者也。……吾觀其大體，則以橫渠、伊川為宗，而旁通於濂溪、明道，更上酌斟乎孟荀之辨，旁參稽乎釋老之言，折衷至當，確定新儒家之學說者也。」〔註25〕此誠平允之論。錢穆一則曰：「他（朱子）不僅是南渡一大儒，宋以下的學術思想史，他有莫可與京的地位。後人稱之為致廣大，盡精微，綜羅百代，他實當之而無愧。」〔註26〕再則曰：「在中國歷史上，前古有孔子，近古有朱子，此兩人，皆在中國學術思想史及中國文化史上發出莫大聲光，留下莫大影響。曠觀全史，恐無第三人堪與倫比。孔子集前古學術思想之大成，開創儒學，成為中國文化傳統中一主要骨幹。北宋理學興起，乃儒學之重光。朱子崛起南宋，不僅能集北宋以來理學之大成，並亦可謂其乃集孔子以下學術思想之大成。此兩人，先後矗立，皆能匯納群流，歸之一趨。自有朱子，而後孔子以下之儒學，乃重覆新生機，發揮新精神，直迄於今。」〔註27〕誠可謂推崇備至。韋政通曰：「朱子在中國思想史上，等於是一座巨型的思想蓄水庫，以前的都一一流入其中，經過他的整理消化，融攝與批判，賦以新的生命，呈現出有條理有統緒的新面貌。」「他不但是儒學復興史上最具關鍵性的人物，也是中國文化史上的巨人之一，從文化的傳承與創新這個意義來看，他也是唯一能與孔子相比擬的人物。」〔註28〕亦極力推尊朱子。抑有進者，朱子之學亦影響及國外，日本、韓國、泰國、緬甸等地，凡我僑民定跡所至，以及我國文化盛染所及之地，朱子學說在思想界中亦佔有舉足輕重之地位。〔註29〕日人渡邊秀方即曰：「他（朱子）的學問，具博大、深刻、多面三大特色，所以其影響，不僅四百餘州而止，並且越海到了我們日本。德川時代，朱子學風靡一時，數多名儒輩出，政教上給過至大的感化。」〔註30〕由是可知，朱子學說於後世之影響既深且遠，今人多以之與孔子並稱，實非溢美。

〔註24〕參閱《宋史》，卷429，朱熹本傳。。
〔註25〕見陳鐘凡：《兩宋思想述評》，頁230。華世出版社印行。
〔註26〕見錢穆：《宋明理學概述》，頁144。台灣學生書局印行。
〔註27〕見錢穆：《朱子新學案》，第1冊，頁1。作者自印本。
〔註28〕見韋政通：《中國思想史》，下冊，頁1154。大林出版社印行。
〔註29〕參閱范壽康：《朱子及其哲學》，頁257～258。
〔註30〕見渡邊秀方著，劉侃元譯：《中國哲學史概論》，「近世哲學篇」，頁80。台灣商務印書館印行。

第二節　《詩集傳》釋《詩》之例及重要見解

　　《詩集傳》爲朱子最重要之《詩經》學著作，此書《宋史‧藝文志》、《直齋書錄解題》俱作二十卷，〔註31〕《四庫全書》本、《西京清麓叢書》正編本、劉氏《傳經堂叢書》本、《御案五經》本等則皆併爲八卷，〔註32〕《四部叢刊》本則仍作二十卷，茲據是本以探論朱子《詩集傳》之主要見地。

　　朱子畢身精力用於經傳，其釋《詩》亦多用群經，如《尚書》、《儀禮》、《周禮》、《禮記》、《周易》、《論語》、《孟子》、《孝經》、《春秋三傳》、《爾雅》等經書，皆爲朱子釋《詩》之主要憑據。此外，《老子》、《莊子》、《荀子》、《淮南了》、《孔叢子》、《文中子》等子書，《國語》、《史記》、《漢書》、《戰國策》、《後漢書》、《晉書》等史籍，亦皆爲朱子釋《詩》之重要資料。諸書之注疏，朱子亦極爲重視，如《三禮‧鄭玄注》、《禮記‧孔穎達疏》或《國語‧韋昭注》、《漢書‧顏師古注》、《左傳‧杜預注》、《公羊傳‧何休注》、《孟子‧趙岐注》、孫奭《疏》、《尚書‧（僞）孔安國傳》、《後漢書‧李賢注》、《爾雅‧郭璞注》、李巡《注》、孫炎《注》，以及陸璣《毛詩草木鳥獸蟲魚疏》等，朱子皆引之或本之以釋《詩》。其他如毛《傳》、鄭《箋》、孔《疏》、三家《詩》說、《司馬法》、《尚書大傳》、《楚辭》、漢賦、《風俗通義》、《孔子家語》、《竹書紀年》、《通典》、韓愈文、《夢溪筆談》、古器物銘、《說文》、《本草》、《字林》、《埤雅》、等，凡可取者，朱子皆不忘引之以釋《詩》。而宋儒說《詩》有可觀者，朱子亦時時引之以釋《詩》，如歐陽修、蘇轍、劉彝、張載、曾鞏、劉敞、王安石、二程子、范祖禹、呂大臨、劉安世、楊時，董逌、鄭樵、胡寅、陳鵬飛、李樗、張栻、呂祖謙諸人之說，《詩集傳》皆有引之。〔註33〕既能雜取眾長之長，又能自成一家之言，〔註34〕宜乎此書不唯風靡一時，亦且歷久不衰。

一、《詩集傳》釋《詩》之例

　　茲拈舉三篇，每篇各舉一章，以見《詩集傳》釋《詩》之例

（1）〈小星〉首章曰：「嘒彼小星，三五在東。肅肅宵征，夙夜在公。寔命不

〔註31〕　見《宋史》，卷202；《直齋書錄解題》，卷2。
〔註32〕　參閱《叢書子目類編》經部類。
〔註33〕　詳見陳美利：《朱子詩集傳釋例》，政治大學中國文學研究所1972年碩士論文。
〔註34〕　參閱皮錫瑞：《經學歷史》，第八篇〈經學變古時代〉。

同。」朱《傳》:「興也。嘒,微貌。三五,言其稀,蓋初昏或將旦時也。
肅肅,齊遬貌。宵,夜。征,行也。寔與實同。命,謂天所賦之分也。」
「南國夫人承后妃之化,能不妒忌以惠其下,故其眾妾美之如此。蓋眾
妾進御於君,不敢當夕,見星而往,見星而還,故因所見以起興。其於
義無所取,特取在東在公兩字之相應耳。遂言其所以如此者,由其所賦
之分不同於貴者,是以深以得御於君為夫人之惠,而不敢致怨於來往之
勤也。」

按:本章乃述行役之人夜間行路,見彼微光之小星,三三五五,閃動於東方,
因以想起遠方之家,及自己之遠行。因公家之事,夙夜趨路,故夜間疾行。
所以如此勞苦,實因自己之職務不同,乃有此命運也。〔註35〕「嘒彼小星,
三五在東」乃起興之語,所見在此,所得在「肅肅宵征」以下三句,〔註36〕
朱子謂此為興之作法,是也。毛《傳》:「嘒,微貌。」朱子採之。又毛《傳》:
「三心五噣,四時更見。」鄭《箋》:「心在東方,三月時也。噣在東方,正
月時也。如是終歲,列宿更見。」毛鄭之釋「三五在東」,牽扯甚遠,朱子以
為「三五言其稀,蓋初昏或將旦時」,說較平實。又毛《傳》:「肅肅,疾貌。
宵,夜。征,行。」其說可取。《國語・齊語》:「父兄之教,不肅而成。」〈晉
語〉:「聰明肅給。」兩肅字亦皆有急速意。〔註37〕朱子採毛《傳》之說,所
云「肅肅,齊遬貌」者,遬為速之籀文,疾也。〔註38〕又毛鄭:「寔,是也。」
朱子云:「寔與實同。」朱子說據《韓詩》。〔註39〕毛、朱之說皆通,詩中凡
作寔者為正字,作實者為同音通假字,故〈北風・燕燕〉:「實勞我心」,《釋
文》:「實本作寔」;〈北門〉:「天實為之」,《文選・求通親表》作寔;《儀禮・
覲禮》:「伯父寔來」,鄭《注》:「今文實作寔」;〔註40〕由此觀之,朱《傳》
以實訓寔,可通。綜觀本章朱子之訓釋,可謂已得詩之正解,唯朱子承《詩
序》「〈小星〉,惠及下也。夫人無妒忌之行,惠及賤妾,進御于君,知其命有
貴賤,能盡其心矣」之說,乃謂「南國夫人承后妃之化,能不妒忌以惠其下,

〔註35〕參閱王師靜芝:《詩經通釋》,頁71,輔大文學院叢書。
〔註36〕鄭樵《六經奧論》云:「凡興者,所見在此,所得在彼,不可以事類推,不可
　　　以義理求也。」
〔註37〕參閱董同龢譯:《高本漢詩經注釋》,頁54,中華叢書編審委員會印行。
〔註38〕《說文》:「速,疾也。從辵,束聲。遬,籀文從敕。」
〔註39〕陸德明《經典釋文》:「寔,《韓詩》作實。」
〔註40〕參閱賴明德:《毛詩考異》,頁113。國立台灣師範大學1972年國文所博士論
　　　文。

故其眾妾美之如此」，經常在言詞上攻擊《詩序》的朱子，顯然也是《序》說的愛用者，實則其說不洽詩意，詩中但言肅肅宵征，夙夜在公，毫無女子無妒忌，妾御於君之語。若謂二章有「抱衾與裯」之句，即妾御於君之語，此則斷章取義之論。宋儒洪邁在《容齋三筆》中如此批評毛、朱之說：「諸侯有一國，其宮中嬪妾雖云至下，固非閭閻賤微之比，何至於抱衾而行？況於牀帳，勢非一己之力所能致者，其說可謂陋矣。」〔註41〕毛、朱之見，確實是禁不起細節上的檢驗的。王師靜芝也說：「鄭《箋》云：『諸妾夜行，抱被與床帳，待進御之理席。』孔《疏》引《禮‧內則‧鄭注》云：『諸侯取九女，姪娣兩兩而御，則三日也。次兩妻，則四日也。次夫人專夜，則五日也。』孔云：『是五日之中，一夜夫人，四夜媵妾。夫人御後之夜，則次者抱衾而往。其後三夜，御者因之，不復抱也。四夜既滿，其來者又抱之而還。以後夜夫人所專，不須帳也。所須帳者為二人共侍於君，有須在帳者。』此說鄭《箋》與《禮‧內則》均未言及抱衾，孔《疏》於《禮‧鄭注》之下，亦未加以抱衾之解釋，惟於詩鄭《箋》下引〈內則‧鄭注〉而加抱衾之說。孔《疏》有何根據，並未說明。此說既不見於經文，亦不見經注，惟憑孔氏於鄭《箋》之下，作為此說，甚滋疑惑。蓋諸侯御妾媵一夕二人，可以有之，而二人為須帳而必自行抱衾而往，諸侯之寢處何其陋邪？又以夫人專夜不須帳，則又必抱衾以去，更為奇異。不須則不用之可矣，何必取去而再抱回？且諸侯寢處，何以只有一處？能娶九女，而並衾亦須抱來抱去？妾媵進御于君，自當盛裝美服，若抱衾以往，衣服散亂，懷抱衾裯，入于寢處，是何等景象？諸侯竟有此寒士不為之事乎？豈有為君者，並衾裯亦無多餘者乎？誠不可信矣。揆其文詞，此當是行役者自詠之詩耳。」〔註42〕此說甚辨。被認為不如《毛詩》平實的三家《詩》，認為〈小星〉是描寫小臣行役，自傷勞苦之作，〔註43〕固然大致上今文學派為政治服務的味道較諸古文學派更為濃厚，〔註44〕然其解說〈小星〉則極為平實，是以後世讀者多半都能接受。

（2）〈正月〉五章曰：「謂山蓋卑，為岡為陵。民之訛言，寧莫之懲。召彼故

〔註41〕洪邁：《容齋三筆》，卷10，《容齋隨筆》，下冊，頁536。上海古籍出版社印行。
〔註42〕見王師靜芝：《詩經通釋》，頁70。
〔註43〕
〔註44〕

老，訊之占夢。具曰予聖，誰知烏之雌雄？」朱《傳》：「賦也。山脊曰
岡。廣平曰陵。懲，止也。故老，舊臣也。訊，問也。占夢，官名，掌
占夢者也。具，俱也。烏之雌雄，相似而難辨者也。」「謂山蓋卑，而其
實則岡陵之崇也。今民之訛言如此矣，而王猶安然莫之止也。及其詢之
故老，訊之占夢，則又皆自以為聖人，亦誰能別其言之是非乎？子思言
於衛侯曰：『君之國事將日非矣。』公曰：『何故？』對曰：『有由然焉。
君出言自以為是，而卿大夫莫敢矯其非。卿大夫出言亦自以為是，而士
庶人莫敢矯其非。君臣既自賢矣，而群下同聲賢之。賢之則而有福，矯
之則逆而有禍，如此則善安從生？《詩》曰：「具曰予聖，誰知烏之雄雌？」
抑亦似君之君臣乎？』」

按：本章由首至尾，敷陳一事，朱子謂為賦之寫法，是。〔註45〕《爾雅・
釋山》：「山脊，岡。」《說文》：「岡，山脊也。从山，岡聲。」《釋名・釋
山》：「山脊曰岡，岡，亢也，在上之言也。」〈周南・卷耳〉：「陟彼高岡。」
毛《傳》：「山脊曰岡。」朱子取以釋岡，其說有據，然既謂「山脊曰岡，
廣平曰陵」，又謂「謂山蓋卑，而其實則岡陵之崇」，則有語病矣，日人竹
添光鴻曰：「朱意蓋言人謂山卑，而其實有岡陵之崇，非卑也。〈卷耳・傳〉：
『山脊曰岡。』是朱所據立說也。然岡字單舉可訓山脊，岡陵連言，乃丘
阜之屬，岡者有脊之丘壠，陵者丘之廣大，斷不可與山比高矣。言各有所
當，不可執一，不然至下廣平曰陵而窮矣。」〔註46〕竹添氏之說未嘗不可
通，然《說文》曰：「陵，大阜也。」《釋名・釋山》曰：「大阜曰陵。陵，
隆也，體隆高也。」《詩・小雅・天保》：「如岡如陵。」毛《傳》：「大阜曰
陵。」若不云「廣平曰陵」，而以大阜釋陵，則岡、陵均有高意，言山本高
而謂之低，實則此山為岡為陵，固甚高也。高而言卑，證其言之不實，故
下云「民之訛言」也。竹添氏謂岡陵連言，岡不可訓山脊，恐亦未必是。「寧
莫之懲」之句，本篇之前，〈沔水〉之詩已有同樣之句，毛《傳》釋懲為止，
其說可取，故朱子探之。又毛《傳》：「故老，元老也。訊，問也。」朱子
之說意同。另〈節南山〉詩云：「民具爾瞻。」毛《傳》：「具，俱也。」具
確可假借為俱，〔註47〕故朱子釋詩取之。至子思言於衛侯以下，乃引《孔

〔註45〕　朱子《詩集傳》：「賦者，敷陳其事而直言之者也。」於賦之解釋最為簡潔清楚。
〔註46〕　見竹添光鴻：《毛詩會箋》，卷12。台北華園出版社印行。
〔註47〕　朱駿聲《說文通訓定聲》：「具，假借為俱。」

叢子・抗志》篇之文，朱子未明言。

（3）〈維天之命〉一章曰：「維天之命，於穆不已。於乎不顯，文王之德之
　　純。假以溢我，我其收之。駿惠我文王，曾孫篤之。」朱《傳》：「賦也。
　　天命，即天道也。不已，言無窮也。純，不雜也。」「此亦祭文王之詩。
　　言天道無窮，而文王之德純一不雜，與天無間，以贊文王之德之盛也。
　　子思子曰：『維天之命，於穆不已，蓋曰天之所以爲天也。於乎不顯，文
　　王之德之純，蓋曰文王之所以爲文王也，純亦不已。』程子曰：「天道不
　　已，文王純於天道亦不已，文王純於天道亦不已。純則無二無雜，不已
　　則無間斷先後。」「假，《春秋傳》作何。溢，《春秋傳》作恤。何之爲假，
　　聲之轉也。恤之爲溢，字之訛也。收，受。駿，大。惠，順也。曾孫，
　　後王也。篤，厚也。」「言文王之神將何以恤我乎？有則我當受之，以大
　　順文王之道，後王又當篤厚而不忘也。」

按：〈維天之命〉爲祭祀文王之詩。前四句歌頌文王之德性能上配於天，後
四句勉勵子孫要保守家業，以慰祖先在天之靈。全篇敷陳一事，故朱子謂
爲賦之寫法。《詩序》謂此詩乃「大平告文王也」，然詩中未見太平之意，
故朱子不取太平之說，唯言祭文王之詩。又襄二十七年《左傳》，宋左師引
《詩》云：「何以恤我。」朱子以爲即此詩，故本之而改易《毛詩》，改經
解經之舉過於冒險，何況此詩毋需更動文字亦可得其解，日人竹添光鴻謂：
「假以溢我者，假字即假樂君子之假，當訓嘉，即天之休命也。《說文》：『諴，
嘉善也。』引《詩》『諴以諡我』，諴與假双聲，諡與溢字異而音義同。《左
傳・襄二十七年》引作『何以恤我』，古者音同通借，但果作何恤二字，則
是虛擬之辭，而非實然之辭，不必依《左傳》改。鄭訓溢爲盈溢，言文王
德既純大，則天之休命有餘而可以及人。溢者有餘之謂也，水有餘則必溢，
詩人謂文王有餘之天休及于成王，是假溢於成王也。我其收之，其者自期
之辭，收字當兼有守意，謂聚而保守之也。毛訓溢爲愼者，《爾雅》溢、愼、
諡皆訓靜，溢又訓愼，《詩》言溢我，即愼我也，謂以嘉美之道戒愼我子孫，
《詩》言子孫，多云戒愼，〈螽斯〉『宜爾子孫繩繩兮』，《傳》：『繩繩，戒
愼也』是也。其德惟純，故嘉，以是傳付於我，我其受而收聚之，以制爲
法度，正所以繩其祖武也，與所謂謙讓未遑者異。」〔註48〕竹添氏言之極

────────────

〔註48〕竹添光鴻：《左傳會箋》，卷19。

詳，「假以溢我」，毛鄭之說皆可通，未必需要改字解經。

二、《詩集傳》之重要見解

（1）論詩何為而作

> 朱子於《詩集傳・序》曰：「或有問於予曰：『詩何爲而作也？』予
> 應之曰：『人生而靜，天之性也。感於物而動，性之欲也。夫既有欲
> 矣，則不能無思；既有思矣，則不能無言；既有言矣，則言之所不
> 能盡，而發於咨嗟詠歎之餘者，必有自然之音響節族而不能已焉，
> 此詩之所以作也。』」

按：關於文學之起源，文學理論家爭論頗多。西方學者有所謂「藝術衝動
起源說」，以爲人類原始之情感，在本能上具有向外表現之傾向，向外表現
之後，可減痛苦、增快樂。人類順應此一本能，以各種方式表現內在之情
感，即成爲藝術。此種唯心論之主張即後代所謂「爲藝術而藝術」之所本。
又有所謂「藝術實用起源說」，主張「爲人生而藝術」，以爲藝術（含文學）
皆由於人類實際生活之迫切需要而產生。〔註 49〕上二說一偏於唯心，一偏
於唯物，王師志忱則嘗蒐羅我國學者之言論，並集合異邦學者與我相近之
主張，而得一較完美之心物合一說。其所列舉之古籍記載，有朱子《詩集
傳》「詩之所以作」之言，朱子之前又有〈詩大序〉：「詩者，志之所之也。
在心爲志，發言爲詩。情動於中而形於言，言之不足，故嗟嘆之，嗟嘆之
不足，故詠歌之，詠歌之不足，不知手之舞之，足之蹈之也。」《尚書・虞
書》：「詩言志。」《禮記・樂記》：「詩，言其志也；歌，詠其聲也；舞，動
其容也。三者本於心，然後樂器從之。」《禮記・檀弓》：「人喜則斯陶，陶
斯詠，詠斯猶，猶斯舞矣。」《漢書・藝文志》：「哀樂之心感，而歌詠之聲
發。誦其言謂之詩，詠其聲謂之歌。」陸機〈文賦〉：「遵四時以嘆逝，瞻
萬物而思紛。悲落葉於勁秋，喜柔條於芳春。」劉勰《文心雕龍・明詩》：
「人稟七情，應物斯感。感物吟志，莫非自然。」〈物色〉：「春秋代序，陰
陽慘舒。物色之動，心亦搖焉。……詩人感物，聯類不窮。流連萬象之際，
沈吟視聽之區。爲氣圖貌，既隨物以宛轉；屬采附聲，亦與心而徘徊。」〈體
性〉：「吐納英華，莫非情性。情動而言形，理發而文見。蓋沿隱以至顯，

〔註 49〕詳見王師志忱：《文學原論》，頁 43～58。啓德出版社印行。

因內而符外者也。」鍾嶸《詩品》：「氣之動物，物之感人，故搖蕩性情，形諸舞詠。……若乃春風春鳥，秋日秋蟬，夏雲暑雨，冬月祁寒，斯四候之感諸詩者也。嘉會寄詩以親，離群託詩以怨。至於楚臣去境，漢妾辭宮，或骨橫朔野，或魂逐飛蓬，或負戈外戍，殺氣雄邊，塞客衣單，孀閨淚盡，或士有解佩出朝，一去忘返，女有揚眉入寵，再盼傾國，凡此種種，感蕩心靈，非陳詩何以展其義，非長歌何以騁其情？」沈約《宋書·謝靈運傳》：「民稟天地之靈，含五常之德，剛柔迭用，喜慍分情。夫志動於中，則歌詠外發。……唯虞夏以前，遺文不覯；稟氣懷靈，理無或異。然則歌詠所興，宜自生民始也。」李百藥《北齊書·文苑傳·序》：「文之所起，情發於中。」劉孝綽《文選·序》：「詩者，志之所之也。情動於中而形於言。」范曄《後漢書·文苑傳·贊》：「情志既動，篇辭爲貴。」韓愈〈送孟東野序〉：「大凡物不得其平則鳴。草木之無聲，風撓之鳴；水之無聲，風蕩之鳴；……金石之無聲，或擊之鳴。人之於言也亦然。有不得已而後言，其歌也有思，其哭也有懷，凡出於口而爲聲者，其皆有弗平者乎！」〔註50〕可知朱子之前，類似之意見，學者早已提出，而〈詩大序〉與朱子之言，於詩之成因，闡明尤備。大約詩之爲作，由情而發，由言而現，由永歌韻律而成，至於手舞足蹈而爲之象，所以最早的詩歌跟音樂、舞蹈具有密切的關係，三百篇以〈周頌〉的完成時代最早，在三〈頌〉中，這個單元才是最眞實的頌詩，這樣的頌詩，其完整內容必然包含詩文、音樂與舞蹈三個元素。〔註51〕

〔註50〕 見王師志忱：《文學原論》，頁58～60。

〔註51〕 阮元：「《詩》分〈風〉、〈雅〉、〈頌〉，頌之訓爲美盛德者，餘義也；頌之訓爲形容者，本義也。且『頌』字即『容』字也。……『風』、『雅』但弦歌笙間，賓主及歌者皆不必因此而爲舞容；惟三〈頌〉各章皆是舞容，故稱爲『頌』。若元以後戲曲，歌者、舞者與樂器全動作也。『風』、『雅』則但若南宋人之歌詞、彈詞而已，不必鼓舞以應鏗鏘之節也。」《揅經室集》，卷1068，重編本《皇清經解》，第20冊，台北漢京文化事業公司印行。劉師培：「頌即形容之容，籀文作頕，許君訓容爲貌，即訓頕字爲頌儀；近人阮雲臺謂詩有三〈頌〉，頌與樣同；其說均確。惟頌訓爲容，由於頌備樂舞，古人樂舞以降神，故三〈頌〉均多祀神之作，此則阮氏所未析也。」〈舞法起於祀神考〉，《劉申叔先生遺書》，第3冊，台北華世出版社印行。按：王國維不認爲三〈頌〉各章皆是舞容，備之以參：「阮文達〈釋頌〉一篇，其釋頌之本義至確。然謂三〈頌〉各章皆是舞容，則恐不然。〈周頌〉三十一篇，惟〈維清〉爲象舞之詩，〈昊天有成命〉、〈武〉、〈酌〉、〈桓〉、〈賚〉、〈般〉爲武舞之詩，其餘二十四篇爲舞詩與否，均無確證。至〈清

（2）論《詩》之所以教者

朱子《詩集傳・序》：「曰：『然則其所以教者何也？』曰：『詩者，
人心之感物，而形於言之餘也。心之所感有邪正，故言之所形有
是非。惟聖人在上，則其所感者無不正，而其言皆足以爲教。其
或感之之雜，而所發不能無可擇者，則上之人必思所以自反，而
因有以勸懲之，是亦所以爲教也。昔周盛時，上自郊廟朝廷，而
下達於鄉黨閭巷，其言粹然無不出於正者，聖人固已協之聲律，
而用之鄉人，用之邦國，以化天下。至於列國之詩，則天子巡守，
亦必陳而觀之，以行黜陟之典。降自昭穆而後，寖以陵夷，至於
東遷，而遂廢不講矣。孔子生於其時，既不得位，無以行勸懲黜
陟之政，於是特舉其籍而討論之，去其重複，正其紛亂，而其善
之不足以爲法，惡之不足以爲戒者，則亦刊而去之，以從簡約，
以示久遠，使夫學者即是而有以考其得失，善者師之，而惡者改
焉，是以其政雖不足以行於一時，而其教實被於萬也，是則詩之
所以爲教者然也。』」

按：《詩序》云：「正得失，動天地，感鬼神，莫近於詩。先王以是經夫婦，
成教敬，厚人倫，美教化，移風俗。」此言將詩之作用推拓至極致。考詩
之作，或緣於喜怒，或緣於苦楚，或緣於鬱陶，或緣於激憤。凡情之所屬，
意之所之，則宣之於詞。故生活之所歷，風俗之所存，政治之得失，邦國
之治亂，無不爲詩之所欲吟咏者。王者治世，欲觀風俗，察民心，知得失，
不得不求諸民間風謠。〔註52〕「正得失」者，獻詩陳志也；「美教化，移風
俗」，教詩明志也。〔註53〕東遷之前，《詩》教如此，及至孔子，《詩》更有

廟〉爲升歌之詩，〈時邁〉爲金奏之詩（據《周禮・鐘師・注》引呂叔玉説，則
〈執競〉、〈思文〉亦金奏之詩），尤可證其非舞曲。《毛詩序》云：『頌者，美盛
德之形容，以其成功告於神明者也。』盛德之形容，以貌表之可也，以聲表之
亦可也。竊謂〈風〉、〈雅〉、〈頌〉之別，當於聲求之。〈頌〉之所以異於〈風〉、
〈雅〉者，雖不可得而知，今就其著者言之，則〈頌〉之聲較〈風〉、〈雅〉爲
緩也。……〈頌〉之所以異於〈風〉、〈雅〉者，在聲而不在容；則其所以美盛
德之形容者，亦在聲而不在容可知。以名〈頌〉而皆視爲舞詩，未免執一之見
矣。」〈說周頌〉，《觀堂集林》，卷2，台北河洛圖書出版社印行。
〔註52〕《漢書・藝文志》：「古有采詩之官，王者所以觀風俗，知得失，自考正也。」
《禮記・王制》云：「命大師陳詩以觀民風。」
〔註53〕詳見朱自清：《詩言志辨》，頁1～48。台灣開明書店印行。

裨於人倫教化，《荀子・大略》記載：子貢問於孔子曰：「賜倦於學矣，願息事君。」孔子曰：「《詩》云：『溫恭朝夕，執事有恪。』事君難，事君焉可息哉！」「然則賜願息事親。」孔子曰：「《詩》云：『刑于寡妻，至于兄弟，以御于家邦。』妻子難，妻子焉可息哉！」「然則賜願息於朋友。」孔子曰：「《詩》云：『朋友攸攝，攝以威儀。』朋友難，朋友焉可息哉！」「然則賜願息耕。」孔子曰：「《詩》云：『晝爾于茅，宵爾索綯，亟其乘屋，其始播百穀。』耕難，耕焉可息哉！」「然則賜無息者乎？」孔子曰：「望其壙，皋如也，嵮如也，鬲如也，此則知所息矣。」子貢曰：「大哉死乎！君子息焉，小人休焉。」此則記載或許爲後儒僞託，然若非孔子特爲重視《詩》教，亦不會在幾種古籍中都出現上述文字。〔註54〕《史記・孔子世家》云：「孔子以《詩》、《書》、《禮》、樂教，弟子蓋三千焉。」四者之中，實以《詩》教爲先。《禮記・經解》：「入其國，其教可知也。溫柔敦厚，《詩》教也。」溫柔敦厚爲《詩》教，然則「不足以爲戒」之詩又何以教人？朱子於《集傳・序》中謂刊而去之，似朱子贊同刪《詩》之說，唯其後朱子又以爲孔子未嘗刪《詩》，但有編錄刊定之功。其言曰：「人言夫子刪《詩》。看來只是采得這許多詩，夫子不曾刪去，只是刊定而已。」又曰：「當時史官收詩時，已各有編次，但經孔子時已經散失，故孔子重新整理一番，未見得刪與不刪。」〔註55〕無論孔子是否刪《詩》，其教確已被於萬世。

（3）提示學《詩》之法

> 朱子於《詩集傳・序》：「然則其學之也，當奈何？曰：『本之二〈南〉以求其端，參之列國以盡其變，正之於雅以大其規，和之於頌以要其止。此學《詩》之大旨也。章句以綱之，訓詁以紀之，諷詠以昌之，涵濡以體之，察之情性隱微之閒，審之言行樞機之始，則修身及家，平均天下之道，其亦不待他求而得之於此矣。』

按：昔者孔子嘗示弟子學《詩》之法，曰：「小子何莫學乎《詩》？《詩》可以興，可以觀，可以群，可以怨。邇之事父，遠之事君，多識於鳥獸草木之名。」〔註56〕邇之事父，遠之事君，此義理之學；多識鳥獸草木之名，乃考

〔註54〕按：《列子・天瑞》、《韓詩外傳》、《孔子家語・困誓》亦皆有此記載，唯文字小異。

〔註55〕見《朱子語類》，卷34；朱彝尊《經義考》卷98亦引此文。

〔註56〕見《論語・陽貨》。

據之學。朱子云：「學《詩》之法，此章盡之。」〔註57〕又《論語‧子路》：「誦
《詩》三百，授之以政，不達；使於四方，不能專對；雖多，亦奚以爲？」
《集註》引程子曰：「窮經以致用也。世之誦《詩》者，果能從政而專對乎？
然則其所學者，章句之末耳！此學者之大患也。」孔門學《詩》本以倫理教
化爲重；鳥獸草木之是識，名物訓詁之是崇，爲其餘事。其後孟子以「以意
逆志」法讀《詩》，嘗謂：「說《詩》者不以文害辭，不以辭害志。以意逆志，
是爲得之。」〔註58〕其書引《詩》者三十，論《詩》者四，如〈皇矣〉、〈北
山〉、〈雲漢〉、〈小弁〉、〈凱風〉諸詩，從而推闡其義，昔賢以爲深得詩人之
心。熊師翰叔謂孟子云「〈小弁〉之怨親親也，親親仁也」，由讀經而推求性
理，尤理學之圭臬。〔註59〕朱子所示之學《詩》法歸本於心性義理，〔註60〕
立論正大，又欲學者章句訓詁、諷詠涵濡兼備，能如此，自最爲理想。

（4）釋〈國風〉名義

　　朱子《詩集傳‧序》曰：「凡《詩》之所謂風者，多出於里巷歌謠之
　　作，所謂男女相與詠歌，各言其情者也。」卷一曰：「國者，諸侯所
　　封之域，而風者，民俗歌謠之詩也。謂之風者，以其被上之化以有
　　言，而其言又足以感人，如物因風之動以有聲，而其聲又足以動物
　　也。是以諸侯采之以貢於天子，天子受之而列於樂官，於以考其俗
　　尚之美惡，而知其政治之得失焉。」

按：宋鄭樵嘗以「風土之音」釋風，本書第四章〈鄭樵之詩經學〉以清儒陳
啓源《毛詩稽古篇》「《詩》有六義，其首曰風，〈大敘〉論之，語最詳複，約
之止三意焉。云『風天下而正夫婦』，又云『風以動之，教以化之』，又云『上
以風化下』，此風教之風也。云『下以風刺上，主文而譎諫』，又云『吟咏情
性，以風其上』，此風刺之風也。云『美教化，移風俗』，又云『一國之事，
繫一人之本，言天下之事，形四方之風』，此風俗之風也。餘所言風，則專目
〈國風〉。要之，風俗之風，正當〈國風〉之義矣，然必有風教，然後風俗成，
有風俗，而後風刺興，合此三者，〈國風〉之義始備」之語，謂鄭樵之說未盡，

〔註57〕朱鑑編：《詩傳遺說》，卷1。
〔註58〕見《孟子‧萬章上》，第4章。
〔註59〕參閱熊師翰叔：〈孔子詩教與後世詩傳〉一文，收於孔孟學會主編、黎明文化
　　　　事業公司出版之《詩經研究論集》一書。
〔註60〕參閱錢穆：《朱子新學案》，第4冊，頁55。

〔註61〕準此以觀，朱子以民俗歌謠之詩釋風，又以風教言名風之由，說較鄭樵爲優。至於風之本義是否如陳氏所言風俗之風，則遽難論定，近人顧頡剛釋「風」曰：「〈大雅・崧高篇〉說：『吉甫作誦，其詩孔碩，其風肆好。』又《左傳・成九年》說：『鐘儀操南音。』范文子說：『樂操土風。』則風的意義似乎就是聲調。聲調不但是諸國之風所具，〈雅〉〈頌〉也是有的。所以風的一名，是把通名用成專名的。所謂〈國風〉，猶之乎說『土樂』。」〔註62〕以「風」爲聲調，不爲無據，但若必欲以之爲風之本義，似仍言之過早。筆者管見，「風」之義甚雜，言之有據，能自圓其說即可，不必強以何說爲得其本義，何說爲後起之義。至於朱子謂風「多出於里巷歌謠之作」，說當無問題，蓋朱子著一「多」字，則言下之意，亦承認有部分風詩非出於里巷歌謠。唯此說後人亦有異議，如近人朱東潤撰有〈國風出於民間論質疑〉之長文，曰：「《詩》三百五篇，論者以爲出於民間，然考之於《詩》，有未敢盡信者。」朱氏之結論：由詩中自稱之地位境遇（如〈葛覃〉三章云：「言告師氏，言告言歸」，民間無師氏。〈小星〉首章云：「夙夜在公，寔命不同」，在公，謂從于公也，此小臣從公之詩。〈泉水〉首章：「有懷于衛，靡日不思。孌彼諸姬，聊與之謀」，此爲衛女嫁於諸侯而思歸之詩。〈北門〉首章：「王事適我，政事一埤益我」，二章：「王事敦我，政事一埤遺我」，此服官職者之詩。……）、由詩中自稱之服御僕從（如〈卷耳〉二章：「我姑酌彼金罍」，毛《傳》：「人君黃金罍」，許慎《五經異議》：「金罍大器也，天子以玉，諸侯大夫以金，士以梓。」據此則作詩者爲大夫以上之人。或謂金罍不必爲黃金罍，民間容有金屬之罍，不得執舊說相繩，然二章云：「我僕病矣」，作詩者既有僕從，要爲統治階級無疑。又如〈著〉首章：「俟我於著乎而，充耳以素乎而，尚之以瓊華乎而。」次章言瓊瑩，三章言瓊英，蓋當時統治階級之服御如此，其詩爲統治階級之詩可知。又如〈擊鼓〉三章：「爰居爰處，爰喪其馬」，〈竹竿〉三章：「佩玉之儺」，此皆統治階級之詩之）、由詩中關係人之地位（如〈汝墳〉首章：「未見君子，惄如調飢。」次章：「既見君子，不我遐棄。」稱其夫爲君子，其地位可知。〈式微〉首章：「式微式微，胡不歸？微君之故，胡爲乎中路？」此人臣之辭。〈東門之池〉首章：「彼美淑姬，可與晤歌。」姬爲當時貴姓，作詩者地位可知。……）、由詩中關係人之服御（如〈伯兮〉首章：

〔註61〕見本書第四章第二節「鄭樵之詩論」。
〔註62〕見顧頡剛：〈論詩經所錄全爲樂歌〉，收於《古史辨》第 3 冊。

「伯也執殳，爲王前驅。」執殳爲士之事，作詩者地位可知。〈子衿〉二章：
「青青子佩，悠悠我思。」毛《傳》：「佩，佩玉也，士佩瓀珉而青組綬。」
作詩者所思之人爲佩玉之士，則其地位可知。……）、由詩所歌詠之人地位境
遇（如〈關雎〉詩中淑女君子之稱，鐘鼓琴瑟之器，詩人所指，自爲統治階
級。如〈麟之趾〉首章：「麟之趾，振振公子。」次章言公姓，三章言公族，
所歌詠者爲公族可知。如〈采蘩〉首章：「于以用之，公侯之事。」所歌詠者
可知。……）、由詩中所歌詠之人服御僕從（如〈鵲巢〉首章：「之子于歸，
百兩御之。」百兩之盛，自非民間所有。〈采蘋〉三章：「于以奠之，宗室牖
下。」毛《傳》：「宗室，大宗之廟也，大夫士祭於宗廟，奠於牖下。」此詩
所言者，爲統治階級無疑。〈鄭風・羔裘〉首章：「羔裘如濡，洵直且侯。」
此詩所言，蓋士大夫之流。……），可知〈國風〉出於民間之說實不可信，非
唯不可信，且恰相反，〈國風〉多爲統治階級之作品。〔註63〕朱氏之文似若論
敍有據，然實仍不能推翻舊說，近人屈萬里〈論國風非民間歌謠的本來面目〉
一文，已有極詳之探討。屈氏從〈國風〉篇章之形式、從文辭用雅言、從用
韻之情形、從語助詞之用法、從代詞之用法，斷定〈國風〉非民謠之本來面
目，因得風詩形成之三種推測：（一）〈國風〉乃各國貴族、官吏用雅言所作
之詩，內無民謠。（二）有各國貴族、官吏用雅言所作之詩，有文人用雅言所
作之詩。（三）多爲業經潤色之民歌，少數爲貴族官吏用雅言所作之詩。對此
三種推測，屈氏有如下之解說：「〈國風〉諸詩，有些是貴族和官吏們的作品，
那是不成問題的。像〈葛覃〉的女作者有師氏可告，〈卷耳〉的征人有馬有僕，
〈羔羊〉的作者顯然是一個高級官員，〈燕燕〉和〈載馳〉的作者顯然是諸侯
的子女，作〈北門〉之詩的是一個窮公務員，作〈泉水〉之詩的是衛國貴族
的女兒。這類的詩，固然不一定是他們本人自作，而可能有人捉刀。但那捉
刀的人，自然都是能用雅言行文的。那麼，這些貴族和官吏們用雅言寫成的
歌詩，自然不能算是民間歌謠。然而，這些詩在〈國風〉裡畢竟佔少數。〈國
風〉中佔大多數的，則是些勞人、思婦、傷時、戀愛等詩歌。譬如〈鄭風〉
和〈陳風〉中的若干首情歌，〈王風・葛藟〉那流亡者的哀吟，〈魏風・碩鼠〉
和〈伐檀〉兩詩對於政府和官吏的怨怒之辭，〈邶風・谷風〉和〈衛風・氓〉
那種棄婦的悲歎之音。諸如此類的詩篇，顯然地都是民間的產物，而不是貴
族和官吏們的作品。」「〈國風〉的大部分既然是民間的產物，而這些物事又

〔註63〕詳朱東潤：《詩經四論》，頁1～63。東昇出版事業公司印行。

不是民間歌謠的本來面目，那，它們是不是各國的文人，因物託事而用雅言作成的詩歌呢？我認爲這種可能是很小的，因爲『有教無類』的口號是孔子才開始喊出來的，而且也是從孔子才開始實行的。在孔子以前，恐怕只有貴族和官吏們，才有受教育、學雅言的機會，一般平民識字的恐怕很少；因而，各國似乎不會有很多既無官守又非貴族的文士。像唐、檜、曹等小國，更不容易有這類的文人。此其一。何況那些大量的情歌，以及勞人、思婦、傷時等情眞意摯的詩篇，也決不是『無病呻吟』的人所能作得出來的。此其二。如此說來，〈國風〉中除去那些貴族和官吏們的詩篇之外，其餘的也並不是各國文人的作品。」「〈國風〉中的民間作品，既很少可能是各國的文人作的，那麼，它們自然都是民間歌謠了。但，如上所述，一般平民是不可能人人都用雅言來發表他們的情感的。因此，這些用雅言寫成的民歌，其形成的經過，似乎只有一個比較近理的解釋，那就是：它們是就口頭的歌謠而譯成雅言的。」「由於上述的推論，可以得到這樣的假設，即：〈國風〉中有一部分是貴族和官吏們用雅言作的詩篇，而大部分是用雅言譯成的歌謠。」「可是，如果單是爲了使口頭的民謠著於竹帛，因而譯成雅言，則它們的章節決不會有那樣複沓重疊的形式。在古代的文獻裡，既知道《詩》三百篇都可以絃歌；從〈國風〉諸詩之複沓重疊的形式來看，又知道它們是爲了奏樂而設。如此說來，把口頭歌謠譯成雅言的人，很可能是樂官。」〔註64〕屈氏之解說甚爲明晰，雖其謙稱「只是假設，未必符合事實」，而其推論實合情入理，可據以回應朱東潤之質疑，亦可證朱子謂〈國風〉「多出於里巷歌謠之作」，可能已得其實。只是，究竟有多少風詩出於里巷歌謠，很難有一數據讓後世讀者取得具體之概念。

（5）釋大小〈雅〉

朱子於《詩集傳》卷九曰：「雅者，正也，正樂之歌也。其篇有大小之殊，而先儒說又各有正變之別。以今考之，正〈小雅〉，燕饗之樂也。正〈大雅〉，會朝之樂，受釐陳戒之辭也。故或歡欣和說，以盡群下之情，或恭敬齊莊，以發先王之德。詞氣不同，音節亦異，多周公制作時所定也。及其變也，則事未必同，而各以其聲附之。其次序時世，則有不可考者矣。」

〔註64〕見屈萬里：《書傭論學集》，頁 211～213。台灣開明書店印行。

按：〈詩大序〉云：「雅者，正也，言王政之所由廢興也。」此說諸儒多篤信之。由內容而言，雅確多述王政之事，然此恐非〈雅〉得名之根由。朱子雖亦以「雅」為正，然又云「正樂之歌」，則是由樂曲以推敲其義，由〈鼓鐘〉之詩「以雅以南，以籥不僭」之語，可知〈雅〉、〈南〉係屬樂歌無疑，亦可知朱子由樂曲釋〈雅〉之名義，方向甚為正確。〈詩大序〉又云：「政有小大，故有〈小雅〉焉，有〈大雅〉焉。」以政之大小區分大小〈雅〉，無理可循，而又破綻百出，實不可從。〔註65〕朱子則以正〈小雅〉為宴饗之樂，正〈大雅〉為會朝之樂，又謂兩者「詞氣不同，音節亦異」，既以樂曲釋雅，則以詞氣、音節之不同區分大〈小雅〉，自勝於〈大序〉之說，惟大小〈雅〉之詞氣、音節究有何差異，今已不可考耳。〔註66〕另〈詩大序〉又有詩正變之說，其言曰：「至于王道衰，禮義廢，政教失，國異政，家殊俗，而變風、變雅作矣。」後世據此，乃為正變之分，大致以鄭玄所分為準，鄭氏之言曰：「文武之德，光熙前緒，以集大命於厥身，遂為天下父母，使民有政有居。其時詩〈風〉有〈周南〉、〈召南〉，〈雅〉有〈鹿鳴〉、〈文王〉之屬。及成王，周公致太平，制禮作樂，而有頌聲興焉，盛之至也。本之由此〈風〉〈雅〉而來，故皆錄之，謂之詩之正經。後王稍更陵遲，懿王始受譖亨齊哀公，夷身失禮之後，邶不尊賢。自是而下，厲也，幽也，政教猶衰。……故孔子錄懿王、夷王時詩，訖於陳靈公淫亂之事，謂之變風、變雅。」〔註67〕此說從者雖多，然實無何可信之理，於《詩》學亦無甚意義，朱子於此採保留態度，謂其次序時世有不可考者，此坦率之言，而其又謂「及其變也，則事未必同，而各以其聲附之」，似朱子乃以樂之應用不同而分正變，唯朱子語焉不詳，究竟正變之大小〈雅〉其聲有何不不同，則亦不得而知。

（6）釋　頌

　　朱子曰：「頌者，宗廟之樂歌，〈大序〉所謂美盛德之形容，以其成功告於神明者也。蓋頌與容，古字通用，故以此言之。〈周頌〉三十一篇，多周公所定，而亦或有康王以後之詩。〈魯頌〉四篇，〈商頌〉

〔註65〕詳見本編第三章〈蘇轍之詩經學〉，第三節第 15 段「論大雅〈小雅〉之異」之按語。
〔註66〕詳見本編第五章〈程大昌之詩經學〉，第三節第三段「論南雅頌之為樂無疑」按語中有關大小〈雅〉區分之討論。
〔註67〕見鄭玄：《詩譜·序》。

　　五篇，因亦以類附焉。

按：頌之爲義，而來爭辯不大，諸家所論多不出「頌容」之義以外，阮元有〈釋頌〉一文，以爲頌即容，乃歌而兼舞之義，其說今人多從之，而王國維則舉證歷歷，謂〈頌〉之所以異於〈風〉〈雅〉者，在聲而不在容，其說可與阮說抗衡，本編第五章〈程大昌之詩經學〉已有詳盡之討論，茲不贅。朱子釋「頌」全採《詩序》之說，並無新見。又鄭玄《詩譜》謂〈周頌〉之作，在周公攝政，成王即位之初。朱子以爲或亦有康王以後之詩，以詩本文核之，朱說甚是，如〈昊天有成命〉之詩，叔向曰：「〈昊天有成命〉，是道成王之德也。」〔註68〕詩中有「成王不敢康」之語，叔向之說可信，朱《傳》據此，以爲祀成王之詩，是也。又如〈執競〉之詩云：「執競武王，無競維烈。不顯成康，上帝是皇。」成康若指成王、康王，則朱《傳》謂「此祭武王、成王、康王之詩」，說或可信。由是可知，〈周頌〉確有康王以後之詩，朱子所言極是。

（7）釋賦比興

　　朱子於《詩集傳》卷一曰：「賦者，敷陳其事而直言之者也。」「比者，以彼物比此物也。」「興者，先言他物以引起所詠之詞也。」

按：賦比興三者爲詩之作法，唯〈詩大序〉與《周禮》雖有賦比興之名，〔註69〕對其定義則未加以解說，更未就詩三百篇加以具體舉例說明，遂致後儒各以己見，揣測其義，紛自解說，而說各不同。就中，賦之一義，諸家之說尙趨一致，甚少異說。鄭玄注《周禮》云：「賦之言舖，直舖陳今之政教善惡。」賦之言舖，此不容有異議，然鄭玄似以非陳政教則不爲賦，此則於賦義仍有未安。劉勰《文心雕龍·詮賦》云：「賦者，舖也，舖采摛文，體物寫志也。」鍾嶸《詩品》：「直書其事，寓言寫物，賦也。」二家俱以平舖直敘之寫法爲賦，言之甚是。《說文》釋賦：「斂也，從貝，武聲，假借爲敷。」《尙書·舜典》：「敷奏以言。」《傳》：「敷，陳也。」《小爾雅》：「敷，布也。」以賦爲布陳之義，則賦者直陳其事，舖敘說明，不作隱曲譬喻之謂。朱子云：「賦者，敷陳其事而直言之者也。」言簡意賅，最爲清楚。賦之體若〈周南·葛覃〉、〈卷耳〉之由首至尾敷陳一事即是。比體即今之所謂「比喻」。《說文》：「比，

〔註68〕語見《國語·晉語》。
〔註69〕〈詩大序〉：「詩有六義，一曰風，二曰賦，三曰比，四曰興，五曰雅，六曰頌。」《周禮·春官》：「太師教六詩，曰風，曰賦，曰比，曰興，曰雅，曰頌。」

密也。二人爲从，反从爲比。比爲比密之比，引申爲比次之比，因之事類相似，亦謂之比。」可知比有比次同類事物之意。鄭司農《周禮・注》云：「比者，比方於物也。」言之雖簡，但已得其解。鄭玄《周禮・注》云：「比見今之失，不敢斥言，取比類以言之。」以比用意在刺今之失，似爲政教而立論，其說當不可取。摯虞〈文章流別論〉：「比者，喻類之言也。」劉勰《文心雕龍》：「比者，附也。……附理者切類以指事。……附理故比例以生。」「何謂爲比？蓋寫物以附意，颺言以切事者也。」〔註70〕鍾嶸《詩品・序》：「因物喻物，比也。」大抵六朝學者釋比皆能得其實。朱子謂「比者，以物爲比，而不正言其事」、「比者，以彼狀此，如〈螽斯〉、〈綠衣〉之類」，〔註71〕一語道破比之義。「興」之爲法，則較「比」爲難明，復因古來學者常將比、興合釋，致使非但興更難明，即比亦常與興混淆難分。鄭眾《周禮・注》謂「興者，託事於物，言之過簡，且嫌含糊。鄭康成《周禮・注》謂「興見今之美，嫌於媚諛，取善事以喻勸之」，配合政教立論，本已失當，所說又以比爲興，容易引發爭議。摯虞〈文章流別論〉：「興者，有感之辭也。」劉勰《文心雕龍》：「興者，起也。……起情者依微以擬議。起情故興體以立。」〔註72〕鍾嶸《詩品・序》：「文已盡而意有餘，興也。」六朝學者釋興偏重「情感」，或與當時文學崇尚「緣情」有關。〔註73〕唐儒孔穎達釋興曰：「興者，興起志意讚揚之辭，故云見今之美以喻勸之。」又曰：「興者，起也。取譬引類，起發己心，詩文諸舉草木鳥獸以見意者，皆興辭也。」〔註74〕此乃兼採鄭玄、劉勰之說，並無新意。宋儒對興義之歧見則頗多。《二程全書》中，程頤釋興曰：「興者，感發之意。」黃櫄則曰：「興者，因物而感之謂也。……如『雨之濛矣』，行者之心，淒然以悲；『鸛其鳴矣』，居者之懷，慨然以歎，此之謂興。」〔註75〕王質則以《周禮》既稱太師教六詩，則賦比興當另有其詩篇，其言曰：「當是賦比興之詩皆亡，〈風〉〈雅〉〈頌〉三詩獨存。」〔註76〕以上諸儒，程頤、黃櫄皆不能擺脫六朝學者之說，王質所言則因漢張逸曾問賦比興之詩，

〔註70〕見劉勰：《文心雕龍・比興》。
〔註71〕分見章潢：《圖書編》，卷 11 引；劉瑾：《詩傳通釋》，卷首，〈詩傳綱領〉。
〔註72〕見劉勰：《文心雕龍・比興》。
〔註73〕參閱黃振民：《詩經研究》，頁 172，正中書局印行。
〔註74〕見孔穎達：《毛詩正義》，卷 1 之 1。
〔註75〕見李樗、黃櫄：《毛詩集解》，卷 1。
〔註76〕見王質：《詩總聞》，卷 2，〈聞風〉一。

而引起其猜度，然其說實不可信。另蘇轍〈詩論〉以「當時有所觸動而無取義者」爲興，其言曰：「夫興之爲言，猶曰其意云爾；意有所觸乎當時，時已去而不可知，故其類可以意推而不可以言解也。『殷其靁，在南山之陽』，此非有所取乎雷也，蓋必當時之所見而有動乎其意，故後之人不可以求得其說，此其所以爲興也。嗟夫，欲觀於《詩》，其必先知比興，若夫『關關雎鳩，在河之洲』，若誠有取於其摯而有別，是以謂之比而非興也。」〔註77〕蘇轍之觸動說可謂新穎，其否定毛鄭〈殷其雷〉非興之說，甚是，蓋〈殷其靁〉首章由殷然之雷聲在南山之陽，興起懷念征夫之意，二、三章義同，此係興之寫法。至蘇氏以〈關雎〉爲比，則是比興又混然爲一。毛鄭以〈關雎〉爲興，理當如此，此詩取雎鳩之鳴，在洲之和樂，因引起聯想，乃思及君子淑女之和樂，此爲道地之興，何能釋之爲比？是蘇轍之觸動說仍待商榷。另鄭樵之「興聲無義」說亦獨出新意，其言曰：「凡興者，所見在此，所得在彼，不可以事類推，不可以義理求也。興在鴛鴦，則『鴛鴦在梁』，可以美后妃。興在鳲鳩，則『鳲鳩在桑』，可以美后妃也。興在黃鳥，則『緜蠻黃鳥』『交交桑扈』可以美后妃。如必曰〈關雎〉，然後可以美后妃，他無預焉，不可以語《詩》也。」又曰：「夫詩之本在聲，而聲之本在興，鳥獸鳥草木乃發興之本。」〔註78〕鄭氏之興詩「所見在此，所得在彼，不可以事類推，不可以義理求」之說，言人所未曾言，亦足發人深思，甚至有學者譽之爲「明達之論」，〔註79〕唯其說仍有待商榷，王師靜芝嘗評其說：「此說前半甚是。『所見在此，所得在彼』，即因事物之聯想而及於本題之事也。若謂『不可以事類推，不可以義理求』，則是於興仍有未明之語也。凡興，其起興之語，皆有關於本題，無一例外也。……若〈桃夭〉云：『桃之夭夭，灼灼其華。之子于歸，宜其室家。』桃之夭夭，灼灼其華二句則起興之語也。或謂桃之少好，其華鮮明，與之子出嫁，宜其室家，毫無關係，實則關係至深。蓋結婚之事，爲姿彩鮮麗之事，青春少好之表現，故由桃夭以起興。桃之夭夭，灼灼其華，可聯想及少女青春，亦可表現結婚當時之姿彩。桃夭並不能直接釋爲婚姻，此所以爲興而不爲比也。今假設易桃夭二句爲風雨晦暝，落葉滿山之類言語，試一讀之，則結婚景象淒然可悲。明其不可易之理，則明其相關之義矣。凡興之作，無不

〔註77〕《欒城應詔集》，卷 4。

〔註78〕見鄭樵：《六經奧論》，卷首，〈讀詩易法〉。

〔註79〕見屈萬里：《詩經釋義》，敘論。台北華岡出版部行。

類此。比興之不同，亦在此。」〔註80〕所謂「比興之不同，亦在此」之語未必盡然，蓋上述之比較不足以涵蓋比興的差異所在，但鄭樵之言的確與事實不合，近人裴普賢有鑑於此，乃修正鄭樵「不可以事類推，不可以義理求」兩句為「不必以事類推，不必以義理求」，〔註81〕如此，則鄭樵釋興之語稍近實情，不過，「不必」兩字依然保守，若將鄭氏之語改為「應以事類推，要以義理求」，則更為確實。鄭樵之後，朱子繼起，其《集傳》釋賦比興之語雖簡，要皆一語道破本義，所言「興者，先言他物以引起所詠之詞也」，他物即是興起之詞，以興起之詞，引發敘事之詞，此正標準之興體寫法。總之，當我們認定詩人帶領讀者感發的手法是「先言他物，以引起所詠之詞」的興式時，要盡力地以事類、理義來推尋「他物」與「所詠之詞」之間的關連，這樣才不會辜負了詩人創作的用心。

（8）叶韻說

　　朱子《詩集傳》注經，大量採用叶韻說，如〈關雎〉二章「寤寐思服」之句，朱子以「服」音「叶蒲北反」，三章「琴瑟友之」之句，朱子以「友」音「叶羽已反」，「左右芼之」之句，朱子以「芼」音「莫報反，叶音邈」；〈葛覃〉首章「其鳴喈喈」之句，朱子以「喈」音「叶居奚反」，二章「為絺為綌，服之無斁」兩句，朱子以「綌」音「去逆反，叶去略反」，「斁」音「音亦，叶弋灼反」；〈卷耳〉首章「寘彼周行」之句，朱子以「行」音「叶戶郎反」，二章「維以不永懷」之句，朱子以「懷」音「叶胡隈反」；諸如此類之叶韻，在《詩集傳》中幾乎篇篇可見。

按：古籍中之韻文，由於時化之不同，語音之變遷，後人讀之自不能完全合韻，此本無可奈何之事，但時代觀念未確立之前，學者每以改音之法讀詩。如〈邶風・燕燕〉三章：「燕燕于飛，上下其音。之子于歸，遠送于南。瞻望弗及，實勞我心。」「南」字下，《經典釋文》引沈重《毛詩音》云：「協句，宜乃林反。」又〈日月〉首章：「日居月諸，照臨下土。乃如之人兮，逝不古處。胡能有定，寧不我顧。」顧文「顧」字下云：「徐音古，此亦協韻也。」《釋文》中改音之例甚夥，或謂「取韻」，或謂「合韻」，蓋皆以其時之音讀

〔註80〕見王師靜芝：《詩經通釋》，頁 15～16。
〔註81〕詳見糜文開、裴普賢：《詩經欣賞與研究》，第 1 集，頁 6～7。東大圖書公司印行。

《詩經》，遇有不合之處，即臨時改為合乎當時之音，宋代流之「叶韻」即以此為濫觴。〔註82〕朱子注《詩經》，因不明「時有古今，地有南北，字有更革，音有轉移」之道理，〔註83〕遂大量採用叶韻說，於是凡詩皆無正字矣。如〈召南・行露〉二章：「誰謂雀無角，何以穿我屋？誰謂女無家，何以速我獄？雖速我獄，室家不足。」《集傳》以「家」音「谷」，使可與「角」「屋」「獄」「足」叶韻，但同篇三章：「誰謂鼠無牙，何以穿我墉？誰謂女無家，何以速我訟？雖訟我訟，亦不女從。」同一「家」字，又音「各空反」，使可與「墉」「訟」「從」叶韻，此實教人莫明所以矣。又如〈騶虞〉首章：「彼茁者葭，壹發五豝。于嗟乎騶虞。」《集傳》以「虞」音「叶音牙」，以與「葭」「豝」叶韻，但同篇二章：「彼茁者蓬，壹發五豵。于嗟乎騶虞。」同一「虞」字，卻音「叶五紅反」，以與「蓬」「豵」叶韻，此真令人無所適從矣。明焦竑斥朱子叶韻之說曰：「如此則東亦可以音西，南亦可以音北，上亦可以音下，前亦可以音後，凡字皆無正呼，凡詩皆無正字矣。」〔註84〕確是諦評。

第三節　《詩序辨說》之主要見解

自鄭樵〈詩辨妄〉力詆《詩序》之後，〔註85〕朱子繼起，又《詩序辨說》一卷，專駁《詩序》之不可信者。

《詩序辨說》一書，《宋史・藝文志》題為《詩序辨》。有附此書於《詩集傳》之後者，如《西京清麓叢書正編》、《劉氏傳經堂叢書》均有「《詩集傳》八卷《詩序辨說》一卷附集傳考異」之刊刻。然仍以單行本居多，今可考見之本有（1）《津逮秘書》本，（2）《學津討原》本，（3）《西京清麓叢書正編》、《朱子遺書重刻合編》本，（4）《合經補綱》本，（5）《叢書集成初編》本。〔註86〕《百部叢書集成》之《學津》本乃覆刻《津逮》本，而又加以校訂，茲即據以探論朱子《詩序辨說》之力駁《詩序》。

（1）謂〈小序〉出於漢儒，不可盡信

朱子曰：「《詩序》之作，說者不同，或以為孔子，或以為子夏，或

〔註82〕參閱董同龢先生：《漢語音韻學》，頁237。台灣學生書局印行。
〔註83〕語見陳第：《毛詩古音考・序》。
〔註84〕見焦竑：《筆乘》。
〔註85〕詳見本書第四章，〈鄭樵之詩經學〉。
〔註86〕參閱《叢書子目類篇・經部類》。

以爲國史，皆無明文可考，唯《後漢書・儒林傳》以爲衛宏作《毛詩序》，公傳於世，則《序》乃宏作明矣，然鄭氏又以爲諸《序》本自合爲一編，毛公始分以寘諸篇爲首，則是毛公之前，其傳已久，宏將增廣而潤色之耳。故近世諸儒多以《序》之首句爲毛公所分，而其下推說云云者，爲後人所益，理或有之，但今考其首句，則已有不得詩人之本意，而肆爲妄說者矣，況沿襲云云之誤哉！然計其初，猶必自謂出於臆度之私，非經本文，故且自爲一編，別附經後，又以尚有齊、魯、韓氏之說，並傳於世，故讀者亦有以知其出於後人之手，不盡信也。……其後三家之傳又絕，而毛說孤行，則其牴牾之迹，無復可見，故此《序》者遂若詩人先所命題，而詩文反爲因《序》以作，於是讀者轉相尊信，無敢擬議。至於有所不通，則必爲之委曲遷就穿鑿而附合之，寧使經之本文繚戾破碎，不成文理，而終不忍明以〈小序〉爲出於漢儒也。」

按：《詩序》作者究爲何人，迄未定論，朱子據《後漢書・儒林傳》之記載與鄭氏之言，謂《序》作於毛公之前，而經衛宏之增廣潤色，此係折衷之論，說亦持平。朱子又謂若一味遷就《序》說，則詩文紆繚戾破碎，不成文理，此說甚是，故朱子之撰《詩集傳》即另依己意說詩，於《詩序》之合理者亦採之，唯不言及《詩序》。讀朱書者，完全不見《序》文。要之，朱子不盡信《詩序》，較之字字攻擊《詩序》者流，其態度實客觀可取。

（2）謂〈關雎・詩序〉不可盡信

《詩序》：「〈關雎〉，后妃之德也。……〈關雎〉樂得淑女以配君子，憂在進賢，不淫其色，哀窈窕，思賢才，而無傷善之心焉，是〈關雎〉之義也。」朱子曰：「其詩雖若專美大姒，而實以深見文王之德。序者從見其詞，而不察其意，遂壹以后妃爲主，而不復知有文王，是固已失之矣。至於化行國中，三分天下，亦皆以爲后妃之所致，則是禮樂征伐皆出於婦人之手，而文王者，徒擁虛器以爲寄生之君也，其失甚矣。……《論語》孔子嘗言『〈關雎〉樂而不淫，哀而不傷』，蓋淫者，樂之過；傷者，哀之過；獨爲是詩者得其性情之正，是以哀樂中節，而不至於過耳。而《序》者乃析哀樂淫傷各爲一事，而不相須，則已失其旨矣。至以傷爲傷善之心，則又大失其旨，而全無文理也。」

按：〈關雎・序〉說的被接受程度，涉及讀者詮釋角度的問題，不過，朱子的辨《序》之非，並非預設立場，而是針對其破綻而駁之，態度可謂平允。唯朱子以〈關雎〉可以深見文王之德，此則落於《詩序》「風之始也，所以風天下」之說的模式中，故朱子雖駁斥《序》說，而於《詩集傳》亦不免配合政教以說〈關雎〉曰：「周之文王，生有盛德，又得淑女姒氏以為之配。宮中之人，於其始至，見其有幽閒貞靜之德，故作是詩。」〔註87〕若謂《詩序》以〈關雎〉美后妃為穿鑿，則朱子以〈關雎〉美文王，又何嘗未為附會？清儒方玉潤有鑑於此而謂：「〈小序〉以為后妃之德，《集傳》又謂宮人之咏太姒文王，皆無確證。詩中亦無一語及宮闈，況文王太姒耶？」〔註88〕其說客觀，只是，凡以《詩》說教者，其所重視的本來就是詩旨的闡釋與發揮，是否可從詩中找到確證，並非關鍵。

（3）謂〈葛覃・詩序〉不可盡信

　　《詩序》：「〈葛覃〉，后妃之本也。后妃在父母家，則志在於女功之事，躬儉節用，服澣濯之衣，尊敬師傅，則可以歸安父母，化天下以婦道也。」朱子曰：「此詩之《序》，首尾皆是，但其所謂『在父母家』者一句為未安，蓋若謂未嫁之時，中不應遽以歸寧父母為言，況未嫁之時，自當服勤女功，不足稱述以為盛美，若謂歸寧之時，即詩中先言刈葛，而後言歸寧，亦不相合，且不常為之於平居之日，而暫為之於歸寧之時，亦豈所謂庸行之謹哉！《序》之淺拙，大率類此。」

按：〈葛覃・序〉說頗為含糊，故朱子斥為淺拙，姚際恆《詩經通論》曰：「〈小序〉謂后妃之本，此『本』字甚鶻突。故〈大序〉以為『在父母家』，（慎按姚氏以《序》首句之後綴語為〈大序〉，此一分類與宋儒范處義同）此誤循『本』字為說也。按詩曰『歸寧』，豈得謂其在父母家乎？陳少南又循〈大序〉『在父母家』，以為本在父母家，尤可哂。孔氏以『本』為后妃之本性，李迂仲以『本』為務本，紛然摹儗，皆〈小序〉下字鶻突之故也。」〔註89〕此說可補朱說之不足。可注意者，朱子已然見及《詩序》之「淺拙」，然又謂此詩之〈序〉「首尾皆是」，故《詩集傳》謂〈葛覃〉乃「后妃所自作，故無贊美之辭。然於此可以見其已貴而能勤，已富而能儉，已長而敬

〔註87〕見《詩集傳》，卷1。
〔註88〕見方玉潤：《詩經原始》，卷1。
〔註89〕見姚際恆：《詩經通論》，卷1。

不弛於師傅，已嫁而孝不衰於父母，是皆德之厚而人所難也」，〔註90〕此說之不合理，姚際恆亦已言之：「若作后妃自咏，則必謂絺綌既成而作，于是不得不以首章爲追敘，既屬迂折；且后妃深宮，安得見葛之延于谷中，以及此原野之間，鳥鳴叢木景象乎？豈目想之而成乎？必說不去。」〔註91〕且古后妃無歸寧之禮，〔註92〕故未必可以此詩繫之后妃。又明儒梁寅謂：「師氏，女師也。古者富家之子，必以婦之賢淑者爲之師，稱之曰姆，教以婦德、婦言、婦容、婦功。女既嫁則姆隨之爲姆者。」〔註93〕清儒朱朝瑛亦曰：「師氏，〈昏義·注〉云：婦人五十無子，出而不復嫁，能以婦道教人者爲姆，即女師也。」〔註94〕既然，則〈葛覃〉之婦人或非平民。近人屈萬里謂〈葛覃〉乃「婦人自咏歸寧之詩。由『言告師氏』之語證之，此婦似非平民。」〔註95〕說較朱說平實。

（4）謂〈卷耳·詩序〉不可盡信

《詩序》：「〈卷耳〉，后妃之志也。又當輔佐君子，求賢審官，知臣下之勤勞，内有進賢之志，而無險詖私謁之心，朝夕思念，至於憂勤也。」朱子曰：「此詩之《序》，首句得之，餘皆傅會之鑿說。后妃雖知臣下之勤勞而憂之，然曰『嗟我懷人』，則其言親暱，非后妃之所得施於使臣者矣。且首章之我，獨爲后妃，而後章之我，皆爲使臣，首尾衡決，不相承應，亦非文字之體也。」

按：朱子之前，歐陽修已批評〈卷耳·詩序〉之不可信：「婦人無外事，求賢審官，非后妃之職也。」〔註96〕茲又有朱子由詩文以證《序》說穿鑿，不過，以親暱之言非后妃所得施於使臣者是，以首章之我與後章之我不相承應則非，蓋詩人居於客觀之立場，首章詠閨人懷念行人之情，後章詠行人思閨人之情，兩我字本不必相承應。〔註97〕又朱子以爲〈卷耳·詩序〉首句可信，此亦讓人疑惑，蓋朱子於《詩集傳》中又謂「后妃以君子不在

〔註90〕見《詩集傳》，卷1。
〔註91〕見姚際恆：《詩經通論》，卷1。
〔註92〕詳惠周惕：《詩說》，卷中。
〔註93〕見梁寅：《詩演義》，卷1。
〔註94〕見朱朝瑛：《讀詩略記》，卷1。
〔註95〕見屈萬里：《詩經釋義》，〈葛覃〉註1。
〔註96〕見歐陽修：《詩本義》，卷1。
〔註97〕參閱王師靜芝：《詩經通釋》，頁40～42。

而思念之，故賦此詩」，〔註98〕若謂〈續序〉申述首句爲不可信，而他自己以后妃思念君子詮釋「后妃之志」何以就必然可信？「后妃之志」爲說教之詞，在後世讀者看來，實不如朱《傳》之「后妃思念君子」說平實，朱子既謂此詩乃女思男之辭，又必以后妃、君子釋之者，正因認定《序》說首句可信，當我們以爲朱子爲反《序》派的大儒時，對於其說詩往往認同《詩序》的詮解大方向，不能不考慮及之。

（5）謂〈螽斯・詩序〉不可盡信

> 《詩序》：「〈螽斯〉，后妃子孫眾多也。言若螽斯不妒忌，則子孫眾多也。」朱子曰：「螽斯聚處合一，而卵育蕃多，故以爲不妒忌則子孫眾多之比。《序》者不達此詩之體，故遂以不妒忌者歸之螽斯，其亦誤矣。」

按：歐陽修在朱子之前，已先指出毛鄭謂螽斯有不妒忌之性實失之，其言曰：「螽蟖，蝗類微蟲爾，詩人安能知其心不妒忌，此尤不近人情者；螽蟖，多子之蟲也，大率蟲子皆多，詩人偶取其一以爲比爾，所比者但取其多子似螽斯也。據《序》宜言不妒忌則子孫眾多如螽斯也。今其文倒，故毛鄭遂謂螽斯有不妒忌之性者，失也。」〔註99〕朱子之說與此同，《序》謂螽斯不妒忌，在後世讀者看來，可能認爲荒唐可哂。

（6）論〈桃夭・詩序〉不可盡信

> 《詩序》：「〈桃夭〉，后妃之所致也。不妒忌，則男女以正，昏姻以時，國無鰥民也。」朱子曰：「《序》首句非是。其所謂『男女以正，昏姻以時，國無鰥民』者得之，蓋此以下諸詩，皆言文王風化之盛由家及國之事，而《序》者失之，皆以爲后妃之所致，既非所以正男女之位，而於此詩又專以爲不妒忌之功，則其意愈狹，而說愈疎矣。」

按：朱子不能認同《詩序》之說，而謂〈桃夭〉以下諸詩宜繫之文王，然若《詩序》「后妃所致」之說爲非，何由朱子「文王之化，自家而國，男女以正，婚姻以時」之說必爲是？〔註100〕崔述以爲〈桃夭〉「祇欲其宜家室宜家人，其意以爲婦能順於天，孝於舅姑，和於妯娌，即爲至貴至美，

〔註98〕見《詩集傳》，卷1。
〔註99〕見歐陽修：《詩本義》，卷1。
〔註100〕引文爲朱子《詩集傳》之言。

此外都可不論，是以無一言及於紛華靡麗者，非風俗之美，安能如是？第謂其婚姻以時，猶恐未盡此詩之旨也」，〔註101〕此說誠然，朱子謂《詩序》「婚姻以時」之說得之，恐未必盡然。近人吳闓曰謂此詩「因于歸而以宜其室家爲祝，詩意止於此矣」，〔註102〕此說簡單明瞭，似乎也能得詩篇原旨。

（7）謂〈兔罝‧詩序〉不可盡信

　　《詩序》：「〈兔罝〉，后妃之化也。〈關雎〉之化行，則莫不好德，賢人眾多也。」朱子曰：「此《序》首句非是，而所謂莫不好德，賢人眾多者，得之。」

按：《詩序》之說不易理解，言后妃之化，大概也是刻意將前後之詩視爲一系列之作，朱子以爲《序》首句以下得之，正因認定此詩乃文王之化行的作品，故《詩集傳》曰：「化行俗美，賢才眾多，雖罝兔之野人，而其才之可用猶如此，故詩人因其所事以起興而美之。」〔註103〕清儒錢澄之曰：「以喻文王之網羅賢才也。丁丁喻求賢之聲，遠聞四方也。中逵，當四方之衝，爲人才畢集之所，中林則深林隱伏之士，皆入吾彀中矣。前二章言奔走禦侮之士，後一章言運籌帷幄之人也。」〔註104〕錢氏之聯想力甚豐，唯拘泥文王之說，恐不可深信。傅斯年《詩經講義稿》：「〈兔罝〉稱美武士之辭。」〔註105〕就詩文「赳赳武夫，公侯干城」「赳赳武夫，公侯好仇」、「赳赳武夫，公侯腹心」揆度之，傅說似無可訾議。另外，我們由朱子有時針對《詩序》首句提出批評，有時不能接受〈續序〉之言，可知他並無「〈續序〉創作時代較晚，比起〈前序〉更加不可信」的想法。

（8）謂〈漢廣‧詩序〉不可盡信

　　《詩序》：「〈漢廣〉，德廣所及也。文王之道被于南國，美化行乎江漢之域，無思犯禮，求而不可得也。」朱子曰：「此詩以篇內有『漢之廣矣』一句得名，而《序》者謬誤，乃以德廣所及爲言，失之遠矣。然其下文復得詩意。」

〔註101〕見崔述：《讀風偶識》，卷1。
〔註102〕見吳闓生：《詩經會通》，卷1。台北洪氏出版社印行。
〔註103〕見《詩集傳》，卷1。
〔註104〕見錢澄之：《田間詩學》，卷1。
〔註105〕見《傅斯年全集》，第1冊，頁272。台北聯經出版社印行。

按：〈漢廣・詩序〉所言似嫌迂曲，朱子既以為〈桃夭〉以下諸詩皆言文王之風化，故以《序》首句雖不可從，〈續序〉則得詩意。其《詩集傳》更謂：「文王之化，自近而遠，先及於江漢之間，而有以變其淫亂之俗，故其出游之女，人望見之而知其端莊靜一，非復前日之可求矣，因以喬木起興，江漢為比，而反復詠歎之也。」〔註106〕朱說也不易引起後人認同，如崔述《讀風偶識》即云：「此詩乃周衰時作，……以為文王之世，失之遠矣。江去周都千數百里，漢亦將近千里。謂由近而遠，先及於江漢之間，亦誤。」〔註107〕屈萬里謂：「此詩當是愛慕游女而不能得者所作。」〔註108〕似較近詩之原義，不過，朱子刻意以詩說教，當然不能將詩旨解釋地如此單純。

（9）謂〈草蟲・詩序〉或恐非是

《詩序》：「〈草蟲〉，大夫妻能以禮自防也。」朱子曰：「此恐亦是夫人之詩，而未見以禮自防之意。」

按：如同朱子所言，〈草蟲〉不見以禮自防之意，《序》說不必深信，不過，朱《傳》解此詩，說教意味亦極為濃厚。王師靜芝說：「細味其詩，毫無自防之意。朱《傳》云：『南國被文王之化，諸侯大夫行役在外，其妻獨居，感時物之變，而思其君子如此。』此說亦即丈夫行役，妻子思念之義，但拘於難移之觀念，故牽及文王之化。此詩說者異說甚多，何玄子以為思南仲作，據〈小雅・出車篇〉有喓喓草蟲六句而言之也。偽《子貢詩傳》謂為南國大夫聘於京師，睹召公而歸心切。並臆斷之說也。詩並非寫故事者，更非設謎語者。說詩者不必猜，更不必編故事。但宜由其文之情景，以平易之理見之，則可不失也。歐陽修云：『〈召南〉之大夫，出而行役，其妻所詠。』頗為近之，惟亦未必為大夫耳。此詩衹是思婦喜勞人歸來之詠。」〔註109〕此說甚晰，朱子深受《詩》教之默化，故雖力詆《詩序》，其說詩仍不免配合政教而立論，然而，這也是多數古人讀《詩經》的態度。

（10）謂〈殷其靁〉無勸以義之意

《詩序》：「〈殷其靁〉，勸以義也。〈召南〉之大夫，遠行從政，不遑寧處。其家室能閔其勤勞，勸以義也。」朱子曰：「按此詩無勸以義

〔註106〕見《詩集傳》，卷1。
〔註107〕見崔述：《讀風偶識》，卷1。
〔註108〕見屈萬里：《詩經釋義》，〈漢廣〉註1。
〔註109〕見王師靜芝：《詩經通釋》，頁59～60。

之意。」

按：《序》之解說〈殷其靁〉，的確有失穿鑿。朱子《詩集傳》曰：「婦人以其君子從役在外，而思念之，故作此詩。」〔註110〕由詩中「振振君子，歸哉歸哉」之語觀之，朱子之說或許已得詩之本義。

（11）謂〈摽有梅・詩序〉末句未安

　　《詩序》：「〈摽有梅〉，男女及時也。〈召南〉之國，被文王之化，男女得以及時也。」朱子曰：「此《序》末句未安。」

按：〈摽有梅〉之詩有懼嫁不及時之義，而無男女及時之義，故歐陽修謂「終篇無一人得及時者」，〔註111〕朱子以為《詩序》末句未安，實則首句亦「未安」，中間兩句更「未安」。歐陽修又曰：「詩人引此，以興物之盛時不可久，以言〈召南〉之人顧其男女方盛之年，懼其過時而至衰落，乃其求庶士以相婚姻也。」此說或是。嚴粲《詩緝》謂「此詩述女子之情，欲得及時而嫁」，〔註112〕陳啓源《毛詩稽古編》謂「女之求男汲汲矣。《箋》、《疏》皆謂詩人代述其情，良是也」，〔註113〕當我們不想以《詩》說教時，這些都是平實的解釋。

（12）謂〈江有汜〉未見勤勞無怨之意

　　《詩序》：「〈江有汜〉，美媵也。勤而無怨，嫡能悔過也。文王之時，江沱之間，有嫡不以其媵備數，媵遇勞而無怨，嫡亦自悔也。」朱子曰：「詩中未見勤勞無怨之意。」

按：《序》之說明〈江有汜〉不好理解，蓋勤勞無怨與美媵之意都不容易從詩中看出。不過，透過《詩集傳》，我們可以更明白《詩序》所說的故事：「是時汜水之旁，媵有待年於國，而嫡不與之偕行者，其後嫡被后妃夫人之化，乃能自悔而迎之。故媵見江水之汜而因以起興，言江猶有汜，而之子之歸，乃不我以，雖不我以，然其後也亦悔矣。」

　　《詩序》與《詩集傳》所賦予〈江有汜〉的經學意義大抵上可以說得通，依其說，詩的作者是一位「遇勞而無怨」的媵妾，因嫡不讓其陪嫁，她就歌

〔註110〕見《詩集傳》，卷1。
〔註111〕見歐陽修：《詩本義》，卷2。
〔註112〕見嚴粲：《詩緝》，卷2。
〔註113〕見陳啓源：《毛詩稽古編》，卷2。

詠了這樣的一篇作品，當我們要支持《詩序》之說時，王先謙的意見也必須重視：「『其後也悔』，逆料而勤望之，風人忠厚之恉也。《傳》『嫡能自悔也』，誤為已然事。」〔註114〕竹添光鴻《毛詩會箋》也說：「『其後也悔』者，是冀幸將來之辭。媵不敢怨，而俟其自悔。必如此解，方與美媵合。」〔註115〕

（13）解說〈何彼襛矣・詩序〉「雖則王姬亦王嫁於諸侯」之意

《詩序》：「〈何彼襛矣〉，美王姬也。雖則王姬亦下嫁於諸侯，車服不繫其夫，下王后一等。猶執婦道，以成肅雝之德也。」朱子曰：「《序》云雖則王姬亦下嫁於諸侯，說者多笑其陋，然此但讀為兩句之失耳。若讀此十字合為一句，而對下文『車服不繫其夫，下王后一等』為義，則《序》者之意，亦自明白。蓋曰王姬雖嫁於諸侯，然其車服制度與他國之夫人不同，所以甚言其貴盛之極，而猶不敢挾貴以驕其夫家也。但立文不善，終費詞說耳。」

按：昔者鄭樵〈詩辨妄〉嘗譏刺此〈序〉之非，〔註116〕此蓋《序》文易令人滋生誤會之故，朱子之解說甚善。

（14）謂〈邶風・柏舟・詩序〉絕不可信

《詩序》：「〈柏舟〉，言仁而不遇也，衛頃公之時，仁人不遇，小人在側。」朱子曰：「詩之文意事類可以思而得，其時世名氏則不可以強而推，故凡〈小序〉，唯詩文明白，直指其事，如〈甘棠〉、〈定中〉、〈南山〉、〈株林〉之屬，若證驗的切，見於書史，如〈載馳〉、〈碩人〉、〈清人〉、〈黃鳥〉之類，決為可無疑者。其次則詞旨大概可知必為某事，而不可知其的為某時某人者，尚多有之。若為〈小序〉者，姑以其意推尋探索，依約而言，則雖有所不知，亦不害其為不自欺；雖有未當，人亦當恕其所不及。今乃不然，不知其時者，必強以為某王某公之時，不知其人者，必強以為某甲某乙之事，於是傅會書史，依託名諡，鑿空妄語，以誑後人，其所以然者，特以恥其所不知，而惟恐人之不見信而已。且如〈柏舟〉，不知其出於婦人，而以為男子；不知其不得於夫，而以為不遇於君；此則失矣。然有所不及而不自欺，則亦未至於大害理也，今乃斷然以為衛頃公之時，

〔註114〕《詩三家義集疏》，卷2。台北明文書局印行。
〔註115〕《毛詩會箋》，卷1。
〔註116〕詳見本書第四章〈鄭樵之詩經學〉。

則其故爲欺罔，以誤後人之罪，不可揜矣。」

按：《詩序》以〈柏舟〉作於衛頃公之時，未必有實據，故朱子駁之。朱子又謂此乃婦人不得於其夫之詩，並以此斥責《詩序》失之，今考朱子係採劉向之說，〔註117〕以〈柏舟〉爲仁人或婦人之詩，可說是毛、魯二家的歧異。嚴粲曰：「此詩皆憂國之言，身雖不遇，而惓惓於國，今誦其詩，猶想見其藹然仁人之氣象也。」〔註118〕姚際恆曰：「此詩是賢者受譖于小人之作。」〔註119〕方玉潤曰：「賢臣憂讒憫亂而莫能自遠也。」〔註120〕皆爲支持《毛詩》的好解說。

（15）謂〈凱風〉乃七子自責之辭

> 《詩序》：「〈凱風〉，美孝子也。衛之淫風流行，雖有七子之母，猶不能安其室，故美七子能盡其孝道，以慰其母心，而成其志爾。」
>
> 朱子曰：「以孟子之說證之，《序》說亦是，但此乃七子自責之辭，非美七子之作也。」

按：〈凱風‧序〉說不必深信，朱子以孟子之說，證明《序》說亦是，唯改美七子爲七子自責，明儒季本謂「衛有七子不能安其母之心，故作此詩以自責無怨言也」。〔註121〕說乃本諸朱子，實則《序》說固不佳，朱說亦不易獲得後人普遍性的認同，王師靜芝已慨乎言之：「考此詩古今說者，多以爲母欲改嫁，孝子能孝道，或曰孝子自責，或曰孝子感動母氏，然無能言母之有善德者，非緣《詩序》之言，蓋由孟子『〈凱風〉，親之過小者也』一語，不能易耳。（見《孟子‧告子下》）孟子既言親有小過，則後人無以釋其無過。惟孟子衹此一語，並未對全詩有所解釋。《詩序》竟指爲淫風流行，七子之母，猶不能安其室。其言眞駭人聽聞！若母如此之淫，豈可謂之美孝子？然細讀其詩，又不知詩中何句指出不安於室？何句言其淫風大行？

〔註117〕朱子《詩集傳》：「婦人不得於其夫，故以柏舟自比。言以柏爲舟，堅緻牢實，而不以乘載，無所依薄，但汎然於水中而已，故其隱憂之深如此，非爲無酒可以敖遊而解之也。《列女傳》以此爲婦人之詩。今考其辭氣卑順柔弱，且居變〈風〉之首，而與下篇（按指〈綠衣〉）相類，豈亦莊姜之詩也歟！」

〔註118〕見嚴粲：《詩緝》，卷3。

〔註119〕見姚際恆：《詩經通論》，卷3。

〔註120〕見方玉潤：《詩經原始》，卷3。

〔註121〕見季本：《詩說解頤》，卷3。

何句指出母有小過？說詩者解釋女子改適，故曰小過。但不知詩中何句指出母氏改適？改適是否即為不安於室？孟子所指親之小過，究為何過？孟子之時，尚無毛《傳》。是否有《詩序》，更為疑問。然則孟子之時，此詩如何解釋，今不可知。親有小過之親，是否指母，抑為指父？此詩是否父遺棄母，母氏有子七人，劬勞養子，子乃感而自疚？是以孟子指親有小過，或父之小過也。此固為臆測之辭，毫無根據。但淫風大行，七子之母不安於室，則近誣人，豈僅臆斷而已！且孟子之時，詩是否已遭曲解，亦頗難言。後人但據孟子一語，固指七子母淫蕩不安於室，其施於後人者是何教育邪？而七子且又當其母改嫁時，極稱母之聖善，其七子是何思想邪？而孟子又以是為子能不怨親之小過者，《詩序》乃云『美孝子也』，試想，一淫蕩之母，七無依之子，母不安於室，七子竟歌頌之。而詩人竟美之，以為孝子，真奇異哉！『高叟之為詩也』！愚意以為，此詩祇是孝子念母氏劬勞而自疚之詞也。何必多所臆測哉！」〔註122〕事實上，「孝子念母氏劬勞而自疚之詞」之說也極適合用以說教，《序》說確實不理想。朱子以此詩為孝子自責之詞，已近是，但他又依《詩序》之說，以為七子之母不能安其室，〔註123〕這是頗為令人訝異的。

（16）謂〈雄雉‧詩序〉不可盡信

《詩序》：「〈雄雉〉，刺衛宣公也。淫亂不恤國事，軍旅數起，大夫久役，男女怨曠，國人患之，而作是詩。」朱子曰：「《序》所謂大夫久役，男女怨曠者得之，但未有以見其為宣公之時，與淫亂不恤國事之意耳。兼此詩亦婦人作，非國人之所為也。」

按：《詩序》指〈雄雉〉為刺宣公之時，似乎無據。詩文亦難以見出淫亂不恤國事之意，朱子所言當是。清儒黃中松曰：「《詩序》以宣公有夷姜、宣姜之事，因稱之為淫亂，又有入郕伐鄭之役，遂加以軍旅數起之罪。夫淫亂不恤國罪與軍旅數起，是兩項事，不應一詩而兼刺之。且既言大夫久役，男女怨曠，此時當即為大夫妻所作，乃言國人患之而作，則又是他人抱不平也。數句自相矛盾，宜朱子不從也。」〔註124〕說可補朱說之略。朱子《詩

〔註122〕見王師靜芝：《詩經通釋》，頁91～92。
〔註123〕朱子《詩集傳》採《序》說：「衛之淫風流行，雖有七子之母，猶不能安其室，故其子作此詩。」
〔註124〕見黃中松：《詩疑辨證》，卷2。

集傳》釋〈雄雉〉曰：「婦人以其君子從役於外，故言雄雉之飛舒緩自得如此。而我之所思者，乃從役于外而自遺阻隔也。」〔註125〕此說不刻意嵌入史實，可信度當然也較高。

（17）謂〈匏有苦葉‧詩序〉不可盡信

　　《詩序》：「〈匏有苦葉〉，刺衛宣公也。公與夫人並為淫亂。」朱子
　　曰：「未有以見其為刺宣公夫人之詩。」

按：《詩序》之說本不必深信，朱子所謂「未有以見」者甚是。黃中松曰：「此詩通篇皆比，無一語直陳其事，何以定此之為刺宣公，彼之為刺夫人乎！」〔註126〕說亦是，《詩序》之說一經深究，往往可見瑕疵。

（18）謂〈谷風〉未見化其上之意

　　《詩序》：「〈谷風〉，刺夫婦失道也。衛人化其上，淫於新昏，而棄其
　　舊室。夫婦離絕，國俗傷敗焉。」朱子曰：「亦未有以見化其上之意。」

按：《詩序》之說，其意近是，唯「衛人化其上」云云，似又未免穿鑿，朱子《詩集傳》曰：「婦人為夫所棄，故作此詩，以敘其悲怨之情。」〔註127〕說勝《詩序》。

（19）謂〈旄丘〉非責衛伯之詞

　　《詩序》：「〈旄丘〉，責衛伯也。狄人迫逐黎侯，黎侯寓於衛，衛不
　　能脩方伯連率之職，黎之臣子以責於衛也。」朱子曰：「《序》見詩
　　有伯兮二字，而以為責衛伯之詞，誤矣。」

按：朱子此言過簡，而其《詩集傳》一則曰：「此詩本責衛君，而但斥其臣，可見其優柔而不迫矣。」再則謂「此無所考，姑從《序》說」，〔註128〕可見朱子以為《詩序》之說可取，唯衛伯係衛君之誤耳。清儒陳奐曰：「伯疑誤衍。《序》云責衛，下又云責於衛，若〈螽斯〉、〈采蘩〉、〈殷其靁〉、〈摽有梅〉、〈野有死麕〉，文法與之同，則責衛下不當有伯字矣。」〔註129〕若果如此，則朱子無以駁《詩序》之非。

〔註125〕見朱子：《詩集傳》，卷2。
〔註126〕見黃中松：《詩疑辨證》，卷2。
〔註127〕見《詩集傳》，卷2。
〔註128〕見《詩集傳》，卷2。
〔註129〕見陳奐：《詩毛氏傳疏》，卷3。

（20）謂〈北風・詩序〉之說恐非是

> 《詩序》：「〈北風〉，刺虐也。衛國並爲威虐，百姓不親，莫不相攜
> 持而去焉。」朱子曰：「衛以淫亂亡國，未聞其有威虐之政如《序》
> 所云者，此恐非是。」

按：既未聞衛有威虐之政，則《序》說只可備覽，不必深信。朱子《詩集
傳》曰：「言北風雨雪，以此國家危亂將至，而氣象愁慘也，故欲與其相好
之人，去而避之。」此說平實，比起《詩序》，較不易引起爭議。

（21）謂〈靜女・詩序〉絕不可信

> 《詩序》：「〈靜女〉，刺時也。衛君無道。夫人無德。」朱子曰：「此
> 《序》全然不似詩意。」

按：詩中凡咏男女之情者，《詩序》往往以爲刺失德，由經學立場觀之，《序》
說有其立場，然後世讀者讀之，誠如朱子所言，總感覺不似詩意。唯朱子
《詩集傳》謂此淫奔期會之詩，〔註 130〕後人大概也不易接受。王師靜芝
說：「審其詞與衛君及夫人絲毫無關，亦更無關於刺時。朱《傳》以爲淫
奔期會之時，固已打破《詩序》，然淫奔一語亦過甚其詞。此惟男女約期
相會之詩，在今日則極爲平常，在古代固已有之，不足爲怪也。」〔註 131〕
由於詩中所流露之歡悅之情極爲明顯，其原始之義的確有可能僅止於男女
之期會。

（22）謂〈桑中・詩序〉首句不可信

> 《詩序》：「〈桑中〉，刺奔也。衛之公室淫亂，男女相奔，至于世族
> 在位，相竊妻妾，期於幽遠，政散民流，而不可止。」朱子曰：「此
> 詩乃淫奔者所自作，《序》之首句以爲刺奔，誤之。其下云云者，乃
> 復得之。」

按：朱子以爲《詩序》首句不可信，以下諸語得之，實則「衛之公室淫亂」
云云，亦不可信，清儒姚際恆已言之：「按《左傳・成二年》：『巫臣盡室以
行，申叔跪遇之曰：「夫子有三軍之懼，而又有〈桑中〉之喜，宜將竊妻以
逃者也。」』〈大序〉本之爲說。（按：姚氏以《詩序》綴語爲〈大序〉）《傳》
所言『桑中』固是此詩，然《傳》因巫臣之事而引此詩，豈可反據巫臣之

〔註 130〕見朱子：《詩集傳》，卷 2。
〔註 131〕見王師靜芝：《詩經通釋》，頁 111〜112。

事以說此詩，大是可笑。其曰『政散民流，而不可止』，亦本〈樂記〉語。
按〈樂記〉云：『鄭衛之音，亂世之音也，比干慢矣。桑間濮上之音，亡國
之音也，其政散，其民流，誣上行私而不可止也。』桑間，亦即指此詩。
濮上，用《史記》衛靈公至濮水，聞琴聲，師曠謂紂亡國之音事，故以爲
亡國之音。其實此詩在宣、惠之世，國未嘗亡也，故曰『其政散』云云。〈樂
記〉之文紐台二者爲一處，本屬亂拈，不可爲據。今〈大序〉又用〈樂記〉，
尤不可據。」〔註132〕姚氏之說，言之頗詳，《序》說有待斟酌。唯姚氏仍以
此爲刺奔之詩，可見未婚男女相會，古人期期以爲不可。崔述《讀風偶識》
曰：「〈桑中〉一篇，但有歎美之意，絕無規戒之言。若如是而可以爲刺，
則曹植之〈洛神賦〉，李商隱之〈無題詩〉，韓偓之《香奩集》，莫非刺淫者
矣。」〔註133〕力斥刺淫之說，可供參稽。

（23）謂〈考槃・詩序〉不可盡信

　　《詩序》：「〈考槃〉，刺莊公也。不能繼先公之業，使賢者退而窮處。」
　　朱子曰：「此爲美賢者窮處而能安其樂之詩，文意甚明，然詩文未有
　　見棄於君之意，則亦不得爲刺莊公矣，《序》蓋失之，而未有害於義
　　也。」

按：《序》說牽強，宜乎朱子不以爲然。又朱子「美賢者窮處而能安其樂」
之說，當近詩之本義，其三傳弟子王柏曰：「〈考槃〉詞雖淺，而有暇裕自
適氣象。《孔叢子》載孔子曰：『於〈考槃〉，見遯世之士無悶於世。』此語
是以盡此詩之義。」〔註134〕所言深得詩旨。

（24）謂〈氓・詩序〉不可信

　　《詩序》：「〈氓〉，刺時也。宣公之時，禮義消亡，淫風大行，男女
　　無別，遂相奔誘。華落色衰，復相棄背，或乃困而自悔，喪其妃耦，
　　故序其事以風焉。美反正，刺淫泆也。」朱子曰：「此非刺詩，宣公
　　未有考，故序其事以下亦非是，其曰美反正者，尤無理。」

按：〈氓〉之詞意甚爲清楚，歐陽修曰：「據詩所述，是女被棄逐怨悔，而追
序與男相得之初，殷勤之篤，而責其終始棄背之辭。」〔註135〕言之甚是，〈氓〉

〔註132〕見姚際恆：《詩經通論》，卷4。
〔註133〕見崔述：《讀風偶識》，卷2。
〔註134〕見王柏：《詩疑》，卷1。
〔註135〕見歐陽修：《詩本義》，卷3。

詩實爲一篇棄婦追悔自傷之敘事詩。《序》說較爲牽強，宜乎朱子駁之。

（25）謂〈竹竿〉無不見答之意

《詩序》：「〈竹竿〉，衛女思歸也。適異國而不見答，思而能以禮者也。」朱子曰：「未見不見答之意。」

按：〈竹竿〉之詩似無不見答之意，故朱子駁之。唯朱子《詩集傳》云：「衛女嫁於諸侯，思歸寧而不可得，故作此詩。」〔註136〕則是仍採《序》說。王師靜芝：「此詩細尋其文詞，乃一男子之語氣，『以釣于淇』爲以作者爲主位之詞。彼時諸侯夫人，臨淇自釣，恐非常理。且淇水在衛，此爲思衛之詩，人不在衛乃思衛，何能臨淇而釣？『豈不爾思』之爾字，不知指誰，如指父母，則其詞不敬。不指父母，所指爲何？『巧笑之瑳，佩玉之儺』二語，若爲女子自言，亦不可解。若作爲男子思慕女子之詩，則無不可通之處矣。此男子當居淇水之上，女子當居遠也。」〔註137〕此說甚辯，《毛詩序》、《詩集傳》之說恐不需深信不疑。明儒季本謂「衛之男子因所私之女既嫁，思之而不可得，故作此詩」，〔註138〕或許已近詩之本義。

（26）謂〈伯兮·詩序〉未識詩意

《詩序》：「〈伯兮〉，刺時也。言君子行役，爲王前驅，過時而不反焉。」朱子曰：「舊說以詩有『爲王前驅』之文，遂以此爲《春秋》所書從王伐鄭之事，然詩又言『自伯之東』，則鄭在衛西，不得爲此行矣。《序》言爲王前驅，蓋用詩文，然似未識其文意也。」

按：朱子所謂之舊說係指鄭《箋》，鄭氏云：「衛宣公之時，蔡人、衛人、陳人從王伐鄭伯也。爲王前驅久，故家人思之。」此說之誤，朱子已言之，唯衛未渡以前，鄭在衛南，朱子云鄭在衛西，或誤。〔註139〕《詩序》以〈伯兮〉爲刺時之詩，過於勉強，不如朱子所言「婦人以夫久從征役，而作是詩」平實，〔註140〕方玉潤謂「此詩不特爲婦人思夫之詞，且寄遠作也。觀次章辭意可見」，〔註141〕又可補朱子未竟之意。

〔註136〕見朱子：《詩集傳》，卷3。
〔註137〕見王師靜芝：《詩經通釋》，頁150。
〔註138〕見季本：《詩說解頤》，卷5。
〔註139〕詳崔述：《讀風偶識》，卷2。
〔註140〕引文見朱子：《詩集傳》，卷3。
〔註141〕見方玉潤：《詩經原始》，卷4。

（27）謂〈有狐‧序〉說非詩之正意

　　《詩序》:「〈有狐〉,刺時也。衛之男女失時,喪其妃耦焉。古者國
　　有凶荒,則殺禮而多昏,會男女之無夫家者,所以育人民也。」朱
　　子曰:「男女失時之句未安。其曰殺禮多昏者,《周禮‧大司徒》以
　　荒政十有二聚萬民,十曰多昏者是也。《序》者之意,蓋曰衛於此時
　　不能舉此之政耳,然亦非詩之正意也。」

按:〈有狐‧序〉說過於穿鑿,故朱子評其非詩之正意,然朱子《詩集傳》
竟云:「有寡婦見鰥夫而欲嫁之,故託言有狐獨行,而憂其無裳也。」尤
爲臆說中之甚者。王師靜芝評朱說:「此詩明白說出憂彼無衣,所指自是
遠人,何能解作意欲再嫁之語?更何能在未再嫁之前而先憂其無衣?既不
合情,亦不合理。」〔註142〕言之甚是,朱說無中生有,難以取信。姚際
恆謂「此詩是婦人以夫從役于外,而憂其無衣之作。」〔註143〕或爲詩之
本義。

（28）謂〈君子于役〉、〈君子陽陽〉兩詩之《序》不可信

　　《詩序》:「〈君子于役〉,刺平王也。君子行役無期度,大夫思其危
　　難以風焉。」朱子曰:「此國人行役,而室家念之之辭,《序》說誤
　　矣。其曰刺平王,亦未有考。」又《詩序》:「〈君子陽陽〉,閔周也。
　　君子遭亂,相招爲祿仕,全身遠害而已。」朱子曰:「說同上篇。」

按:〈君子于役〉之《序》說,尚可解爲配合政教而立論,而〈君子陽陽〉之
《詩序》,則憑空立論,說服力更弱。朱子於此謂〈君子行役〉爲「國人行役,
而室家念之之辭」,所言當是,然於《詩集傳》中又曰:「大夫久役於外,其
家室思而賦之。」〔註144〕此則仍待商榷,此詩有「日之夕矣,羊牛下來」、「日
之夕矣,羊牛下括」之語,顯見行役者非大夫,而爲農村中人。至於〈君子
陽陽〉一詩,就詩文觀之,爲樂舞之人自樂之作。朱子於此謂「說同上篇」,
於《詩集傳》中亦謂「此詩疑亦前篇婦人所作。蓋其夫既歸,不以行役爲勞,
而安於貧賤以自樂。其家人又識其意而深歎美之」〔註145〕將兩詩合而爲一,
有其聯想力,唯其說似難取信於人。

〔註142〕見王師靜芝:《詩經通釋》,頁156。
〔註143〕見姚際恆:《詩經通論》,卷4。
〔註144〕見朱子:《詩集傳》,卷4。
〔註145〕見朱子:《詩集傳》,卷4。

（29）謂〈兔爰‧詩序〉多衍說

　　《詩序》：「〈兔爰〉，閔周也。桓王失信，諸侯背叛，構怨連禍，王師傷敗，君子不樂其生焉。」朱子曰：「『君子不樂其生』一句得之，餘皆衍說。其指桓王，蓋據《春秋傳》『鄭伯不朝，王以諸侯伐鄭，鄭伯禦之，王卒大敗，祝聃射王中肩』之事，然未有以見此詩之為是而作也。」

　按：朱子之言甚是，〈兔爰〉之詩，清儒方玉潤有精彩之賞析：「詩人不幸遭此亂離，不能不回憶生初猶及見西京盛世，法制雖衰，紀綱未壞，其時尚幸無事也。迨東都既遷，而後桓文繼起，霸業頻興，王綱愈墜，天下乃從此多故，彼蒼夢夢，有如聾聵人，又何言！不惟無言，且並不欲耳聞而目見之，故不如長睡不醒之為愈耳。迨至長睡不醒，一無聞見，而思愈苦，古之傷心人能無為我同聲一痛哭哉！」〔註146〕方氏解《詩》，亦往往配合倫理教化，但整體而言仍可謂善讀《詩》者。

（30）謂〈采葛‧詩序〉不可信

　　《詩序》：「〈采葛〉，懼讒也。」朱子曰：「此淫奔之詩。其篇與〈大車〉相屬，其事與采唐、采葑、采麥相似，其詞與〈鄭‧子衿〉正同，《序》說誤矣。」

　按：〈采葛〉詩中難以見出畏懼之意，思念之情則溢於言表，《序》說距詞義太遠，宜乎朱子駁之。唯朱子目此一情詩為淫奔之詩，後世讀者接受者大概有限，而多從男女相思之角度釋之，雖然此說無益《詩》教，但以《詩》說教者，對於〈采葛〉實不宜執著漢、宋舊說，應出之以不同的詮釋，才能讓受教者信服。

（31）謂〈大車〉非刺大夫之詩

　　《詩序》：「〈大車〉，刺周大夫也。禮義陵遲，男女淫奔，故陳古以刺今大夫不能聽男女之訟焉。」朱子曰：「非刺大夫之詩，乃畏大夫之詩。」

　按：朱子於此謂〈大車〉為畏大夫之詩，於《詩集傳》中亦曰：「周衰，大夫猶能以刑政治其私邑者，故淫奔者畏而歌之如此。」〔註147〕《詩序》與

〔註146〕見方玉潤：《詩經原始》，卷5。
〔註147〕見《詩集傳》，卷4。

朱說都容易引起後世讀者的非議，清儒方玉潤云：「此詩若從《序》言，以
爲陳古以刺今，則無以處『穀則異室』之言，蓋夫婦雖有別，亦何至異室
而分居？如從《集傳》，以爲淫奔有所畏，則無以釋『死則同穴』之語，蓋
男女縱有情，誰爲收屍而合葬？此皆難以理論也。」〔註148〕無論從《序》
說或從朱說，於詩第三章均無法解釋。明儒豐坊《（僞）子貢詩傳》謂此爲
「周人從軍，寓其室家之詩」，〔註149〕此說當較接近詩之本義。近人糜文開、
裴普賢說：「大夫久征不歸，妻子疑其移情別戀，丈夫乃指日爲誓，表明心
迹，並自訴其在外勞役之苦如此。」〔註150〕此說一出，豐說未竟之義可更
爲明朗。然若依此說，則「豈不爾思？畏子不敢」、「豈不爾思，畏子不奔」
之「爾」必須解爲男子之室家，「子」必須解爲主事帥眾之人方可。〔註151〕
若以「爾」與「子」爲同一人，則詩意全變，此時近人周錫䪖之說可參考：
「一個女子向男子表白自己熱烈而堅貞的愛情，並約他一起出走。她表示，
即使死不能在一起，死也要在一塊。」〔註152〕要之，此詩在創作之初，或
許與刺大夫、畏大夫之義無涉。

（32）謂〈丘中有麻〉亦淫奔者之詞

《詩序》：「〈丘中有麻〉，思賢也。莊王不明，賢人放逐，國人思之，
而作是詩。」朱子曰：「此亦淫奔者之詞，其篇上屬〈大車〉，而語
意不莊，非望賢之意，《序》亦誤矣。」

按：〈丘中有麻〉屬三百篇中常見之情詩，《序》說遠離詩之情調。朱子於此
謂淫奔者之詞，於《詩集傳》又謂：「婦人望其所與私者而不來，故疑丘中有
麻之處，復有與之私而留之者，今安得其施施然而來乎！」〔註153〕朱子之說
亦嫌牽強，後世讀者多以爲此乃咏女與男約期相見之詩。王師靜芝嘗評朱說：
「朱子指婦人望其所私，竊怪何以有此想法也。若朱子已見到是男女相約之
詩，復察其語氣，而知其爲女子之語，則指其爲女子想望男士之詞可矣，何
必指爲婦人？少女少男，約期相見，古今所難免也。若已婚婦人期某男相見，
則何等污穢？此朱子之大誤也。」此言當是，朱子恐難自圓其說。

〔註148〕見方玉潤：《詩經原始》，卷5。
〔註149〕見豐坊：（僞）《子貢詩傳》。
〔註150〕見糜文開、裴普賢：《詩經欣賞與研究》，第2冊，頁164。
〔註151〕參閱姚際恆：《詩經通論》，卷5。
〔註152〕見周錫䪖：《詩經選》，頁84。源流出版社印行。
〔註153〕見《詩集傳》，卷4。

（33）謂〈將仲子・序〉說誤，當從鄭樵之說

  《詩序》：「〈將仲子〉，刺莊公也。不勝其母，以害其弟。弟叔失道，
而公弗制。祭仲諫而公弗聽，小不忍以致大亂焉。」朱子曰：「事見
《春秋傳》，然莆田鄭氏謂此實淫奔之詩，無與於莊公、叔段之事，
《序》蓋失之，而說者又從而巧爲之說，以實其事，誤益甚矣；今
從其說。」

按：〈將仲子〉詩中所言與鄭莊公之事多不合，鄭樵、朱子皆知《序》說不
可盡從，蓋已承認此爲女子寄語男子之詩，唯指爲淫奔者之詞，恐又失之。
姚際恆《詩經通論》曰：「女子爲此婉轉之辭以謝男子，而以父母、諸兄及
人言爲可畏，大有廉恥，又豈得爲淫者哉！」〔註 154〕此說極是，鄭、朱之
說未可深信。

（34）謂〈叔于田〉、〈大叔于田〉非刺莊公之詩

  《詩序》：「〈叔于田〉，刺莊公也。叔處于京，繕甲治兵，以出于田，
國人說而歸之。」朱子曰：「國人之心貳於叔，而歌其田狩適野之事，
初非以刺莊公，亦非說其出于田，而後歸之也。或曰段以國君貴弟
受封大邑，有人民兵甲之眾，不得出居閭巷，下雜民伍，此詩恐其
民間男女相說之詞耳。」又《詩序》曰：「〈大叔于田〉，刺莊公也。
叔多才而好勇，不義而得眾也。」朱子曰：「此詩與上篇意同，非刺
莊公也，下兩句得之。」

按：〈叔于田〉讚美的是某一位男子俊美、仁慈而且武藝高超。在詩人眼中，
除了篇中的「叔」之外，其他人都是微不足道的，「巷無居人」、「巷無飲酒」、
「巷無服馬」的寫法，是相當誇張的修辭，但每章的後三句卻又立刻實話
實說，維持了詩的樸實風格。此詩言「洵美且仁」、「洵美且好」、「洵美且
武」，若謂之爲刺詩則稍嫌迂曲，但《序》說不見得全不可通，按照其意，
共叔段在京城之中，頗得人心，可是「多行不義必自斃」的故事正是在說
共叔段，所以歌頌共叔段無異就是在諷刺莊公。這個說法雖然多繞了一個
圈子，但還是可以說得過去。〈大叔于田〉與〈叔于田〉是同一組作品，讚
美的是某年輕貴族的狩獵活動。既然《詩序》認爲上一篇是刺莊公，本篇
就自然也必須解爲刺莊公了。朱子對此二篇的解釋策略是，否認《詩序》

〔註 154〕見姚際恆：《詩經通論》，卷 5。

發端之語，接受〈續序〉之說，如此則全詩情調不變，由此也可見，朱子不像蘇轍、嚴粲等人以〈前序〉之說的權威性遠高於〈續序〉。

（35）謂〈鄭風‧羔裘〉恐非刺朝之詩

《詩序》：「〈羔裘〉，刺朝也。言古之君子，以風其朝焉。」朱子曰：「序以〈變風〉不應有美，故以此爲言古以刺今之詩。今詳詩意，恐未必然，且當時鄭大夫如子皮、子產之徒，豈無可以當此詩者，但今不可考耳。」

按：〈羔裘〉之詩但有讚美之詞，而無諷刺之語，《序》說難以深信，朱子所言當是。又朱子《詩集傳》謂此詩「蓋美其大夫之辭，然不知其所指矣」，〔註155〕詩旨已得，云「不知其所指」正見其說詩態度審愼，而明儒何楷則謂「疑美叔詹也。鄭有三良（叔詹、堵叔與師叔）同時爲政，則所謂『三英粲兮』者也。是詩在〈鄭風〉，非叔詹無足當此美者」，〔註156〕此說能大膽假設，而未能小心求證，「三英」一詞，毛《傳》謂爲「三德」，言之過簡，似亦未見可取，朱《傳》謂「三英，裘飾也，未詳其制；粲，光明也」，瑞典高本漢因〈鄭風‧清人〉、〈魯頌‧閟宮〉、《周禮‧掌節》等皆有以「英」爲「裝飾品」之記載，而以朱說爲可信，〔註157〕如此則何氏更無以證成其說了。

（36）謂〈遵大路‧序〉說有誤

《詩序》：「〈遵大路〉，思君子也。莊公失道，君子去之，國人思望焉。」朱子曰：「此亦淫亂之詩，《序》說誤矣。」

按：朱子於此謂〈遵大路〉爲淫亂之詩，於《詩集傳》謂：「淫婦爲人所棄，故於其去也，攬袪而留之曰：『子無惡我而不留，故舊不可以遽絕也。』宋玉賦有『遵大路兮攬子袪』之句，亦男女相說之辭也。」〔註158〕《序》說爲配合政教，不得不迂曲爲說，朱說亦有待商榷，姚際恆評之曰：「《序》謂君子去莊公，無據。《集傳》謂『淫婦爲人所棄』，夫夫既棄之，何爲猶送至大路，使婦執其袪與手乎？又曰：『宋玉賦有「遵大路攬子袪」之句，亦男女相悅之

〔註155〕見《詩集傳》，卷4。
〔註156〕見何楷：《詩經世本古義》，卷24之下。
〔註157〕見董同龢譯：《高本漢詩經注釋》，頁227，國立編譯館中華叢書編審委員會出版。
〔註158〕見《詩集傳》，卷4。

辭也。』然則男女相悅，又非棄婦矣。且宋玉引用詩辭，豈可據以解詩乎！」
〔註159〕所評甚是，衡之詩義，《序》說、朱說皆仍須斟酌。屈萬里說：「此男
女相愛者，其一因失和而去，其一悔而留之之詩。」〔註160〕或得詩之本義。

（37）謂〈女曰雞鳴〉未見陳古刺今之意

《詩序》：「〈女曰雞鳴〉，刺不說德也。陳古義以刺今不說德而好色
也。」朱子曰：「此亦未有以見其陳古刺今之意。」

按：《序》說有其一貫的解釋立場，而朱子謂詩中不見陳古刺今之意，亦是。
又朱子於《詩集傳》謂「此詩人述賢夫婦相警戒之詞」，〔註161〕此說後人多
從之，〔註162〕唯崔述不以爲然：「夫婦果賢，則當男務耕耘，女勤紡織，如
〈葛覃〉之刈濩，〈七月〉之于耜舉趾矣。果相警戒，則當如蟋蟀之無已太
康，〈小宛〉之無忝所生矣。今也雞鳴而起，所爲者弋鳧雁耳，飲酒耳，好
交遊耳。所謂賢者，固如是乎？所謂警戒者，如是而已乎？」〔註163〕言之
成理，朱說恐嫌陳義過高。屈萬里以爲〈女曰雞鳴〉乃「男女相悅之詩。」
〔註164〕詩之本義或許就是如此單純。

（38）謂〈有女同車・序〉說不可信

《詩序》：「〈有女同車〉，刺忽也。鄭人刺忽之不昏于齊。太子忽
嘗有功于齊，齊侯請妻之，齊女賢而不取，卒以無大國之助，至
于見逐，故國人刺之。」朱子曰：「以今考之，此詩未必爲忽而作，
《序》者但見孟姜二字，遂指以爲齊女，而附之於忽耳。假如其
說，則忽之辭昏，未爲不正而可刺，至其失國，則又特以勢孤援
寡，不能自定，亦未有可刺之罪也。《序》乃以爲國人作詩以刺之，
其亦誤矣。」

按：《左傳》雖有昭公辭婚事之記載，〔註165〕然以〈有女同車〉爲刺忽所作，
則爲附會之說，朱子駁之甚是。又朱子《詩集傳》謂「此疑亦淫奔之詩」，

〔註159〕見姚際恆：《詩經通論》，卷5。
〔註160〕見屈萬里：《詩經釋義・遵大路》註1。
〔註161〕見朱子：《詩集傳》，卷4。
〔註162〕如姚際恆《詩經通論》、見方玉潤《詩經原始》、王師靜芝《詩經通釋》……
　　　　等皆從之。
〔註163〕見崔述《讀風偶識》，卷3。
〔註164〕見屈萬里：《詩經釋義》，〈女曰雞鳴〉註1。
〔註165〕事詳《左傳・桓公六年》。

〔註166〕淫奔者不敢公然同車，朱子疑所不必疑。清儒黃中松曰：「此夫婦新昏而誇美之也。猶〈雅〉之有〈車舝〉爾。〈昏禮〉婿迎至於女家奠雁揖婦，出門御車，援綏同車之義也。婦既升車，婿御輪三周，御者代之，則同行而歸矣。」〔註167〕此說或是，由「有女同車，顏如舜華」之語度之，此似為婚者美其新婦之詩。

（39）謂〈山有扶蘇〉、〈蘀兮〉、〈狡童〉、〈褰裳〉、〈揚之水〉（〈鄭風〉）皆男女戲謔之詞

　　《詩序》：「〈山有扶蘇〉，刺忽也。所美非美然。」朱子曰：「此下四詩及〈揚之水〉皆男女戲謔之詞，序之者不得其說，而例以為刺忽，殊無情理。」

按：朱子所謂「此下四詩」者，謂〈山有扶蘇〉、〈蘀兮〉、〈狡童〉與〈褰裳〉。此四詩及〈揚之水〉，《詩序》皆以為為忽而作，〔註168〕可能這是為了方便說詩而有的附會，朱子謂其「殊無情理」，並不為過。然朱子之說亦尚待商榷，屈萬里謂〈山有扶蘇〉乃「女子期其所愛者不至，而轉遇所惡之人，因作是詩」，〔註169〕〈蘀兮〉乃「親故和樂之詩」，〔註170〕似較朱說近理。〈狡童〉、〈褰裳〉確為男女戲謔之詞，唯朱《傳》以詩中之女子為「淫女」，〔註171〕則亦太過。〈揚之水〉一詩，宋儒王質謂為「兄弟為人所間而不協者所作」，〔註172〕由詩中「終解兄弟，維予與女。無信人之言，人實廷之」之語度之，此說亦較朱說平實。

（40）謂〈丰〉之詩非如《序》說

　　《詩序》：「〈丰〉，刺亂也。昏姻之道缺，陽倡而陰不和，男行而女不隨。」朱子曰：「此淫奔之詩，《序》說誤矣。」

〔註166〕見《詩集傳》，卷4。
〔註167〕見黃中松：《詩疑辨證》，卷2。
〔註168〕《詩序》：「〈褰裳〉，思見正也。狂童恣行，國人思大國之正己也。」既以〈狡童〉為刺忽之詩，則〈褰裳〉自為忽而作。又《詩序》：「〈揚之水〉，閔無臣也。君子閔忽之無忠臣良士，終以死亡，而作是詩也。」未明言「刺忽」，則以之為為忽而作也是可以的。
〔註169〕見屈萬里：《詩經釋義》，〈山有扶蘇〉註1。
〔註170〕見屈萬里：《詩經釋義》，〈蘀兮〉註1。
〔註171〕見《詩集傳》，卷4。
〔註172〕見王質：《詩總聞》，卷4。

按：〈丰〉之詩，不易看出婚姻道缺之意，又無刺亂之語，毋怪乎朱子不信。唯朱說恐亦非是，方玉潤《詩經原始》曰：「此詩斷非淫詩也，何則？以男之俟女也，則至乎堂上矣，女之歸男也，則與伯叔偕行矣。堂上非行淫地，叔伯豈送淫人耶！又況車馬禮服具備，則更非淫奔之際可知。」〔註173〕方氏觀察細密，〈丰〉必非淫亂之詩。宋儒嚴粲曰：「此詩述婦人之辭也。男子親迎，女有他志而不從，其後復思親迎之人。」〔註174〕或得詩之本義。

（41）謂〈風雨・序〉意甚美，然不可信

《詩序》：「〈風雨〉，思君子也。亂世則思君子不改其度焉。《詩序》：「〈風雨〉，思君子也。亂世則思君子不改其度焉。」朱子曰：「《序》意甚美，然考詩之詞，輕佻狎暱，非思賢之意也。」

按：朱子於此謂〈風雨〉之詞輕佻狎暱，於《詩集傳》復謂此「淫者相謂」之詩。〔註175〕《詩序》所言，固然難免曲解之舊病，朱子所指，亦〈鄭風〉皆淫之舊說，二者在今日大概少有讀者深信不疑。王師靜芝曰：「細讀全篇，詩境至高，而言辭至爲顯明。如不作曲尋，不求載道，而由眞情善言美境中求之，則純爲一首抒情之詩。蓋故人相逢，聯床夜話，風雨敲窗，剪燭敘舊；欣喜不能已，雞鳴而未能寐，情之深，境之美，文學中至高之致也。既不必道貌岸然，曰是思君子，使詩意索然；亦不必強指爲淫，以爲〈鄭風〉之特質也。」〔註176〕此論可參。

（42）疑〈子衿〉意同〈風雨〉

《詩序》：「〈子衿〉，刺學校廢也。亂世則學校不修焉。」朱子曰：「疑同上篇。蓋其辭意儇薄，施之學校，尤不相似也。」

按：〈子衿〉之詩與學校無關，屈萬里說：「毛《傳》：『青衿，青領也。』《顏氏家訓・書證》云：『古者斜領下連於衿（襟），故謂領爲衿。』毛《傳》以青衿爲學子之服，遂謂此詩爲『刺學校廢也』，以詩本文衡之，殊不類。《禮記・深衣》云：『具父母，衣純以青。』則是凡父母在者，其深衣自領及袂皆以青緣之，非但學子之服也。」〔註177〕據此，《序》說有待斟酌。且

〔註173〕見方玉潤：《詩經原始》，卷5。
〔註174〕見嚴粲：《詩緝》，卷8。
〔註175〕見朱子：《詩集傳》，卷4。
〔註176〕見王師靜芝：《詩經通釋》，頁199。
〔註177〕見屈萬里：《詩經釋義》，〈子衿〉註2。

不由「青衿」一詞以證《序》說之穿鑿，其辭意亦絕不類刺學校之作，朱子以〈子衿〉之辭意不似施之學校者可，以其辭意儇薄，而謂其爲淫詩者，〔註178〕似亦大可不必，傅斯年謂此詩乃「愛而不晤，責其所愛者何以不來也」，〔註179〕頗貼近詩之內容。

（43）謂〈出其東門〉乃惡淫奔者之詞

《詩序》：「〈出其東門〉，閔亂也。公子五爭，兵革不息，男女相棄，民人思保其室家焉。」朱子曰：「五爭事見《春秋傳》，然非此之謂也。此乃惡淫奔者之詞，《序》誤。」

按：《詩序》之說，稍嫌迂曲牽合，朱子已知其非是，其三傳弟子王柏更曰：「鄭詩多淫奔，忽有〈出其東門〉一詩，守義安分，爲得性情之正。序者全不讀詩，乃爲『閔亂』，又曰：『男女相棄，思保其室家』，殊無一毫相似。」〔註180〕所謂鄭多淫詩，正承朱子之說；謂《序》者全不讀《詩》，則只是意氣之言；謂〈出其東門〉守義安分，與《序》說不似者則是。〈出其東門〉之詩意頗爲顯明，假如不涉及政教風化，則是歌詠男子能專愛之詩，〔註181〕朱子指爲惡淫奔者之詞，可謂維持其一貫的說詩風格。

（44）謂〈東方之日〉非刺詩

《詩序》：「〈東方之日〉，刺衰也。君臣失道，男女淫奔，不能以禮化也。」朱子曰：「此男女淫奔者所自作，非有刺也。其曰君臣失道者，尤無所謂。」

按：《詩序》遇情歌必以之爲刺，此係爲配合政教之要求，自有其時代背景。朱子之不許有情詩，亦爲其說《詩》立場的展現。〈東方之日〉以男子思慕女子爲主要內容，若要以之說教，當然得另行詮釋。

（45）謂〈園有桃・序〉說不可盡信

《詩序》：「〈園有桃〉，刺時也。大夫憂其君國小而迫，而儉以嗇，不能用其民，而無德教。日以侵削，故作是詩也。」朱子曰：「國小

〔註178〕朱子《詩序辨說》謂〈子衿〉「疑同上篇」，上篇爲〈風雨〉。《詩集傳》又謂〈風雨〉爲淫者相謂之詩，故知朱子《詩序辨說》以〈子衿〉爲淫詩也，至《詩集傳》則明指〈子衿〉爲淫奔之詩。
〔註179〕見《傅斯年全集》，第 1 冊，頁 283。
〔註180〕見王柏：《詩疑》，卷 1。
〔註181〕參閱屈萬里：《詩經釋義》，〈出其東門〉註 1。

而迫，日以侵削得之，餘非是。」

按：〈園有桃〉之詩，充滿憂時之意，而無刺時之語，《序》說恐不易引起後世讀者共鳴。朱子於《詩集傳》中謂「詩人憂其國小而無政，故作是詩」，〔註182〕採《詩序》部分之義，取捨合度，或許已得詩之本旨。

（46）謂〈十畝之間・序〉說殊無理

《詩序》：「〈十畝之間〉，刺時也。言其國削小，民無所居焉。」朱子曰：「國削則其民隨之，《序》文殊無理。其說已見本篇矣。」

按：〈十畝之間〉明言「閑閑」「泄泄」，爲往來自得之狀，《序》謂民無所居，說有瑕疵。朱子《詩集傳》曰：「政亂國危，賢者不樂仕於其朝，而思與其友歸於農圃，故其詞如此。」〔註183〕此說很難引起非議。

（47）謂〈伐檀・詩序〉失其旨

《詩序》：「〈伐檀〉，刺貪也。在位貪鄙，無功而受祿，君子不得進仕爾。」朱子曰：「此詩專美君子之不素餐，《序》言刺貪，失其旨矣。」

按：〈伐檀〉之詩，諷刺之意，躍然紙上，朱子竟以爲美詩，此誠難以理解。朱子或因詩中有「彼君子兮，不素餐兮」之句，而謂此詩意在讚美君子，然二句實在反諷彼無功受祿之官吏，《序》說當無誤，〈伐檀〉帶有強烈之抗議精神，多數讀者應當有此共同體認。

（48）謂〈蟋蟀・序〉說不可盡信

《詩序》：「〈蟋蟀〉，刺晉僖公也。儉不中禮，故作是詩以閔之，欲其及時以禮自虞樂也。」朱子曰：「《序》所謂儉不中禮，固當有之，但所謂刺僖公者，蓋特以諡得之，而所謂欲其及時以禮自娛樂者，又與詩意正相反耳。況古今風俗之變，常必由儉以入奢，而其變之漸，又必由上以及下，今謂君之儉反過於初，而民之俗猶知用禮，則尤恐其無是理也。」

按：〈蟋蟀〉詩中似未見諷刺與「儉不中禮」之意，亦無爲僖公而作之跡可尋，〔註184〕是以朱子駁之。又朱子《詩集傳》曰：「唐俗勤儉，故其民間終

〔註182〕見朱子：《詩集傳》，卷5。
〔註183〕見朱子：《詩集傳》，卷5。
〔註184〕參閱方玉潤《詩經原始》，卷6。

歲勞苦，不敢少休。及其歲晚務閒之時，乃敢相與燕飲爲樂。」〔註185〕朱說或是，觀詩所言，似爲古代農業社會生活寫照之詩。

（49）謂〈山有樞・序〉說大誤

《詩序》：「〈山有樞〉，刺晉昭公也。不能脩道以正其國，有財不能用，有鐘鼓不能以自樂，有朝廷不能洒埽。政荒民散，將以危亡，四鄰謀取其國家而不知，國人作詩以刺之也。」朱子曰：「此詩蓋以答〈蟋蟀〉之意，而寬其憂，非臣子所得施於君父者，《序》說大誤。」

按：朱子於《詩集傳》亦謂〈山有樞〉爲「答〈蟋蟀〉之意而解其憂」之詩，〔註186〕其說與《詩序》大概都不易引起後世讀者認同。姚際恆《詩經通論》曰：「〈小序〉謂刺晉昭公，無據。《集傳》謂答前篇之意而解其憂，亦謬。前篇先言及時爲樂，後言無過甚，此篇惟言樂而已，何謂答之乎！」〔註187〕此說平實，《序》說、朱說不見得就是詩的原始義。明儒季本謂「此刺儉而不中禮之詩」，〔註188〕或許已得詩旨；宋儒王質詢「此勸友人及時行樂之詩」，〔註189〕亦可備覽。

（50）謂〈綢繆〉但爲婚姻者相得而喜之詞

《詩序》：「〈綢繆〉，刺晉亂也。國亂則昏姻不得其時焉。」朱子曰：「此但爲昏姻者相得而喜之詞，未必爲刺晉國之亂也。」

按：〈綢繆〉之詩但言夫婦相得之喜，似無不得其時之意，以之爲刺亂之作，是一種題外的發揮。朱子之說簡易直捷，此詩純就內容來看，乃新婚之夜，男女相得而喜之作。

（51）謂〈唐風・杕杜〉乃人無兄弟而自歎之詞

《詩序》：「〈杕杜〉，刺時也。君不能親其宗族，骨肉離散獨居，而無兄弟，將爲沃所并爾。」朱子曰：「此乃人無兄弟而自歎之詞，未必如《序》之說也。況曲沃實晉之同姓，其服屬又未遠乎！」

按：〈唐風・杕杜〉寫出了一位孤立無援者的感傷，《詩序》爲了說教，難

〔註185〕見朱子：《詩集傳》，卷6。
〔註186〕見朱子：《詩集傳》，卷6。
〔註187〕見姚際恆：《詩經通論》，卷6。
〔註188〕見季本：《詩說解頤》，卷10。
〔註189〕見王質：《詩總聞》，卷6。

免附會史實，以強合刺時之說；朱子所言平實，此無兄弟者自傷孤特而求助於人之辭。

（52）謂〈唐風・羔裘・序〉說非是

　　《詩序》：「〈羔裘〉，刺時也。晉人刺其在位不恤其民也。」朱子曰：「詩中未見此意。」

按：朱子於此唯指《序》說非是，於《詩集傳》則謂「此詩不知所謂，不敢強解」，〔註190〕就詩義揆度之，《序》說似可從，朱子既坦言不知〈羔裘〉究何所指，則仍不足以駁《詩序》。

（53）謂〈唐風・無衣・序〉說失其旨

　　《詩序》：「〈無衣〉，美晉武公也，武公始并晉國，其大夫爲之請命乎天子之使，而作是詩也。」朱子曰：「此詩若非武公自作，以述其賂王請命之意，則詩人所作，以著其事而陰刺之耳，《序》乃以爲美之，失其旨矣。且武公弑君篡國，大逆不道，乃王法之所必誅而不赦者，……以是爲美，吾恐其獎姦誨盜，而非所以爲教也。〈小序〉之陋固多，然其顛倒順逆，亂倫悖理，未有如此之甚者。」

按：〈無衣〉不見得必然是爲了稱美晉武公而作，唯《序》說亦非全不可取，若謂晉大夫爲武公請命於天子之使，而作是詩，似亦接近詩之本義。再者，朱說亦未必是，詩詞傲慢無禮已甚，武公縱橫跋扈，當其請命天子，亦將斂神抑氣，衿重其辭，然後可飾美觀而杜眾口，豈有直稱天王爲子，而欲請命服於朝？〔註191〕故此亦恐非武公自作。謂詩人所作，以著其事而陰刺之，或有可能，但似仍不如《詩序》以大夫爲武公請命於天子之使之說簡直。

（54）謂〈有杕之杜・序〉說全非詩意

　　《詩序》：「〈有杕之杜〉，刺晉武公也。武公寡特，兼其宗族，而不求賢以自輔焉。」朱子曰：「此《序》全非詩意。」

按：從〈有杕之杜〉的詩文觀之，本篇寫的是一個自感孤獨的人，盼望與賢者爲友，《詩序》繞了一個圈子，說是晉武公不求賢，這種借詩說教是《詩序》的一大特色，當然，今天附和其說的人不多。朱子於《詩集傳》謂〈有

〔註190〕見朱子：《詩集傳》，卷6。
〔註191〕參閱方玉潤：《詩經原始》，卷6。

杕之杜〉乃「人好賢而恐不足以致之」之詩，〔註192〕主要是避開了歷史的指實，但說教的意味依然存在。

（55）謂〈蒹葭・序〉說失之穿鑿

《詩序》：「〈蒹葭〉，刺襄公也。未能用周禮，將無以固其國焉。」

朱子曰：「此詩未詳所謂，然《序》說之鑿，則必不然矣。」

按：〈蒹葭〉這一篇餘音雋永之作，被《詩序》說成是刺襄公的詩，的確不太能令人接受，不過此詩的主題也不見得可以獲得共識，可以確定的是，詩人極爲思慕某一個人，卻又不得親近他（或她），於是而產生了〈蒹葭〉這樣的名作。「所謂伊人」到底是誰，只有詩人知道。後人或者說是情人，或者說是友人，或者說是賢人，雖然標準答案永遠不可能揭曉（按：後人對本篇主題的詮釋相當地紛紜，除了《詩序》解爲諷刺襄公之作外，有謂此爲思賢欲訪之詩者，有謂此爲讚美隱居之士者，有謂此爲隱者自詠者，有謂此爲情詩者，有謂此爲懷友之作者，有謂此乃水神祭祀之詩者，有謂此篇表現出人生境界的追尋者⋯⋯），但卻不妨害我們欣賞此詩之美。

（56）謂〈晨風・序〉說有誤

《詩序》：「〈晨風〉，刺康公也。忘穆公之業，始棄其賢臣焉。」朱子曰：「此婦人念其君子之辭，《序》說誤矣。」

按：〈晨風〉詩意甚爲明顯，詩中但見思念盼望之情，而無棄其賢臣之意，《詩序》之說，有史實可據者未必可以深信，況康公之棄舊臣，事無所載；〔註193〕朱子所言甚是，此婦人念其君子之辭。

（57）謂〈秦風・無衣・序〉意與詩情不協

《詩序》：「〈無衣〉，刺用兵也。秦人刺其君好攻戰，亟用兵，而不與民同欲焉。」朱子曰：「《序》意與詩情不協，說已見本篇矣。」

按：〈無衣〉詩中，「與子同仇」、「與子偕作」、「與子偕行」諸語皆是振奮之詞，毫無刺意，《序》說確與詩義不協。朱子《詩集傳》解此詩曰：「秦俗強悍，樂於戰鬥，故其人平居而相謂曰：豈以子之無衣，而與子同袍乎？蓋以王于興師，則將修我戈矛，而與子同仇也。」〔註194〕此詩三言「王于興師」，

〔註192〕見朱子：《詩集傳》，卷6。
〔註193〕見何楷：《詩經世本古義》，卷24之下。
〔註194〕見朱子：《詩集傳》，卷6。

則秦人之修戈矛甲兵乃爲共赴戰場，非必其俗強悍至此，朱說似亦未爲定論。大致而言，〈秦風·無衣〉是一篇類似軍歌的作品，說出了軍中同袍的心聲，意氣昂揚，鼓動人心。作《序》的儒生基於反戰的心理，利用〈無衣〉來說教，用心固然良苦，但其說教的說服力薄弱，確是無庸諱言的。

（58）謂〈宛丘〉、〈東門之枌〉序說不可信

《詩序》：「〈宛丘〉，刺幽公也。淫荒昏亂，游蕩無度焉。」朱子曰：「陳國小無事實，幽公但以諡惡，故得游蕩無度之詩，未敢信也。」又《詩序》：「〈東門之枌〉，疾亂也。幽公淫荒，風化之所行，男女棄其舊業，亟會於道路，歌舞於市井爾。」朱子曰：「同上。」

按：朱子之前，鄭樵嘗曰：「〈宛丘〉、〈東門之枌〉，刺幽王。〈衡門〉，謂刺僖公。幽、僖之迹無所據見，作《序》者但本諡法而言之。」〔註195〕朱子說同鄭氏，《詩序》本諡法而強指某詩刺某人，未必可以深信。

（59）謂〈衡門·序〉說不可信

《詩序》：〈「衡門〉，誘僖公也。愿而無立志，故作是詩以誘掖其君也。」朱子曰：「僖者，小心畏忌之名，故以爲愿無立志，而配以此詩，不知其爲賢者自樂而無求之意也。」

按：《詩序》但據諡法而謂衡門誘僖公，去題太遠，宜乎朱子駁之。清儒方玉潤亦曰：「夫僖公君臨萬民者也，縱愿而無立志，誘之以正焉，而進於道可也，奈何以無求於世之志勸之，豈非所誘反其所望乎！」〔註196〕此說可補朱子未竟之意。韓嬰謂此詩乃「賢者不用世而隱處也」，〔註197〕朱子以爲「賢者自樂而無求」之詩，其說或許頗近詩之本義。

（60）謂〈東門之池〉、〈東門之楊〉皆淫奔之詩

《詩序》：「〈東門之池〉，刺時也。疾其君之淫昏，而思賢女以配君子也。」朱子曰：「此淫奔之詩，《序》說蓋誤。」又《詩序》：「〈東門之楊〉，刺時也。昏姻失時，男女多違，親迎，女猶有不至者也。」朱子曰：「同上。」

按：〈東門之池〉詩中但見頌美之詞，未有疾君淫昏而思賢女以配之意，而

〔註195〕見顧頡剛輯：《鄭樵詩辨妄》，《北大國學門周刊》1卷5期。
〔註196〕見《韓詩外傳》，卷2。
〔註197〕見方玉潤：《詩經原始》，卷7。

〈東門之楊〉詩中亦未見婚姻失時之意，《序》說不易取信於後人。朱子於此，謂兩詩皆淫奔之詩，維持其一貫的道學家說詩立場，而其於《詩集傳》又謂〈東門之池〉爲「男女會遇之辭，蓋因其會遇之地所見之物以起興」，謂〈東門之楊〉爲「男女期會而有負約不至者，故因其所見以起興」，〔註198〕言簡意賅，可以參稽。

（61）謂〈防有鵲巢〉非刺其君之詩

　　《詩序》：「〈防有鵲巢〉，憂讒賊也。宣公多信讒，君子憂懼焉。」
　　朱子曰：「此非刺其君之詩。」

按：〈防有鵲巢〉之詩，有憂讒之旨，似無君臣之義，朱子明乎此而駁《序》說。其《詩集傳》曰：「此男女之有私，而憂或閒之之詞。」〔註199〕此說平易。

（62）謂〈月出〉非刺詩

　　《詩序》：「〈月出〉，刺好色也。在位不好德，而說美色焉。」朱子
　　曰：「此不得爲刺詩。」

按：〈月出〉之詩明白寫出美人之美，令人思慕，《詩序》不得已乃指此爲刺其君好色之詩，詩意爲之破壞無遺，可謂其說詩中的一大敗筆。朱子於此駁斥《序》說，於《詩集傳》則謂「此亦男女相悅而相念之辭」，〔註200〕後世多數讀者當然可以同意其言，以此爲一月下思人之抒情詩。

（63）謂〈匪風·序〉說不可盡信

　　《詩序》：「〈匪風〉，思周道也。國小政亂，憂及禍難，而思周道焉。」
　　朱子曰：「詩言周道，但謂適周之路，如〈四牡〉所謂周道逶遲耳。
　　《序》言思周道者，蓋不達此意也。」

按：〈匪風〉之詩，因有《詩序》，而使詩旨甚明。歐陽修曰：「詩人以檜國政亂，憂及禍難，而思天子治其國政，以安其人民。」〔註201〕其說甚佳，而仍本之《詩序》。詩中有「顧瞻周道，中心怛兮」之語，周道一詞，鄭《箋》釋爲「周之政令」，朱子以爲「適周之路」，似以朱說爲長，然因此而謂作

〔註198〕見朱子：《詩集傳》，卷7。
〔註199〕見朱子：《詩集傳》，卷7。
〔註200〕見朱子：《詩集傳》，卷7。
〔註201〕見歐陽修：《詩本義》，卷5。

《序》者不達此意，則未必平允。

（64）謂〈鳲鳩〉非刺詩

《詩序》：「〈鳲鳩〉，刺不壹也。在位無君子，用心之不壹也。」朱
子曰：「此美詩，非刺詩。」

按：〈鳲鳩〉詩中純爲讚美之語，《序》以爲刺不壹，說較迂迴。朱子《詩
集傳》謂「詩人美君人之用心，均平專一」，〔註202〕其說近是。

（65）謂〈下泉·序〉說不可盡信

《詩序》：「〈下泉〉，思治也。曹人疾共公侵刻，下民不得其所，憂
而思明王賢伯也。」朱子曰：「曹無他事可考，《序》因〈候人〉而
遂以爲共公，然此乃天下之大勢，非共公之罪也。」

按：作《序》者將國事之衰歸咎於共公，引起朱子之不平，實則《詩序》
所謂刺某人者，每傷武斷，固不止此詩。清儒方玉潤謂〈下泉〉之詩乃「所
以念周衰，傷晉霸也」，〔註203〕此說可補朱《傳》所謂曹人念周京之不足。
〔註204〕

（66）謂〈東山〉乃周公勞歸士之詞

《詩序》：「〈東山〉，周公東征也。周公東征，三年而歸，勞歸士，
大夫美之，故作是詩也。」朱子曰：「此周公勞歸士之詞，非大夫美
之而作也。」

按：〈東山〉與周公東征有關，作者應該是大夫之身分，但作詩的原意與周
公之「勞歸士」不相干，所記述者無非是詩人於歸途所見、所思，及到家
後的景況與心情，主題是感傷的，末章卻以戲語爲結，實爲別緻。朱子於
此謂〈東山〉乃周公勞歸士之詞，於《詩集傳》亦持此說，〔註205〕其說與
《詩序》都有後人質疑其不可信，例如王師靜芝云：「周公東征，三年而畢
定。此詩由其詞觀之，純屬從征之士，歸來述懷之作。而《詩序》云……，
朱《傳》竟謂是周公既歸而作此詩以勞歸士者，尤爲令人詫異。審原詩首
章寫歸來行路之心情，零雨獨宿車下之狀；二章到家所見蕭條荒廢之情況；

〔註202〕見朱子：《詩集傳》，卷7。
〔註203〕見方玉潤《詩經原始》，卷8。
〔註204〕朱說詳《詩集傳》，卷7。
〔註205〕見朱子：《詩集傳》，卷8。

三章述婦洒掃穹室，迎候之心，及歸見苦瓜栗薪，緬懷舊日之情感；四章見婦，回憶結婚當時，而作戲語。凡此種種，明爲證人自道之語，豈有周公或大夫勞之而代其夫婦作戲謔之語者乎！」〔註206〕《詩序》與朱說的確在細節上容易被見出破綻。

（67）謂〈破斧・詩序〉不可盡信

　　《詩序》：「〈破斧〉，美周公也。周大夫以惡四國焉。」朱子曰：「此
　　歸士美周公之詞，非大夫惡四國之詩也。且詩所謂四國，猶言斬伐
　　四國耳，《序》說以爲管、秦、商、奄，尤無理也。」

按：《詩序》首句得之，綴語畫蛇添足，宜乎朱子辨之。朱子謂此歸士美周公之詞，甚是，指四國爲四方之國，而謂《序》說無理，則未必盡然，蓋毛《傳》雖謂四國爲管、蔡、商、奄，然毛未必爲作《序》之人也，以《傳》言評《序》說，殊有未當。進而言之，朱子以四國爲四方之國，亦未必得正解，日人竹添光鴻嘗駁之曰：「朱《傳》以四國爲四方之國，然《書・多方篇》曰：『告爾四國多方。』既于四國之下復言多方，則四國之非泛指四方明矣。又〈多士〉云：『昔朕來自奄，予大降爾四國民命。』則奄爲四國之一明矣。……當時東方之國，畔者尚多，周公所征不止管蔡商奄，言四國者，舉其重者耳。」〔註207〕竹添氏之說亦可成立。總之，朱說已近詩旨，但不能以四國之說駁斥《詩序》。

（68）謂〈伐柯〉、〈九罭〉序說皆非

　　《詩序》：〈「伐柯〉，美周公也。周大夫刺朝廷之不知也。」又：「〈九
　　罭〉，美周公也。周大夫刺朝廷之不知也。」朱子曰：「二詩東人喜
　　周公之至，而願其留之詞，《序》說皆非。」

按：〈伐柯〉、〈九罭〉兩詩之篇旨，《序》說固非，朱說亦未必爲是，王師靜芝曾說：「《詩序》云：『〈伐柯〉，美周公也。周大夫刺朝廷之不知也。』此直爲猜謎，且亦不能合其謎面者。朱《傳》則云：『周公居東之時，東人言此，以比平日欲見周公之難。』距題尤爲甚遠。蓋〈豳風〉多周公之事，說《詩》者於此詩，雖不稍見其涉於周公，亦不敢移其想法，必欲指爲與周公有關之詩。乃以猜謎方式，強指爲指某事而言。朱《傳》則亦受此影響耳。反覆審度，此詩與周公實毫無關係。其所言者，皆媒聘婚禮之語，

〔註206〕見王師靜芝：《詩經通釋》，頁321。
〔註207〕見竹添光鴻：《毛詩會箋》，卷8。

當是咏婚姻宜合於禮之詩也。」〔註208〕又曰：「《詩序》云：『〈九罭〉，美周公也。周大夫刺朝廷之不知也。』謂與〈伐柯〉一章同旨，其不可取，不必多議。朱《傳》云：『此亦周公居東之時，東人喜得見之而言。』然朱《傳》於次章明言東人聞成王將迎周公；三章明言將留相王室而不復東來；四章明言人有願其且留於此，無遽迎公以歸，歸則將不復來，而使我心悲也。然則爲惜別之辭，朱《傳》已自明言之矣。何以又言『東人喜得見之而言』？足見其多取曲折，而反失其旨也。此詩當是東人送周公西歸之詩，而豳人於歸後傳之，故入〈豳風〉也。」〔註209〕王師之說甚爲明晰，《詩序》、朱說恐皆不必深信。

（69）謂六笙詩本無其辭

《詩序》：「〈南陔〉，孝子相戒以養也。」朱子曰：「此笙詩也。《譜》、《序》篇次、名義及其所用，已見本篇。」又《詩序》：「〈白華〉，孝子之絜白也。」朱子曰：「同上。此《序》尤無理。」又《詩序》：「〈華黍〉，時和歲豐，宜黍稷也。有其義而亡其辭。」朱子曰：「同上。然所謂有其義者，非眞有；所謂亡其辭者，乃本無也。」又〈由庚〉、〈崇丘〉、〈由儀〉三詩，朱子皆云「見〈南陔〉」、「見上」。

按：〈小雅・南陔〉等六篇，由於有目無文，遂導致後人議論紛紛，迄無定論。本編第三章「蘇轍之《詩經》學」已有所討論，茲不贅敘。有待一提者，既云「亡其辭」，則無論「亡」讀爲「無」，或義爲「亡佚」，均不能不令人懷疑《序》說究係據何而言，尤其〈白華〉之詩，《序》云「孝子之絜白也」，文義不通，毋怪乎朱子斥爲「尤無理」。且六笙詩之來歷雖未定論，然朱子於《詩集傳》謂「〈南陔〉以下，今無以考其名篇之義，曰笙、曰樂、曰奏，而不言歌，則有聲而無詞明矣」，〔註210〕以之爲有聲無辭之笙詩，至少有《儀禮》可證，〔註211〕較之《詩序》但言有其義而亡其辭者，有更見落實之優點。

（70）謂〈蓼蕭・序〉說淺妄

《詩序》：「〈蓼蕭〉，澤及四海也。」朱子曰：「《序》不知此爲燕諸

〔註208〕見王師靜芝：《詩經通釋》，頁 326～327。
〔註209〕見王師靜芝：《詩經通釋》，頁 328。
〔註210〕見朱子：《詩集傳》，卷 9。
〔註211〕語見《儀禮》〈鄉飲酒禮〉、〈燕禮〉。

　　侯之詩，但見零露之云，即以爲澤及四海，其失與〈野有蔓草〉同，

　　臆說淺妄，類如此云。」

按：《詩序》之解〈蓼蕭〉詩之過簡，也顯得含糊，我們透過毛《傳》知道詩
中「宜兄宜弟」是形容天子與諸侯的親密關係，鄭《箋》也明白「燕語笑兮」
是指天子與諸侯燕而笑語，由此可以判斷毛、鄭都了解〈蓼蕭〉是天子燕饗
諸侯的詩；《詩序》「澤及四海」之說，是一種引申，而全篇各章皆以蓼蕭霑
露起興，可能因此而讓作《序》者從天子「澤及四海」的角度來釋詩。朱子
以爲作《序》者不知此爲燕諸侯之詩，是否如此，實難以確認。

（71）謂〈菁菁者莪・序〉說全失詩意

　　《詩序》：「〈菁菁者莪〉，樂育材也。君子能長育人材，則天下喜樂

　　之矣。」朱子曰：「此《序》全失詩意。」

按：《序》說頗與詩中所言者不合，朱子謂其「全失詩意」者是。唯朱子於
《詩集傳》謂此乃燕飲賓客之詩，〔註212〕說亦不貼切，明儒季本曰：「《序》
以爲樂育人材者，意固不切。至《集傳》謂燕賓客之詩，則詩中凡爲燕饗
而發者，皆有嘉賓旨酒鼓樂之語，而此一無及，恐不可目以爲燕，或因以
用於燕耳。」因謂「此人君得賢而愛樂之詩也」，〔註213〕其說或許較《詩序》、
朱說更能讓後人接受。

（72）謂〈雨無正・詩序〉尤無義理

　　《詩序》：「〈雨無正〉，大夫刺幽王也。雨自上下者也，眾多如雨，

　　而非所以爲政也。」朱子曰：「此《序》尤無義理，歐陽公、劉氏說

　　已見本篇。」

按：〈雨無正・詩序〉首句或許爲詩人本義，或許純屬附會，綴語則頗爲
費解，此所以朱子斥其「尤無義理」。《詩集傳》引歐陽修曰：「古之人於
詩多不命題，而篇名往往無義例，其或有命名者，則必述詩之意，如〈巷
伯〉、〈常武〉之類是也。今〈雨無正〉之名，據《序》所言，與詩絕異，
當闕其所宜。」又引元城劉氏曰：「嘗讀《韓詩》有〈雨無極〉篇，《序》
云：『〈雨無極〉，正大夫刺幽王也。』至其詩之文，則比《毛詩》篇首多
『雨無其極，傷我稼穡』八字。」朱子按曰：「劉說似有理，然第一二章

〔註212〕《詩集傳》，卷 10。
〔註213〕《詩說解頤》，卷 17。

本皆十句，今遽增之，則長短不齊，非詩之例。又此詩實正大夫離居之後，蟄御之臣所作。其曰正大夫刺幽王者，亦非是。且其爲幽王詩，亦未有所考也。」〔註214〕〈雨無正〉之詩以篇名與內容絲毫無涉，故頗滋人疑惑，近人屈萬里說：「極，正也。雨無正即雨無極，本篇既名雨無正，是《毛詩》祖本，亦當有此二句，不知何時逸之。」〔註215〕其說雖不無可能，終究無以爲證。本詩有「周宗既滅」之語，似指幽王被犬戎所殺事，故《詩集傳》以此爲東遷後詩，其後，主張此爲東遷後作的學者們，主要的根據大約集中在詩中「周宗既滅」及「謂爾遷于王都」之語，然而，幽王暴虐無道，昏暗不明，諸侯不朝，各自爲政，這即可謂「周宗既滅」，而「遷于王都」之遷又可解爲遷回，王都即是鎬京，依此，《序》說亦有其理，即便「周宗既滅」眞指西周已然結束，「遷于王都」是指遷往東周王城，《序》說依然無誤，東遷之際的詩人，感傷時事，作詩以刺幽王，也是理所當然。要之，〈雨無正〉可能是西周末年或東周之初，君臣荒廢政事，近侍之臣以詩表達了沈痛的哀傷之意，具體之創作年代難以確認。

（73）謂〈小宛・序〉說不可信

《詩序》：「〈小宛〉，大夫刺幽王也。」朱子曰：「此詩不爲刺王而作，但兄弟遭亂畏禍而相戒之辭爾。」

按：朱子於《詩集傳》亦謂「此詩之詞，最爲明白，而意極懇至，說者必欲爲刺王之言，故其說穿鑿破碎，無理尤甚」，〔註216〕其說極是，〈小宛〉之詩既無刺意，焉能以爲刺幽王之詩？《序》說不必深信。《集傳》又曰：「此大夫遭時之亂，而兄弟相戒以免禍之詩。」此詩實不必爲大夫之作，故其說終不如《詩序辨說》之言簡意賅。

（74）謂〈小弁・詩序〉不可盡信

《詩序》：「〈小弁〉，刺幽王也。太子之傅作焉。」朱子曰：「此詩明白，爲放子之作無疑，但未有以見其必爲宜臼耳。《序》又以爲宜臼之傅，尤不知其所據也。」

按：朱子於《詩集傳》曰：「舊說幽王太子宜臼被廢而作此詩。」〔註217〕

〔註214〕《詩集傳》，卷11。
〔註215〕《詩經釋義》，〈雨無正〉註1。
〔註216〕《詩集傳》，卷12。
〔註217〕《詩集傳》，卷12。

此說與《詩序》俱有可疑，姚際恆云：「〈小序〉謂刺幽王，不言何人作，指何事。〈大序〉謂太子之傳作焉，則宜曰事也。然謂其傅作，有可疑。詩可代作，哀怨出于中情，豈可代乎！況此詩尤哀怨痛切之甚，異于他詩也。若謂宜曰自作，宜曰實不德，孟子何為以『親親之仁』許之？」〔註218〕姚說可參，《詩序》、朱《傳》皆無確據，未必可從。孟子嘗曰：「〈小弁〉之怨，親親也；親親，仁也。」〔註219〕以〈小弁〉為親親之詩，未指其人。屈萬里說：「孟子論此詩，大意謂不得於其父母者所作，而未坐實其人。」〔註220〕其說可采。朱子《詩序辨說》之說甚是，《集傳》則仍不免深受《序》說影響。

（75）謂〈無將大車・序〉說有誤

　　《詩序》：「〈無將大車〉，大夫悔將小人也。」朱子曰：「此〈序〉之誤，由不識興體而誤以為比也。」

按：〈無將大車〉是一篇感傷時局之作。鄭《箋》：「周大夫悔將小人。幽王之時，小人眾多。」孔《疏》：「作〈無將大車〉詩者，謂時大夫將進小人，使有職位，不堪其任，愆負及己，故悔之也。」從詩的各章內容來看，的確很難看出哪一句有大夫引進小人的意思。朱子謂《序》說之誤在於不識興體，而解成了比體詩，不過，我們其實很難斷定作《序》者是否只是因誤判詩的創作手法而導致其說不被後人認同，可以確信的是，《詩序》的借題發揮，效果大概有限。

（76）謂〈楚茨〉以下十篇《序》皆失之

　　《詩序》：「〈楚茨〉，刺幽王也。政煩賦重，田萊多荒，饑饉降喪，民卒流亡，祭祀不饗，故君子思古焉。」朱子曰：「自此篇至〈車舝〉凡十篇，似出一手，詞氣和平，稱述詳雅，無風刺之意，《序》以其在變〈雅〉中，故皆以為傷今思古之作，詩固有如此者，然不應十篇相屬，而絕無一言以見其為衰世之意也。竊恐正〈雅〉之篇有錯脫在此者耳，《序》皆失之。」

按：〈楚茨〉、〈信南山〉、〈甫田〉、〈大田〉、〈瞻彼洛矣〉、〈者華裳裳〉、〈桑

〔註218〕《詩經通論》，卷10。
〔註219〕見《孟子・告子下》。
〔註220〕見屈萬里：《詩經釋義》，〈小弁〉注1。

扈〉、〈鴛鴦〉、〈頍弁〉、〈車舝〉等十篇，《詩序》皆以爲刺幽王之作，或誠如朱子所言，只因此十篇皆在變〈雅〉之故。〈楚茨〉本言祭祀，〔註221〕〈信南山〉與〈茨楚〉略同，皆因祭祀而作，〔註222〕〈甫田〉乃君主祈豐年祭祀，〈大田〉乃農夫樂豐年之詩，〔註223〕〈瞻彼洛矣〉乃諸侯美天子之詩，〔註224〕〈裳裳者華〉乃天子美諸侯之辭，〔註225〕〈桑扈〉亦天子燕諸侯之詩，〔註226〕〈鴛鴦〉乃諸侯所以答〈桑扈〉，〔註227〕〈頍弁〉乃燕兄弟親戚之詩，〔註228〕〈車舝〉乃自敘結婚親迎之詩，〔註229〕《詩序》有變〈雅〉乃作於「王道衰，禮義廢，政教失，國異政，家殊俗」之先見，以是解〈楚茨〉以下十篇也得配合此一概念。朱子說《詩》能不受《詩序》之成見所蔽，此其所長，唯又懷疑〈楚茨〉以下十篇乃正〈雅〉之篇錯脫在此，此又可見朱子終究不能擺脫《詩序》以言詩，又或者，吾人亦可說，朱子畢竟頗爲尊重《詩序》。事實上，正變之說出於《詩序》，有人以爲其說並無必然之用意，也無何可信之理，〔註230〕但亦有人表示，毛鄭正變說寓有勸善的目的，今人則是從求眞的角度來批評此說，〔註231〕不論如何，一旦對正變之說深信不疑，則說詩唯有隨意牽引，旁伸側延，以求切合其說，再不然，也唯有如朱子般，懷疑詩篇有錯脫現象。

（77）謂〈賓之初筵〉當依《韓詩》之說

《詩序》：「〈賓之初筵〉，衛武公刺時也。幽王荒廢，媟近小人，飲酒無度，天下化之，君臣上下，沈湎淫泆，武公既入，而作是詩也。」

朱子曰：「《韓詩》說見本篇，此《序》誤矣。」

〔註221〕參閱呂祖謙：《呂氏家塾讀詩記》，卷22。

〔註222〕參閱吳闓生：《詩義會通》，卷2。

〔註223〕參閱王師靜芝：《詩經通釋》，頁461、463。

〔註224〕《詩集傳》，卷13。

〔註225〕《詩集傳》，卷13。

〔註226〕《詩集傳》，卷13。

〔註227〕《詩集傳》，卷13。

〔註228〕《詩集傳》，卷13。

〔註229〕參閱王師靜芝：《詩經通釋》，頁473。

〔註230〕見屈萬里《詩經釋義》、王師靜芝《詩經通釋》兩書敘論中有關《詩經》正變之說。

〔註231〕詳張寶三：〈詩經詮釋傳統中之「風雅正變」說研究〉，楊儒賓編：《中國經典詮釋傳統（三）文學與道家經典篇》，頁43～86。台北喜瑪拉雅研究發展基金會印行。

按：朱子於《詩集傳》曰：「韓氏《序》曰：『衛武公飲酒悔過也。』今按此詩意與〈大雅·抑〉戒相類，必武公自悔之作。當從韓義。」〔註232〕謂爲衛武公之詩，必當有所據，其據乃因見〈賓之初筵〉意與〈大雅·抑〉相類，此種類推法過於冒險，恐亦不足信。若使吾人可以不必理會詩爲何人所作，目的在刺何人，則謂此詩乃戒於典禮燕飲中多飲之詩，當頗洽詩之本義。

（78）謂〈都人士·序〉說蓋用〈緇衣〉之誤

　　《詩序》：「〈都人士〉，周人刺衣服無常也。古者長民，衣服不貳，
　　從容有常，以齊其民，則民德歸壹，傷今不復見古人也。」朱子曰：
　　「此《序》蓋用〈緇衣〉之誤。」

按：《詩序》之說的確不必深信，朱子所言甚是，唯其說失之過簡，近人吳闓生嘗曰：「《序》以爲刺衣服無常，昧其義矣，且其所謂古者長民，衣服不貳云云，全取之《公孫尼子·緇衣篇》中，以此知古《序》散亡，後人雜取他書而附益之，與本旨不盡相附。」〔註233〕此乃申述朱說而又有所發揮者。朱子於《詩集傳》謂此詩乃「亂離之後，人不復見昔日都邑之盛，人物儀容之美，而作此詩，以歎惜之也」，〔註234〕此說甚是，〈都人士〉當是緬懷舊都人物之盛之詩。

（79）謂〈采綠〉非刺詩

　　《詩序》：「〈采綠〉，刺怨曠也。幽王之時，多怨曠者也。」朱子曰：
　　「此詩怨曠者所自作，非人刺之，亦非怨曠者有所刺於上也。」

按：《詩序》所云怨曠已近〈采綠〉之詩意，然又謂刺，又謂幽王，仍是多所牽附之弊，是以朱子駁之。唯此處朱子所言過簡，《詩集傳》曰：「婦人思其君子，而言終朝采綠而不盈一匊者，思念之深，不專於事也。又念其髮之曲局，於是舍之而歸沐，以待其君子之還也。」〔註235〕此說甚是，此思婦待勞人約期不至乃咏歎之詩。

（80）謂〈黍苗〉乃美召穆公之詩

〔註232〕《詩集傳》，卷14。
〔註233〕《詩義會通》，卷2。
〔註234〕《詩集傳》，卷15。
〔註235〕《詩集傳》，卷15。

《詩序》：「〈黍苗〉，刺幽王也。不能膏潤天下，卿士不能行召伯之職焉。」朱子曰：「此宣王時美召穆公之詩，非刺幽王也。」

按：〈黍苗〉是召穆公營謝既成，隨從之士作以美之的詩篇，詩文明言美召公，而《詩序》乃以爲刺幽王，故朱子不擬接受。〔註236〕《詩集傳》云：「宣王封申伯於謝，命召穆公往營城邑，故將徒役南行，而行者作此。」〔註237〕此說已近詩意，只是詩之四章明言「召伯有成，王心則寧」，《詩集傳》「將徒役南行」之語，似亦可商榷。《詩序辨說》謂〈黍苗〉爲宣王時美召穆公之詩，則難以非議。

（81）謂〈隰桑〉非刺詩

《詩序》：「〈隰桑〉，刺幽王也。小人在位，君子在野，思見君子，盡心以事之。」朱子曰：「此亦非刺詩，疑與上篇皆脫簡在此也。」

按：〈隰桑〉之詩，辭意甚爲明顯，原初內容當與男女期會有關，《詩序》指爲刺幽王，是有牽強之嫌，朱子謂「非刺詩」者是，蓋此詩毫無刺意。至朱子所云脫簡之說，實爲不必要之懷疑，且朱子亦未言及其懷疑脫簡之故，另外，若謂朱子已知此詩爲男女期會之詩，〔註238〕乃以爲詩不宜列於〈小雅〉，然則其何以懷疑〈黍苗〉亦脫簡？凡此皆令人費解者。

（82）謂〈縣蠻〉未有刺大臣之意

《詩序》：「〈縣蠻〉，微臣刺亂也。大臣不用仁心，遺忘微賤，不肯飲食教載之，故作是詩也。」朱子曰：「此詩未有刺大臣之意，蓋方道其心之所欲耳。若如《序》者之言，則褊狹之甚，無復溫柔敦厚之意。」

按：〈縣蠻〉就各章所詠觀之，似乎是寫某位微臣苦於行役，而有（或盼望）長官來照顧他，這樣看來，《詩序》好像誤解詩義，其實又不盡然如此，如屈萬里《詩經釋義》所言，詩各章「飲之食之」以下四句，「乃行役者希冀其長官如此遇己也」（至少可以作這樣的解釋），因此，就算《序》說沒有

〔註236〕吳闓生：「黃震云詩中明言美召公，而序乃以爲刺幽，如此亦何訝晦菴之去序耶？調停者則曰：詩作於幽王時，陳古以刺今也。然昧『我行既集』二語，明是功成將歸時作，非追述之詞也。」《詩義會通》，卷2。

〔註237〕《詩集傳》，卷15。

〔註238〕朱子：《詩集傳》謂〈隰桑〉爲「喜見君子之詩」，又謂「然所謂君子，則不知其所指矣」，豈朱子知此爲男女期會之詩，唯因見詩列於〈小雅〉，不得不曰「不知君子何所指」？

抓住詩的本義，還是可以說得通。〔註239〕不過，《詩序》以〈縣蠻〉爲刺詩，誠如朱子所言，似乎少了溫柔敦厚之意。

（83）謂〈大明〉詩意非必如《序》說

　　《詩序》：「〈大明〉，文王有明德，故天復命武王也。」朱子曰：「此
　　詩言王季、大任、文王、大姒、武王皆有明德，而天命之，非必如
　　《序》說也。」

按：〈大明〉之詩歷述周德之盛，及配偶之宜，以見天命之降於周。《詩序》乃獨謂文王有明德，的確有偏頗之失，宜乎方玉潤《詩經原始》斥其「直不知詩中命意所在」。〔註240〕朱子《詩序辨說》之言甚是，但《詩集傳》謂此「周公戒成王」之詩，〔註241〕則不知何所依據。

（84）謂〈旱麓·序〉說大誤

　　《詩序》：「〈旱麓〉，受祖也。周之先祖，世修后稷、公劉之業，太
　　王、王季申以百福千祿焉。」朱子曰：「《序》大誤，其曰百福千祿
　　也，尤不成文理。」

按：〈旱麓〉文字雖淺近，主題卻未必很明顯，從各章敘述來看，這似乎是寫周王的祭祀得福，假若如此，《詩序》的引申，吾人不必責其過於迂曲牽附。唯周王究爲何王，以詩中既未明言，則亦莫能定之。當然，《詩序》以〈旱麓〉爲「受祖」之詩，或許並無無據，故朱子可以駁之，然朱子於《詩集傳》謂此乃詠歌文王之詩，〔註242〕則似未必有據。若朱說可以爲是，則季本謂此「周公歌武王之德」之詩，〔註243〕何楷謂此「武王追王三后」之詩，〔註244〕又何嘗必然爲非？凡此，皆詩中未有明言，故人各一辭，皆可憑臆測說詩。

（85）謂〈靈臺·詩序〉不可信

　　《詩序》：「〈靈臺〉，民始附也。文王受命，而民樂其有靈德，以及
　　鳥獸昆蟲焉。」朱子曰：「文王作靈臺之時，民之歸周也久矣，非至

〔註239〕詳拙著《詩經全注》，頁474。台北五南圖書出版公司印行。
〔註240〕《詩經原始》，卷13。
〔註241〕《詩集傳》，卷16。
〔註242〕《詩集傳》，卷16。
〔註243〕《詩說解頤》，卷23。
〔註244〕《詩經世本古義》，卷9。

此而始附也。其曰有靈德者，亦非命名之本意。」

按：《詩序》之解〈靈臺〉之詩，文字稍有瑕疵，朱子所駁頗是。清儒姚際恆則曰：「〈小序〉謂『民始附』，混謬語。文王以前，民不附乎？大王遷岐，何以從之如歸市也？」〔註245〕言之亦是，〈靈臺·詩序〉實欠高明。朱子又引《孟子》曰：「文王以民力為臺為沼，而民歡樂之，謂其臺曰靈臺，謂其沼曰靈沼。」〔註246〕以此釋此詩，似近詩旨。

（86）謂〈行葦·序〉說失之尤甚

《詩序》：「〈行葦〉，忠厚也。周家忠厚，仁及草木，故能內睦九族，外尊事黃耇，養老乞言，以成其福祿焉。」朱子曰：「此詩章句本甚分明，但以說者不知比興之體，音韻之節，遂不復得全詩之本意，而碎讀之，逐句自生意義，不暇尋繹血脈，照管前後，但見『勿踐行葦』，便謂仁及草木；但見『戚戚兄弟』，便謂親睦九族；但見『黃耇台背』，便謂養老；但見『以祈黃耇』，便謂乞言；但見『介爾景福』，便謂成其福祿。隨文生義，無復倫理，諸〈序〉之中，此失尤甚，覽者詳之。」

按：《詩序》之解〈行葦〉大概是依據詩中之句而衍生出來的說釋，略嫌瑣碎，養老乞言之說似乎也稍嫌勉強。朱子從細節上來抵瑕《序》說，而於《集傳》則懷疑〈行葦〉是「祭畢而燕父兄耆老之詩」，這大約已接近詩的本意；姚際恆《詩經通論》以為〈行葦〉不但是燕同、異姓父兄、賓客之詩，「而醻酢、射禮亦並行之，終之以尊優耆老焉」，此說更為周全。〔註247〕

（87）謂〈假樂〉非嘉成王之詩

《詩序》：「〈假樂〉，嘉成王也。」朱子曰：「假本嘉字，然非為嘉成王也。」

按：〈假樂〉之詩，純就辭意觀之，篇旨較為晦澀。首章有云：「假樂君子，顯顯令德。宜民宜人，受祿于天。保右命之，自天申之。」毛《傳》：「假，嘉也。宜民宜人，宜安民、宜官人也。」據此，則謂此篇為嘉周王之詩，

〔註245〕《詩經通論》，卷13。
〔註246〕《詩集傳》，卷16。
〔註247〕詳拙著《詩經全注》，頁518～519。

當不致離譜，唯此周王是否必爲成王，則甚難肯定。朱子於《詩序辨說》謂此非嘉成王之詩，於《詩集傳》則謂「疑此即公尸之所以答〈鳧鷖〉者也」，〔註248〕其說較之《詩序》更無憑據，故朱子亦不敢確定。

（88）謂〈卷阿‧詩序〉不可盡信

　　《詩序》：「〈卷阿〉，召康王戒成王也。言求賢用吉士也。」朱子曰：「求賢用吉士，本用詩文而言，固爲不切，然亦未必分爲兩事，後之說者既誤『豈弟君子』爲賢人，遂分賢人吉士爲兩等，彌失之矣。夫〈洞酌〉之『豈弟君子』方爲成王，而此詩遽爲所求之賢人，何哉？」

按：《詩序》之言不甚妥當，蓋〈卷阿〉之詩就內容而言似無刺意。且詩中雖有「豈弟君子」、「王多吉士」之語，然詩意實與求賢用吉士全然無涉，是以朱子不接受《詩序》之說，然《集傳》謂「此詩舊說亦召康公作。疑公從成王游於卷阿之上，因王之歌而作此以爲戒」，〔註249〕從游之說頗爲合理，然仍以爲戒者，正見朱子終不屬棄《序》言《詩》者。若《竹書記年》「成王三十三年遊于卷阿，召康公從」之記載可信，〔註250〕則〈卷阿〉當爲召康公從成王游時，獻歌於成王之詩。

（89）謂〈崧高〉、〈烝民〉、〈韓奕〉、〈江漢〉非專為美宣王而作

　　《詩序》：「〈崧高〉，尹吉甫美宣王也。天下復平，能建國親諸侯，褒賞申伯焉。」「〈烝民〉，尹吉甫美宣王也。任賢使能，周室中興焉。」「〈韓奕〉，尹吉甫美宣王也。能錫命諸侯。」「〈江漢〉，尹吉甫美宣王也。能興衰撥亂，命召公平淮夷。」朱子於〈崧高〉《詩序》下辨曰：「此尹吉甫送申伯之詩，因可以見中興之業耳，非專爲美宣王而作也，下三篇放此。」

按：〈崧高〉末章有云：「吉甫作誦，其詩孔碩。其風肆好，以贈申伯。」此明爲吉甫送申伯之詩，《詩序》必曰美宣王，未必有實證。〈烝民〉末章則有云：「吉甫作誦，穆如清風。仲山甫永懷，以慰其心。」此明爲尹吉甫送仲山甫之詩，似無美宣王之意，《序》說恐未必盡然。《詩集傳》謂〈崧高〉曰：「宣王之舅申伯出封于謝，而尹吉甫作詩以送之。」謂〈烝民〉曰：「宣王命樊侯

〔註248〕《詩集傳》，卷17。
〔註249〕《詩集傳》，卷17。
〔註250〕《竹書紀年》，卷下。

仲山甫築城于齊，而尹吉甫作詩以送之。」〔註251〕其說頗爲平實。至〈韓奕〉之詩，則《序》說似亦迂曲牽附，而《詩集傳》謂「韓侯初立來朝，始受王命而歸，詩人作此以送之」，〔註252〕其說恐亦未中肯綮，清儒方玉潤曰：「〈小序〉謂尹吉甫美宣王，固涉泛泛，即謂能錫命諸侯，亦豈詩中大旨？至《集傳》則又只以爲送別之章，尤屬隔靴搔癢，未可與知人論世也。」因謂：「此詩必作於〈六月〉北伐之後，故爲關係中興之作。蓋自玁狁背叛以來，北方諸侯梗命不朝者亦已多矣。茲值北伐有功，韓侯適以受命入覲，而又年少英賢，爲國懿親，更配帝甥，膺茲屛翰，實足以制北狄而衛王家，故宣王因其來朝，特隆以禮，與申伯諸臣同深倚賴，非泛常比也。詩人亦於其歸國便道親迎之日，餞之以詩，亦將以北方保障望之，故首尾均以受命建國，勤修職貢爲言，至中間親迎兩章，不過借作文章波瀾，且以見其爲國至戚，尤宜輸忠以報天子耳。若天子寵錫之隆，蹶父相攸之美，皆詩中極意烘託法，非關正意，然正意亦未嘗不由此而見也。」〔註253〕其說或許勝於《詩序》與《集傳》。至如〈江漢〉之詩，明言召穆公平淮夷之功，而《序》解爲美宣王，謂爲尹吉甫作，也不容易爲之找出證據，《集傳》謂「宣公命召穆公平淮南之夷，詩人美之」，〔註254〕就詩文觀之，其說當較《詩序》平實。

（90）謂〈維天之命〉未見告太平之意

《詩序》：「〈維天之命〉，太平告文王也。」朱子曰：「詩中未見告太平之意。」

按：〈維天之命〉全篇僅一章，詩云：「維天之命，於穆不已。駿惠我文王，曾孫篤之。」幾曾有告太平之意？《序》說與詩辭不合，故朱子駁之。朱《傳》謂〈維天之命〉乃祭文王之詩，〔註255〕說當可信。

（91）謂〈維清〉未見奏象舞之意

《詩序》：「〈維清〉，奏象舞也。」朱子曰：「詩中未見奏象舞之意。」

按：〈維清〉全篇僅一章，詩云：「維清緝熙，文王之典。肇禋。迄用有成，維周之禎。」鄭《箋》解釋《序》所言之象舞曰：「象舞，象用兵時刺伐之

〔註251〕《詩集傳》，卷18。

〔註252〕《詩集傳》，卷18。

〔註253〕《詩經原始》，卷15。

〔註254〕《詩集傳》，卷18。

〔註255〕《詩集傳》，卷19。

舞，武王制焉。」朱《傳》：「此亦祭文王之詩。」後人多同意朱說而反《詩序》。我們要支持《詩序》，必須作這樣的解說：成王時，作〈維清〉這樣的歌舞詩來祭祀文王，而〈維清〉所用的舞是武舞，也就是象文王武功的〈象舞〉（在表演時，舞者裝扮成文王的模樣，進行象徵作戰動作的歌舞演出）。若此解說可以成立，則《序》說與朱說也未必衝突。

（92）謂〈昊天有成命・序〉說不可信

　　《詩序》：「〈昊天有成命〉，郊祀天地也。」朱子曰：「此詩詳考經文，而以《國語》證之，其爲康王以後祀成王之詩無疑，而毛鄭舊說定以〈頌〉爲成王之時周公所作，故凡〈頌〉中有成王及成康字者，例皆曲爲之說，以附己意，其迂滯僻澀，不成文理，甚不難見。而古今諸儒，無有覺其謬者，獨歐陽公著〈時世論〉以斥之，其辨明矣。然讀者狃於舊聞，亦未遽肯深信也。〈小序〉又以此詩篇首有『昊天』二字，遂定以爲郊祀天地詩，諸儒亦往往襲其誤，殊不知其言天命者止於一句，次言文武受之者，亦止一句，至於成王以下，然後詳說不敢康寧、緝熙安靖之意，乃至五句而後已，則其不爲祀天地，而爲祀成王，無可疑者。」

按：〈昊天有成命〉可能是作於康王時代的作品，詩中談到文王、武王的受命，但還是以讚頌成王爲重心，此篇只有短短三十字，就算少數詩句「無達詁」，也可以確定這不是郊祀天地之詩，我們雖然尊重《詩序》，於其說〈昊天有成命〉實在不能曲爲之護。

　　《國語・晉語》有叔向「〈昊天有成命〉，是道成王之德也」之語，因此我們可以確認《詩集傳》以此爲祀成王之詩，應無疑義。〔註256〕

（93）謂〈執競・序〉說有誤

　　《詩序》：「〈執競〉，祀武王也。」朱子曰：「此詩并及成康，則《序》說誤矣。」

按：朱子之駁《詩序》，乃因〈執競〉詩既云「執競武王」，又云「不顯成康」，故朱子於《詩集傳》不採《序》說，而謂「此祭武王、成王、康王之詩」，〔註257〕然其說亦有駁之者，如姚際恆曰：「三王並祭出何典禮，

〔註256〕參閱拙著《詩經全注》，頁589～590。
〔註257〕見《詩集傳》，卷19。

得毋鹵莽耶？後之主祭三王之說者，鄒肇敏曰：『文王廟在豐，武王廟在鎬，其成、康亦祔於武廟可知。而此祭非祫非禘，故止及三王耳。』按成、康各有專廟，何得謂祔於武廟，此妄說也。維新主未成廟，乃祔廟，然亦只一王，如成王崩，康王祔之，武王廟不應有兩王也。朱允升曰：『祭三王無其例。然武王有世室，則必有專祭矣，豈昭王以後祭武世室而配以成、康與？』此亦臆測，毫無稽據。」〔註258〕姚說亦是，三王並祭於典禮既無稽，則朱子等人之說未爲定論。方玉潤亦曰：「三王並祭，無論典禮無稽，即文勢亦隔閡難通，蓋烈則歸之武王，皇則屬諸成康，而奄有四方者，又始自成康矣，通乎？不乎？當亦不言而自辨已。」又曰：「即謂合祀成康，推本武王，而奄有四方，亦非自彼二后也，故詩又當從《序》爲祀武王之說爲是。」〔註259〕吳闓生亦曰：「後儒猶多從《序》者，謂天子七廟，廟各有主，祫則群廟爲主，咸入太廟，不當三王並祭。若舉功德之盛者，不應上舍文王而下及成康，且文武開基，祀文王有詩，武王何獨無詩乎？以此申明《序》說，殊爲入理。今未其詞『無競維烈』一語，文義未足，『不顯成康』以下，當仍爲頌武王之詞，舊說未可易也。」〔註260〕二氏之說均可成理，朱說仍有待商榷。

（94）謂〈雝・詩序〉說不可信

　　《詩序》：「〈雝〉，禘大祖也。」朱子曰：「〈祭法〉：周人禘嚳。又曰：天子七廟，三昭三穆及大祖之廟而已。周之大祖，即后稷也。禘嚳於后稷之廟，而以后稷配之，所謂禘其祖之所自出，以其祖配之者也。〈祭法〉又曰：周祖文王，而春秋家說三年喪畢，致新死者之主於廟，亦謂之吉禘。是祖一號而二廟，禘一名而二祭也。今此《序》云『禘大祖』，則宜爲禘嚳於后稷之廟矣。而其詩之詞無及於嚳稷者，若以爲吉禘于文王，則與《序》已不協，而詩文亦無此意，恐《序》之誤也。此詩但爲武王祭文王而徹俎之詩，而後通用於他廟耳。」

按：〈雝〉詩全篇僅一章，自「有來雝雝」至「相予肆祀」，乃言諸侯助祭，以見祭之盛大，以下盡爲美文王之辭。《詩序》謂此禘大祖之詩，然《禮

〔註258〕見姚際恆：《詩經通論》，卷16。
〔註259〕見方玉潤：《詩經原始》，卷16。
〔註260〕見吳闓生：《詩義會通》，卷4。

－342－

記‧祭法》明言「周人禘嚳而郊稷」，此詩未提及此，則《序》說恐不必深信，朱子辨說甚明。此詩若依朱子解爲武王祭文王之詩，則詩辭可以豁然明朗。

（95）謂〈絲衣‧序〉誤

　　《詩序》：「〈絲衣〉，繹賓尸也。高子曰：靈星之尸也。」朱子曰：「《序》
　　誤，高子尤誤。」

按：〈絲衣‧序〉說誠不足信，唯朱子指其然，而未言其所以然，清儒姚際恆則言之頗詳：「〈小序〉謂『繹賓尸』，其非有三。天子、諸侯名『繹』，大夫名『賓尸』，此舊說，具見《春秋》、《儀禮》；今以『繹賓尸』連言，一也。彼既以「賓尸」爲言，即以「有司徹」證之，其云『埽堂，酨如俎』，非別殺牲先夕省視也。今何以告濯、告充、告潔一如正祭乎？佞《序》之徒爲之說曰：『「自堂俎基」尸儐于門基；「自羊俎牛，鼐、鼎及鬵」，羊先出而牛從之，鼎先出而鬵從之。』意謂正祭日不即徹，至繹之日始徹于門外。然則詩何以言『廢徹不遲』乎？即《儀禮》果如是，亦不可據《儀禮》以解《詩》也。二也。據舊解，絲衣、爵弁爲士服，然何以天子之繹獨使士？鄭氏曰：『繹禮輕，故使士。』非杜撰禮文乎？三也。《集傳》不用『繹賓尸』之說，是已。但謂祭而飲酒之詩，其混。鄒肇敏主蜡祭，亦臆測。故且闕疑。《序》下有『高子曰：靈星之尸也』，按其言『尸』與序同，其言『靈星』與《序》大異。古祭天地、日月、星辰、山川之屬無尸，其謂有尸者妄也。」〔註261〕姚氏言之有據，《序》說不見得必須深信。朱子又於《詩集傳》謂〈絲衣〉乃「祭而飲酒之詩」，〔註262〕然詩實無言及飲酒，朱子之說恐亦不宜深信。王鴻緒《欽定詩經傳說彙纂》云：「宗廟正祭之明日又祭日繹，繹禮在廟門，而廟門側之堂謂之塾，今詩云『自堂俎基』，則基是門塾之基，蓋謂廟門外西夾室之堂基也，其爲繹祭明矣。」〔註263〕王氏之說是，此詩但謂繹祭之詩即可。

（96）謂〈駉‧詩序〉說穿鑿。

　　《詩序》：「〈駉〉，頌僖公也。僖公能遵伯禽之法，儉以足用，寬以

〔註261〕見姚際恆《詩經通論》，卷17。
〔註262〕見朱子：《詩集傳》，卷19。
〔註263〕《欽定詩經傳說彙纂》，卷20。

愛民，務農重穀，牧于坰野，魯人尊之，於是季孫行父請命于周，而史克作是頌。」朱子曰：「此《序》事實皆無可考，詩中亦未見務農重穀之意，《序》說鑿矣。」

按：《詩序》所云似無據，故朱子斥爲穿鑿。《詩集傳》則謂「此詩言僖公牧馬之盛」，〔註264〕就詩辭觀之，朱說近是，但是否專言僖公，則尙未可知。〔註265〕

（97）謂〈有駜・序〉說不可信

《詩序》：「〈有駜〉，頌僖公君臣之有道也。」朱子曰：「此但燕飲之詩，未見君臣有道之意。」

按：〈有駜〉之詩凡三章，首章以君能得臣，臣能事君，君燕賢臣，相與爲樂，以見君之有德，而以爲頌美之詞。〔註266〕二、三章義同，唯三章加重頌禱之意。《詩序》以此爲頌僖公君臣有道之詩，頌僖公尙有據，〔註267〕「君臣有道」之語，則於詩似未能切合。朱子於此以之爲燕飲之詩，說勝《詩序》，於《詩集傳》謂此爲燕飲而頌禱之詞，尤近詩意。

（98）謂〈泮水・序〉說不可信

《詩序》：「〈泮水〉，頌僖公能脩泮宮也。」朱子曰：「此亦燕飲落成之詩，不爲頌其能修也。」

按：〈泮水〉之詩凡八章，首章寫魯侯來至泮宮之狀，二章義略同，三章言魯侯在泮飲酒，天賜其長壽，魯侯乃能順其大道而屈服淮夷群醜，四章頌魯侯之德，五章頌魯侯淮夷，獻馘獻囚於泮，六章再頌征淮夷獻俘，七章頌魯侯之征服淮夷，八章寫淮夷降服之狀。〔註268〕《詩序》謂此爲頌僖公能修泮宮之詩，就辭意觀之，說或非是。朱子謂此爲燕飲落成之時，似亦

〔註264〕見《詩集傳》，卷20。

〔註265〕〈魯頌〉舊說以爲頌僖公，然歐陽修《魯問》已發現春秋僖公事迹與魯頌不合，清儒於魯頌作者之說亦紛岐不定，此則可以參閱李辰冬先生《詩經研究》一書（水牛出版社印行）中，「魯頌到底是頌誰？」一文之整理，唯李氏以〈魯頌〉乃尹吉甫爲頌魯武公而作，爲其一家之言，未爲定論。

〔註266〕參閱王師靜芝：《詩經通釋》，頁644。

〔註267〕王質《詩總聞》云：「自今以始，言昔多無年也。春秋至莊、閔，至僖十餘年之間，莊二十五年大水，二十六年無麥禾，二十九年有蜚。僖二年、三年冬春夏不雨，此詩當此年以後也。」屈萬里：《詩經釋義》據此而謂〈有駜〉之詩作於僖公時。

〔註268〕參閱王師靜芝：《詩經通釋》，頁645～648。

不洽詩意。明儒何楷曰：「頌伯禽允文允武也。伯禽就封于魯，初作泮宮，遂服淮夷，魯人為之頌。」〔註269〕何說因有《尚書‧費誓》為證，故其說人多從之，〔註270〕然近人屈萬里謂《書序》、《史記‧魯世家》以〈費誓〉為伯禽伐淮夷時誓師之辭之說為不可信，並據余永樑〈柴誓的時代考〉、楊筠如《尚書覈詁》，以及《春秋經傳》等文獻，證明〈費誓〉作於魯僖公之時，〔註271〕其說甚辨，當可依從；若然，則此當為僖公征伐淮夷，執俘於泮宮，為釋菜之禮之詩。

（99）謂〈閟宮‧序〉說誤謬

《詩序》：「〈閟宮〉，頌僖公能復周公之宇也。」朱子曰：「此詩言莊公之子，又言新廟奕奕，則為僖公修廟之詩明矣。但詩所謂復周公之宇者，祝其能復周公之土宇耳，非謂其能修周公之屋宇也，《序》文首句之謬如此，而蘇氏信之，何哉？」

按：〈閟宮〉之詩凡八章，首章因廟而及姜源，頌周之先德，二章於姜源、后稷之後，述大王及文武之德，三章敘伯禽封魯，傳至僖公，奉祀於祖，四章頌僖公之武功，五、六章述魯侯之武功，七章述僖公之德，八章述新廟之成，並頌魯公。〔註272〕由詩辭以觀，《序》說未能盡得詩旨。朱子深知《序》說有瑕疵，而於《詩集傳》曰：「（〈閟宮〉）時蓋修之，故詩人歌咏其事以為頌禱之詞，而推本后稷之生，而下及于僖公耳。」〔註273〕此說倒置輕重，舊〈閟宮〉之詩首尾雖皆言及廟宇，然實假新廟之祀而頌僖公，〔註274〕其重點仍在中間各章，朱說似亦未能深中詩旨。

（100）謂〈烈祖〉為祭成湯之詩

《詩序》：「〈烈祖〉，祀中宗也。」朱子曰：「詳此詩未見其為祀中宗，而未言湯孫，（按：「未」當為「末」之誤）亦祭成湯之詩耳，《序》但不欲連篇重出，又以中宗商之賢君，不欲遺之耳。」

按：中宗為湯之玄孫大戊，然〈烈祖〉詩並無祀中宗大戊之言語，故知《序》

〔註269〕見何楷：《詩經世本古義》，卷10之上。
〔註270〕如姚際恆《詩經通論》、方玉潤《詩經原始》、王師靜芝《詩經通釋》、宋海屏《詩經新譯（新文豐公司印行）……等皆從之。
〔註271〕詳屈萬里：《尚書釋義》，頁134～135。台北華岡出版部印行。
〔註272〕詳王師靜芝：《詩經通釋》，頁649～645。
〔註273〕《詩集傳》，卷20。
〔註274〕詳王師靜芝：《詩經通釋》，頁648。

說未必可以深信，朱子辨說或是。此詩末云：「顧予烝嘗，湯孫之將。」與〈那〉結尾同；〈那〉爲祀成湯之詩，〔註275〕則〈烈祖〉當亦爲祀成湯之詩。

　　朱子《詩序辨說》固不止以上百則，唯餘或贊同《序》說，如〈樛木〉、〈茉苢〉、〈汝墳〉、〈采芑〉、〈甘棠〉、〈行露〉、〈小星〉……，或以爲未可知，如〈鼓鐘〉；或以爲時世未必然，如〈小戎〉；或以爲時世不可考，如〈鴻雁〉、〈庭燎〉、〈沔水〉、〈鶴鳴〉……；或直謂「說見本篇」（指《詩集傳》對此篇之解），如〈桓〉、〈賚〉、〈般〉……；或僅謂「《序》誤」，而言之不詳，如〈臣工〉、〈噫嘻〉、〈豐年〉……；凡此，本書皆暫置不論。

第四節　朱子《詩經》學之評價

一、前人之評價

（1）宋陳振孫《直齋書錄解題》著錄「《詩集傳》二十卷，《詩序辨說》一卷」，曰：

> 朱熹撰。以大、小〈序〉自爲一編，而辨其是非，其序呂氏《讀詩記》，自謂少年淺陋之說，久而知其有所未安，或不免有所更定。今江西所刻晚年本，得於南康胡泳伯量，校之建安本，更定者幾什一云。〔註276〕

按：朱子《詩集傳》有舊本及晚本，今行世之《集傳》，乃朱子晚年改定之本，然其早年之說，已多爲同時學者所採用。〔註277〕朱子於孝宗淳熙9年壬寅（1182，時朱子五十三歲）所撰〈呂氏家塾讀詩記序〉云：「此書（按：指《呂氏家塾讀詩記》）所謂朱氏者，實熹少時淺陋之說，而伯恭父誤有取焉。其後歷時既久，自知其說有所未安，如雅鄭邪正之云者，或不免有所更定，則伯恭父反不能不置疑於其間，熹竊惑之。方將相與反復其說，以求眞是之歸，而伯恭父已下世矣。」據此，知呂祖謙《讀詩記》所採朱子之說，蓋即朱子早年之《詩集傳》。而今本《詩集傳》前有〈序〉，繫年爲淳熙4年丁酉冬10月（1177，時朱子年四十八），故《朱子年譜》

〔註275〕說見〈那〉篇《詩序》。
〔註276〕《直齋書錄解題》，上冊，卷2，頁100。台北廣文書局印行。
〔註277〕詳潘重規：〈朱子詩序舊說敍錄〉，新亞書院學術年刊第9期。

即謂《集傳》成於是年，朱子孫朱鑑撰《詩傳遺說》載此〈序〉云：「案此乃先生丁酉歲用〈小序〉解《詩》時所作，後乃盡去〈小序〉，故附見於辨呂氏說之前。」據此，知朱子於淳熙 4 年四十八歲時，《集傳》已成書，故呂氏《詩記》得採之。王懋竑謂坊刻載舊序，失朱子本意，然此序「闡詩學，陳治道，歸本於心性義理，證之以歷史實事，治經學、文學、史學、理學於一鑪，此乃治經大綱宗所在。後人即以此序置《詩集傳》前，似亦無傷」。〔註278〕又《朱子文集‧與葉彥忠書》云：「《詩傳》兩本，煩為以新本校舊本，其不同者，依新本改正，有紙卌副在內，恐要帖換也。」則當時已有新興兩本。而刻本亦有新舊之異，《文獻通考‧經籍考》云：「南康本出胡泳伯量家，更定幾十之一。」說同陳振孫《解題》。朱鑑《詩傳遺說‧跋》云：「先文公《詩集傳》，豫章、長沙、后山皆有本。而后山本讎校為最精。第初脫藁時音訓閒有未備，刻版已竟，不容增益，欲著補脫，終弗克就，未免仍用舊版，葺為全書，補綴趲那，久將漫漶，揭來富川，郡事餘暇，輒取家本，親如是正，刻寘學宮，以傳永久。」據此則今傳世之《詩集傳》，乃朱子晚年改定之本，而舊本已不可見，今唯知朱子早年頗用〈小序〉，晚年則棄《序》不觀。

（2）宋王應麟《詩考‧序》以為《集傳》「閎意眇指，卓然千載之上」，其言曰：

漢言《詩》者四家，師異指殊。賈逵撰齊、魯、韓與毛氏《異同》，梁崔靈恩采三家本為《集注》。今唯毛《傳》、鄭《箋》孤行，韓僅存《外傳》，而魯、齊《詩》亡久矣。諸儒說詩，壹以毛鄭為宗，未有參考三家者。獨朱文公《集傳》，閎意眇指，卓然千載之上。言〈關雎〉取康衡，〈柏舟〉婦人之詩則取劉向，〈笙詩〉有聲無辭則取《儀禮》，上天甚神則取《戰國策》，何以恤我則取《左氏傳》，〈抑〉戒自儆，〈昊天有成命〉道文王之德則取《國語》，陟降庭止則取《漢書》，注〈賓之初筵〉飲酒悔過則取《韓詩序》，不可休思、是用不就、彼岨者岐皆從《韓詩》，禹敷下土方又証諸《楚辭》，一洗末師專己守殘之陋。」學者諷詠涵濡而自得之躍如也。〔註279〕

〔註278〕引文見錢穆：《朱子新學案》，頁550。
〔註279〕《詩考》，《四庫全書》本，總第75冊，頁598。

按：此推朱子能雜取眾家之長，自爲一家之說也，名爲「集傳」，則朱子之不守門戶之見也宜然，亦因而使本書能流傳千古。王應麟所例舉者，「〈笙詩〉有聲無辭則取《儀禮》」一條，特須一提。〈小雅·南陔〉、〈白華〉、〈華黍〉、〈由庚〉、〈崇丘〉、〈由儀〉六篇，今僅存篇目，不見其文，故其來歷，說者不一。考後人之說固極紛歧，所爭者要不外此六篇是否本有其辭耳。本書於〈蘇轍之詩經學〉一章中，對此亦有論述，並採保守態度，以爲此六詩究係本無其辭，抑或後世亡其辭，迄無定論；茲不贅。朱《傳》則云：「〈南陔〉以下，今無以考其名篇以義，曰笙曰樂曰奏，而不言歌，則有聲而無辭明矣。」以其說有《儀禮·鄉飲酒》爲據，〔註280〕故後人從之者頗多。

（3）元郝經推崇朱《傳》「集傳注之大成」、「近出己意，遠規漢唐」，其言曰：

古之爲詩也，歌誦絃舞，斷章爲賦而已矣。傳其義者則口授，傳注之學未有也。秦焚詩書，以愚黔首，三代之學，幾於墜沒。漢興，諸儒掇拾灰燼，墾荒闢原，續六經之絕緒，於是傳注之學興焉。……詩之所見、所聞、所傳聞者，頗爲加多，有齊、魯、毛、韓四家而已，而源遠末分，師異學異，更相矛盾。……卒之三家之說不行，《毛詩》之《詁訓傳》獨行於世，惜其闊略簡古，不竟其說，使後人得以紛更之也。故滋蔓於鄭氏之《箋》，雖則云勤，而義猶未備；總萃於孔氏之《疏》，雖則云備，而理猶未明。……晦庵先生方收伊洛之橫瀾，折聖學而歸衷，集傳注之大成，乃爲詩作《傳》，近出己意，遠規漢唐，復〈風〉、〈雅〉之正，端刺美之本，冀訓詁之弊，定章句音韻之短長差舛，辨大、小〈序〉之重複，而三百篇之微意，思無邪之一言，煥乎白日之正中也。……

〔註281〕

按：郝氏於朱《傳》之書，推崇備至，唯郝氏之論見諸《集傳·序》，大約爲他人之書作〈序〉，皆以推介是書爲原則，故郝氏之言實未可盡信，雖然，在《詩經》學史上，朱子擁有崇高之地位，自亦無可否認。

〔註280〕《儀禮·鄉飲酒》云：「笙入堂下，磬南北面立，樂〈南陔〉、〈白華〉、〈華黍〉。」「乃間歌〈魚麗〉，笙〈由庚〉；歌〈南有嘉魚〉，笙〈崇丘〉；歌〈南山有台〉，笙〈由儀〉。」
〔註281〕朱彝尊：《經義考》，卷108引。

（4）明朱升曰：

> 朱子之於《詩》也，本歐陽氏之旨而去《序》文，則吳才老之說而
> 叶音韻，以《周禮》之六義，三經而三緯之，賦比興各得其所，可
> 謂無憾也已。〔註282〕

按：宋代疑古之風，實歐陽修《詩本義》啓其端。〔註283〕近人裴普賢表
示其「翻閱《朱子語類》，始知朱子《詩集傳》全從歐公《詩本義》的至
少有二十餘篇，又將《詩集傳》與《詩本義》對照看，確實得到了朱《傳》
之從歐義者數十篇」，〔註284〕據此可知朱《傳》多有取於歐義者，然「朱
子攻《序》用鄭樵說，見於《語錄》，朱升以為用歐陽修之說，殆誤也」。
〔註285〕又宋儒吳棫字才老，著有《韻補》之書，徹底實行「古人韻緩」
之主張，〔註286〕以《廣韻》為據，凡某韻字古書有與他韻字押韻者，即
在該韻目下注：「古通某，古轉聲通某，古通某或轉入某。」清錢大昕《韻
補·跋》云：「才老博考古音，以補今音之闕，雖未能益得六書諧聲原本，
而後儒因知援《詩》《易》《楚辭》，以求古音之正，其功已不細。」近人
董同龢云：「我們還有一點要注意的，就是《韻補》只說『通』或『轉入』，
從來沒有談到叶韻，自來以為朱子《詩集傳》叶韻之說本於吳才老的《毛
詩補音》，《補音》今已不傳，無從證明；縱然是，也與《韻補》無關。」
〔註287〕據此，知朱子之前，吳才老或已有「叶韻」之說，而其說當見於
《毛詩補音》，唯因《毛詩本音》已然亡佚，是以其詳不可得知。至於三
經三緯云云，乃朱子用以釋六義之言，《朱子語類》卷八十記載，或問《詩》
六義，注「三經、三緯」之說。曰：「『三經』是賦、比、興，是做詩底
骨子，無詩不有，才無，則不成詩。蓋不是賦，便是比；不是比，便是興。
如〈風〉〈雅〉〈頌〉卻是裏面橫串底，都有賦、比、興，故謂之『三緯』。」
又：「所謂『六義』者，〈風〉〈雅〉〈頌〉乃是樂章之腔調，如言仲呂調、
大石調、越調之類；至比、興、賦，又別：直指其名，直敘其事者，賦也；

〔註282〕《經義考》，卷 108 引。
〔註283〕詳《四庫全書總目》，「歐陽公《詩本義》」條。
〔註284〕見裴普賢：《歐陽修詩本義研究》，頁 11。東大圖書公司印行。
〔註285〕引文見《四庫全書總目》，「朱子《詩集傳》」條。
〔註286〕陸德明《經典釋文》引沈重「協句」之說，自註：「今謂古人韻緩，不煩改字。」
　　　　　古人韻緩者，古人用韻較今人為寬也。
〔註287〕見董同龢：《漢語音韻學》，頁 240。

本要言其事，而虛用兩句釣起，因而接續去者，興也；引物爲況者，比也。立此六義，非特使人知其聲音之所當，又欲使歌者知作詩之法度也。」此說雖可補《集傳》之不足，然朱升以此而謂朱子說詩「賦比興各得其所」，後世讀者未必皆能同意，蓋《集傳》之解詩，除標注賦、比、興外，又忽而「賦其事以起興」、「比而興」、「賦而興」、「興而比」，甚且「賦而興又比也」，〔註288〕名目之多，使某些讀者茫無適從，亦使三百篇之配置三緯，轉趨複雜，更授人以非議之柄。〔註289〕雖然，朱子之標示詩之作法，也的確讓讀者見出了三百篇的篇法錯綜變化之妙。

（5）明王禕曰：

> 朱子《集傳》，其訓詁多用毛鄭，而叶韻則本吳才老之說。其釋諸經，自謂於《詩》獨無遺憾，當時東萊呂氏有《讀詩記》，最爲精密，朱子實兼取之。〔註290〕

按：毛鄭所處時代近古，其訓詁多有可取之處，尤其是毛《傳》，其訓詁之可信度，正因不斷獲得實物之證驗而逐日提高，〔註291〕朱子作《集傳》，訓詁多用毛鄭當然有其考量。時呂東萊有《呂氏家塾讀詩記》之作，博採諸家，存其名氏，先列訓詁，後陳文義，翦截貫穿，如出一手，有所發明，〔註292〕朱子爲其書作〈序〉云：「一字之訓，一事之義，亦未嘗不謹其說之所自。」〔註293〕而伯恭編《讀詩記》，亦謙稱「多以《集傳》爲據」，雖則其所據者係朱子少時之說，然亦可見朱子《集傳》與東萊《讀詩記》當互有取益，王禕謂「《讀詩記》最爲精密，朱子實兼取之」，語焉不詳。

（6）清尤侗謂朱子所言淫詩淫詞之說無理，其言曰：

> 《詩》三百，以思無邪蔽之，安有盡收淫詞之理？即詩有美刺，以

〔註288〕《詩集傳》標注「賦其事以起興」者，如〈魯頌·泮水〉前三章，「比而興」如〈下泉〉及〈衛風·氓〉之第三章，「賦而興」如〈王風·黍離〉、〈鄭風·野有蔓草〉……，「興而比」如〈周南·漢廣〉、〈唐風·椒聊〉……等，「賦而興又比」如〈小雅·頍弁〉。

〔註289〕據今人裴普賢之研究，《詩集傳》之興式六項，大有可議之處，詳見裴著《詩經研讀指導》（東大圖書公司印行）中〈詩經興義的歷史發展〉一篇。

〔註290〕見朱彝尊：《經義考》，卷108引。

〔註291〕詳見黃永武：〈怎樣讀詩經〉，收於孔孟學會主編：《詩經研究論集》。

〔註292〕參閱陳振孫：《直齋書錄解題》，卷2。

〔註293〕見朱子：〈讀詩記後序〉。

為刺淫可矣，不應取淫人之詩也。〔註294〕

按：「思無邪」本〈魯頌‧駉〉之詩詞，孔子借以評論《詩》三百篇，謂：「《詩》三百，一言以蔽之，曰：思無邪。」〔註295〕以為凡詩皆出於詩人性情之正。《史記‧屈原賈生列傳》曰：「〈國風〉好色而不淫，〈小雅〉怨誹而不亂。」亦謂詩歸於性情之正。尤侗以「思無邪」之語，斥朱子淫詞之說為非，這大概也是多數人難以接受朱子淫詩說的原因之一。考朱子常以〈國風〉之情詩為淫詩，此則本章第三節多已質疑，茲不贅。影響所及，朱子之後學如王柏者，竟以淫詩非孔子教本所原有，而力主刪除淫詩，〔註296〕所幸其主張未成事實，否則《詩經》難逃浩劫。根據學者統計，朱子斥為淫男之詩者四篇，淫女之詩十二篇，淫男兼淫女之詩十二篇，〔註297〕皆與朱子自謂「凡《詩》之所謂風者，多出於里巷歌謠之作，所謂男女相與詠歌，各言其情者也」之說相觸，〔註298〕其淫詩云云，實亦不必深信，而尤氏所謂「刺淫」者，亦陷於《詩》教窠臼，不足以駁斥朱子「淫人自作詩」之說。

(7)《四庫全書總目》著錄「《詩集傳》八卷」曰：

宋朱子撰。《宋志》作二十卷。今本八卷，蓋坊刻所併。……凡呂祖謙《讀詩記》所稱朱氏曰者，皆其初藁，其說全宗〈小序〉，後乃改從鄭樵之說，是為今本。卷首〈自序〉作於淳熙四年，中無一語斥〈小序〉，蓋猶初藁，《序》末稱時方輯《詩傳》，是其証也。其注《孟子》以〈柏舟〉為仁人，作〈白鹿洞賦〉以〈子衿〉為刺學校之廢，〈周頌‧豐年〉篇〈小序〉，《辨說》極言其誤，而《集傳》乃仍用〈小序〉說，前後不符，亦舊藁之刪改未盡者也。楊慎《丹鉛錄》謂文公因呂成公太尊〈小序〉，遂盡變其說，雖意度之詞，或亦不無所因歟？自是以後，說《詩》者遂分攻《序》、宗《序》兩家，角立

〔註294〕見朱彝尊：《經義考》，卷108引。
〔註295〕見《論語‧為政》。
〔註296〕詳見程元敏：《王柏之詩經學》，台灣大學中文研究所1967年碩士論文，嘉新水泥公司文化基金會出版。
〔註297〕見趙制陽：《詩經賦比興綜論》，頁53。新竹楓城出版社印行。按：筆者以為，《詩集傳》所定之淫詩，假若我們不要自行對詩中涉及的人物情事作出過度的道德判斷，《詩經》中合乎朱子所謂淫詩的充其量也不過23篇，詳拙著《朱子詩經學新探》，頁76～85，台北五南圖書出版公司印行。
〔註298〕引文見《詩集傳‧序》。

相爭，而終不能以偏廢。……舊本附《詩序辨説》於後，近時刊本皆刪去。……〔註299〕

按：《呂祖謙讀詩記》所引朱子曰之説，全宗〈小序〉，與今本《集傳》不合，而《朱子語類》云：「《詩序》實不足信。向見鄭漁仲有《詩辨妄》，力詆《詩序》，其間言語太甚，以爲皆是村野妄人所作。始亦疑之，後來子細看一兩篇，因質之《史記》、《國語》，然後知《詩序》之果不足信。」〔註300〕朱子於《讀詩記・後序》又云：「此書所謂朱氏者，實熹少時淺陋之説，而伯恭父誤有取焉。」觀此可知《提要》以爲朱子注《詩》兩易其稿，舊稿宗〈小序〉，後乃改從鄭樵之説云云者，洵然不誤。黃震亦云：「晦庵因鄭公之説，盡去美刺，探求古始。其説頗驚俗，雖東萊不能無疑。」〔註301〕然朱子雖以爲「〈小序〉漢儒所作，有可信處絕少」，〔註302〕畢竟仍不願全然排斥《詩序》，其《詩集傳》中，用《詩序》之説或用《序》意之詩者，〈國風〉計有八十九篇，〈小雅〉計有二十三篇，〈大雅〉計有十七篇，三〈頌〉計有十四篇，〔註303〕此亦可見朱子於《詩序》之取捨，實持審慎之態度。《提要》及所引楊慎《丹鉛錄》之説，以爲朱子新舊詩説之轉變，或與呂伯恭太尊〈小序〉有關，此則非平允之論，蓋朱子於淳熙 5 年（1178）〈答呂伯恭書〉中，已斥及〈小序〉之誤，此後至 8 年伯恭卒以前，朱子又屢與伯恭討論〈小序〉得失及雅鄭之義，斯時早已奠立新説之格局，不待與伯恭爭勝負，激而盡變其説，〔註304〕故吾人毋寧相信朱子所自言，其後期《詩》説係受鄭樵之影響。

（8）姚際恆《詩經通論》以爲朱《傳》「陽違《序》而陰從之」，其言曰：

自宋晁説之、程泰之、鄭漁仲皆起而排之（按：指排斥《詩序》），而朱仲晦亦承焉，作爲《辨説》，力詆《序》之妄，由是自爲《集傳》，得以肆然行其説；而時復陽違《序》而陰從之，而且違其所是，從其所非焉。武斷自用，尤足惑世。……嗟乎，以遵《集傳》之故而至于廢經，《集傳》本以釋經而使人至于廢經，其始念亦不及此，爲

〔註299〕《四庫全書總目》，第 1 冊，卷 15，頁 338〜340。台北藝文印書館印行。
〔註300〕《朱子語類》，第 6 冊，卷 80，頁 2076。
〔註301〕見黃震：《黃氏日抄》，卷 4。
〔註302〕見《朱子語類》，第 6 冊，卷 80，頁 2067。
〔註303〕見何定生：《詩經今論》，頁 223。台灣商務印書館印行。
〔註304〕參閱林惠勝：《朱呂詩序説比較研究》，台大中文研究所民國 1983 年碩士論文。

禍之烈何致若是！〔註305〕

又曰：

> 《集傳》使世人群加指摘者，自無過淫詩一節。其謂淫詩，今亦無事
> 多辨。夫子曰：「鄭聲淫」，聲者，音調之謂；詩者，篇章之謂；迥不
> 相合。……《集傳》每于《序》之實者虛之，貞者淫之。實者虛之，
> 猶可也。貞者淫之，不可也。……《集傳》于其不為淫者而悉以為淫，
> 義反大劣于彼，于是仍使人畔而遵《序》，則為計亦左矣。況其從《序》
> 者十之五，又有外示不從而陰合之者，又有意實不然之而終不能出其
> 範圍者，十之二三。故愚謂遵《序》者莫若《集傳》，蓋深刺其隱也。
> 且其所從者偏取其非，而所違者偏遺其是，更不可解。要而論之，《集
> 傳》只是反《序》中諸詩為淫詩一著耳，其他更無勝《序》處。夫兩
> 書角立，互有得失，則可並存；今如此，則《詩序》固當存，《集傳》
> 直可廢也。《集傳》主淫詩之外，其謬戾處更自不少。……〔註306〕

按：姚氏之論，語多偏激，《集傳》缺失難免，但仍不失為《詩經》學史上
的典範之作。朱子於《集傳》，且自以為無遺恨，〔註307〕而姚氏竟直謂《集
傳》可廢，此意氣用事之言，路人皆知。姚氏之所以力詆《集傳》，恐為急
與《集傳》爭勝，故不能平心靜氣，而出此過激之言。姚氏《通論》於《詩
經》學史上自有其地位，而其評論《集傳》之言，後人需謹慎面對。方玉
潤謂《詩經通論》一書「繁徵遠引，辯論於《序》、《傳》（按：指朱子《詩
集傳》）二者之間，頗有領悟，十得二、三矣。而剖決未精，立論未允，識
微力淺，義少辯多，亦不足以鍼肓而起廢。……」〔註308〕事實上要指出前
人著述的缺失，何患無辭。同樣的，姚氏是否「剖決未精，立論未允，識
微力淺，義少辯多」，讀者亦不需猝然深信。

（9）陳澧《東塾讀書記》謂朱子解經「務求文從字順」，其言曰：

> 《四庫總目提要》云：「朱子從鄭樵之說，不過攻〈小序〉耳。至於
> 詩中訓詁，用毛鄭者居多。」澧案：《朱子語類》云：「文、武以〈天

〔註305〕見姚際恆：《詩經通論》，〈自序〉。
〔註306〕見姚際恆：《詩經通論》，卷前，〈詩經論旨〉。
〔註307〕朱鑑：「先生於《詩傳》，自以為無遺恨，曰：『後世若有揚子雲，必好之矣！』」。
　　　　《詩傳遺說》，卷1。
〔註308〕引文見方玉潤：《詩經原始》，〈自序〉。

保〉以上治内，〈采薇〉以下治外，始於憂勤，終於逸樂。此四句儘
說得好。」（卷八十一）〈小序〉之精善，朱子未嘗不稱述之也。至
於《詩》中訓詁，固多用毛鄭，而其解釋詩意，則有甚得毛義，勝
於鄭《箋》者。如「我心匪鑒，不可以茹」，鄭《箋》云：「鑒之察
形，但知方圓白黑，不能度其真偽，我心匪如是鑒。」此與毛意不
同。下章「我心匪石，不可轉也。我心匪席，不可卷也。」毛《傳》
云：「石雖堅，尚可轉。席雖平，尚可卷。」然則「我心匪鑒，不可
以茹」，毛意當亦以爲鑒尚可茹。朱《傳》云：「我心匪鑒，而不能
度物。」得毛意矣。又如「爰居爰處，爰喪其馬」毛《傳》云：「有
不還者，有亡其馬者。」是毛意以二者皆實有之事。鄭《箋》云：「於
何居乎？於何處乎？於何喪其馬乎？」此亦與毛意不同。朱《傳》
云：「於是居，於是處，於是喪其馬。」得毛意矣。毛《傳》簡約，
鄭《箋》多紆曲。朱《傳》解經，務求文從字順，此經有毛《傳》、
鄭《箋》，必當有朱《傳》也。〔註309〕

按：陳氏以爲朱《傳》有甚得毛義而勝於鄭《箋》者；朱子恢章聖典，羽
翼毛《傳》之功，得陳氏此論而益彰。唯毛《傳》、鄭《箋》於詩之訓詁各
擅勝場，陳氏以毛勝鄭，未必公允，近人傅斯年以鄭勝毛，〔註310〕亦非持
平之論，且朱《傳》亦每採鄭說，如〈關雎〉雎鳩摯鳥，朱子採鄭《箋》
情意深至之說；〈葛覃〉「害澣害否」之句，朱子用鄭《箋》而棄毛《傳》；
此皆陳氏所忽略。故朱子《詩集傳》一書之可與毛《傳》鄭《箋》並懸天
壤，其因當在其本身之價值，非關「甚得毛義，勝於鄭《箋》」。

（10）皮錫瑞《經學歷史》謂《集傳》「自成一家之言」，其言曰：

朱子早年說《詩》，亦主毛鄭，呂祖謙《讀詩記》引朱氏曰，即朱子
早年之說也。後見鄭樵之書，乃將大、小〈序〉別爲一編而辨之，
名《詩序辨說》。其《集傳》亦不主毛鄭，以鄭、衛爲淫詩，且爲淫
人自言。同時陳傳良已疑之，……馬端臨《文獻通考》辨之尤詳，……
是朱子《詩集傳》，宋人已疑之。而朱子作〈白鹿洞賦〉，引〈青衿〉

〔註309〕《東塾讀書記》，頁116～117。北京三聯書店印行。
〔註310〕傅斯年：「鄭康成的《箋》，實在比《故訓傳》好些，凡是《箋》、《傳》不同
的地方，總是《箋》是《傳》非。」詳見《傅斯年全集》，第4冊，頁425～
426

傷學校語，門人疑之而問，朱子答以《序》亦不可廢。是朱子作《集
傳》，不過自成一家之言，非欲後人盡廢古說而從之也。〔註311〕

按：皮氏之論，洵然不誣，朱子說《詩》之態度有前後之不同，然於《序》
說有不可廢之者，終究逕自用之，可見朱子從未有盡廢古說之心。其三傳
弟子王柏乃用其說而議刪淫詩三十二篇，此當非朱子本意。

二、近人之評價

（1）鄭振鐸〈關於詩經研究的重要書籍介紹〉著錄《詩集傳》八卷，謂《集
傳》影響後世極大，其言曰：

此書爲攻擊《毛詩序》的最重要著作，鄭樵、王質、程大昌諸人雖
也努力攻擊《詩序》，但他們的著作或散佚，或流傳不廣，俱無大勢
力，獨熹此書則爲後世童而習之的書，爲後來說《詩》者辯論的焦
點，影響極大。〔註312〕

按：鄭、王、程諸人之書，確實流傳不廣，而朱子之說《詩》則影響後世
甚巨。朱子歿後，《詩集傳》大行，元人之《詩》學，如朱公遷《詩經疏義
會通》二十卷、梁益《詩傳旁通》十五卷，劉瑾《詩傳通釋》二十卷、劉
玉汝《詩纘緒》十八卷、許謙《詩集傳名物鈔》八卷、胡一桂《詩集傳附
錄纂疏》二十卷、羅復《詩集傳音釋》二十卷……等，俱爲疏釋朱《傳》
之書，約唯許倬《詩經疑問》七卷、趙惠《詩辨說》一卷能以己意說《詩》，
朱子於元代《詩》學之浩大勢力，由此可見一斑。明初一仍元代之風，於
朱《傳》極爲崇信。朱善撰有《毛詩解頤》四卷，善爲朱子信徒，《解頤》
亦多用《集傳》之說。胡廣等奉敕撰《詩傳大全》二十卷，以劉瑾《詩傳
通釋》爲藍本，亦以朱子之說爲主。逮季本（撰《詩說解頤》四十卷，並
取漢宋之說）、李先芳（撰《讀詩私記》二卷，多從毛鄭、呂祖謙、嚴粲諸
人之說）、朱鬱儀（撰《詩故》十卷，主漢人《詩》說）、姚舜牧（撰《詩
經疑問》十二卷，折衷毛朱）、張次仲（撰《待軒詩記》八卷，亦爲折衷毛
朱之著作）、何楷（撰《詩經世本古義》三十卷，分詩篇之時次，以史實證
詩）諸人之著作相繼而出，《詩經》學之研究趨向方爲之一變。清代，朱《傳》

〔註311〕見皮錫瑞：《經學歷史》，第 8 篇，〈經學變古時代〉。
〔註312〕見鄭振鐸：〈關於詩經研究的重要書籍介紹〉，收於《小說月報》第 14 卷第 3
號。

勢力稍衰，然朝廷仍以之爲「國定教本」，習之者仍不絕如縷。及至今天，嗜朱書者仍舊極夥，各大學中文系亦常以朱《傳》爲《詩經》教材，凡此皆可見朱子於後世《詩》學之影響既深且遠。〔註313〕

（2）傅斯年撰〈宋朱熹的詩經集傳和詩序辯〉一文，謂朱《傳》之訓詁雖不免粗疏，卻少有「根本誤謬」之病，至於詩義一層，則朱《傳》與《詩序辨說》二書足可自豪，其說曰：

> 朱晦庵的這兩部書（按：指《集傳》與《辨說》），在清代一般漢學家的眼光裡，竟是一文不值了；其實這是很不公允的見解。據我個人偏陋之見，關於《詩經》的著作，還沒有超過他的。先就訓詁而論，訓詁固然不是這部《集傳》的特長，但是世人以爲訓詁最當的毛《傳》，也不見有什麼好處。……宋朝人關於《詩經》的著作，零碎的多，訓詁一層，除朱子的《集傳》外，其他是全無所得的。……朱子這本《集傳》，在訓詁上雖然不免粗疏，卻少有『根本誤謬』的毛病。他既把〈小序〉推翻了，因而故訓一方面也就著實點兒，不穿鑿了。況且朱子在宋儒中，原是學問極博的一個人，他那訓詁，原不是抄襲來的，儘多很確當的地方。……那些繁重的訓詁，大可以不聞不問，還是以速議爲是。朱子這部書，雖然不精博，卻還簡當啊！至於詩義一層，朱子這兩部書眞可自豪了。朱子是推翻《詩序》的，他推翻《詩序》的法子，只以《詩經》的本文證他的不通，這眞可謂卓識了。……朱子這部《集傳》也還有幾分道氣，但是他的特長是：(1) 拿詩的本文講《詩》的本文，不拿反背詩本文的《詩序》講《詩》的本文。(2) 很能闕疑，不把不相干的事實牽合去。(3) 敢說明某某是淫奔詩。就這幾項而論，眞是難能可貴了。……〔註314〕

按：傅氏於朱子《詩》學（尤其是《集傳》）可謂推崇備至。所謂「關於《詩經》的著作，還沒有超過他的」云云，勢必有人不以爲然，但傅氏已明言，此爲其個人之意見，且謂何書最佳云者，本屬見仁見智，故傅氏亦可以作此表示。筆者以爲，以朱子《詩經》學之成就宋代第一，而不以之爲歷代之冠，則說較保守，亦或鮮有人反對。訓詁一層，朱《傳》多有採於毛鄭，

〔註313〕以上參閱《四庫全書總目》、皮錫瑞《經學歷史》、鄭振鐸〈關於詩經研究的重要書籍介紹〉、屈萬里《詩經釋義》、王師靜芝《詩經通釋》等。
〔註314〕見《傅斯年全集》，第4冊，頁425～428。

亦時出己意，更常引眾家之說，故內容極為豐富，此則本編於「《詩集傳》釋詩之例」一節之前已有所敘述，茲不贅。傅氏謂《詩集傳》之訓詁「不精博」，要求或嫌苛，謂朱《傳》「簡當」，則讀朱書者，當不難體認。傅氏又謂「朱子是推翻《詩序》的」，此言有語病，朱子說詩不願受《詩序》束縛，故其詩說每多與《序》說異，然於《序》說之可採者，朱子亦不故意立異，甚且，只要《序》說有片言可取，朱子即不輕言放過，如〈卷耳〉、〈破斧〉，〈伐柯〉、〈九罭〉、〈四牡〉、〈皇皇者華〉、〈采薇〉、〈六月〉、〈吉日〉、〈那〉等篇，朱子皆謂〈首序〉得之，〈後序〉不可信。而〈桃夭〉、〈兔罝〉、〈漢廣〉、〈殷其靁〉、〈凱風〉、〈雄雉〉、〈匏有苦葉〉、〈桑中〉、〈旄丘〉、〈氓〉、〈叔于田〉……等篇，朱子則以為〈首序〉失之，而〈後序〉反可多採。至於《序》說見於《書傳》，然於詩文未有確考，而未詳是否者，朱子則姑從《詩序》，如〈綠衣〉、〈燕燕〉、〈日月〉、〈終風〉、〈式微〉……等篇皆是。若《書傳》、經文俱無可考，則闕疑之，不敢強作解人，如〈芄蘭〉、〈椒聊〉、〈蒹葭〉、〈節南山〉……等篇，朱子皆表示不知所謂，不敢強解。〔註315〕由是可知，朱子面對《詩序》之態度為「是則是之，非則非之」，絕非故意立異以求高。傅氏之言，一若凡《詩序》所說，朱子一概排斥之，此則與朱子說《詩》之態度不合。傅氏又以「敢說明某某是淫奔詩」為朱子說《詩》之特長，實則朱子以道學家立場說《詩》，故於〈遵大路〉、〈丰〉、〈風雨〉、〈子衿〉、〈東方之日〉……等「或訴相思、或寫幽會、或敘傾心」之詩謠，〔註316〕皆目為淫奔之詩，又以為詩之「善者可以感發人之善心，惡者可以懲創人之逸志」，又以為「彼雖以有邪之思作之，而我以無邪之思讀之」，可見朱子信奉《詩》教與漢儒並無二致。要之，朱子目情詩為淫詩，此為其說《詩》之一鮮明特點，謂為難能可貴，恐見仁見智。

（3）何定生〈詩經的解釋問題發凡〉一文以為朱子能言漢人所不能言，於《詩》之世次，尤具客觀精神，其言曰：

> 朱子於《詩經》的解釋，除廢《序》和去美刺二事直接受鄭樵的影響外，其對〈風〉、〈雅〉、〈頌〉也以「歌」「樂」來分類，如以〈國風〉為「民俗歌謠」而「列於學官」，以正〈小雅〉為「燕饗之樂」，正〈大雅〉為「朝會之樂，受釐陳戒之辭」，變〈雅〉則「事未必同，

〔註315〕詳朱子：《詩序辨說》。
〔註316〕語見華師仲麔：《中國文學史論》，頁48。台灣開明書店印行。

而各以其聲附之」（《集傳》）。作《集傳》後二十年，他說得更清楚。他說：「〈風〉則閭巷、風土、男女、情思之詞；〈雅〉則燕享、朝會、公卿、大夫之作；〈頌〉則鬼神、宗廟、祭祀、歌舞之樂。」（王柏《詩疑》引）這也是漢人所不能言的地方。……朱子對於《詩》的世次，最具客觀精神，他一點都不遷就。他這個態度，也剛好和毛鄭成一個強烈的對比，這也是他所以優於毛鄭的地方。又朱子解《詩》，懂就懂，不懂就不懂，他從不勉強解釋，所以《集傳》中常有「未詳」或「不敢強解」一類的話。〔註317〕

按：朱子釋「風」、「雅」，說較《詩序》具體，以詞氣、音節之不同區分大、小〈雅〉，尤勝於《詩序》之說，而其釋「頌」則一依《詩序》之說，殊無新見，此皆茲編前已論述，茲不贅。〈大序〉既以〈頌〉爲「美盛德之形容，以其我功告於神明」，則當知〈頌〉乃「鬼神、宗廟、祭祀、歌舞之樂」，未必如何氏所云不能言。至於《詩》之世次，則朱子具客觀之精神，如〈昊天之成命〉，《集傳》以爲乃祀成王之詩，說較毛鄭之說爲優，然〈執競〉之詩，朱子以爲祭武王、成王、康王，其說則尚待商榷，此皆本編前已論及者。又《集傳》常有「未詳」或「不敢強解」之語，此正孔子所謂「知之爲知之，不知爲不知」，荀子所謂「知之曰知之，不知曰不知；內不自以誣，外不自以欺」、「言而當，知也；默而當，亦知也」之爲學精神，〔註318〕朱子實可謂一智者。

（4）熊師翰叔撰〈孔子詩教與後世詩傳〉一文，中有「朱子《詩集傳》」一節，謂朱《傳》「雖不能絕無得失，而其廓然從善之公心，與夫後世輕生，門戶自堅者，迥不侔矣」，其言曰：

自漢以後，經學宗康成，說《詩》者莫不主鄭《箋》。自宋以後，經學宗晦庵，說《詩》者莫不從朱《傳》。鄭《箋》宗毛者也，而間用三家說。朱《傳》不宗毛者也，而亦間用三家說，明三家義，固有所長也。……惟其不囿於舊聞，不偏主一家，惟一是之求，故其所撰《詩集傳》，雖不能絕無得失，而其廓然從善之公心，與夫後世經生，門戶自堅者，迥不侔矣！其兼用三家者，亦惟其是焉耳！孰謂其逞胸臆以說經耶？其於毛《傳》、《詩序》，辯之不可謂不力矣，然

〔註317〕何定生〈詩經的解釋問題發凡〉一文，收於何著《詩經今論》一書。
〔註318〕引文見《論語·爲政》、《荀子·儒效》、〈非十二子〉。

《集傳》中引舊說云云者，亦多矣，《序》之是者，抑未使不之用也。
至於名物訓詁大都出於毛鄭，更無論已。故夫說經，而備主一家，
囿於舊聞，皆未離夫末師專己守殘之陋者也！……〔註319〕

按：此言頗爲公允，朱子說《詩》，固不能無失，而不囿於舊聞，不偏主一
家，惟一是之求，乃其最大之特長。朱子說經，初非有意與毛鄭立異，特
欲與學者，相鶩於厭餌自得，以歸於一是而已，其後王應麟《詩考》之作，
即以紹成朱子之志，此所以熊師又云：「朱子《詩集傳》，所取博矣，《儀禮》
也，《左傳》也，《國語》也，《楚辭》也，劉向、匡衡諸家也。王氏（按：
指王應麟）亦既歷歷著於篇矣。至如三家，又漢世所謂專門之學，故尤珍
焉，降及後世，如范家相、馮登府，以至陳喬樅之倫，摭拾乃益加宏富焉，
皮鹿門以爲未始非朱子先路之導，允矣。」摭拾三家之學，既以朱子爲先
導，則朱子於《詩經》學史上之意義與地位實不容輕易否決。

（5）錢穆於〈朱子之詩學〉一文，謂「朱子之《詩》學，應有與東萊交游之
影響存在，亦不煩深論可知」，其言曰：

朱子之《詩集傳》，其最先用意，亦猶於《論》《孟》之有《集注》。
初不過兼綜眾說，期於融會以定一是。其後乃益不信《詩序》，見解
變而書之體例亦不得不隨而變。就今本《詩集傳》觀之，已不見其
先爲《集傳》之痕迹，實乃朱子一家之言。而《集傳》舊名仍而不
革，後人亦可因此想像朱子最先草創此書之用意，與《東萊讀詩記》
本相彷彿，而朱子之《詩》學，應有與東萊交游之影響存在，亦不
煩深論可知。〔註320〕

按：朱子之《詩》學集眾家之長，成一家之言，錢氏之論誠是。錢氏又謂
「朱子之《詩》學，應有與東萊交游之影響存在」，此言亦確切不移。朱
子與伯恭二人之關係，實亦敵亦友，〔註321〕初，朱子有感於「近世道學
衰息，售僞假眞之說肆行而莫之禁」，而伯恭之故里婺中，刻有「無垢《日
新》之書，尤誕幻無根，甚可怪也」，〔註322〕於是移書伯恭，思有以救之。

〔註319〕詳孔孟學會主編：《詩經研究論集》，頁9～12。
〔註320〕見錢穆：《朱子新學案》，第4冊，頁73～74。
〔註321〕徐復觀有〈痛悼吾敵，痛悼吾友〉一文，收於徐著《徐復觀雜文——憶往事》
　　　　一書（時報出版社公司印行），此處借用其語，謂朱、呂二人亦敵亦友。
〔註322〕引文見《朱文公文集》，卷33。

其後朱子又書斥伯恭門下，且疑伯恭或有縱容之嫌，其言曰：「卻聞門下多得文士之有時名者，其議論乖僻，流聞四方，大爲學者心術之害，使人憂歎不自已，不知亦嘗摘其邪僞否？……」〔註323〕伯恭答以「吾道本無對，非下與世俗較勝負者也」、「詳觀來諭，激楊振厲，頗乏廣大溫潤氣象。若立敵較勝負者，頗似未弘」云云，〔註324〕朱子則又於〈答呂伯恭書〉中云：「夫道固無對者也，然其中卻著不得許多異端邪說，直須一一剔撥出，方曉然見得箇純粹底無對之道。若和泥合水，便只著箇無對包了，竊恐此無對中，卻多藏得病痛也。……」〔註325〕總之，朱、呂、二人於學問之道，有不同之見地，每於書信之往返中反覆辯論，詩學亦不例外。朱子〈答呂伯恭〉有云：「熹所集解，當時亦甚詳備。後以意定，所餘才此。然爲舊說牽制，不滿意處極多。比欲修正，又苦別無稽援，此事終累人也。」〔註326〕另一書云：「〈小序〉盡出後人臆度，若不脫此窠臼，終無緣得正當。去年略修舊說，訂正爲多。尙根未能盡去，得失相半，不成完書耳。」〔註327〕另一書云：「《詩說》昨已附〈小雅〉後二冊去矣。〈小序〉之說，未容以一言定，更俟來誨，卻得反覆。區區之意，已是不敢十分放手。前諭未極，更須有說話，卻望子細一一垂諭，更容考究爲如何。逐旋批示，尤幸。并得之，卻難看。」〔註328〕由文辭觀之，朱子似以東萊爲友，然又明白指出〈小序〉不可信，自恨不能盡去，言下之意，自不以東萊多依《序》說爲然，此似又以之爲敵也。淳熙6年（1179）3月，伯恭以病告歸，乃抱病復修《讀詩記》，速度甚緩，時伯恭有〈答朱晦翁書〉云：「某近日看書極少，每早飯後，卻不復繙閱，如《詩》方整頓到〈車攻〉。蓋每日只理會一章、兩章，可見甚少也。」〔註329〕非摯友，不爲此書，而朱子乃直斥「讀《詩》諸說，乃是〈詩小序〉說，非是《詩》說」，〔註330〕可見朱、呂二人確亦敵亦友。朱子又有〈答呂伯恭〉之書云：「向來所論《詩序》之說，不知後來尊意看得如何？『雅』、『鄭』二字，『雅』恐便

〔註323〕《朱文公文集》，卷33。
〔註324〕《東萊呂太史別集》，卷7，〈與呂侍講〉。
〔註325〕《朱文公文集》，卷33。
〔註326〕《朱文公文集》，卷33。
〔註327〕《朱文公文集》，卷34。
〔註328〕《朱文公文集》，卷34。
〔註329〕見《東萊呂太史別集》，卷7。
〔註330〕見《朱文公文集》，卷47。

是大〈小雅〉,『鄭』恐便是〈鄭風〉,不應概以〈風〉爲〈雅〉,又於〈鄭風〉之外別求鄭聲也。聖人刪錄,取其善者以爲法,存其惡者以爲戒,無非教者,豈必滅其籍哉!看此意思,甚覺通達,無所滯礙,氣象亦自公平正大,無許多回互費力處,不審高明竟以爲如何?」〔註 331〕然伯恭終究未採朱子之說,兩人意見終不能合。〔註 332〕由上所述,知朱子之《詩》學應有與東萊交游之影響存在,錢氏之言誠然不虛。

(6) 華師仲麐於〈詩義述聞〉一文中,謂朱《傳》能「面對事實,以意逆志,較之舊說,實有足多」,華師之言曰:

> ……厥後朱熹《集傳》大行,亦如魏晉迄於隋唐的毛鄭權威一樣,因朱《傳》之辨章詩義,確能面對事實,以意逆志,較之舊說,實有足多,故能歷元、明、清三朝而獨盛。」〔註 333〕

按:《毛詩》之學,在西京時,其傳不廣,至東漢而日顯,鄭玄箋釋《毛詩》之後,《毛詩》乃大行,而三家漸趨式微。漢末至唐,七百年來,毛鄭之學定於一尊,說《詩》者鮮不以毛鄭爲宗。宋人偏於義理,勇於疑古,毛鄭家法爲之中衰,朱子《詩》學代之而起,元明兩代,幾爲朱學之天下。華師謂朱《傳》歷元、明、清三朝而獨盛,然而,清初說《詩》者,多不專主一家,康熙以後,漢學逐漸復興,其後尊漢學,攻宋學,蔚爲風尚,直至清末,趨勢未變,〔註 334〕故華師以清朝朱學仍獨盛,說或不免抬高朱學之勢力,有鑑於此,故其又補充說明曰:「有清一代學人,又多能獨抒己見,不傍門檻,在樸學風行,實事求是的研究態度中,說《詩》名著極夥;宗毛而功深者,如胡承珙的《毛詩後箋》,陳碩甫之《詩毛氏傳疏》。兼申毛鄭,又不囿於門戶之見者,如戴東原之《毛鄭詩考證》,馬端辰之《毛詩傳箋通釋》。考求三家者,如魏源的《詩古微》、陳喬樅的《三家詩遺說考》、王先謙之《詩三家義集疏》。其他如崑山顧氏(《日知錄》)、吳縣惠氏(《九經古文》)、高郵王氏(《經義述聞》),雖不是專書,都各有其精闢的見地,他們其所以能有此開明成績,在研究態度上,朱子實有啟導之功。」可見清儒之《詩》學,實不囿於漢宋,若謂《集傳》能歷元、明兩朝而獨盛,

---

〔註 331〕見《朱文公文集》,卷 34。
〔註 332〕參閱錢穆:《朱子新學案》,頁 76。
〔註 333〕見孔孟學會主編:《詩經研究論集》,頁 89。
〔註 334〕參閱屈萬里:《詩經釋義》,敘論。

較爲合乎史實。

（7）日人本田成之《中國經學史》不以朱子既斥《序》又用《序》說爲然，
　　　其言曰：

> 朱子起初雖信毛鄭，然後來贊成鄭樵之說，作《詩集傳》時，把大、
> 小〈序〉別爲一篇，而作《詩序辨說》。……後朱子作〈白鹿洞賦〉
> 時，引用所謂淫詩中的〈青衿〉，取了《詩序》傷學校之說，門人有
> 質之者，朱子則說「《序》亦不可廢」，一旦斥《詩序》，因習難忘又
> 使用之。年老的人多是如斯。〔註335〕

按：朱子反對說詩一依《序》說，故其《詩集傳》依《序》說者雖多，獨
出新意者亦復不尠；《詩序辨說》亦唯《詩序》之不可信者辨，於《序》說
之可採者，固無故意立異之心。因朱子於《詩序》之取捨異常審愼，故其
弟子輔廣贊之曰：「（朱子）解釋經義，工夫至矣。必盡取諸儒之說，一一
細研。窮一言之善，無有或遺；一字之差，無有能遁。」〔註336〕朱子之辨
章《詩序》，本非爲求異爭勝，其作〈白鹿洞賦〉，既以〈子衿〉舊說適用
於賦文，何以不能取之？本田成之謂朱斥《序》又用《序》，乃因老耄使然，
此論殊不可信。

三、小　結

　　朱子一代大儒，其學術之總體成就早經肯定，毋庸贅述。基本上，多數
人可以同意，在經學的研究成果上，朱子注經、釋經成就無論在規模、質量
上，還是在影響、效應上，都少有學者能出其右。〔註337〕
　　《毛詩》之學，自鄭《箋》行世之後，三家乃漸式微，自孔氏《正義》
問世之後，毛《傳》鄭《箋》，更是定於一尊。宋人勇於疑古，歐陽修、蘇轍
等名儒俱有《詩經》學之新見，風氣一開，舊有之束縛乃逐漸解脫，王質、
鄭樵、程大昌時出新穎之見解，朱子適逢際會，所著《集傳》既集眾家之長，
又能成一家之言，《詩序辨說》復力排《詩序》，導致毛鄭勢力幾全崩潰。其
後朱子《詩集傳》被明清兩朝列爲國定教材，於是朱子《詩》學之勢力不亞

〔註335〕見本田成之：《中國經學史》，頁250～251。廣文書局印行。
〔註336〕見輔廣：《詩童子問》，卷首。
〔註337〕陳治國：〈2006：詮釋學與中國〉，洪漢鼎、傅永軍主編：《中國詮釋學》，第
　　　　　五輯，頁375。山東人民出版社印行。

於毛鄭。

　　朱子說《詩》，不以先儒之訓釋爲金科玉律，然亦不似鄭樵者流，必去毛鄭而後快。朱子以爲「〈大序〉亦未必聖人作，〈小序〉更不須說。他做〈小序〉，不會寬說，每篇便求一個事實塡塞了。他有尋得著底，猶自可通，不然，便與詩相礙」，〔註338〕雖然，《詩序》之有誤，而卻有一二可採者，朱子亦不輕易放過，如〈關雎〉、〈葛覃〉、〈螽斯〉……等詩皆然。抑有進者，《序》說見於書傳，而於詩文未能確考者，朱子亦「姑從《詩序》」，而不另立新說，如〈綠衣〉、〈燕燕〉、〈日月〉……諸詩皆然。凡此皆可見朱子之尊重《序》說，此一是非分明之態度，實非一般鑿空立說者所可相提並論。

　　朱子論詩之所以作、所以教，皆立論正確，所提示之學《詩》法歸本於心性義理，立論尤其正大。以〈國風〉「多出於里巷歌謠之作」，也頗爲後人認同。此一概念已然糾正前人以爲〈國風〉諸詩其始皆含政論諫書作用之觀念，蓋民歌旨在唱出人民之生活與感情，政教之層面原非人民所能顧及。此後，研習《詩經》學者，對於詩義之詮釋確實有所劇變，此則朱子確有先導之功。

　　朱子之釋大小〈雅〉，亦較〈詩大序〉之說爲具體明確，釋〈頌〉則採《序》說，並無特殊見解。釋賦、釋比、釋興，亦皆扼要明白，兼且每篇逐章標示作法，實較毛鄭細膩。

　　然而，朱子說《詩》雖頗具卓見，然以其爲一道學家、教育家，故解《詩》亦每每與其主張抵觸。如朱子雖有〈國風〉乃民俗歌謠之認識，然解讀詩篇仍優先考慮《詩序》之說，而將詩篇歸結至王道之政論，二〈南〉尤其顯著，當然，身爲以《詩》說教者，朱子這樣的詮釋調性，我們可以理解，但假若詩旨方面的判讀多謹守《序》義，這似乎又表示其未曾眞以民謠視〈國風〉。至少，朱子在理論層次與操作上的結果的確出現了這樣的矛盾現象。又如以〈國風〉之情詩爲淫詩，亦拘於禮教之束縛，而不顧民歌之性質，此雖有其教學上之考量，但難免引發後人爭議。至於大量採用叶韻說，則爲朱子不明古音學之表現，致使「凡字皆無正呼，凡詩皆無正字」（明焦竑語），這是朱子最受後人非議之處。

　　總之，朱子頗能掙脫毛鄭舊說，直探討人本旨，雖其疏漏難免，要亦不失爲宋人說《詩》第一家；且其《詩》學前有所承，後有所啓，成就固高，

〔註338〕引文見《朱子語類》，卷80。

影響尤深，若以之與毛鄭並懸天地，實無不宜。〔註339〕

〔註339〕關於朱子《詩經》學之討論與說明，可另參筆者《朱子詩經學新探》一書，
　　　　台北五南圖書出版公司 2002 年印行。

第七章　嚴粲之《詩經》學

第一節　嚴粲（1197～？）傳略

　　在宋代的《詩經》學著作中，嚴粲的《詩緝》因為重視溫柔敦厚的《詩》教且篤守《詩序》首句，[註1] 而被歸置於舊派的說《詩》陣營中，但在守舊的大原則中，嚴粲又不斷在幾個重要的《詩經》學基本問題與說詩的方式、內容中推陳出新，於是我們可以稱其為宋代《詩經》學中「舊中帶新」的一派。[註2]

　　嚴粲，字坦叔，一字明卿，號明谷，南宋福建邵武莒溪人。[註3] 嘉定16年（1223）登進士第後，官授全州清湘令之職。根據《南宋文範・作者考》，嚴粲為宋代詩學理論大家嚴羽之族弟。[註4] 嚴粲不但與嚴羽同為宗室之俊彥，其先祖亦為歷史上重要之人物。無論是漢代遠祖君平，抑或唐代宗時與詩聖杜甫情誼甚篤的四川劍南節度使嚴武，均為嚴粲歷代先祖之碩彥，[註5] 嚴氏家

〔註1〕嚴粲名篇題之下一語為「首序」，其下申說之語為「後序」，並以前者為國史所題，後者乃說《詩》者之辭。〈詩緝條例〉，《詩緝》，頁6。台北廣文書局印行。按：本文所用《詩緝》為廣文書局影印黃梅胡今予先生家藏明嘉靖間趙府味經堂刻本，爾後引述嚴文儘量僅在原文之後註明卷數頁數，不另立註解。

〔註2〕戴維：「嚴粲是屬於尊序的呂祖謙一派的。他的《詩緝》也是在呂氏《讀詩記》的基礎上，匯集諸家善說，再參之己意而成的。他也確實能在諸多舊說中，或擇善而從，或翻出新義。」《詩經研究史》，頁384。長沙市湖南教育出版社印行。

〔註3〕李清馥：《閩中理學淵源考》，《四庫全書》，頁140。台灣商務印書館印行。

〔註4〕莊仲方編：《南宋文範》，頁22。台北鼎文書局印行。

〔註5〕許志剛：〈嚴羽家世考〉，《遼寧大學學報》，頁82。第138期。

族自西蜀避居南閩之後，其族亦承其家風，於宋理宗時爲邵武地區詩家之盛者。
其群從兄弟嚴羽、嚴仁、嚴參、嚴蕭、嚴嶽、嚴必振、嚴必大、嚴奇與嚴若鳳
等九人俱有詩名。然而在嚴粲群從兄弟之中，唯嚴粲一人曾登進士第而任官，
且以經學傳世。《重纂邵武府志・儒林傳・邵武縣》即云：「嚴氏有群從九人，
皆能詩，惟粲以經學傳。」〔註6〕至於嚴粲的人格特質，史籍著墨不多，我們
僅能從與嚴粲交友甚篤的戴復古〈祝二嚴〉詩中，窺其卓爾不群的人品。〔註7〕
嚴粲好友袁甫於〈贈嚴坦叔序〉中如此高度讚揚嚴粲人格特質：

> 坦叔抱負才業，有志當世，以余目耳所睹記，才如坦叔蓋寡。坦叔
> 有詩名，寓意推敲，細入毫髮，似非磊落度越繩墨者。及遇事，挺
> 身直前，勇無與抗。喜接雄豪士，握手吐心肝，相期功名，人亦樂
> 與共事。余每與語，深知其志向必不虛爲一世人。善謀能斷、密而
> 通、敏而耐。坦叔之才，其細龐易劇，無施不宜者歟？〔註8〕

至於嚴粲的交遊情形，我們也僅能從他與友人之往來書信或詩作中窺知一
二。在嚴粲的交遊中，大抵以戴復古、林希逸、張輯及袁甫四人爲主。戴復
古，名式之，號石屏，著有《石屏集》。《重纂邵武府志》卷十五謂戴復古「有
學行」，工擅於詩，且與郡人嚴羽、嚴粲相善。〔註9〕袁甫與嚴粲三年同僚爲
官，其於〈贈坦叔序〉嘗謂嚴粲不但人品坦然磊落，遇事挺身直前，勇無與
抗，且嚴粲於同朝期間之助，不可縷數。《詩緝》爲嚴粲經學之重要著作，林
希逸非但得窺其全而爲之撰〈序〉，且得見其五言七言詩舊稿；倘若非交友甚
篤者，實難爲之。〔註10〕而在《華谷集》中題及與粲交遊之人者，則以張輯
居多。《華谷集》之〈月夜與張輯論詩〉、〈憶張輯〉、〈送張輯游宣城〉、〈寄張
輯〉及〈張輯馮去非話別〉等詩中，〔註11〕就充分流露出了兩人深篤的情誼。

嚴粲之著作計有兩種：《華谷集》一卷、《詩緝》三十六卷。前者爲詩學

〔註6〕 王琛等修，張景祈等纂：《重纂邵武府志》，頁4。台北成文出版社印行。
〔註7〕 張繼定：〈嚴羽戴復古異同論〉，《浙江師大學報》，頁39。第26卷第5期。
〔註8〕 袁甫：《蒙齋集》，卷11，《四庫全書》，頁466。台灣商務印書館印行。
〔註9〕 《重纂邵武府志》，頁26。另從戴復古之〈祝二嚴〉及嚴粲《華谷集》之〈李
　　　 貫攜詩卷見訪貫與嚴滄浪游〉二詩中，可見嚴粲與戴復古私交之篤。二詩詳戴
　　　 復古：《石屏續集》，收錄於陳思編，陳世隆補：《兩宋名賢小集》，卷273，見
　　　 《四庫全書》，集部，第303冊，頁214。嚴粲：《華谷集》，收錄於《兩宋名賢
　　　 小集》，卷329，《四庫全書》，集部，第303冊，頁589。台灣商務印書館印行。
〔註10〕林希逸：〈嚴氏詩緝序〉，嚴粲：《詩緝》，頁1。
〔註11〕《四庫全書》，集部，第303冊，頁583～588。台灣商務印書館印行。

之著，而後者則爲經學之作。嚴粲宗族多以詩聞名，唯粲以經學名傳於世。三十六卷之《詩緝》實爲宋代《詩經》學的重要著作之一。

嚴粲除以經學傳世之外，在當年亦有詩名，與嚴羽、葉紹翁、林希逸等皆爲宋代閩籍重要之江湖派詩人。〔註12〕嚴粲之詩大抵師學杜甫，戴復古〈祝二嚴〉詩即云：「粲也苦吟身，束之以簪組，遍參諸家體，終乃詩杜甫。」林希逸〈詩緝序〉謂華谷嚴君坦叔「早有詩名江湖間」，其五七言詩「幽深夭矯，意具言外」、「窮諸家閫奧而獨得風雅餘味」，〔註13〕《重纂邵武府志·儒林傳·邵武縣》亦認爲嚴粲善爲詩，清迥絕俗，與羽爲群從兄弟而異曲同工。〔註14〕《宋百家詩存》評曰「其詩清迥，脫去季宋翕膩之習」。〔註15〕《詩緝》引人注目的成績之一在以文學角度釋詩上面，〔註16〕這跟嚴粲本身的文學素養應該也有某種程度的關係。〔註17〕

第二節　嚴粲《詩緝》的解經態度與方法

《詩緝》一書，《經義考》作《詩輯》，輯爲緝之誤。所以名爲《詩緝》者，緝諸家《詩》說也。是書撰寫之緣起，嚴氏〈自序〉曰：「二兒初爲〈周南〉、〈召南〉，受東萊義，誦之不能習，余爲緝諸家說，句析其訓，章括其旨，使人瞭然易見。既而友朋訓其子若弟者，競相傳寫之，困於筆劃，胥命鋟之木，此書便童習耳。」此書纂集諸家說以發明之，其成績爲後人所重視。嚴氏自述是書之條例曰：「集諸家之爲《詩緝》，舊說已善者，不必求異；有所

〔註12〕 陳慶元：〈劉克莊和閩籍江湖派詩人〉，《福州師專學報》，頁 28～29。第 15 卷第 2 期。

〔註13〕 〈嚴氏詩緝序〉，《詩緝》，頁 1。

〔註14〕 《重纂邵武府志》，頁 4。

〔註15〕 曹庭棟編：《宋百家詩存》，《四庫全書》，集部，第 416 冊，頁 882。台灣商務印書館印行。

〔註16〕 洪湛侯：「從文學角度說詩，在宋代的《詩經》學者中，嚴粲是比較突出的一位。嚴粲《詩緝》論《詩》，謹守《詩序》首句，採取傳統說法的比較多。但他擅長五七言詩，因而在解詩的時候，常常能體會到詩人的言外之意，得其神韻。」《詩經學史》，頁 407。北京中華書局印行。

〔註17〕 當然也有人不能認同嚴粲的詩作，如清人王士禎就獨排眾論，認爲《華谷集》「氣格卑弱」：「宋嚴粲坦叔《華谷詩集》一卷，氣格卑弱，類晚唐之靡靡者，一二絕句稍有可觀。……又稱其五七言幽深夭矯，意具言外，觀此集殆不然也。」詳王士禎：《居易錄》，《四庫全書》，子部，第 175 冊，頁 326。台灣商務印書館印行。

未安，乃參以己說，要在以意逆志，優而柔之，以求吟詠之情性而已。字訓句義，插注經文之下，以著所從，乃錯綜新舊說以爲章旨，順經文而點掇之，使詩人紆餘涵泳之趣，一見可了，以便家之童習耳。」「經文及章旨並作大字。」「字訓句義，及有所發明，並作小注。以經文爲先後，說雖異而可取者，附注焉。」「小注毛氏稱傳，鄭氏稱牋。序注元不著姓氏者，皆鄭氏說，今併稱牋。鄭氏《詩譜》稱譜，孔氏稱疏，《爾雅》稱其篇第（如〈釋鳥〉、〈釋草〉之類），《爾雅・疏》稱釋，諸家稱氏。」「凡草木蟲魚之類，舊一說分明者，先著之；其辭繁，及說不一者，稱曰以斷之。」「所引諸家諸書皆稱曰，其諸家諸書所引則稱云。」「經文音釋注本句之下，諸諸說音釋附本說之下。」「直音多假借，以便初學，不拘本韻。其切字以溫公切韻指掌圖正之。」「凡上聲濁音讀如去聲，俗聲作上聲清音，非。」「釋文有音切不和者，今以韻書爲定。」「凡音不言下同者，省文也。（一詩內皆同）下文音不同者別出。」「古注音義不同者，先著所從，其不從者附見之。」「題下一句，國史所題，爲首序。首下說詩者之辭，爲後序。」「別詩及他書字訓與本詩字訓同者，直引以相證，不復著語（如〈蓼蓼者莪〉直引「蓼彼蕭斯」）。」

此書體例完整，又時出己意，故頗獲好評。林希逸曰：「《詩緝》其鉤貫根葉，疏析條緒，或會其旨於數章，或發其微於一字，出入窮其機綜，排布截其幅尺；辭錯而理，意曲而通；逆求情性於數千載之上，而興寄所在，若見其人而得之。至於音訓疑似，名物異同，時代之後前，制度之纖悉，訂證精密，開卷瞭然。烏乎，詩於是乎盡之矣。」〔註18〕袁甫曰：「〈黍離〉、〈中谷有蓷〉、〈葛藟〉，不用舊說，獨能深得詩人優柔之意。其他一章一句，時出新意，大抵宛轉有旨趣。再三玩味，實獲我心，坦叔可與言《詩》也已矣。」〔註19〕

《四庫提要》曰：「是書以呂祖謙《讀詩記》爲主，而雜採諸說以發明之。舊說有未安者，則斷以己意，如論大小〈雅〉之別，特以其體不同，較《詩序》政有大小之說，於理爲近。又如〈邶〉之〈柏舟〉，舊謂賢人自比，粲則以〈柏舟〉爲喻國，以汎汎爲喻無維持之人。〈干旄〉之良馬四之，良馬五之，舊以爲良馬之數，粲則以爲乘良馬者四五輩，見好善者之多。〈中谷有蓷〉，舊以蓷之暵乾喻夫婦

〔註18〕見《詩緝》，卷前，林希逸〈序〉。
〔註19〕見《詩緝》，卷前，〈蒙齋袁先生手帖〉。

相棄，粲則以歲旱草枯，由此而致離散。凡若此類，皆深得詩人本意。至於音訓疑似，名物異同，考證尤爲精核。宋代說《詩》之家與呂祖謙書竝稱善本，其餘莫得而鼎立，良不誣矣。」〔註20〕當然，這些好評頗有誇張之嫌。

嚴粲對理學與文學有某種程度的素養，但《詩緝》作爲《詩經》學史上的重要著作，其內容與氛圍呈顯出來的比重則是：經學＞理學＞文學。因此，關注《詩緝》，第一道程序就是從其經學角度來觀察，包括《詩緝》的解經特質與嚴粲對待《詩經》的基本態度。

一、《詩／經》

（一）聖人的解釋觀點

「《詩》教」作爲孔門的教育理想爲後儒所重視，也是《詩經》學史上最重要的一個傳統議題。以三百篇爲爲經典者，無非是從《詩》的「作用」出發，強調詩歌有對人心可以感化、對社會能夠改正、對主政者勇於勸諫等等作用。在〈詩大序〉肯定詩的多功能作用之敘述背後，暗藏了「聖人」的觀點，而各篇〈小序〉的「美刺」觀也肩負著《詩》教的崇高理想，向世人宣揚其倫理教化觀。嚴粲的《詩緝》在整體基調上就是屬於這一類型的產品，若說傳統經學家視《詩》爲「聖經」，那麼我們必須指出，嚴粲在解說三百篇時，也常常運用聖人的視界，從聖人（《詩》教）的角度去解說詩旨。如〈邶風・綠衣・序〉云：「衛莊姜傷己也。妾上僭，夫人失位而作是詩也。」嚴粲則云：「莊公溺愛亂常，實胎衛禍。聖人存〈綠衣〉以明夫婦治道之原，申二〈南〉之義，以垂世戒，非取女子之怨也。」〔註21〕解釋《詩序》的「傷己」之說，以爲《詩經》中保存〈綠衣〉並非純粹只是說明莊姜個人的處境，只取其自怨自艾之詞，而是聖人要用來作爲垂教後世的教材。對夫婦之道爲治亂之源始之說，同樣的見於對〈邶風・二子乘舟〉的詩旨解釋。對於衛宣公殺伋、壽二公子，以朔爲世子，引起衛國的內亂，最後導致戎狄滅國的結果，嚴粲以爲：「推原亂根，始於夫婦之不正，衽席之禍一至於此邪！以是知《詩》

〔註20〕見《四庫全書總目》，卷 15，經部，《詩》類一。按：據筆者統計，《詩緝》引朱子之說者多於《讀詩記》。詳拙著《嚴粲詩緝新探》，台北文史哲出版社 2008年印行。

〔註21〕《詩緝》，卷 3，頁 6。

首〈關雎〉，聖人之意深遠矣。」〔註22〕

　　聖人（或者說：《詩》教）的內涵除了具體表現在《詩序》的文字裡，也可以從聖人對《詩經》的編輯次序與取捨之中看出來。如聖人收錄〈鄘風‧柏舟〉的用意在於昭顯「禮義」教化作用之深厚，雖亂世亦不改其初衷。〈鄭風‧狡童〉之「狡童」非指鄭昭公，因爲「聖人刪《詩》以垂世教，安取目君爲狡童乎？」而面對「鄭聲淫」卻又存〈鄭風〉的矛盾，嚴粲仍以聖人「所存以爲世戒」來解說。〈齊風‧雞鳴〉有兒女綺旎之語，聖人卻存之，其用意在於「著此以見閨門淫昵之私，無隱不顯也，爲戒深矣。」〈陳風‧宛丘‧續序〉之說引起後儒解說爲淫人自作之詩，嚴粲嚴正的推翻〈續序〉之說，並解說爲：「作者刺淫者，非淫者自作。」因爲：「聖人何取淫人之言著之爲經，而使天下後世諷誦之邪！」〈齊風‧澤陂〉亦爲「刺淫之詩，非淫者自作」，因爲「聖人存之以立世教，使後世知爲不善於隱微之地，人得而知之，惡名播於無窮而不可滌洗，欲其戒愼恐懼也。」〈大雅‧生民〉中姜嫄履帝之跡而生后稷之說不可信，除了「《詩》《書》凡言天帝而假人事言之者，皆形容之詞」外，還有另一原因：「姜嫄無人道而生子，謬於理而防於教，莫此爲甚。神怪之事，聖人所不語。若詩言巨跡，聖人刪之久矣。」〔註23〕這種聖人藉刪存詩篇以見其教化的用心之說雖然不是嚴粲個人獨創的觀點，〔註24〕但是把〈魯頌〉說成是「變〈頌〉」，聖人不刪，其用意爲「著魯之僭，而傷周之衰」，此一論點實爲前人所無，屬於嚴粲個人的獨創。至若嚴粲所以如此推說，

〔註22〕《詩緝》，卷4，頁24。

〔註23〕嚴粲於〈鄘風‧柏舟‧序〉下云：「衛風靡矣，女子之著然自守者不多得也，故聖人錄之。禮義之在人心，雖大亂而不泯，其王澤之猶存也歟！」《詩緝》，卷5，頁1。〈鄭風‧狡童〉之說見卷8，頁28～29。關於「鄭聲淫」的說法，見卷8，頁42。嚴粲於〈溱洧〉詩後云：「鄭衛皆淫聲……孔子所存以爲世戒也。聖筆所刪多矣，鄭聲淫者舉其大體言之。」〈齊風‧雞鳴〉之說見卷8，頁3。〈陳風‧宛丘〉之說見卷13，頁3。〈齊風‧澤陂〉之說見卷13，頁15。嚴粲又云：「讀《詩》者能無邪爾思，則凜然見聖人立教之嚴矣。」〈大雅‧生民〉之說見卷27，頁3。

〔註24〕司馬遷：「古者詩三千餘篇，及至孔子，去其重，取可施於禮義，上采契、后稷，中述殷、周之盛，至幽、厲之缺，始於衽席，故曰〈關雎〉之亂以爲〈風〉始，〈鹿鳴〉爲〈小雅〉始，〈文王〉爲〈大雅〉始，〈清廟〉爲〈頌〉始。三百五篇，孔子皆弦歌之，以求合〈韶〉〈武〉〈雅〉〈頌〉之音。禮樂自此可得而述，以備王道，成六藝。」〈孔子世家〉，《史記》，頁1936～1937。台北啟業書局印行。

其背後的用心仍在於對《詩》教的維護與堅持。〔註25〕這個決定詩篇去留、透過刪存之動作以見《詩》教的聖人乃是孔子，此一看法，嚴粲當然跟前儒相同。〔註26〕

（二）「美刺」之說的繼承

1. 美刺之說與《春秋》書法相通

嚴粲繼承的《詩》教觀除了傳統的聖人之說外，對於〈小序〉裡的「美刺」說也全部接受。他對「美刺」說的闡釋除了用溫柔敦厚的風教觀點解說，也有部分從「《春秋》書法」一字寓褒貶的角度解釋。如〈衛風・芄蘭・序〉云：「刺惠公也。」嚴粲將〈芄蘭〉與〈鄭風・有女同車〉、〈山有扶蘇〉、〈蘀兮〉、〈狡童〉等篇〈小序〉云：「刺忽也。」對看，以爲：「〈首序〉稱『惠公』稱『忽』皆用《春秋》書法，知經聖人之手矣。」所以，類似的話又在〈鄭風・有女同車・序〉下說：「此〈首序〉稱『忽』，〈擊鼓〉稱『州吁』、〈墓門〉稱『陳佗』，皆用《春秋》書法，知經聖人之手矣。」〔註27〕因此，〈鄭風・叔于田・序〉云：「刺莊公也。」與「《春秋》書『鄭伯克段』譏失教之意同」；〔註28〕〈清人・序〉云：「刺文公也。」與「《春秋經》書『鄭棄其師』罪文公之意同；〔註29〕〈豳風・鴟鴞・序〉：「周公救亂也。」中「救亂」也是用《春秋》書法。〔註30〕

〔註25〕嚴粲把〈魯頌〉說成「變〈頌〉」，認爲是魯國僭越周王朝的制度，竟然用了天子才能有的體裁「頌」來寫詩，而孔子卻又不刪，反而保存下來，其用心在於彰顯魯國之惡。嚴粲云：「〈雅〉、〈頌〉天子之詩也，〈頌〉所施於魯，況頌其郊乎？考其實則非，揆其禮則誅。汰哉克也，不如林放矣！」《詩緝》，卷35，頁2。

〔註26〕嚴粲於〈溱洧〉詩後云：「鄭衛皆淫聲，孔子獨先於鄭。今鄭之淫詩顧少於衛，何也？詩之見在者，孔子所存以爲世戒也，聖筆所刪多矣。」又於〈豳風〉之首云：「變風迄〈豳〉，反周之初……今《詩》之次第，孔子所定也。降秦於唐而摯豳以終之，蓋一經聖人之手而旨趣深矣。」卷16，頁2。

〔註27〕嚴粲於〈衛風・芄蘭・序〉下云：「衛惠公、鄭昭公皆見逐。惠公拒天子之師以入衛，《春秋》不言『復』。然以其終得國也，故出入皆稱『衛侯』。忽以世子當立，然以其終失國也，故出入皆稱『忽』。此聖人書法之嚴也。」卷6，頁19。於〈鄭風・有女同車・序〉下云：「《春秋》桓五年，經書『鄭忽出奔衛』，以其失國故不稱『子』。十五年，經書『鄭世子忽復歸于鄭』，以其歸國故稱『世子』，以其終失國，出入皆不稱『鄭伯』。」卷8，頁23。

〔註28〕《詩緝》，卷8，頁8。

〔註29〕《詩緝》，卷8，頁14。

〔註30〕《詩緝》，卷16，頁18。

　　嚴粲將《詩經》與《春秋》相連著看，以爲兩者間可以相通，而相通的基礎就在於教化的功能。「美刺」與「褒貶」都有諷喻、警惕、教化之用，而這也和《孟子》：「《詩》亡，然後《春秋》作」的說法相通。孟子也是從兩者實際的政教功能來連結《詩經》與《春秋》。〔註31〕雖然如此，但也偶有遭遇《春秋》與《詩》相矛盾的時候，依《春秋》的記載，某謂王公的形象應該是負面、否定的，但是《詩序》卻說是「美」。如此一來，爲了消除兩者相衝突的矛盾，嚴粲只好花費更多的心血來調解中間的對立。如〈秦風・無衣・序〉云：「美晉武公也。」但是從《春秋》上的記載，武公曾五次入晉，奪取晉國王位，而國人都拒絕承認武公的正當性。直到武公以寶器賄賂周僖王，晉人才迫於王命不得不承認武公。嚴粲稱武公先有「無王之心，而後動於惡」，以一臣子的身份行簒弒之事，是「王法之所不容誅也」。而《詩序》云「美」，是武公之大夫爲之請命於周天子，故而稱美之，非晉人稱美。又以唐代藩鎮爲例，說武公與「唐藩鎮戕其主帥而代之，以坐邀旌節者無以異」，而《詩經》中收錄此篇，聖人不刪的原因就在「著世變之窮而傷周之衰也」。傷周王朝王權衰落，無法掌控諸侯國，使諸侯國簒亂，綱紀蕩然，名分不存。所以用司馬光作《資治通鑑》把三家分晉當作開頭爲例，說明司馬光之意與聖人之意同。嚴粲對《詩》教中「名分」的重視由此可見一斑。〔註32〕

2. 美刺之說與言外之意的關連

　　《詩》教中的美刺說除了可以從「《春秋》書法」的觀點來解說，嚴粲也從「言外之意」的方式來發揮這種「美刺」之說。與「《春秋》書法」不同的是，嚴粲在拿《春秋》來解說《詩經》時，是把二者放在等同的位置看待，將詩與史視爲具有等同的鑒戒作用，注重「刺」的作用。而用「言外之意」的解釋策略來解說《詩序》的「美刺」時，強調的是「感化」的作用，強調「溫柔敦厚」的體會方式。前者較爲生冷剛硬，而後者則較爲溫厚柔軟。這種說《詩》方式

〔註31〕糜文開、裴普賢：「在孟子的心目中，《詩經》是負有時代使命的（客觀地說是王者之迹的表現與記錄），地位極高，說孔子作《春秋》來接替《詩經》的時代使命，所以提高《春秋》的地位。孟子以前沒有人講到《春秋》的，從孟子開始才推崇《春秋》，所以要與大家重視的《詩經》來比附。」從二人的說法可知，孟子是從《春秋》具有記載王者之迹的功能，具有與《詩經》相類似的「美刺」諷喻功能，所以才推崇《春秋》，將《春秋》與《詩經》相比附。《詩經欣賞與研究》，頁163～164。台北三民書局印行。

〔註32〕詳《詩緝》，卷11，頁21～23。按：嚴粲在此花費了716個字來闡述他的看法，相對於書中諸多論點，可謂不厭其煩。

才是嚴粲與人印象最深的解《詩》方式，也是最能表現嚴粲的《詩》教觀。

在說明嚴粲以「言外之意」解說《詩經》之前，必須對「言外之意」的意義作解釋。與「言外之意」相對的就是「言內之意」，一首詩如果同時具有言內與言外二種「意」，則何者才是這首詩眞正的「意」？顯然的，傳統的文論家或讀者，都以「言外之意」爲他們論說闡述的重點。而以「言外之意」來解說《詩經》時牽涉了二個重要的問題。其一爲「言外之意」的「意」所指爲何？其二爲「言外之意」爲何人之意？「意」有「意義」、「意味」、「意涵」等許多不同的解釋可能。而「言外之意」的「意」字，應該更傾向於「意味」的解釋。如近人徐復觀所說的，傳統對於詩歌作品中所呈現的「意」的理解，絕不單純是指稱以詞本身爲基底的所謂「意義」的意，而應該是比語詞本身明確的指示意義有更寬廣的情感層次上所謂「意味」的意。〔註33〕這個強調「情感」的意味的「意」，不止說明了作者（詩人）創作時的內在心緒，也說明了詮釋者在詮釋時追求的最終目標。

將「言外之意」歸屬於詩人的言外之意，而且是後來詮釋者追求的最終目標，和中國的詮釋傳統有關。〔註34〕且就中國文化傳統而言，一旦論及「意義」時，必然要涉及「作者意向」的層次，最明顯的莫如漢代學者對孔子《春秋》中微言大義的詮釋。因此，在這種文化傳統中，「語言的使用反映了語用者對於人物或事件的情感態度與道德裁斷等主觀的個人意向」，〔註35〕這說明了漢儒解釋《詩經》時傾向於從政治、道德的角度看待三百篇的原因。但是

〔註33〕徐復觀：「意義的意，是以某種明確的意識爲其內容；而意味的意，則並不包含某種明確意識，而只是流動著一片情感的朦朧縹緲的情調。此乃詩之所以爲詩的更直接表現，所以是更合於詩的本質的詩。」〈釋詩的比興—重新奠定中國詩的欣賞基礎〉，《中國文學論集》，頁114。台北臺灣學生書局印行。

〔註34〕車行健在說明《詩經》的多重義旨時曾區分出「本義」與「旁義」，又以美國文論家赫許（E.D.Hirsch, Jr., 1928～）對「意義」（meaning）與「意含」（significance）的界定爲例，判定從追求詮釋的妥效性或尋求正確解釋的角度而言，仍應以「本義」或「正義」爲詮釋的目標、對象。而「本義」可能有兩個層次：由語言文字所構成的文本本身所顯示的意義，即「作品本義」；隱藏在文本之外的作者創作意圖，即「作者本意」。這二重意（義）之間何者爲優？車氏以爲在儒家「託意言志」的傳統之下，詮釋者追求的目標當然是以「作者本意」爲終極的詮釋目標。詳《詩本義析論》，頁6～29。台北里仁書局印行。

〔註35〕關於中國文化傳統一旦論及「意義」時，必然要涉及「作者意向」的層次，且是偏向於道德裁斷的意向之說，參見蔡英俊：《中國古典詩論中語言與意義的論題》，頁14～15。台北台灣學生書局印行。

擺在《詩經》詮釋史上來說，後來的學者在詮釋三百篇的詩文時，他們所追求的言外之意往往不只是作詩者的言外之意，而是編《詩》者、序《詩》者的聖人、國史之意。嚴粲就是如此，從上述嚴粲對「聖人」《詩》教觀的堅持便可知一二。因此，在《詩緝》裡說的「言外之意」有絕大部分其實都是聖人、國史的言外之意。

嚴粲的「言外之意」解釋策略，除了對於《詩序》的「美刺」說具有一定的調解作用，如詩文本身言美，但〈序〉卻言刺。或詩文言刺，〈序〉文言美。〔註36〕更常將「言外之意」與「風」字相結合，強調「諷刺」與「風化」的作用。因此，二〈南〉之詩多風化，十三國之詩多諷刺。如說〈周南・葛覃〉：「味詩人言外之意，可以見文王齊家之道矣。」〔註37〕說〈螽斯〉：「此詩之意全在『宜爾』二字，風人意在言外。見后妃子孫眾多，但言宜其如此，使人自思其所以宜者何故，而不明言之，謂由不妒忌而致此也。」〔註38〕說〈召南・鵲巢〉爲：「風人意在言外。凡言人之賢，但稱其服飾之美，此言夫人之德，亦但稱其坐享成業，是其有德以稱之，自見於言外矣。」〔註39〕說〈邶風・綠衣〉：「風人含不盡之意。」因爲「此但敘離別之恨，而子弒國危之戚皆隱然在不言之中矣。」〔註40〕將「風人之意」說成寄寓於「言外」，顯然嚴粲強調體悟、默會的作用。所以解說〈衛風・河廣〉云：「思子之情，隱然於言外矣。」〔註41〕說「昭公若會其（按：指〈唐風・山有樞〉）言外之意，必瞿然知懼，汲汲然思所以爲防患之計」，〔註42〕說召康公作〈卷阿〉欲以戒

〔註36〕 詩文本身言美，但〈序〉卻言刺，如〈鄘風・君子偕老・序〉言：「刺衛夫人也。夫人淫亂，失事君子之道，故陳人君之德，服飾之盛，宜與君子偕老也。」但全詩皆言夫人服飾之盛，容貌之尊，不及淫亂之事。嚴粲除了說詩文中間「子之不淑」一句透露了譏刺之意外，又說末章重言「瑳兮瑳兮」，又形容其眉目額角之美，但是「嘆息不滿之意見於言外」。卷5，頁9。詩文言刺，〈序〉文言美，如〈齊風・雞鳴・序〉：「思賢妃也。哀公荒淫怠慢，故陳賢妃貞女，夙夜警戒，相成之道也。」整首詩的內容卻只描寫一怠慢偷惰之情態，未見有思賢之意。嚴粲云：「此詩直刺荒淫，〈序〉言『思賢妃』者，詩人言外之意也。」卷9，頁2。
〔註37〕 《詩緝》，卷1，頁19。
〔註38〕 《詩緝》，卷1，頁26。
〔註39〕 《詩緝》，卷2，頁2。
〔註40〕 《詩緝》，卷3，頁9。
〔註41〕 《詩緝》，卷6，頁22。
〔註42〕 《詩緝》，卷11，頁7。

成王，欲其求賢用吉士。其詞「婉轉反覆，使人再三歌詠而後悟。蓋其深意所寓，實在此篇」，而成王若深味乎康公之言，則「可以默會矣」。〔註43〕類此例子極多，而嚴粲的好將「風」與「意在言外」相連結，除了說明他重視《詩》教中風刺、風化的作用，也和他對〈國風〉這一詩體的基本認識有關。嚴粲說：「蓋優柔委曲，意在言外者，風之體也。」〔註44〕又說：「變〈風〉之體，意在言外。」〔註45〕「〈國風〉、〈小雅〉多寓意於言外。」〔註46〕這種見解當然源自於傳統的《詩》教觀。

二、以經解經、以傳解經的詮釋法

　　以經、傳解經作爲一種傳統的解經方式，可上溯至兩漢時期經生的章句訓詁之學。這種解經的概念和西方詮釋學中要求客觀詮釋的詮釋方法很接近。〔註47〕就經學史上所謂漢學、宋學的不同學派爭論來看，以經、傳解經爲清代漢學家所強調的根本方式之一。因此，無論從源頭還是發展的末流，嚴粲的以經、傳解經治經方法，都與漢代、清代的經學有關。所謂「有關」不是指學術史上學派之間的影響或傳承關係，而是指方法上的相近問題。從嚴粲解《詩》的方法與漢代、清代經學家相近的這一點，可以突顯出某些問

〔註43〕　《詩緝》，卷28，頁16～17。
〔註44〕　《詩緝》，卷1，頁10。
〔註45〕　《詩緝》，卷9，頁22。
〔註46〕　《詩緝》，卷23，頁20。
〔註47〕　例如義大利的貝蒂（Emilie Betti）就是把方法問題當作詮釋學的基礎，他的詮釋的四個原則中，很重要的一個是，詮釋的客體之自律性（Autonomie）原則。依他之見，「含有意義的形式」，即被理解的「本文」是獨立存在的。本文的獨立性意味著，它的意義不僅不依賴於理解者，而且不取決於它的作者。雖然作品凝結了作者的主觀性，它的形成過程爲作者的主觀意向所制約，但它一經形成，並作爲人們的理解對象，便具有獨立的意義。本文在理解者面前只是一個客觀的對象，它的意義存在於它的內在結構之中。意義的客觀性之根據便在於此。貝蒂強調被理解對象的內在意義，他認定對象獨立於理解者，任何被理解的「本文」，都有其「客觀意義」，理解從主體的參與入手，達到的是客體化的建構。因此，闡釋者所能夠完成的，只是闡明含有意義的形式本身蘊含的內容，他應排除自己的旨趣和意向中的隨意性，尊重本文所賴以形成的時尚和倫理價值觀，把握事實真相。詳潘德榮：《詮釋學導論》，頁149～150。台北五南圖書公司印行。另外，哲學詮釋學的第一位經典作家狄爾泰，也有學者指出，其「客觀詮釋」的主張，使他的詮釋學依然停留在施萊馬赫（F.E.D.Schleiermacher，1768～1834）的「方法論詮釋學」的範疇內，詳陳榮華：《萬達瑪詮釋學與中國哲學的詮釋》，頁9～12。台北明文書局印行。

題，包括漢宋學之爭中對宋學的定位問題，以及嚴粲《詩緝》的特殊性。

「以經、傳解經」不只是方法上的技術問題，也是對待經書的態度、眼光的問題。嚴粲在解說三百篇各章義旨、字句意義時，用其他篇章的字句來解說此章，除了反映他對《詩經》文本的尊重態度，也透露了他在解經前預存的基點，把三百篇視爲一個整體、完整的意義結構。所有個別的字句，其意義必須在整體的三百篇背景之下詮釋，如此所得出的意義才是最正確的。這種詮釋觀點說明了嚴粲追求「客觀」詮釋的傾向，這種「客觀」的詮釋角度與當時宋代流行的學風相比，自然有其特殊的意義。同樣的，以傳解經的方式表現在《詩緝》裡，也有著不同的意義。嚴粲在解說章句或字義時，都會參考舊有的註疏之說，若無異議，則直接引用，若有異議，則加以辯別。這種對舊註疏之說的重視，與當時宋人解說《詩經》的擺落舊說、舊註，以一己之見解釋詩句、詩旨的方式相比，更顯得他「經學家」的特色。

（一）以經解經的具體內涵分析

所謂「以經解經」的詮釋方法，並無具體的條例可循，但其主要的觀念在於強調經文本身的權威，強調經文的意旨是由經文中的字句的意義所決定，而經文字句的意義又與經文的意旨脫離不了關係。類似於西方詮釋學所說的「詮釋循環」，整體與部分之間的關係。〔註48〕而以「經」解「經」的種類大約可分爲二種，以本經解本經與以他經解本經。就解釋的效力而言，又以前者爲最佳，後者居次。以下分別就這二種類別論述。

1. 以本經解本經

以本經解釋本經爲追求客觀詮釋最佳的解經方法，也是嚴粲最常用的解《詩》方式。在諸多以《詩》解《詩》的具體行文裡，可以把握嚴粲追求客觀的解《詩》方法，大約有幾項：同一詞句在《詩經》裡有幾種意思；以上下文意脈絡解詩；以句法、句型解詩；以古人行文習慣解詩等等。在這些方

〔註48〕 如眾所知，影響及施萊馬赫的阿斯特（Ast Georg Anton Friedrich，1778～1841）就非常堅持詮釋學中的部分與整體之解釋的循環，詳洪漢鼎：《詮釋學史》，頁60～66。台北桂冠圖書公司印行。在西方，循環論的理解觀點起源於對《聖經》的解釋。神學家從語意分析的角度總結出了詮釋學的一個基本規則：單個的語詞只有被置於本文的整體之中，才能被正確理解。不過這種關係不是單向的，被正確理解的語詞復又深化了對本文整體的理解，在語詞（部分）和本文（整體）之間形成了一個詮釋的循環。他們認爲，唯有通過此一循環，才能揭示經典中所隱含著的「神聖絕對」的意義。詳潘德榮：《詮釋學導論》，頁102。

法中，最能凸顯以本經解釋本經特色的，爲第一種。透過歸納的方式，考察同一組詞句出現在三百篇中，具有幾種意義，藉著基本的統計與歸納，證明凡是經中出現這一組詞語，都作某解，或者止有某幾種解釋。如同一「德音」，在《詩經》中共出現過十次，總的解說爲「有德之聲音」，但有德之聲音又包括了三種意思，「言語」、「教令」、「聲名」。所以〈大雅·假樂〉的「德音秩秩」「可以爲言語、教令，不可以爲聲名；〈皇矣〉『貊其德音』可以爲教令、聲名，不可以爲言語；〈南山有臺〉『德音不已』、『德音是茂』及〈有女同車〉『德音不忘』、〈車舝〉『德音來括』，皆聲名也；〈小戎〉『秩秩德音』、〈鹿鳴〉『德音孔昭』、〈日月〉『德音無良』、〈邶風·谷風〉『德音莫違』，皆言語也。」〔註49〕這種歸納分析的解釋方法，其背後的依據全是《詩經》本文，故而得出的結論自然極爲可信。且嚴粲不拘執於一種解釋，仍會由上下文意判斷「德音」的可能意涵，作出三種「德音」的主要意義，可見他客觀、審愼的解經態度。故而即使常常駁斥嚴粲的陳啓源也不得不接受他的說法。〔註50〕又如說《詩》中有六個「祁祁」，共有二種意義：舒遲與眾多。：「〈采蘩〉『被之祁祁』，《傳》云：『祁祁，舒遲也。』〈甫田〉『興雨祁祁』，《傳》云：『徐也。』〈韓奕〉『祁祁如雲』，《傳》云：『徐靚也。』皆爲舒遲之意。此〈七月〉及〈出車〉『采蘩祁祁』、〈玄鳥〉『來假祁祁』，皆爲眾多。」〔註51〕嚴粲對「祁祁」的解釋依據，顯然來自於毛《傳》，但是毛《傳》的解釋並非無暇，從〈采蘩〉的上下文句訓解可知。〔註52〕雖然如此，也側面的透露出嚴粲對毛《傳》詁訓的重視，所以得出這種結論。這種習氣，和傳統經學家極爲相似。

　　如駁斥前人說〈邶風·谷風〉「谷風」爲生長之風，其誤在於〈小雅·谷風〉中第二章形容谷風的詞語爲暴風，非和調之風。第三章也是說草木的枯萎死亡，

〔註49〕　《詩緝》，卷27，頁29。

〔註50〕　《四庫提要》謂陳啓源《毛詩稽古編》：「所辨正者，惟朱子《集傳》爲多，歐陽修《詩本義》、呂祖謙《讀詩記》次之，《嚴緝》又次之。」《四庫全書總目》，第1冊，頁359。又陳啓源於《毛詩稽古編》第3卷〈邶·谷風〉下亦云：「德音屢見《詩》，或指名譽，或指號令，或指語言，各有攸當。《嚴緝》辯之甚詳。」《皇清經解毛詩類彙編》，頁27。臺北藝文印書館印行。

〔註51〕　《詩緝》，卷16，頁6。按：此段文字「甫田」應作「大田」，〈大田〉屬〈甫田之什〉，可能因此導致嚴粲筆誤。

〔註52〕　〈采蘩〉第三章爲：「被之僮僮，夙夜在公；被之祁祁，薄言還歸。」馬端辰：《毛詩傳箋通釋》卷3云：「〈廣雅·釋訓〉：『童童，盛也。』〈大雅〉：『祁祁如雲』，祁祁，盛兒。僮僮、祁祁皆狀首飾之盛。」頁76。北京中華書局印行。

非生長之風。嚴粲云：「《詩》多以風雨喻暴亂，『北風其涼』喻虐風；『風雨淒淒』喻亂風；『風雨飄搖』喻危；『大風有隧』喻貪。故〈風〉〈雅〉二〈谷風〉，〈邶〉下文言『以陰以雨』喻暴怒，猶『終風且曀』喻州吁之暴也。〈雅〉下文言『維風及雨』喻恐懼，猶後人以震風凌雨喻不安也。」〔註53〕從這一則「谷風」的訓解中，可以見出嚴粲解釋《詩經》的特色，除了用歸納統計的基礎方式外，也注重《詩經》的寫作方法，或者說《詩經》的修辭法。嚴粲在這裡歸納出《詩經》以風雨比喻暴亂的常例，因此就算嚴粲不是從聲音、文字的語意訓詁，或者假借通假等樸學家的解經方式去解釋「谷風」的意義，但所得出的結果仍讓人信服。從這一例證也透顯出本文所欲強調的「經學家」的解經法的特點，即「經學家」的解經法不是侷限於某一時代、某一種學派的解經方法，尤其是一般人常將經學家與漢學家，尤其是清代漢學家劃上等號，又將經學家的解經方式侷限於文字、聲音、訓詁的專門方式，忘記傳統經學家解經的精神，以經解經、以本經解本經才是根本。從反面說，我們也不可以把清代以後才發展出來的樸學方法來要求南宋時代的學者，以清代的樸學治學方法當作經學家傳統的解經方式，因爲嚴粲不可能超越當時代學術的侷限，採用清代的樸學治學方式解經。但嚴粲以經注意到用歸納的基礎方式，分析同一詞句出現在《詩經》裡所可能有的意義，然後辨析每一處應有的意義，將他們安置在應有的意義脈絡中。因此「周行」一詞出現三次，但有作道路及道義二種解釋：「振振」一詞共出現三次，但有「盛」與「信厚」二種解釋；「爰」放在開頭，有二種意義，但止有一處作「何」解釋；《詩經》中的植物名「荼」字，有三種不同的品種；同一「罔極」有善的罔極與惡的罔極的區別；同一「瞿瞿」有驚懼與驚愕二種解釋；《詩經》中有四個「茨」字，但有蓋屋用之「茅茨」與有刺之「蒺藜」二種；同一「潰」字有「潰遂」、「潰亂」、「潰怒」三種意義。〔註54〕

　　前云嚴粲通過歸納的方法，分析某一詞句的可能意義，然後將所可能的意義安置在個個意義脈絡中。這種解釋方法，其背後的設準爲視三百篇爲一完整的意義全體，每一章句、詞語的意義都必須經過全體的意義驗證才可以確定其最終的解釋。強調部分與全體之間的關係，而從上下文意脈絡的通順與否來解

〔註53〕《詩緝》，卷4，頁2～3。
〔註54〕「周行」見《詩緝》卷1，頁26～27；「振振」見卷1，頁26；「爰」見卷3，頁7；「荼」見卷四，頁3～4；「罔極」見卷6，頁15；「瞿瞿」見卷頁8；「茨」見卷23，頁6；「潰」見卷31，頁29。

釋章句、字詞，則是強調部分與部分之間的和協。雖然如此，部分的意義仍必須與整體相配合，如此才是最佳的解釋。如〈豳風·東山〉首章：「蜎蜎者蠋，烝在桑野。敦彼獨宿，亦在車下。」嚴粲對「烝」字的解釋云：「烝有三義：眾也、進也、久也。此詩言烝在者二，以爲進則可以言蠋，不可以言瓜。以眾爲喻，則獨宿不取眾義也。此詩皆言久役之情，則久役爲勝。」〔註55〕行役之人因途經桑野，見蜎然微動之桑蟲處於桑野之葉中，有感而歎曰：我亦如此桑蟲，敦然不移而獨宿於此車下。以本詩主題爲言行役之久，故取久之意，不取其餘二種意思。其實，除了這三種解釋，「烝」字在《詩經》中還有作「君」解，而朱子《詩集傳》「烝，發語聲」的解釋也廣爲後人接受。〔註56〕但由這一例證可以見出嚴粲釋經的特色，他是在整體的意義脈絡考量下決定字詞可能的意義。如上云部分與整體之間的關係，部分的意義取決於整體，部分的意義必須以整體的意義爲判斷的依準。從這種釋義的標準言，嚴粲的確把握其中精神，遵循全體決定部分的精神，但是從釋義的結果來說，並不是唯一的可能。因爲，同樣的由上下文意脈絡的發展來說，此二句有可能是一種比喻或起興的關係，蠋與行役之人的關係猶如第三章末四句「有敦瓜苦，烝在栗薪。自我不見，于今三年」之瓜與我的關係。雖然嚴粲於此同樣解「烝在栗薪」之「烝」爲「久」意：久在栗薪上之瓜，如久役於東之人。〔註57〕因此，在桑野之蠋與在車下之我也是一種比喻關係。如果所見在桑野之蠋爲獨宿，則與獨宿於車下之我相似，二者可以相比喻，因此「烝」解作發語詞亦可通。〔註58〕由此亦可見出這種解

〔註55〕《詩緝》，卷16，頁23。
〔註56〕〈大雅·文王有聲〉：「文王烝哉。」毛《傳》：「烝，君也。」〈豳風·東山〉：「蜎蜎者蠋，烝在桑野。」朱子解「烝」爲「發語聲」，《詩集傳》，頁94。台北蘭台書局印行。對於「烝」爲何解釋爲發語詞，清人馬瑞辰有較詳細的解說，參見《毛詩傳箋通釋》，頁479。北京中華書局印行。馬氏以爲「烝」爲「曾」的假借字，「曾」義爲「乃」，因此「烝」作發語詞「乃」解釋。屈萬里：《詩經詮釋》，頁272。台北聯經出版社印行。糜文開、裴普賢：《詩經欣賞與研究》，頁712。台北三民書局印行。朱守亮：《詩經評釋》，頁429。台北台灣學生書局印行。對於「烝」字的解釋都直接取用發語詞之說。
〔註57〕雖然仍從比喻的角度說，但此章見此瓜之人已經不是行役之人，而是行役之家人，爲行役人設想在家的婦人見此瓜而有感，與第一章親見蠋之人爲行役之人不同。嚴粲云：「又想其婦見有瓜之苦者，人所不取，敦然圓成，久在栗薪之上，如我之鉋繫於東……此皆想其婦在家之歎望。蓋行人念家之情如白居易詩云『想得家中深夜坐，還應說著遠行人』也。」卷16，頁25。
〔註58〕馬瑞辰解釋「蜎蜎」二字，以蜎蜎爲獨行之貌，云：「詩以興人之獨宿。」《毛詩傳箋通釋》，頁478～479。北京中華書局印行。近人糜文開、裴普賢亦從「獨

經方式所可能蘊藏的缺點，即從整體與部分之間的關係來解釋詞句意義，當整體的意義並不明確，或者說整體的意義可能包含數種，則所追尋出來的字詞意義也跟著多義、不確定起來。如本詩爲歎行役之詞，或者如《詩序》所說，爲周公勞歸士之詞。在行役的主題之下，如何表現行役之苦，有數種可能，就好像桑野之蠋和行役之人之間的關連性，除了有久處於野的可能，也有獨宿的可能。如再加上牽涉到詩的作法，如修辭的問題，則解釋的空間也跟著加大。〔註59〕

　　這種從整體意義來決定部分意義的解經方式，還有另一種問題，即所謂的整體的意義指的是哪一層次的意義？哪一層次的整體？因爲《詩經》常有所謂的言外之意，如上所云，嚴粲自己常常以言外之意解釋詩旨，爲的是將《詩序》的美刺之說能與詩文文句表面字義相配合。如此一來，就有了二種整體的意義，一種是詩文字句表面的意義，一種是文外之旨、言外之意的意義，那麼在解釋詞句時，要以何種意義爲最終的依準？這造成了兩種意義之間的斷裂，如何彌補這個斷裂？就嚴粲個人而言，他並沒有自覺到這個問題，因此我們在閱讀《詩緝》時可以發現這種斷裂之處。如〈齊風・南山・序〉云：「刺襄公也。鳥獸之行，淫乎其妹，大夫遇是惡，作詩而去之。」嚴粲只同意首序之說，反對後序「鳥獸之行」等語。他反對後儒以前二章刺齊襄，後二章刺魯桓，是因爲如此解釋則「上下章辭意不貫」。因此在解說〈南山〉整體篇章的意義時說：「一章以『雄狐』喻魯桓之求匹；二章以『屨』、『綏』喻魯桓之得耦；三章四章以『藝麻』、『析薪』喻魯桓以正禮取文姜，上下辭意乃歸一。」〔註60〕爲了求上下文意的一貫，他將整篇解釋爲刺魯桓公之詩，但首序明明說是「刺襄公」，只好用「辭雖歸咎於魯，所以刺襄公者深矣」這種迂曲的解說，彌補二說間的裂縫。

宿」的角度解釋「蜎蜎者蠋」四句，把「烝」解釋爲發語詞。不過其看待蠋與行役之人的比喻之處多了「彎曲」這一意象。野蠶彎曲著身子獨宿於桑林田野之間，猶如蜷曲著身子獨宿於車下的行役之人。《詩經欣賞與研究》，第2冊，頁710。台北三民書局印行。

〔註59〕〈小雅・南有嘉魚〉的「嘉魚」，嚴粲以爲把「嘉魚」當作一種魚的專名出於陸璣。但從本詩上下文之關係言，首章「南有嘉魚，烝然罩罩」與次章「南有樛木，甘瓠纍之」皆爲比喻的寫法：「下文樛木非木名，則嘉魚亦非魚名。要之詩人以魚之嘉者，瓠之甘者喻賢。」因此，「嘉魚」非魚名可知。卷18，頁2～3。從比喻的角度言，嚴粲之說可以成立。但仔細比對，則「嘉魚」應與「樛木」同爲比喻之喻體，非首章以嘉魚爲喻體，次章以甘瓠爲喻體。如此說，則詩人以樛木來比喻賢者，而非甘瓠。

〔註60〕《詩緝》，卷9，頁10～11。

當然，筆者並不是說所有這一類的解詩法都有缺陷，只是提出對以文意脈絡解釋脈絡中的字詞之意所看不見的盲點。其他如解釋〈齊風‧載驅〉第一章：「載驅薄薄，簟笰朱鞹。魯道有蕩，齊子發夕。」以爲皆言文姜，非如舊說以上二句言襄公，下二句言文姜。因「一章四句之內分作二人，辭意斷續」。〔註61〕〈衛風‧考槃〉每一章末「弗諼」、「弗過」、「弗告」之意爲「極言賢者山林之樂，以見其時之不可爲，而賢者無復有意於仕，所以刺其君之不能用也」。〔註62〕解釋〈大雅‧板〉第二章「辭之輯矣，民之洽矣。辭之懌矣，民之莫矣」，以爲兩「辭」爲凡伯告戒眾人之詞，欲眾人言辭輯睦、悅懌，非如舊說爲王者出令之辭。〔註63〕都極爲貼切詩意。

除了以上二種解《詩》法，嚴粲也運用了其他的解經方式，如歸納《詩經》中經常出現的句子，以爲《詩》中凡「薄言」皆作語詞解；〔註64〕凡《詩》中以「士」對「女」相稱，「士」皆指男子，爲貴賤通稱，非具有階級的大夫士之士。〔註65〕或者用《詩》文的行文習慣解說字詞，如云〈鄭風‧山有扶蘇〉的「扶蘇」、「游龍」爲小木、凡草，與「荷華」、「喬松」等名花、名木相對，意在美惡相形。因爲「凡《詩》言山隰有草木，其草木皆相類，不必分別」，唯有〈山有扶蘇〉以扶蘇對荷華，以喬松對游龍，皆不相類，可見其相對有特別的意思。〔註66〕或以相似的句法、句型解釋詩句，如〈小雅‧甫田〉首章「我取其陳，食我農人」，嚴粲反對舊說以兩個我都屬同一身份，都是在上位者。以爲「此以文害辭也。〈七月〉『采荼采樗，食我農夫』，豈亦上之人復爲農夫采荼采樗乎？二文句法一同，皆農人自我也」。〔註67〕這些解釋的結果並不全然有效，〔註68〕但是從其解說的背後所透顯出的精神，以及以《詩》文本身爲最終依準而言，都可說與清代經學家的精神相通。由以上這

〔註61〕《詩緝》，卷9，頁18。
〔註62〕《詩緝》，卷6，頁4～5。
〔註63〕《詩緝》，卷28，頁23～24。
〔註64〕《詩緝》，卷1，頁31。
〔註65〕《詩緝》，卷24，頁13。
〔註66〕《詩緝》，卷8，頁26。
〔註67〕《詩緝》，卷23，頁3。
〔註68〕如解說「食我農人」一句，以「食我農夫」和本句句法相同爲例，說明「食我農人」的我爲農人自我，其分析顯然很牽強。雖然運用的方式爲相似句型的比附，但從〈七月〉的「食我農夫」句意考察，則「我」仍爲在上位者自稱之詞，由下一章「嗟我農夫，我稼既同」可知。再者，三百篇中未見將「食我」之我作自我解釋之例。

些例證，可以說明嚴粲訓釋語詞的特點，即注重統計的功夫，以同一詞語在其他篇章中出現的解釋有幾種，然後進行歸納、分析，最後得出可能的幾種解釋。近人也曾就此點而評云：「在語詞訓釋方面，終於取得同時學者難以比擬的成績。」〔註69〕

2. 以他經解本經

當嚴粲面對毛《傳》、鄭《箋》、孔《疏》的解釋都不滿意，或毛、鄭、孔對詩文未做解釋時，他經常採取另一種解釋策略，即用其他經書來解釋《詩經》中的相關字句。「以他經解本經」的解釋效力雖然不如「以本經解本經」，但如果把五經視爲一個意義的整體，則各經都屬於經學傳統下的一個部分，那麼「以他經解本經」就成了部分意義與部分意義之間的相互解釋或支援，此時也具有某種程度的效力。以他經解本經也牽涉另一個問題，即各經都是一個完整的封閉意義系統，二種不同的意義系統間必有差異。因此，以他經解本經所要解決的問題（本經），或所運用的材料（他經），並不涉及其背後的完整意義系統，只是注重解說單字、詞語的字義而已。以他經中某個單字詞語的意義來解釋本經中相同或相似的單字詞語，這種解經法可溯源於鄭玄，也是漢學家常見的解經方式，嚴粲繼承這種解經法，可見其傳統經學家氣息很重。這種「以他經解本經」的方式，最常出現的是對於單字詞語意義的解釋，另外也出現在對名物制度的解釋，以他經有記載的名物制度來解釋《詩經》中的名物制度。嚴粲使用這樣的方法來解經，其所得之結果有時令人首肯，有時未必，以下分從這二方面解說嚴粲的「以他經解本經」法。

對單字詞語的字義辭義解說：如解〈大雅‧文王〉第四章「侯于周服」云：「舊說以侯爲君，謂君於周九服之中……今考《釋文》云：『服，事也，用也。』故爲臣而見用謂之服，言行其職也。〈曲禮〉云：『艾，服官政』、〈酒誥〉云：『服休、服采』、〈多士〉云：『有服在百僚』、〈多方〉云：『有服在大僚』。〈多士〉、〈多方〉皆誥殷士，而謂之有服，言其見用之意，即此詩所謂『商之孫子，侯于周服』也。」〔註70〕用《禮記》與《尚書》多篇文字證明「侯于周服」的「服」作「職位」、「職事」解，該句意爲商之孫子爲周所用，反對鄭《箋》「九服」之說。不過，嚴粲在此對「服」的解釋仍有猶疑不定的缺失。因此句「侯于周服」與下一章「侯服于周」一句同意，則二處

〔註69〕洪湛侯：《詩經學史》，頁357。北京中華書局印行。
〔註70〕《詩緝》，卷25，頁6。

之「服」當作同樣的解釋才對，但是嚴粲卻解釋「侯服于周」之「服」爲「服職」，服成爲動詞，與名詞的職位解說不同。且所舉〈曲禮〉、〈酒誥〉之「服」字，也不作「職位」解釋。〔註71〕若從上下文意脈絡而言，解釋爲「臣服」較通，且具有說服力。因爲以他經解本經的效力次於以本經解本經。〔註72〕這種以他經解釋本經的特性誠如上文所述，不牽涉到他經經文背後的系統意義，因此所解釋的對象多爲單字字義，如解說〈邶風·終風〉「不日有曀」的「有」字；〈鄘風·載馳〉「既不我嘉」的「嘉」字；〈曹風·候人〉「不遂其媾」的「媾」字；〈小雅·甫田〉「禾易長畝」的「易」字；〈大雅·皇矣〉「克明克類」的「類」字；〈大雅·行葦〉「既挾四鍭」的「挾」字；〈大雅·既醉「景命有僕」的「僕」字；〈大雅·抑〉「洒掃廷內」的「廷」字；〈大雅·桑柔〉「民靡有黎」的「黎」字。〔註73〕

　　解說名物制度的如〈鄘風·柏舟〉「髧彼兩髦」，毛《傳》：「髦者，髮至眉，子事父母之飾。」鄭玄在此處沒有對「髦」作解釋，在注解《儀禮·既夕禮》及《禮記·內則》都表示「未聞」其形象、形制。〔註74〕嚴粲在引鄭玄《儀禮·既夕禮》「既殯，主人說髦」之注後，〔註75〕云：「〈內則〉云：『子

〔註71〕嚴粲於第五章下云：「五章述殷士祼將之事，以爲戒也。商之孫子而維服職於周，見天命之不常，惟德是歸也。」卷25，頁7。《禮記·曲禮上》：「人生十年曰幼，學。二十曰弱，冠。三十曰壯，有室。四十曰強，而仕。五十曰艾，服官政。六十曰者，指使。」由上下文意言，則知「服」爲動詞解，作專事或專治解。《正義》云：「五十是知天命之年，堪爲大夫。服，事也。大夫得專事其官政，故曰服官政也。」〈酒誥〉：「王曰：『……矧惟爾事，服休、服采。』」《正義》云：「鄭玄以服休爲燕息之近臣，服采爲朝祭之近臣。」

〔註72〕清代中葉治《詩》三大家，胡承珙、馬瑞辰、陳奐都把「侯服于周」、「侯于周服」是爲同意的句子，且皆說「服」爲「臣服」之意。見胡承珙：《毛詩後箋》，頁1223。安徽黃山書社印行。馬瑞辰：《毛詩傳箋通釋》，下冊，頁798。北京中華書局印行。陳奐：《詩毛氏傳疏》，頁644。台北臺灣學生書局印行。

〔註73〕以上所舉諸例分見《詩緝》卷3，頁17；卷5，頁24；卷15，頁4；卷23，頁5；卷26，頁10；卷27，頁18～19；卷27，頁24；卷29，頁9；卷29，頁19。

〔註74〕《儀禮·既夕禮》：「既殯，主人說髦。」鄭玄云：「髦之形象未聞。」《禮記·內則》：「子事父母……拂髦、冠、緌、纓。」鄭玄云：「髦，用髮爲之，象幼時鬌，其制未聞也。」《正義》於此詩句下引鄭玄二處之語，嚴粲誤以爲《正義》之語，以爲孔穎達亦不知髦之形制。卷5，頁2。

〔註75〕嚴粲原文作：「今曰〈內則·注〉云：『髦，象幼時鬌。小兒剪髮也。兒生三月翦髮爲鬌，男角女羈。夾囟曰角，兩髻也。午達曰羈，三髻也。否則男左

事父母……總，拂髦。』是也。父母既沒則去。〈玉藻〉云：『親沒不髦』是也。親死猶幸其生，未忍脫之，故士待既殯，諸侯待小殮而後脫之也，此設髦之制耳，非詩意也。」〔註76〕在這裡，嚴粲不止說明「髦」爲子事父母之髮型，也分辨《禮記》與《儀禮》中對髦的禮制規定，以爲禮制之說非〈柏舟〉本意。但是對於「髧彼兩髦」的主詞解說，嚴粲顯然與舊說不同，毛、鄭、孔都以爲共伯，而嚴粲則說成是共姜自己。〔註77〕

又如〈小雅‧蓼莪〉：「缾之罄矣，維罍之恥。」嚴粲除了解說二句句意之外，也用《周易‧井卦》之「羸其瓶」以證瓶爲汲水器，用《周禮‧鬯人》「社壝用大罍」，〈司尊彝〉祠、禴、嘗、烝皆有罍，以證罍爲盛酒器，而《儀禮》罍水在洗東，則罍又作盛水之用；本詩以缾罍並言，則指罍之盛水者。〔註78〕嚴粲引《周易》、《周禮》、《儀禮》等經文中「瓶」、「罍」的用法，說明此處之瓶、罍皆爲盛水之器，其理由爲「瓶」於經書中只作汲水之用，而「罍」雖有盛水與盛酒不同作用，但因此處罍與瓶並言，則「罍」當作盛水之器，非盛酒器。其實《禮記‧禮器》有「尊於瓶」之記載，瓶正作裝酒之器，並非如嚴粲所以爲的，諸經的「瓶」字只有作盛水之用。〔註79〕可見此處「瓶」與「罍」不一定作盛水之器，也可以作盛酒之器。且以三百篇論，「罍」共出現過三處，〈周南‧卷耳〉、〈大雅‧泂酌〉都作酒器解釋，則此處「罍」作盛酒之器解的可能性較大。〔註80〕

女右，長大猶爲之飾。存之謂之髦，所以順父母幼小之心。』」今所《十三經注疏》之版本與嚴粲不同。《儀禮‧既夕禮‧注》：「兒生三月翦髮爲鬌，男角女羈。否則男左女右，長大猶爲之飾。存之謂之髦，所以順父母幼小之心。」無「夾囟曰角，兩髦也。午達曰羈，三髦也」等字。「夾囟曰角，午達曰羈」則爲《儀禮‧既夕禮》「既殯，主人說髦」下孔穎達《正義》所引，孔氏云此八字爲鄭玄〈內則‧注〉之文，但今〈內則‧注〉亦未見此八字。

〔註76〕《詩緝》，卷5，頁2。

〔註77〕〈鄘風‧柏舟〉共二章，首章與末章第三、四句作：「髧彼兩髦，實維我儀。」、「髧彼兩髦，實維我特。」嚴粲解釋「儀」爲共姜寡居時的儀容，「特」爲獨，指獨寡之人，即共姜。但透過毛《傳》的訓詁可知「儀」與「特」都指匹配之意。因此，「髧彼兩髦」所指的人應該是共伯，共姜之丈夫。

〔註78〕《詩緝》，卷22，頁5。

〔註79〕五經中還有另一處「瓶」字作盛水之器解，見《左傳‧襄公十七年》：「衛孫蒯田于曹隧，飲馬于重丘，毀其瓶。」

〔註80〕《禮記‧禮器》：「夫奧者，老婦之祭也，盛於盆，尊於瓶。」說的是祭竈神之禮卑，祭禮簡薄，只以瓶作爲盛酒的尊。〈周南‧卷耳〉第二章：「我姑酌彼金罍，維以不永懷。」〈大雅‧泂酌〉第二章：「泂酌彼行潦，挹彼注茲，可以濯

　　除了以固有的典籍或相關注解作爲考證的基礎材料，嚴粲有時也從材料中發現某種規律，某種古人用字造詞的習慣，然後推知某些字詞的特定意義。如〈小雅・桑扈〉：「交交桑扈」，毛《傳》：「桑扈，竊脂也。」依《爾雅・釋鳥》說，可知「桑扈」有二種：一種爲青色，「嘴曲，食肉，好盜脂膏」。一種爲白色，翅膀與頸部有花紋的。故而〈小雅・小宛〉：「交交桑扈，率場啄粟。」說的是前一種好盜脂膏的桑扈；〈小雅・桑扈〉：「交交桑扈，有鶯其羽。」說的是後一種，強調其羽毛顏色的桑扈。又以《爾雅・釋獸》：「虎竊毛，謂之虦貓。」、「䝻，如小熊，竊毛而黃。」推知「竊毛」爲淺毛之意，而《爾雅・釋鳥》：「夏扈竊玄。秋扈竊藍。冬扈竊黃。桑扈竊脂。棘扈竊丹。」中「竊玄」、「竊藍」、「竊黃」當云淺黑、淺青、淺黃，則「竊脂」爲淺白。爲後一種白質，翅膀與頸部有花紋的桑扈。〔註 81〕嚴粲的說法是否受到孔《疏》的啓發，我們不得而知，〔註 82〕但是將《詩經》中出現的二處桑扈作同名二物之解說，似乎都能說得通，而且擺在二詩中，從上下文意的發展而言，都能自成一理。〔註 83〕但是名物的考證不能只以以上下文意的說解釋否通順作爲判斷的依據，還要有其他證據。如從版本上言，今本《爾雅・釋鳥》「冬扈」下「桑扈竊脂」四字爲唐石經重出，本無此四字，則「竊脂」就無淺白之意。〔註 84〕

　　當然，在解說《詩經》中的許多名物時，一定會牽涉到基本的經書，如談到禮制的問題一定要引用三《禮》，草木鳥獸蟲魚的問題必須參考《爾雅》。因此，在以他經解本經這一類方法中，很多地方都引用三《禮》及《爾雅》。這除了說明嚴粲對於經典的嫻熟與重視外，也可以見出嚴粲屬於傳統經學家

的一面，即對於名物制度的詳細分析、辨別。這一點是嚴粲與當時代治《詩》學者的差別之處，也是嚴粲解《詩》的特點。這一點也側面的透露出嚴粲的經學家氣息。

（二）以傳解經的具體內涵分析

本節所討論的「以傳解經」，「傳」爲廣義性的注解之說，而且指的是經書中最早期的注解。因此就《詩經》而言，指毛《傳》與鄭《箋》；就《尙書》說，指《（僞）孔傳》；就三《禮》言，指鄭玄《注》；就《周易》言，指王弼、韓康伯《注》；就三《傳》言，指杜預《集解》、何休《解詁》與范寧《集解》；就《論語》言，指何晏《集解》；就《孝經》言，指唐玄宗《注》；就《爾雅》言，指郭璞《注》；就《孟子》言，指趙岐《注》。以傳解經大約可分成二種方式：以本傳解本經與以他傳解本經。這二種解經方式都屬於傳統的解經法，但如何透顯嚴粲在運用這些方法解經時，具有經學家的特質？筆者從基礎的整理與閱讀，觀察出兩條重要的線索，這兩條線索除了可以說明嚴粲解經方法的特色，也可以看出他具備了傳統經學家的特質。就以本傳解本經言，當嚴粲面對《詩》文文句沒有注解時，除了以其他詩句中的毛《傳》或鄭《箋》來解說之外，更多時候把它的注意力擺在毛、鄭說上，也就是說嚴粲會仔細的辨別或析論《傳》、《箋》之說，或單論毛、鄭之說，或綜論《傳》、《箋》之解，然後採用、駁斥或發明毛、鄭之說。這種解經的傾向，不止說明嚴粲對古傳注的重視，也說明他的眼光其實是傳統的經學家的眼光，藉由解決古傳注的糾葛來解決《詩》文的意義，因爲解釋或析論毛、鄭之說的目的仍在於釐清三百篇的意義。就以他傳解本經而言，嚴粲的眼光仍投注在三百篇中的名物制度的辨析。筆者只用「辨析」而不是「考證」來形容嚴粲的解經特色，是因爲從這些例子中可以發現嚴粲的解經傾向在於分辨、判別，而不是考證。嚴粲往往羅列許多可能的說法，或者蒐集可能的相關資料，從中判別對錯，或者統整出新說。這種解經的功夫，與當時代治《詩經》學者相較，實爲嚴粲的一大特色。

1. 以本傳解本經

嚴粲在解說《詩經》時，對於古注解的安排方式如同《正義》一般，先毛《傳》、鄭《箋》後孔《疏》。若無毛、鄭之說則補以近人之說，或自己下注。若毛、鄭之說有問題，包括說解的文字太簡略，或者有矛盾、錯誤，則加以申

述、辨析。爲毛、鄭說解的如〈召南・摽有梅〉「摽有梅，傾筐塈之。」毛《傳》云：「塈，取也。」嚴粲引伸解釋爲「取之於地，霑地濕也」。〔註85〕〈小星〉「三五在東」，毛說太簡，嚴粲以〈唐風・綢繆〉之毛《傳》補充此句之意。所謂「在東」意爲：「列宿始見於天，則在東方。始見於東，喻始進御於君。」〔註86〕〈邶風・泉水〉「載脂載舝」，毛云「脂舝其車」，乃是區別「載脂」與「載舝」二事，不是混言之。〔註87〕〈鄘風・蝃蝀〉與〈曹風・候人〉兩個「朝隮」毛說不同，嚴粲加以說解區別之。〔註88〕〈王風・中谷有蓷〉毛云：「蓷，鵻也。」〈大車〉毛云：「菼，鵻也。」前一「鵻」只是借用鵻字的音而已，並不是說蓷草又名爲鵻。〔註89〕〈陳風・衡門〉毛云：「泌，泉水也。」〈邶風・泉水〉毛云：「泉水始出，毖然流也。」嚴粲以爲此二處之「泌」、「毖」爲字異義同，皆爲「泉水之流貌」，非謂泌爲泉水之名。〔註90〕

　　除了申述補充、辨析毛《傳》之說，嚴粲在其他地方也發出反對毛《傳》的意見，而非一味地贊成毛說。如以《禮記・內則》本文及鄭《注》、孔《疏》駁斥毛說「芼」爲擇。〔註91〕以《禮記・月令》本文及鄭《注》、《左傳》等相關記載駁斥「騶虞」爲義獸之說。〔註92〕以《漢書・顏師古注》駁斥毛公「契闊」爲勤苦之說。〔註93〕甚至追溯毛公說之源頭，以爲始於《荀子》，《荀子》之說本來就有錯，是以毛公之說不可信。〔註94〕從以上的說明可以得到一個初步印象，即嚴粲對毛《傳》之說極爲關注。而且從這些文字中，也見出嚴粲傳統經學家的影子。因爲不管證成或駁斥毛說，嚴粲的說解方式都是

〔註85〕　《詩緝》，卷2，頁17。
〔註86〕　《詩緝》，卷2，頁17。
〔註87〕　《詩緝》，卷4，頁16。
〔註88〕　《詩緝》，卷5，頁17。
〔註89〕　《詩緝》，卷7，頁10。
〔註90〕　《詩緝》，卷13，頁5。
〔註91〕　《詩緝》，卷1，頁18。
〔註92〕　《詩緝》，卷2，頁25。
〔註93〕　《詩緝》，卷3，頁17。
〔註94〕　〈小雅・小旻〉：「不敢暴虎，不敢馮河。人知其一，莫知其他。」毛《傳》云：「他，不敬小人之危殆也。」嚴粲以爲毛公之說源於《荀子・臣道篇》：「仁者必敬人。凡人非賢，則案不肖也。人賢而不敬，則是禽獸也；人不肖而不敬，則是狎虎也。禽獸則亂，狎虎則危，災及其身矣。《詩》曰：『不敢暴虎，不敢馮河。人知其一，莫知其它。戰戰兢兢，如臨深淵，如履薄冰。』此之謂也。故仁者必敬人。」荀子引此章本爲斷章取義，此詩原本並無不敬之意，故而毛說不可信。卷21，頁4～5。

有根據的，或以經書、史書，或以傳注古說，不是全憑推理想像，而是有憑有據。所以他說出「古訓不可廢」這種類似清代樸學家的話，並不是沒有原因的。古訓之所以不可廢，就在於有源流，〔註95〕而嚴粲自己就是注重古訓的經學家。

相較於毛《傳》，嚴粲對於鄭《箋》的關切較少，其中有補充，有申述，也有辯駁，無論使用哪一種方式，其最終目的仍在詩句意義的詮釋。如〈鄘風‧君子偕老〉之「副笄六珈」，毛《傳》云：「笄，衡笄也。珈笄，飾之最盛者，所以別尊卑。」鄭《箋》云：「珈之言加也，副既笄而加飾，如今步搖上飾。」嚴粲以爲毛公之說以「笄」即「衡笄」，而鄭玄於《周禮‧天官冢宰第一‧追師》中，處理有關「衡笄」之注解，將「衡笄」視爲二物，故於此也將「衡笄」視爲「衡」與「笄」二物。〔註96〕到底「衡笄」爲一物或二物？講究考證名物的清代樸學家對於這個問題未能提供眞確的答案，但是傾向於接受毛公之說，以衡笄爲一物。〔註97〕對於考證各種名物的方法，要到清代才發展完全，也許嚴粲的考證方法不夠細膩、完整，但是嚴粲在這裡卻能指出毛、鄭說的差異，且爲之下判斷，這種眼光與方法實爲經師或者說經學家的治經方法。又如論〈大雅‧文王〉「維周之楨」，《傳》云：「楨，榦也。」《箋》云：「是我周之幹事之臣」。嚴粲以《爾雅‧釋詁‧舍人注》與《正義》解說

〔註95〕嚴粲於〈周頌‧敬之〉「陟降厥士」毛《傳》：「士，事也。」的解釋云：「或以士爲人材，然『勿士行枚』只得訓『事』，古訓不可廢也。」卷34，頁5。〈鄭風‧羔裘〉「三英粲兮」毛《傳》云：「三英，三德也。」嚴粲對於毛說有些不滿意，以爲：「三英或以爲裘之英飾前後有三，如五紽、五緎、五總之類，只是臆度無文可據。毛氏以爲三德，或疑牽合於三之數。今攷〈立政〉『三俊』《注》以爲剛柔正直，英即俊也。毛氏之說有源流矣。此詩每章第二句皆言德美，知三英非言英飾。」卷8，頁18。
〔註96〕《詩緝》，卷5，頁6。
〔註97〕陳啓源以爲嚴粲誤會毛公之意，毛公連引「衡笄」，是重在說明此處之笄爲玉作的，因爲衡也是玉作的。《毛詩稽古編》，《皇清經解毛詩類彙編》，頁34。馬瑞辰以爲：「此《傳》以笄爲衡笄，則似以衡笄爲一，以別於尋常固髮之笄。」《毛詩傳箋通釋》，上冊，頁171。胡承珙則引伸馬瑞辰之說，以爲此處之笄與尋常固髮之笄名同而實異，「蓋笄爲婦人禮服之首飾，而副笄有六珈，其飾更盛，或獨爲后夫人之所服，故毛以副笄之笄爲衡笄耳。」《毛詩後箋》，上冊，頁238～239。馬、胡二對衡笄是否爲一物，皆不確定，唯有陳啓源說嚴粲誤會毛公之意。但精於三《禮》之學的金鶚則以爲鄭司農注解〈追師〉「衡笄」時，只解釋衡，不解釋笄，可見鄭司農以「衡笄」爲一物。又從《左傳》「衡紞」及《周禮‧弁師》「玉瑱玉笄」等記載，推知衡即笄。並駁斥鄭玄之說。《求古錄禮說》，《續經解三禮類彙編》，頁168。台北藝文印書館印行。

相同，〈大雅・王文有聲〉「王后維翰」、〈崧高〉「維周之翰」，毛《傳》都解釋「翰」爲「榦」，駁斥鄭玄之說，以爲「楨」、「翰」、「榦」爲同一物，即築牆所立之木。〔註98〕只是，在這裡，嚴粲很可能解釋錯誤，包括誤讀了《爾雅・舍人注》及不知鄭玄只是發揮「榦」的引伸之意。〔註99〕

　　除了駁斥之外，嚴粲也對《箋》說進行申述或補充，如〈王風・大車〉「毳衣如菼」之句，，毛《傳》：「菼，騅也。蘆之初生者也。」鄭《箋》：「菼，薍也。……毳衣之屬，衣繢而裳繡，皆有五色焉，其青者如騅。」《正義》對毛、鄭之說無法調和，說鄭玄「似如易《傳》」、「復似從《傳》」。嚴粲則分辨之，以爲鄭玄所說的「騅」爲鳥名，毛公所說的「騅」爲草名，而菼與薍本爲異名同實之草，與蘆草爲不同之草，故嚴粲不用毛說，取鄭說。〔註100〕〈大雅・生民〉「載燔載烈」，《箋》云：「燔烈其肉。」但鄭玄於〈小雅・楚茨〉「或燔或炙」云：「炙，肝炙也。」而此詩「烈」也是「炙」之意，則鄭玄當以〈楚茨〉爲言宗廟之祭以肝配燔，所以解「炙」爲炙肝。此詩則皆言載祭之事，所以烈爲烈其肉。〔註101〕

　　毛公與鄭玄作爲早期的訓詁解經學家，一直爲研經之士所尊重，但是常有毛、鄭二說互相衝突的地方，此時調解或辨析毛、鄭之說自然成爲必要的解經步驟，嚴粲也是如此。從這一點來看，嚴粲的傳統經學家氣息濃厚，態度上與當代求新求變、疑經改經的治《詩》學者迥然不同，他揚棄了主觀的解經態度與方式，而強調客觀徵實且重視古說的解經法。如〈大雅・棫樸〉：「左右奉璋。」毛《傳》：「半圭曰璋。」鄭《箋》：「璋，璋瓚也。祭祀之禮，王裸以圭瓚，諸臣助之，亞裸以璋瓚。」嚴粲以爲「璋」有璋瓚、璋玉之不同。璋玉爲禮神朝聘之用，璋瓚爲裸宗廟時所用。此處毛說爲璋玉，鄭說爲璋瓚，二說不同，嚴粲以孔《疏》及《禮記・郊特牲》等文字，證明此處之

〔註98〕《詩緝》，卷25，頁4。
〔註99〕嚴粲：「〈釋詁〉：『楨、翰、儀，榦也。』舍人云：『「楨，築牆所立兩木也」。『王后維翰』及『維周之翰』，《傳》皆云『榦也』。《疏》云：『榦者，築牆所立之木。』然則楨也、翰也、榦也，一物也。」但今本《爾雅・舍人注》於「榦」下又云：「榦，所以當牆之兩邊障土者也。」可見楨與榦爲二物。胡承珙云：「《爾雅》、毛《傳》蓋以皆築牆所用之木，故渾言之曰『楨，榦也。』木所立表曰榦，因而人之立事亦曰榦，此義之引申者。……《箋》所以申《傳》，非易《傳》也。」《毛詩後箋》，下冊，頁1221～1222。
〔註100〕《詩緝》，卷7，頁17。
〔註101〕《詩緝》，卷27，頁12～13。

「璋」應為鄭說，即作璋瓚解。〔註102〕又如對於《詩經》中出現的八個「京」字，〈大雅·文王〉「祼將于京」、〈大明〉「曰嬪于京」、「于周于京」、〈思齊〉「京室之婦」、〈皇矣〉「依其在京」、〈公劉〉：乃覯于京」、「京師之野」、「于京斯依」，毛、鄭之說或不同，或相同，嚴粲皆一一為之解說。〔註103〕

　　毛《傳》、鄭《箋》始終是傳統解經學者關注的重心，不只是毛公、鄭玄的時代接近《詩經》創作的時代，或許最接近聖人之意，也因為毛、鄭之說本身具有平實、客觀的特點。《四庫提要》總說歷代經學的流變時，指出宋代學術的特點為：「擺落漢、唐，獨研義理，凡經師舊說，俱排斥以為不足信，其學務別是非，及其弊也悍。」〔註104〕這裡點出了兩個特點：擺落舊說與務別是非。擺落舊說與務別是非的目的相同，都在追求義理。因此，義理成了最基本的詮釋目標。義理如果說的具體一些，即是聖人之意。聖人之意存藏於經典之中，如何透過經典以取得、瞭解聖人之意，這是古代多數詮釋者的努力目標。但是在解經的過程中，傳統舊說在許多宋人的眼中成了絆腳石，而不是通達聖人之意的階梯，是以《提要》用「擺落」來形容當時解經的情況。一旦擺落舊說，則解經的標準、依據頓失，因此尋求另一種依據，即解經者個人的識見。宋人的《詩經》學就是以識見解經最好的例子，所以又說：「宋人學不逮古，而欲以識勝之，遂各以新意說《詩》。」又舉出當時最流行的解《詩》法，有文士與講學者二種：「蓋文士之說《詩》，多求其意；講學者之說詩，則務繩以理。」但無論哪一種說《詩》法，都失之主觀、臆斷，如楊簡說《詩》太過高明，而「高明之過，至於放言自恣，無所畏避」，〔註105〕嚴粲雖然在當時頗有詩名，對理

〔註102〕關於「璋」的解說，嚴粲先於〈小雅·斯干〉「載弄之章」下提及（卷 19，頁 24），主要分辨璋瓚、璋玉的不同，此處「載弄之章」的「璋」為璋玉。對於〈大雅·棫樸〉「左右奉璋」毛、鄭之說的差異只說二說不同，並未辨析誰是誰非。直到〈大雅·棫樸〉「左右奉璋」（卷 25，頁 31）下才作解說；此處的「璋」為璋瓚。

〔註103〕《詩緝》，卷 25，頁 8～9。

〔註104〕《四庫全書總目》，第 1 冊，頁 62。

〔註105〕「宋人學不逮古」一段話，見《四庫全書總目》，第 1 冊，頁 338。「蓋文士之說《詩》」見《四庫全書總目》，第 1 冊，頁 335。「高明之過」一段話，見《四庫全書總目》，第 1 冊，頁 341。清人甘鵬雲則沿用《四庫提要》之說，分析當時的學術流衍云：「廢〈序〉者排斥《傳》、《注》，擅長義理。其弊也，至程大昌《詩議》出，妄改舊名，顛倒任意，徒便己私……宗〈序〉者，篤守古說，長於考證，與文士說《詩》專求其義，講學家說《詩》務繩之以理者，絕不同。」《經學源流考》，頁 90～91。台北廣文書局印行。

學也相當地愛好，但透過上面的例證，我們已然發現《詩緝》有其紮實、樸素的一面，因此不會流於當年文士與講學者說《詩》之弊。

我們甚且必須指出，嚴粲身處求新求變的學術環境中完成《詩緝》，確實有其非比尋常的意義。他解經時尊重舊說，還爲毛、鄭之說考辨、詮解、分析，這種解經方式非唯與新派說《詩》者大相逕庭，甚且不太容易在其他舊派《詩》學著作中發現。以《四庫提要》所讚賞的「古之學者」范處義爲例，《詩補傳》強調的重心在於《詩序》的不可廢，〔註106〕但是在解說《詩序》或各篇詩旨的過程中，范處義的解說方式反而帶著濃厚的宋人說《詩》風味，而非所謂「古之學者」的解《詩》法。〔註107〕《詩補傳》的「古」只表現在尊〈序〉、守〈序〉，絕對地尊守古說而已。從此一角度觀之，嚴粲更具有「古之學者」的架勢，不止尊重《詩序》，尊重古說，並且能辨析不同的古說，講客觀，不盲從，十足的經學家氣息。

2. 以他傳解本經

以其他經書的舊有注解來解說本經，這是最傳統的解經方式。《詩緝》中到底運用多少種其他經書的注解來解經？就初步的觀察而言，除了《詩經》之外，其餘十二經的注解都採用，只是數量的多寡有別而已。大抵說來，用最多的當屬三《禮》與《爾雅》。筆者以嚴粲解說三百篇的名物制度爲例，欲說明嚴粲的解經方式屬傳統經學家的方式，除了是嚴粲採用三《禮》與《爾雅》的注解最多之外，也和注重名物制度這一心態有關。從分辨、考證這些名物制度的文字中，我們可以見出一個不同於其他宋代學者面貌的嚴粲，一個屬於傳統經學家的嚴粲，這也是《詩緝》特殊的地方。

除了運用其他經籍的注解說明名物制度，嚴粲也採用許多前人的說法，然後加以辨析。從他所取用的材料以及解釋的方法，可以明顯的看出嚴粲與

〔註106〕《四庫提要》：「處義篤信舊文，務求實證，可不謂古之學者歟？」《四庫全書總目》，第 1 冊，頁 338。范處義於《詩補傳·序》自云「《補傳》之作以《詩序》爲據」，其原因在於：「《詩序》嘗經聖人筆削之手，不然則取諸聖人之遺言也。故不敢廢〈序〉者，信六經也，尊聖人也。」《詩補傳》，《四庫全書》經部，第 72 冊，頁 2～3。

〔註107〕筆者將范處義《詩補傳》的解經法歸爲宋人的說經方式，這裡所謂的「宋人解經方式」是指一種用理識、用意見去解說《詩》旨的解經法。相對於理識、意見的解經方式，從根本的字句訓詁解說《詩》旨則爲傳統的「古之學者」的解經方式。范處義雖然嚴守《詩序》古說，但在解釋《詩序》或詩意時，卻不是從文字句意處入手，而是跳過根本的文字訓解，直接以說理的方式來解釋詩意。

宋代學者不同的地方。採用經籍注解是一種基礎的、客觀的蒐集資料，羅列前人的意見則是整理相關的解釋，而且不是陳列而已，還需要加以分類、區別。因此，這其中有歸納、分析等功夫。最後，也是嚴粲最擅長運用的解經法，辨析諸家之說或諸種可能的解釋。所以，除了歸納之外，還有判斷，而判斷的依據並不是個人的好惡或主觀識見，而是將蒐集到手的相關資料予以統整，並澄清概念。因此，蒐集整理、分析考辨成了嚴粲解經方式的特點，也是區分他與宋代治經學者最明顯的標誌。

　　如〈召南・何彼穠矣〉「唐棣之華」，嚴粲先舉《爾雅・釋木》、郭璞《注》及陸璣《疏》、陸佃《埤雅》說明唐棣的其他名稱及其開花特性，接著說：「〈七月・疏〉鬱是車下李，薁是薁李。陸璣以唐棣爲薁李，則薁李非車下李矣。璣又云薁李一名爵梅，亦名車下李。《本草》有郁李，人亦云一名爵李，一名車下李，則薁李又有車下之名。蓋由二者相類，故名稱相亂也。」〔註108〕嚴粲依孔《疏》得知「鬱」是車下李，「薁」是薁李，故薁李非車下李。但透過陸璣、《本草》等記載，又得出薁李又有車下之名，蓋由二者相類，故名稱相亂。在這一條例中，可以見出嚴粲對於名物名稱的辨析，以及所使用的方法。透過相關的文字去判斷「鬱」、「薁」的差別，而判斷的依據當然是相關的注解資料，絕非自己的識見。不過在此也得強調，這樣的判斷只是粗淺的考證而已，與後來清代樸學家的考證，其間的精疏粗細自然不可同日而語。〔註109〕

　　又如〈小雅・蓼蕭〉：「蓼彼蕭斯。」，依毛《傳》「蕭，蒿也」及《爾雅・釋草》「蕭，荻」，與李巡、郭璞之注，則蕭即是蒿。但《爾雅》又說：「蒿，菣。蔚，牡菣。」依郭璞注解，菣爲今青蒿，蔚爲牡菣，即菣之無子者。則蕭與蒿又不同。最後依陸佃、陸璣等說，得出蒿爲總名，蕭爲蒿之香者。稱菣者爲青蒿，稱蔚者爲牡蒿。〔註110〕這裡，嚴粲仍然運用分析的方式推出蒿爲總名，蕭爲小別名的結論，不止論述的材料客觀、充實，論述的理路也清

〔註108〕《詩緝》，卷2，頁22。
〔註109〕筆者說嚴粲的考證方式比起清代樸學家而言，相對的較爲粗疏，其理由大約有二。第一爲所運用的資料較少，第二爲運用的方法較簡單，只是比較整理，從而分析而已。若不以專門研究《爾雅》的樸學家，如郝懿行、邵晉涵作爲比較的對象，只以專治《詩經》的樸學家爲例，如清中葉胡承珙、馬瑞辰、陳奐等三人爲例。所運用的資料不止有《本草》，陸璣《疏》，還有《太平御覽》、《說文解字》、《廣雅》、郭璞〈上林賦注〉、開寶《本草注》等相關資料。就考證的方法言，還有運用版本學的勘誤、聲韻學的假借旁通等方法。
〔註110〕《詩緝》，卷18，頁8～9。

楚明白。又如〈唐風‧揚之水〉「素衣朱襮」之句，嚴粲運用《禮記‧玉藻》
「以帛裹布，非禮也」，鄭《注》「中外宜相稱也。冕服，絲衣也，中衣用素。
皮弁服、朝服、玄端，麻衣也，中衣用布」之說，以及孔《疏》所載古代諸
侯穿衣的次序：先穿明衣，次加中衣、褖衣、朝服，冬天則於中衣上加裘，
最後再以鄭《注》爲基礎，推知本詩所穿的衣服爲冕服，因爲中衣的材質爲
絲。〔註 111〕清楚地把握主要原則，然後作爲推論的主要依據，說明詩中名物
制度，這種客觀求實的精神與傳統經學家相近。

再如論及〈秦風‧蒹葭〉的「蒹葭」與〈豳風‧七月〉的「萑葦」，蒹、
葭、萑、葦爲二種不同植物，但卻有十一種異名，常常爲人所混淆。嚴粲論
述的方式爲：蒹爲小者，又名薕、荻，一物三名；葭爲大者，又名蘆葦、華、
葦，一物四名；萑爲中者，又名菼、薍、雚，一物四名。而「蒹」又爲「萑」
之小者，因此「蒹、薕、荻」與「萑、菼、薍、雚」爲同一類植物，與「葭、
蘆葦、華、葦」爲不同類。因此，對於〈王風‧大車〉「毳衣如菼」，毛公把
葭、菼當作同一物，嚴粲駁斥之，以爲葭爲「蘆」，菼爲「薍」，蘆、薍爲不
同之草。〔註 112〕在論述的過程中，除了引用《爾雅‧釋草》「葭華。蒹，薕。
蘆，菼，薍」以及郭璞《注》、陸璣《草木鳥獸蟲魚疏》及孔穎達《正義》等
相關文字之外，嚴粲對於這些名稱相近或相關的事物，也不輕易放過，務必
仔細地分別其間的異同。這種態度與眼光，和後來的清代漢學家極爲相似，
若以之與清代晚期專門治《爾雅》的著作較量，嚴粲對「蒹、葭、萑、葦」
的分別，除了在引用的資料較缺少之外，整個論述的過程與分辨的細緻、眼
光的獨到等並不亞於清儒。〔註 113〕

其實，從這些對名物制度的說解文字中，仍可以見出嚴粲一貫的解經精

〔註 111〕《詩緝》，卷 11，頁 9。
〔註 112〕嚴粲對蒹、葭、萑、葦的辨說分見〈秦風‧蒹葭〉，卷 12，頁 12～13。〈豳風‧
七月〉，卷 16，頁 7。又〈王風‧中谷有蓷〉下也提及菼、薍、萑、雚爲一物
四名。卷 7，頁 9。毛公於〈王風‧大車〉「毳衣如」下云：「菼，雚也。蘆之
初生者。」
〔註 113〕以郝懿行（1757～1825）：《爾雅義疏》爲例，郝氏除了將「葭華」二字歸於
上一條「葦醜，芀」下，對於〈釋草〉：「蒹，薕。葭，蘆。菼，薍」的解釋
與嚴粲相似。他以爲萑、蓷（荻）、薕、蒹爲一物，蒹爲萑之未秀者。葭、葦、
蘆爲一物。未秀者爲蘆，已秀者爲葦。菼、薍、蒹、薕爲一物。已秀者爲萑，
未秀者爲菼。因此，按照郝氏的論述，「萑、蓷（荻）、薕、蒹」與「菼、薍」
爲同一物，而「葭、葦、蘆」爲另一物，故而文末同樣的對毛《傳》將菼、
蘆視爲一物之說駁斥之。《爾雅義疏》，頁 1061～1062。台北藝文印書館印行。

神。即講求客觀實證，即使運用推理，也是根據舊有的說法、資料爲基礎，然後一步步的索解。在解釋的過程中，先從蒐集整理資料開始，然後加以辨析。所以《詩緝》中常出現這樣的敘述，某物詩中共有幾種，或者某物一物具有幾名等等，並且對於相近、相似的名物進行辨析的工作。〔註114〕在整理、辨析的過程中，其實已經透露出嚴粲求實、客觀的解經方式。因此，筆者除了從具體方法來說明嚴粲具有傳統解經學者的精神外，也從眼光的問題，包括他對毛、鄭之說的重視與評判，對名物制度的解說與辨析等等。閱讀這些文字常會讓人誤以爲嚴粲是漢代或清代傳統的治經學家，而不是生長在宋代那種治經趨於主觀學風之下的學者。

當然，就考證所運用的資料與方法來說，嚴粲所作的工夫和清代樸學家相較可說僅屬初階，於是，擺在整個《詩經》學史上來看，嚴粲就稱不上是一位極爲優秀的名物考證學者了。也就因爲如此，對於那些誇言《詩緝》的考證功力之言論，我們必須謹慎面對。如林希逸云《詩緝》一書：「音訓疑似，名物異同，時代之後前，制度之纖悉，訂正精密，開卷瞭然。」善本書室藏書目載明味經堂翻刊本也說：「於音訓疑似，名物異同，最爲精覈。」《四庫全書總目題要》則採用前二說，稍加改變云：「音訓疑似、名物異同，考證尤爲精核。」〔註115〕用「考證精核」來形容嚴粲在音訓、名物上的成就，是有誇大之嫌，但是說他注重音訓、名物則爲確切不移之論，而從這些考證的文字中，我們也可以看出嚴粲屬於傳統經學家的一面。

第三節　嚴粲《詩緝》中的理學觀點

嚴粲所處的時代，正是理學發展成熟之時期，理學的基本理論已經完備，並且藉由各種方式散布，發揮其影響力。嚴粲雖然不是知名的理學大家，但是在《宋元學案補遺》中，被列於〈東萊學案〉。在《閩中理學淵源考》一書裡，嚴粲也列名其中。〔註116〕即使在這些書中關於嚴粲的記載並不太多，但

〔註114〕以對《詩》中名物的訓解而言，嚴粲曾統整出：經有二棘（卷3，頁19；卷22，頁27皆有說明）；鴟有二種（卷31，頁25）；蒹葭爲一物十名（卷12，頁12〜13）。

〔註115〕林希逸之說見《詩緝‧序》。味經堂翻刊本之說見丁丙：《善本書室藏書志》，頁70。台北廣文書局印行。《四庫提要》之說見《四庫全書總目》第1冊，頁344。

〔註116〕詳《閩中理學淵源考》，《四庫全書》，史部，第218冊，頁140〜141。

是仍然可以由此得知嚴粲對於理學肯定有相當程度的素養。因此《詩緝》除了經學與文學論評的部分外，是否受到理學方法及觀念的影響，也是值得我們觀察的。

一、對前人以理學解《詩》方式的繼承

經學史上的「宋學」標誌了宋代學術的特色，若單就經學的角度言，宋代的經學特色大約有四：以義理解經、擺脫注疏、疑經改經、以性理說經。〔註117〕第一、四種說法相近，強調「義理」或「性理」，標榜宋學的特色。可以說傳統的經學在宋代學者的眼中，其實就是理學。換一個角度說，就經學史的角度觀之，理學也就是經學，是經學發展的一個階段。〔註118〕就宋儒而言，最能使三百篇帶有性理色彩的學者爲二程，其次是朱子，且「義理」始終是二程及朱子解詩所關注的重點。在理學家心目中，「義理」也是天理，如程子解〈大雅・文王〉：「文王陟降，在帝左右，不識不知，順帝之則」爲「不作聰明，順天理也」，解〈大雅・皇矣〉「不識不知，順帝之則」爲「民由之而不知，日遷善而不知爲之者，是不識不知，而順夫天理也」，〔註119〕這種以「天理」詮釋《詩經》本文的理學觀點，尤其表現在對〈周頌・維天之命〉、〈大雅・文王〉、〈烝民〉〈小雅・旱麓〉的解釋上。其中以〈周頌・維天之命〉最爲顯然。程氏曰：「『天命不已』，文王純於天道，亦不已。純則無二無雜，不已則無間斷先後。」何謂「純」？何謂「不已」？程氏以「誠」、「敬」解釋「純亦不已」，云：「『天地設位而易行乎其中』，只是敬也。敬則無間斷，體物不可遺者，誠敬而已矣，不誠則無物也。《詩》曰：『維天之命，……文王之德之純。』純亦不已，純則無間斷。」將天命與「誠」、「敬」相連結。又說：「『維天之命，於穆不已。』自是理自相續不已，非是人爲之。如使可爲，雖使百萬般安排，也須有息時。」〔註120〕誠、敬

〔註117〕關於經學史上「宋學」的內涵，參見蔣秋華：《二程詩書義理求》，頁17—21。台灣大學中國文學研究所博士論文。

〔註118〕蔣秋華從經學發展的歷史考察宋代學術的性質，以爲「理學實孕育於經學之中，且其成長亦以輔翼經學爲職志，故自經學發展歷程而言，謂理學即經學，爲其發展之一階段，實無不當。」《二程詩書義理求》，頁10—16。

〔註119〕《河南程氏遺書》卷11，《二程集》，上冊，頁130。《河南程氏經說》卷3，《二程集》，下冊，頁1085。台北漢京文化公司印行。

〔註120〕關於〈周頌・維天之命〉的二段文字解釋，見《河南程氏遺書》，卷5，《二程集》，上冊，頁77；卷11，《二程集》，上冊，頁118；卷18，《二程集》，上冊，頁226。台北漢京文化公司印行。

與天命、天理成為二程解說〈周頌·維天之命〉章句的基本架構，也是二程理學的重要觀念。由此也可見出二程《詩》學理學化的強烈傾向，故朱子曾言：「伊川解《詩》亦說得義理多了。」〔註121〕除了以天理、義理解說《詩經》本文，二程也從性情、心性、誠意、修身等觀點解釋，〔註122〕充分發揮理學家的義理解經精神，使三百篇呈現另一種完全不同的風貌。

　　延續了二程的解經方法，朱子對於三百篇的詮釋很多地方仍然以天理、天道為基點，將《詩經》變成他的理學學說最佳註解。因此，除了對那些具有形而上意義或理學意味的篇章說解，如〈大雅·文王〉、〈大雅·烝民〉、〈周頌·維天之命〉。〔註123〕此外，《大學》、《中庸》引用《詩經》的篇章，證明修身、誠意之理，賦予這些篇章性理氣味，但卻未加以申述者，朱子也都重新加以闡論。〔註124〕扣除這二類原本就具有或後來具有理學氣味的篇章，在《集傳》裡仍可見出朱子以義理解《詩》的特色。如云〈小雅·鶴鳴〉：「蓋鶴鳴於九皋，而聲聞于野，言誠之不可揜也。魚潛在淵或在于渚，言理之無

〔註121〕朱鑑：《詩傳遺說》，《通志堂經解》，總頁10075。台北漢京文化公司印行。
〔註122〕關於二程以理學解《詩》的討論，參見譚德興：〈試論程顥程頤的詩學思想〉，中國詩經學會編：《詩經研究叢刊》第六輯，頁96—120。北京學苑出版社印行。譚氏分別從「擺落漢唐，獨研義理」、「《詩》分六興，以興為重」、「性其情與情其性」、「以誠意論《詩》的特殊情懷」等四點敘述二程的《詩》學思想。但透過上舉文字，可知在「天」、「理」、「性」、「命」、「心」、「情」、「誠」、「敬」等理學條目中，二程仍以「天理」為主要闡述的重心，故而近人蔣秋華在分析二程的《詩》《書》義理精神時，特別標舉「維天之命」作為二程的主要《詩》學思想，詳《二程詩書義理求》，頁267—278。
〔註123〕〈大雅·文王〉：「假哉天命，有商孫子」、「侯服于周，天命靡常」、「永言配命，自求多福。」的「天命」；〈大雅·烝民〉：「天生烝民，有物有則。民之秉彝，好是懿德。」的「天」；〈周頌·維天之命〉：「維天之命，於穆不已。於乎不顯！文王之德之純。」的「天命」。這些「天命」、「天」都具有「形上學意義的實體」之涵義。
〔註124〕《大學》引《詩經》篇章為例，藉以說明《大學》之理，共計12次10篇。除〈大雅·文王〉3次外，其餘皆為1次：〈商頌·玄鳥〉、〈小雅·綿蠻〉、〈衛風·淇奧〉、〈周頌·烈文〉、〈周南·桃夭〉、〈曹風·鳲鳩〉、〈小雅·蓼蕭〉、〈小雅·南山有臺〉與〈小雅·節南山〉。《中庸》引《詩經》篇章為說明之例證，共計16處，14篇。除〈大雅〉的〈抑〉與〈烝民〉各2次外，其餘皆1次：〈大雅·旱麓〉、〈豳風·伐柯〉、〈小雅·常棣〉〈大雅·假樂〉、〈周頌·維天之命〉、〈周頌·振鷺〉、〈衛風·碩人〉或〈鄭風·丰〉（按：《中庸》第33章引《詩》曰「衣錦尚絅」，此句〈衛風·碩人〉、〈鄭風·丰〉皆作「衣錦褧衣」，一個句子同時出現在兩篇中，在統計上僅算1篇）、〈小雅·正月〉、〈商頌·烈祖〉、〈周頌·烈文〉、〈大雅·皇矣〉與〈大雅·文王〉。

定在也。園有樹檀而其下維蘀，言愛當知其惡也。他山之石而可以爲錯，言憎當知其善也。由是四者引而伸之，觸類而長之，天下之理其庶幾乎。」說〈大雅・下武〉第二章：「言武王能繼先王之德，而長言合於天理，故能成王者之信於天下也。」〔註125〕《詩序》：「〈鶴鳴〉，誨宣王也。」只說規誨周宣王之作，毛《傳》從「興」的角度解說，朱子則改「興」爲「比」，且擴而充之，以誠意、天理及心性之情解說此篇，不止詩文本身的原意不清，且犯了以《詩》言理的毛病，故而姚際恆斥爲「以《詩》爲言理之書，切合《大》、《中》、《論語》，立論腐氣不堪，此說《詩》之魔也」。〔註126〕其他如以「義理」、「天理」解〈邶風・日月〉、〈泉水〉、〈鄘風・蝃蝀〉；以「正心誠意」解〈召南・騶虞〉；以忠恕之道解〈小雅・角弓〉；以性情解〈周南・關雎〉、〈魯頌・駉〉等等，〔註127〕皆可見出朱子以理解《詩》的特色。

　　嚴粲身處這種理學盛行的學術潮流之中，對於三百篇的解釋自然深受影響，而帶有部分的道學家色彩。作爲「以呂祖謙《讀詩記》爲主，而雜採諸說以發明之」的《詩緝》，〔註128〕就理學這一部份言，嚴粲對於呂祖謙的繼承、

〔註125〕朱子：《詩集傳》，頁 121、187。

〔註126〕姚際恆：《詩經通論》，《姚際恆著作集》，頁 285。台北中央研究院中國文哲研究所印行。姚氏言：「解此篇最紕繆者，莫過《集傳》。以『鶴鳴』二句言『誠之不可揜』；『魚潛』二句言『理之無定在』……後二比雖言用人，亦蒙混。且此言用人而上言『誠』言『理』，迴不類。蓋其意以第一比合《中庸》『鬼神之爲德』章；第二比合《論語》『仰之彌高』章；後二比合《大學》『修身、齊家』章。」

〔註127〕解〈邶風・日月〉末章「報我不述」：「述，循也。言不循義理也。」解〈泉水〉三章：「言如是則其至衛疾矣，然豈不害於義理乎？」解〈鄘風・蝃蝀〉末章：「言此淫奔之人但知思念男女之欲，是不能自守其貞信之節，而不知天理之正也。」分見《詩集傳》，頁 17、24、32；解〈召南・騶虞〉一章大義：「蓋意誠心正之功不息而久，則其薰烝透徹、融液周遍，自有不能已者，非智力之私所能及也。」《詩集傳》，頁 14；解〈小雅・角弓〉第四章：「相怨者各據其一方耳。若以責人之心責己，愛己之心愛人，使彼己之間交見而無蔽，則豈有相怨者哉？」《詩集傳》，頁 166；解〈周南・關雎〉篇名：「蓋德如雎鳩，摯而有別，則后妃性情之正固可以見其一端矣。至於寤寐反側、琴瑟鍾鼓、極其哀樂而皆不過其則焉。則詩人性情之正，又可以見其全體也。……然學者姑即其詞而玩其理以養心焉，則亦可以得學詩之本矣。」《詩集傳》，頁 2。解〈魯頌・駉〉「思無邪」：「孔子曰：『《詩》三百，一言以蔽之，曰：「思無邪」。』蓋《詩》之言美惡不同，或勸或懲，皆有以使人得其性情之正。」《詩集傳》，238。

〔註128〕《四庫提要》：「是書以呂祖謙《讀詩記》爲主，而雜採諸說以發明之，舊說有未安者，則斷以己意。」《四庫全書總目》，第 1 冊，卷 15，頁 344。按：

取用，顯然卻很少。除了〈小雅·常棣〉第一章下及〈大雅·卷阿〉第二章「有馮有翼」等五句下曾引呂祖謙「本心」、「涵養」之說外，〔註129〕其餘的多爲二程、朱子以及其他學者的意見。嚴粲引用許多程、朱以理學解《詩》的文字，這些固然雖然並非嚴粲本身的意見，但是從中卻可以見出嚴粲對於程、朱以理學解《詩》的繼承。將嚴粲對於前輩學者以理解《詩》的繼承鎖定在程、朱身上，除了因爲程、朱爲一代理學宗師，影響了宋代學術的發展之外，也因他們都有經學的專門著作。程朱的經學著作裡帶有濃厚理學色彩的文字，具有一種時代學術的指標與特色，當然很能影響後代學人，嚴粲自然不例外，在《詩緝》中，其所引用的具有理學色彩的文字，就以程、朱二人爲最多，尤其是朱子。〔註130〕

二、嚴粲以理學解《詩》的特點

嚴粲《詩緝·自序》提到讀《詩》的方法：「古今性情一也。能會孟氏說《詩》之法，涵詠三百篇之性情，則悠然見詩人言外之趣。」孟子對於《詩》、《書》提出「以意逆志」與「知人論世」的解經方法。嚴粲此處主要針對「以意逆志」而言，以主體感悟的方式，體會《詩經》蘊藏的性情，得到超脫文字語言的旨趣。〈條例〉云：「集諸家之說爲《詩緝》，舊說已善者，不必求異。有所未安，乃參以己說。要在以意逆志，優而柔之以求吟詠之情性而已。」嚴粲於〈大雅·靈臺〉二章下云：「孟子最善說《詩》，只『民樂其有麋鹿魚鱉』一語，道盡《詩》意。」〔註131〕林希逸《詩緝·序》也說嚴粲之書：「辭錯而理，意曲而通，逆求情性於數千載之上。」

本文〈前言〉引述此文較爲完整，爲了閱讀上的方便，此處再設此一簡註。

〔註129〕嚴粲於〈小雅·常棣〉第一章下引《詩記》曰：「疏其所親而親其所疏，此失其本心者也，故此詩反覆言朋友之不如兄弟，蓋示之以親疏之分，使之反循其本也。本心既得，則由親及疏，秩然有序。」《詩緝》，卷17，頁11。又於〈大雅·卷阿〉「有馮有翼，有孝有德，以引以翼。豈弟君子，四方爲則」二章下引《詩記》曰：「賢者之行非一端，必曰『有孝有德』何也？蓋人主常與慈祥篤實之人處，其所以興起善端，涵養德性，鎮其躁而消其邪，日改月化，有不在言語之間者矣。」《詩緝》，卷28，頁14。

〔註130〕就以理解《詩》的文字而言，嚴粲引用前輩學者的意見大約有12家，包括：錢氏、張氏、范氏、王氏、楊氏、陳氏、劉氏、曹氏、李氏、張載及二程、朱子。就所有出現的總條數而言，除了朱子12處，程子、陳氏有3處，張子、范氏、王氏、李氏各2處，其餘皆1處。總共31條，而程、朱便佔了15條之多。

〔註131〕《詩緝》，卷26，頁20—21。

　　可見《詩緝》釋詩的主要目的與方法在於逆求古人之情性、性情，這也是嚴粲解《詩》的著力點之一。例如〈大序〉解說詩歌創作的歷程，以及變〈風〉、變〈雅〉之所以作的原因時，嚴粲都從性情的角度解釋。〔註132〕這種以性情爲主導的詩觀，雖不必定爲理學家所有，但嚴粲在使用「性情」一詞時，確實帶有明顯的理學色彩。對於〈大序〉「詩者，志之所之也。在心爲志，發言爲詩。情動于中而形於言，言之不足故嗟歎之」之言，嚴粲的解釋是：「蓋詩由所感而作，不能自已。出於人情之眞，而非僞也。舉手而舞，動足而蹈，身爲心使，不自覺也。虛一而靜者，心也。言心之所主，則謂之志；言心之感於物而有喜怒哀樂之殊，則謂之情。」〔註133〕說心與志、物與情之間的關係，顯是理學家的口吻。這先天的虛一而靜的靈明之心本爲善的，後來因爲被後天習氣或物欲的影響所蒙蔽，使得天生的善性、善心轉而冥昧不覺，是故《詩緝》於〈大雅‧板〉第六章言：「泛言治民之道也。言人心本虛明，以物欲窒之，則如牆然，冥昧罔覺。苟能順天之理，以開明人心，如開牖於牆，復其本然之明也。」〔註134〕

　　既然嚴粲對三百篇關注的焦點經常擺在心、性、情等修養之論述，那麼在引用前人以理解《詩》的學說時，有關情性、性情、心性、心理之說就成爲最主要的內涵了。其實不僅引用前人的以理說《詩》，嚴粲自己在說解三百篇時，也時常從心、性、情等角度來加以詮釋，在扣除一些非理學意味的心性情之說之後，〔註135〕我們可以發現嚴氏常將心性與義理、天理互相搭配解

<hr>

〔註132〕嚴粲解釋〈大序〉「詩者，志之所之也，在心爲志，發言爲詩。情動於中而形於言，……不知手之、舞之、足之、蹈之也」，云：「蓋詩由所感而作，不能自已，出於人情之眞而非僞也。……言心之感於物而有喜怒哀樂之殊，則謂之情。」卷1，頁4。又解釋〈大序〉「上以風化下，下以風刺上，主文而譎諫。言之者無罪，聞之者足以戒，故曰風。……故變風發乎情，止乎禮義。發乎情，民之性也；止乎禮義，先王之澤也」一段云：「此申說吟詠情性之意。變風發乎喜怒哀樂之情以風刺其上，出於性也。言性動而之情也。其言止乎禮義而不失其性之德，則由於先王教化之澤淪浹於人心者未泯也。夫人之怨怒哀思易爲血氣所亂，往往流於情之過，而失其性之正，非教化入人者深，何以能止於禮義邪？」卷1，頁9。

〔註133〕《詩緝》，卷1，頁3～4。

〔註134〕《詩緝》，卷28，頁26～27

〔註135〕如說〈魏風‧十畝之間〉的「十畝」爲「詩人性情之言，特甚言之，未必盡據名數」，卷10，頁9；說〈豳風‧東山〉：「此設爲軍士自道之辭，反日委折，曲盡人情之私。」卷16，頁23；說〈小雅‧四牡‧序〉：「此特序詩者之辭，以爲使臣有驅馳之勞，而其君能深體之，其心之喜悦當如何？」卷17，頁4；

說。義理存在人心，當人心純然一片義理時，人心即義理，人心即天理。故而人心之樂即義理之樂，天下之人皆可以有此喜樂。〈小雅‧菁菁者莪〉：「以君心之樂感人心之樂，義理之樂同也。」〔註136〕人心成了義理是否得以實現的本源，若心澄明除蔽，則義理自見。〈小雅‧節南山〉：「作此歌誦以窮究王致凶亂之由，乃是王心之未回，王庶幾改化其心，以養萬邦，謂心一悔悟，則本原既正而萬物皆理矣。」〔註137〕（而此人心之義理又可以用「中」一字來表示）。故云「民心莫不有是中」、「中者，民心所自有。」〔註138〕

另外，嚴粲也用「良心」來解說詩文，如解〈秦風‧渭陽‧序〉「康公念母也」爲「念母者，康公之良心也。既而不能自充，亟修晉怨，此之謂失其本心」。〔註139〕「良心」不一定是理學專用語，但這裡顯然有理學的意味，因爲嚴粲把「良心」與「本心」連著說，相對著看，良心的實體意味也跟著顯明了。言及康公之「失其本心」，嚴粲配合《詩序》，把〈渭陽〉與〈權輿〉視爲同一組作品。《詩序》：「〈權輿〉，刺康公也。忘先君之舊臣與賢者，有始而無終也。」嚴粲謂：「康公其初之待我在渠渠然深廣之大屋，其後待賢之意浸衰，供億浸薄，賢者每食而無餘，即飲食一節，以見其待賢之意衰也，非責其禮也，於是歎之，言不能承繼其始也。」〔註140〕良心既已本然爲善，那麼又要如何見其良心呢？嚴粲強調的是「興」的作用，例如其解〈小雅‧菁菁者莪〉云：「興也。莪蒿雖微物，美而可食，故以喻人才。……喻君子能長育人才，無微不遂也。既見此能育材之君子，則莫不喜樂而有威儀。樂見良心之興起有儀，見善教之作成。」〔註141〕「興」作爲毛《傳》解說《詩》的表現技巧，其內涵本來極爲豐富，爭議也極多。除了類如「比」般地附帶某種比擬的文學技巧之外，「興」本身最主要的是富含另一層次的感發意味。〔註142〕孔子說：「興於《詩》」（《論語‧

〈小雅‧采薇〉「方遣行之初，而豫道其將來之勞苦，見深體之心也」，卷17，頁 28；〈小雅‧頍弁〉「族人之情迫切如此，豈眞望王宴樂哉？」卷 23，頁23；〈大雅‧公劉〉「公劉猶恐民之初遷有懷，不能以自荅，迺復宣導在下之情欲，人人皆得其所也」，卷28，頁3。

〔註136〕《詩緝》，卷18，頁41—14。
〔註137〕《詩緝》，卷20，頁9。
〔註138〕《詩緝》，卷32，頁17。
〔註139〕《詩緝》，卷12，頁24。
〔註140〕《詩緝》，卷12，頁25～26。
〔註141〕《詩緝》，卷18，頁14
〔註142〕相關問題之討論詳拙著《朱子詩經學新探》，頁 198～209。台北五南圖書公司印行。

泰伯〉)「《詩》可以興。」(《論語・陽貨》),何晏引包咸、及孔安國之注解,一作「起」,一作「引譬連類」,似乎預告了後代解說「興」的二個大趨向。〔註143〕朱子在爲這二處的「興」作解釋時,則顯然的從道德生命經驗去解釋。所以說「興」爲「興起其好善惡惡之心」,爲「感發志意」。〔註144〕此二注解已經觸及了孔子對《詩》與人生的作用的看法。孔子以爲讀《詩》可以開啓人的生命(精神的、眞實的生命),也是「開啓人的道德生命所必須」。〔註145〕因此,興與道德意識有關,尤其與「仁」有直接的關連。〔註146〕而嚴粲也從感發興起的角度解說天生的仁心、仁性。如說〈大雅・旱麓〉第三章:「鳶飛至天,魚躍其淵,言天壤之內莫不自得其性,而不知所以然也。豈弟文王,遐不作人乎?言有以興起之,而使之不自已也。遐,言作人之久也。作之以豈弟是性,天感發之妙,自有手舞足蹈而不自知者,惟久於其道者能之。」〔註147〕這裡的「興起」、「感發」其實爲同義詞,都指文王對百姓的教化作用,興起(感發)仁的善心、善性,使得各得其天命之本性。所以在〈大雅・棫樸〉又說:「人心之善,作之則興,自暴自棄,習俗益流於下者,由上之人無以興起耳。」並連舉《孟子・盡心下》「經正,則庶民興」、〈盡心上〉「待文王而興者,凡民也」、〔註148〕〈盡心下〉「奮乎百世之上,百世之下聞者莫不興起也」之語爲例,說:「人同此心,心同此理,非外立一道,以疆其所無,特作而興之,使之自不能已,不知所以然而然。」〔註149〕「作之則興」、「無以興起」、「作而興之」的「興」,皆是強

〔註143〕《論語・泰伯》:「興於《詩》。」包曰:「興,起也。言脩身當先學詩。」《論語・陽貨》:「《詩》可以興。」孔曰:「興,引譬連類。」《論語注疏》,頁71、156。台北藝文印書館印行。

〔註144〕朱子解「興於《詩》」云:「興,起也。《詩》本性情,有邪有正。其爲言既易知,而吟詠之間,抑揚反覆,其感人又易入,故學者之初,所以興起其好善惡惡之心,而不能自已者,必於此而得之。」解「《詩》可以興」則云:「感發志意。」《四書章句集注》,頁141、249。台北大安出版社印行。

〔註145〕張亨:《思文之際論集》,頁88、91。台北允晨文化公司印行。

〔註146〕馬一浮云:「人心若無私係,直是活鱍鱍地,……此便是興。若一有私係,便隔十重障,……如夢忽醒,如仆者之起,如病者之蘇,方是興也。興便有仁的意思。是天理發動處,其機不容已,詩教從此流出,即仁心從此顯現。」《復性書院講錄》卷2,劉夢溪主編:《中國現代學術經典:馬一浮卷》,頁145。石家莊市河北教育出版社印行。

〔註147〕《詩緝》,卷25,頁37。

〔註148〕今本《孟子・盡心上》作:「待文王而後興者,凡民也。」《孟子注疏》,頁231。

〔註149〕《詩緝》,卷25,頁33。

調對人心善端的感發，人心受到感發，則自然興起奮發。

嚴粲從良心的角度詮釋詩文，也觸及到「興」的概念，他解釋〈小雅・菁菁者莪〉的「興」與朱子解釋〈淇奧〉第一章「有匪君子，如切如磋，如琢如磨。瑟兮僩兮，赫兮咺兮」的方式相似，〔註150〕而朱子之前的程子，也曾運用相近似的「興」義解《詩》，〔註151〕再由程子往上溯源，則《論語》中孔子與子貢、子夏論詩的貳段文字才是這種以「興」解詩的最早源頭。〔註152〕嚴粲以興解《詩》，從道德生命的感發詮釋三百篇，自然受到這一系《詩》教傳統的影響。

良心作爲本然的善心，若受到後天的人爲的蒙蔽，則無法展現其澄明的本性。因此，一旦受到感發，則本然的良心便如泉水之湧出、草木之生發，源源不已、生生不窮的生發。如〈大雅・緜〉「虞芮質其成，文王蹶厥生」之句，嚴粲云：「生者，本然之良心，與生俱生者。以其生生不窮，故謂之生。猶《孟子》言『生則烏可已』。」〔註153〕嚴粲用本然的良心解釋「文王蹶厥生」的「生」字之意，此與傳統毛、鄭、孔的注解有所不同，〔註154〕並且舉《孟子》原文爲例，說明此章之意義爲：「述文王有虞、芮質成之事也。虞、芮二國之君以爭田之訟質正而求其平。意謂文王所定曲直必無偏陂

〔註150〕 朱子解〈衛風・淇奧〉第一章云：「衛人美武公之德，而以綠竹始生之美盛，興其學問自修之進益也。」《詩集傳》，頁34～35。台北臺灣學生書局印行。

〔註151〕 程頤解〈陳風・防有鵲巢〉云：「有叢林之蔽翳，則鵲巢之，興人心有蔽昏，則讒譖者至。邛，丘也，謂丘原廣平之處，則有苕生之美草，興人心高明平夷，則來善言。……中唐，宮下之地，瓦礫所聚也，興處汙則不善者從焉。」《河南程氏經說》，卷3，《二程集》，下冊，頁1062。

〔註152〕 《論語・學而》記載，子貢曰：「《詩》云：『如切如磋，如琢如磨』，其斯之謂與？」子曰：「賜也，始可與言《詩》已矣！告諸往而知來者。」〈八佾〉記載，子夏問曰：「『巧笑倩兮，美目盼兮，素以爲絢兮。』何謂也？」子曰：「繪事後素。」曰：「禮後乎？」子曰：「起予者商也，始可與言《詩》已矣！」《論語注疏》頁8、26。台北藝文印書館印行。

〔註153〕 《詩緝》，卷25，頁29。

〔註154〕 毛《傳》解釋此二句云：「質，成也；成，平也；蹶，動也。」並以虞、芮相爭訟之事言之。並沒有直接解釋「生」字之意。鄭《箋》云：「虞、芮之質平，而文王動其緜緜民初生之道，謂廣其德而王業大。」釋「生」爲緜緜初生之道。《孔疏》直接承繼鄭玄之說，解「生」爲「太王初生之道」。何謂「太王初生之道」？依據鄭、孔之意，當指太王剛創始周王朝之業，「生」指王業之初生。是以《孔疏》又云：「此直增動大王民之初生耳，而連言緜緜者，明大王於緜緜之中而初生王業，今文王又動之，見文王所動，大於緜緜後之初生，故連言之。」《毛詩正義》，頁551。台北藝文印書館印行。

也。文王有以感動其本然之良心，乃使之自忘其爭焉。人之良心如木之有根，生生不窮，故謂之生。」〔註155〕「生」爲生生不窮之意，虞、芮二國國君因爲感動於文王的教化，故而使其良心興起，生生不窮。這生生不窮的良心有如草木之本根，會一直成長、擴充，凡百行善行皆由此良心而出，〔註156〕故詩文的「生」當指此生。文王感動了虞、芮二國國君本然之良心，使其生生不窮，這讓嚴粲可以引《孟子‧離婁上》爲證，而《孟子》的「生」也同時被嚴粲賦予不同的涵義，這二處的「生」同時都帶有心理生發、感興不已的意思。〔註157〕

　　嚴粲《詩緝》尚有以四書之義解說經文者。相較於前朝，宋代經學的重大改變在於四書地位的提升。五經雖然依舊是重要的經典，地位與價值並沒有降低，但是四書逐漸成爲當時學者研究的重點，尤其是理學家對於四書的重視，幾乎可以說是以之爲研讀核心，也是發揮義理的重要依憑。嚴粲《詩緝》有援引四書語說解者，如解〈大雅‧文王〉：

> 「穆穆」者，《中庸》之「齊莊」、「有敬」，即「雝雝在宮，肅肅在廟」也。「熙緝敬止」者，《中庸》之「至誠無息」，即「純亦不已」也。〔註158〕

嚴粲解釋地很簡潔，將「穆穆」、「雝雝在宮，肅肅在廟」等同於《中庸》的「齊莊」、「有敬」。將「熙緝敬止」等同於《中庸》的「至誠無息」、「純亦不已」。這樣的解釋方式跟傳統的處理不同。解釋經典雖然有諸經互證的方式，可是一

〔註155〕《詩緝》，卷25，頁29。

〔註156〕嚴粲又云：「虞、芮以忿爭，汩其良心，如木有物以閼，其生理不得遂其暢茂，然其所謂生生不窮者，未嘗絕也。迨夫感文王之化而翻然自悟，如去其壅閼，而生意沃然矣。一念既改，百行萬善，皆由是而充之，此之謂『蹶厥生』。」《詩緝》，卷25，頁29—30。

〔註157〕今本《孟子‧離婁上》原文作「生則惡可已也」。《孟子》本章之意，爲說仁、義、禮、智、樂之實。孟子曰：「仁之實，事親是也。義之實，從兄是也。智之實，知斯二者弗去是也。禮之實，節文斯二者是也。樂之實，樂斯二者，樂則生矣。生則惡可已也？惡可已，則不知足之蹈之、手之舞之。」這裡的「生」原指樂之生，因爲能節文事親從兄，不失其節，而文其禮敬之容，故中心樂之。樂由此而生。趙岐《注》：「樂此事親從兄出於中心，則樂生其中矣。樂生之至，安可已乎！」《孟子注疏》，頁137。

〔註158〕《詩緝》，卷25，頁5。按：《中庸》：「唯天下至聖，爲能聰明睿知，足以有臨也；寬裕溫柔，足以有容也；發強剛毅，足以有執也；齊莊中正，足以有敬也；文理密察，足以有別也。」《四書章句集注》，頁51。

般來說是要在相同的事件或語句下進行比對、補充。如《毛詩正義》在〈大雅‧文王〉疏文中亦引述《中庸》，但功用在提供訓詁上的證據。〔註159〕嚴粲不僅引述《四書》，還將其中義理用於說解《詩經》之義，如〈周南‧芣苢〉之〈序〉提到「文王之道」，嚴粲的解釋爲：「道，謂脩身、齊家之道也。」〔註160〕格物、致知、誠意、正心、修身、齊家、治國、平天下是《大學》所示最重要的八個中心條目。《大學》原爲《禮記》中的一篇，並無章節，後經程頤、朱熹等重新編定，成爲理學家重要的經典。嚴粲在《詩緝》中對《大學》的運用較偏重在修齊治平之義，如其解〈大雅‧抑〉言「〈抑〉詩多自警之意。所言脩身、齊家、治國、平天下之道，與《中庸》、《大學》相表裏」，「有覺悟者，德行也。有德行，則曰國服從之矣。欲明明德者，先致其知也。用賢脩己，治道之大端舉矣」，〔註161〕就是個明顯的例子。

　　除了引四書之義以解詩之外，嚴粲也將四書作爲重要的義理證據，例如前云嚴粲在解說〈大雅‧棫樸〉時引述《孟子》「經正，則庶民興」、「待文王而興者，凡民也」、「奮乎百世之上，百世之下聞者莫不興起也」〔註162〕之語，就是個明顯的例子。嚴粲以《孟子》之〈盡心〉上下篇諸文字來解釋「遐不作人」之意，在此，《孟子》稱不上是訓詁證據，更談不上是以闡釋《孟子》義理來解《詩》，應該可以這麼說：《孟子》成爲嚴粲個人對義理說解的輔助證據。實際上，運用四書的義理解說《詩經》本來早有前例，〔註163〕而到了宋代，更是蔚爲風潮。嚴粲身處理學發達的時代，自然對這種解經方式極爲習慣，由前引諸條目中可以窺知一二。在這些以四書解《詩》的條目中，大部分都是有跡可尋的，如四書本身中引用的詩句，使這些詩句帶有義理性質的篇章，或者宋代學者重新發現，重新以義理角度解釋《詩經》，發現、補充

〔註159〕《大雅‧文王‧孔疏》：「『亹亹，勉也』，〈釋詁〉文。『哉』與『載』古字通用。《中庸》言『栽者培之』，注引『上天之載』，是其通也。」《毛詩正義》，頁534。

〔註160〕《詩緝》，卷1，頁32。

〔註161〕《詩緝》，卷29，頁7～8。

〔註162〕《詩緝》，卷25，頁33。

〔註163〕如〈小雅‧皇皇者華〉「載馳載驅，周爰咨詢」下毛《傳》及《孔疏》以《中庸》之「中和」解釋其章句毛《傳》云：「親戚之謀爲詢。兼此五者，雖有中和，當自謂無所及成於六德也。」《孔疏》云：「毛《傳》不言忠信而云中和者，《中庸》曰：『喜怒哀樂之未發謂之中，發而皆中節謂之和。』則中和者秉心塞淵，出言允當之謂也。然於文，中心爲忠，人言爲信，是忠信、中和事理相類，故毛以忠信爲中和。」《毛詩正義》，頁319—320。

或發揮四書沒有提到的具有義理性質的《詩經》章句。嚴粲對這些章句的沿用承襲或闡述，在《詩緝》中是歷歷可見的，〈大雅·文王〉、〈大明〉、〈棫樸〉、〈旱麓〉、〈思齊〉、〈皇矣〉、〈抑〉、〈烝民〉、〈周頌·維天之命〉、〈敬之〉等等，就是屬於這一類型的篇章，就其內容來看，嚴粲較少放入個人意見。唯獨〈周頌·思文〉之篇較具特色，充分表現出理學家的解經色彩。〈思文〉：「思文后稷，克配彼天。立我烝民，莫匪爾極。」毛《傳》解「莫匪爾極」云：「極，中也。」嚴氏云：

> 蓋民心莫不有是中，而阻飢則失其常心。自后稷播時百穀，存立眾民之命，而後各復其受中之性，是民之中皆是后稷之中也。后稷遺我民以來牟二麥之種，此乃天命后稷遍養斯民，無此疆界之別，遂使人倫常道得陳於中國也。……天能予民以中，后稷能全民之中，天以遍覆為德，后稷則達天之德。中者，民心所自有，特因后稷有以養之而勿喪耳。后稷以己之中予之而曰『莫匪爾極』，何也？后稷之心與斯民之心同，此一中非二物也。斯民既全其中，則斯民與后稷同此心亦同此理，更無差別。民之中即后稷之中，故曰「莫匪爾極」。〔註164〕

嚴粲在這裡運用《中庸》「中」的觀點解釋〈思文〉章句，顯然是受到毛《傳》的啟示。但毛公的「中」是否即為《中庸》的「中」？其可能性極低。依據鄭玄及孔穎達的最初解釋，毛公的「中」指「中正」的「常性」。而鄭玄與孔穎達把「中」與「性」相連著解釋，的確使毛公的「中」帶有某種程度的本體論意味，不只是人性論意味而已。〔註165〕再回過頭來看《中庸》的「中」：「喜怒哀樂之未發，謂之中；發而皆中節，謂之和。中也者，天下之大本也；和也者，天下之達道也。致中和，天地位焉，萬物育焉。」這裡是連著喜怒哀樂之情來說「中」，因此「中」的本體論意義並不明顯，講究修養的功夫論才是被突出的。反觀嚴粲對「中」的解釋，可以發現他一直注重「中」的本體論形上意義的發揮。所謂「蓋民心莫不有是中」、「各復其受中之性」、「民之中皆是后稷之中」這民心之「中」就是《中庸》首章「天命之謂性」的天

〔註164〕《詩緝》，卷32，頁17—18。

〔註165〕鄭《箋》：「昔堯遭洪水，黎民阻飢，后稷播殖百穀，烝民乃粒，萬邦作乂，天下之人無不於女時得其中者。言反其性。」《孔疏》：「昔堯遭洪水，后稷播殖百穀，存立我天下眾民之命，使眾民無不於爾后稷得其中正。言民賴后稷復其常性，是后稷有大功矣。」《毛詩正義》，頁721。

命之性。故云「中」爲「民心所自有」、「民之中及后稷之中」，二者無二無別。

從嚴粲對前人的以理解《詩》的引用文字裡，可以發現嚴粲對於「誠」或者「天理」這一類形而上的天道實體並無太高之興致。心、性、情等修養之說才是嚴粲始終關注的焦點。但這並不表示嚴粲對於理學基本概念中「天理」的忽略，由《詩緝》中反覆出現的「天理」、「天命」等字彙，可以得知嚴粲對「天理」或「理」的關注。首先，嚴粲認爲天地之間有一個最高的形上原則，稱爲「天理」。嚴粲於〈大雅·皇矣〉言：

> 文王之心，純乎天理，非有私意喜怒。……天理之自然爲之則，即有物有則，乃見天則，謂理之不可踰也。文王無一毫人僞之私，油然大順安行乎天理之自然。所謂順者，由仁義行，非行仁義也。〔註166〕

「天理」是自然流出，無私念喜怒於其中的最高理則。順應、實踐天理即是至善。故而〈大雅·烝民〉首章「天生烝民，有物有則」，此「則」即來自於天，是天生之性，民若能順此天性，則能好德：「天生眾民，具形而有物，稟性而有則。則即帝則也，以其具於吾身，與生具聲，不可逾越，故謂之則。如有耳目則有聰明，有父子則有慈孝，皆天理之不可逾越也。民皆稟此常性，故皆好此懿德。」〔註167〕所以違背天理會就是罪惡，嚴粲在〈唐風·無衣〉提到：「蓋以人倫之大變，天理之所不容，人人得而誅之」、「舊說以爲武公天理未盡滅，非也。曲沃自桓叔以來，弒逆屢矣。武公躪父、祖之惡，卒滅其宗國而自立，豈復顧天理耶。」〔註168〕雖然天所賦予我人之性都一樣，確有賢愚之分，其原因在於氣稟的不同。嚴粲顯然接受這種說法，因此從先天氣稟的差異來解釋現實世界中賢愚的不同。故謂：「文王之所以爲聖也，孔氏以爲文王所以得聖，由其賢母所生。……大任乃文王之母，謂文王生於大任，而大任有敬德，其氣稟有自來矣。」〔註169〕又說：「庶人之愚是其稟賦之偏，如生而有疾，非其罪也，主於疾而已。」〔註170〕「於均稟同賦之中而有賢者獨鍾氣之粹焉，是有關於國家盛衰之數，而非偶然也。」〔註171〕

天理爲最高的形上原則，也是道德原則，與之接軌的是人心。而且天理

〔註166〕《詩緝》，卷26，頁16—17。
〔註167〕《詩緝》，卷30，頁18。
〔註168〕《詩緝》，卷11，頁22～24。
〔註169〕《詩緝》，卷26，頁1—2。
〔註170〕《詩緝》，卷11，頁22。
〔註171〕《詩緝》，卷11，頁24。

存於人心，具有普遍性原則，每個人心中都有天理之至善。嚴粲於〈大雅‧棫樸〉言：「人同此心，心同此理，非外立一道，以彊其所無，特作而興之，使之自不能已，不知所以然而然。」〔註172〕既然人心存有天理至善，那惡何以來？嚴粲以爲這是人心之良善被蒙蔽的緣故。嚴粲於〈大雅‧板〉言：「六章汎言治民之道也。言人心本虛明，以物欲窒之，則如牆然，冥昧罔覺。苟能順天之理，以開明人心，如開牖於牆，復其本然之明也。」〔註173〕。所以在上位者的工作便是順天之理，以開明人心，使人心回復本然的至善狀態。嚴粲相信被蒙蔽的人心是能被教導、教化的，故於〈鄭風‧緇衣〉云：「此詩止以公與祭仲有殺段之謀，故設爲公拒祭仲之辭，以天理感動之公論開悟之耳。」〔註174〕天理之公論可以喚回迷失的本心，故嚴粲解釋〈陳風‧墓門〉云：「興也。言性本非不善，以失教導，而流於不善。」〔註175〕當先天的至善被後天之環境、意識所蒙蔽時，解決之道就是透過後天的教導與化育，使心返回原來之正；凡此都可看出，嚴粲是一位典型的儒家學者。

第四節　嚴粲《詩緝》以文學說《詩》

　　《詩經》原本就是一部兼具經學與文學雙重性質的典籍，但宋朝開始，學者說《詩》才注意到三百篇的文學特點，在嚴粲之前，歐陽修、王安石、鄭樵、朱子等人解《詩》都能把部分精神擺於《詩》的文學特質之上，〔註176〕嚴粲則在其書卷前即已透露出他的重視詩的文學性：

　　　　《詩》之興，幾千年於此矣，古今性情一也。人能會孟氏說《詩》

　　　之濊，涵詠三百篇之性情，則悠然見詩人言外之趣。（〈詩緝前序〉，

　　　《詩緝》，頁3）。

除此之外，〈詩緝條例〉第一條就強調，「集諸家之說爲《詩緝》，舊說已善者不必求異，有所未安，乃參以己說，要在以意逆志，優而柔之，以求吟詠之情性而已。……使詩人紆餘涵泳之趣，一見可了。」〔註177〕嚴粲的重視《詩》

〔註172〕《詩緝》，卷25，頁33。

〔註173〕《詩緝》，卷28，頁26～27。

〔註174〕《詩緝》，卷8，頁6。

〔註175〕《詩緝》，卷13，頁10

〔註176〕詳洪湛侯：《詩經學史》，頁393。

〔註177〕《詩緝》，頁5。

之文學特性，由此可見一斑。〔註178〕

　　不過，前云嚴粲爲「舊中帶新」的說《詩》者，「舊中帶新」依然是舊，加以他對《詩序》首句全盤接受，詩旨的理解已先被說教型的舊說侷限住，則其以文學說《詩》的格局與氣象自然不可能太大，這已是預料中事了。

一、對六義的見解

　　《周禮·春官》有「六詩」之名詞，其順序爲風、賦、比、興、雅、頌。〔註179〕〈詩大序〉所謂的「六義」及指此而言。風、雅、頌之名義是非理解不可的，但其實並不如賦、比、興來得重要，蓋即使各家的解釋有出入，〈風〉、〈雅〉、〈頌〉就實際依序編列在《詩經》之中，沒有任何版本上的差異，甲乙兩人對於〈國風〉的意義理解不同，但毫不妨礙從〈關雎〉到〈狼跋〉等一百六十篇就是〈風〉詩。從〈鹿鳴〉到〈何草不黃〉共七十四篇就是〈小雅〉之詩；從〈文王〉到〈召旻〉共三十一篇就是〈大雅〉之詩；從〈清廟〉到〈般〉共三十一篇就是〈周頌〉之詩；從〈駉〉到〈閟宮〉共四篇就是〈魯頌〉之詩；從〈那〉到〈殷武〉共五篇就是〈商頌〉之詩。賦、比、興的解釋就顯得重要得多，《詩經》在編纂之時，並未逐一告訴我們各篇的創作技巧，亦即各詩的作者（或者說「詩人」）當初是採用哪一方式引領讀者進入詩歌的世界中，《詩》的原始編纂者並未作出任何判斷。儘管如此，有一點可以肯定，那就是無論是新舊派的《詩經》學家，在解釋六義之前，都必須先閱讀〈詩大序〉，以瞭解先秦儒家的《詩》學觀點，而欲知一位學者是否重視《詩》的文學性，觀察其對〈詩大序〉（甚至只要是文中的涉及「六義」一段）的支持程度，也不失爲一個捷徑：「〈關雎〉，后妃之德也，風之始也，所以風天下而正夫婦也。故用之鄉人焉，用之邦國焉。風，風也，教也，風以動之，教以化之。……詩有六義焉，一曰風，二曰賦，三

〔註178〕姚際恆〈詩經論旨〉曾指出：「嚴坦叔《詩緝》，其才長于詩，故其運辭宛轉曲折，能肖詩人之意；亦能時出別解。」《詩經通論》，《姚際恆著作集》，第1冊，頁7。

〔註179〕〈春官宗伯第三〉：「大師：掌六律、六同，以合陰陽之聲。陽聲：黃鐘、大蔟、姑洗、蕤賓、夷則、無射。陰聲：大呂、應鐘、南呂、函鐘、小呂、夾鐘。皆文之以五聲：宮、商、角、徵、羽。皆播之以八音：金、石、土、革、絲、木、匏、竹。教六詩，曰風，曰賦，曰比，曰興，曰雅，曰頌；以六德爲之本，以六律爲之音。」《周禮注疏》，頁354～356。台北藝文印書館印行。

曰比，四曰興，五曰雅，六曰頌。上以風化下，下以風刺上，主文而譎諫，言之者無罪，聞之者足以戒，故曰風。至于王道衰，禮義廢，政教失，國異政，家殊俗，而變風變雅作矣。國史明乎得失之跡，傷人倫之廢，哀刑政之苛，吟詠情性，以風其上，達於事變而懷其舊俗者也。故變風發乎情，止乎禮義。發乎情，民之性也。止乎禮義，先王之澤也。是以一國之事，繫一人之本，謂之風。言天下之事，形四方之風，謂之雅。雅者，正也，言王政之所由廢興也。政有小大，故有小雅焉，有大雅焉。頌者，美盛德之形容，以其成功告於神明者也。……〈關雎〉樂得淑女以配君子，憂在進賢，不淫其色，哀窈窕，思賢才，而無傷善之心焉，是〈關雎〉之義也。」〔註180〕嚴粲對此大致上是接受的，不過在〈周南・國風〉之篇題下，他更是完全接受朱子的意見：「國者，諸侯所封之域，而風者民俗歌謠之詩也。謂之風者，以其被上之化以有言，而其言又足以感人，是以諸侯采之以貢於天子，天子受之而列於樂官，於以考其俗尚之美惡，而知其政治之得失焉。舊說二南為正風，所以用之閨門、鄉黨、邦國而化天下也。十三國為變風，則亦領在樂官，以時存肄，備觀省而垂鑒戒耳。」〔註181〕朱子這個說法在新舊之說中取得了很好的平衡，嚴粲接受此一見地，無異也就表示他雖守舊，但也認同宋代逐漸而有的〈國風〉為民俗歌謠的看法，不過這裡要特別指出的是，〈國風〉一百六十篇中，若說篇篇皆為民歌，則與事實不合，〔註182〕是以《詩集傳・序》又謂「凡詩之所謂風者，多出於里巷歌謠之作，所謂男女相與詠歌，各言其情者也」，這個「多」字的使用顯出朱子比嚴粲的聰明之處，嚴粲引用朱說，證明他並不完全守舊，但錯過了這幾句，算是一個疏忽。另外對於《詩序》所言之「風，風也，教也，風以動之，教以化之」之句，嚴粲的詮解是「風有二義，風之優柔以感動其善心；教之敦勤，以變化其氣息」，且附加小字之註解：「朱氏曰：如風之著物，鼓舞震盪，物無不化，而不知為之者」。〔註183〕至此，我們大致可以發現，嚴粲對於朱子是相當倚重的，〈詩緝條例〉云：「小注毛氏稱『傳』，鄭氏稱『箋』，序注原不著姓氏者，

〔註180〕《毛詩正義》，頁 12〜19。
〔註181〕《詩緝》，卷 1，頁 2。按：嚴粲所引朱文較《詩集傳》略有減省。
〔註182〕參朱東潤：〈國風出於民間論質疑〉，《讀詩四論》，頁 1〜63。台北東昇出版公司印行。屈萬里：〈論國風非民間歌謠的本來面目〉，《書傭論學集》，頁 194〜215。台北台灣開明書店印行。
〔註183〕《詩緝》，卷 1，頁 3。

皆鄭氏說，今併稱『牋』。鄭氏《詩譜》稱『譜』，孔氏稱『疏』，《爾雅》稱其篇第，《爾雅‧疏》稱『釋』，諸家稱『氏』。」〔註184〕雖然《四庫提要》指出《詩緝》以呂祖謙《讀詩記》爲主，但根據筆者的統計，《詩緝》引朱氏之言遠多於「《詩記》曰」。〔註185〕〈大序〉僅針對風、雅、頌作解釋，賦、比、興卻並無解說，對此，嚴粲點名批評了孔《疏》之說：「詩之名三，曰風雅頌，此以風雅頌偕賦比興言之，爲三百篇之中有此六義，非指詩名之風雅頌也。孔氏謂風雅頌皆以賦比興爲之，非也。〈大序〉之六義，即《周官》之六詩，如孔氏說，是風雅頌三詩之中有賦比興之三義耳，何名六義、六詩哉！」〔註186〕事實上，〈詩大序〉的文字本來就顯得有欠完整，學者有時可以自行推測或補充（尤其是在解釋風、雅、頌之後的「是謂四始」一段）。依孔穎達之見，「六義次第如此者，以詩之四始，以〈風〉爲先，故曰風。風之所用，以賦、比、興爲之辭，故於風之下即次賦、比、興，然後次以雅、頌。雅、頌亦以賦、比、興爲之，既見賦、比、興於風之下，明雅、頌亦同之」，〔註187〕這個解釋可謂合理，今人或謂六義可分爲二：風、雅、頌者爲詩之體，賦、比、興爲詩之用，後者即在前者之中，並非離開風、雅、頌，別有所謂賦、比‧興；〔註188〕其說實與孔說同。嚴粲反對孔說，接著提出己見：

> 凡風動之者皆風也，正言之者皆雅也，稱美之者皆頌也。故得與敷陳之賦、直比之比、感物之興，竝而爲六也。呂氏言得風之體者多爲〈國風〉，得頌之體者多爲〈頌〉，〈風〉非無雅，〈雅〉非無頌，其說是也。若謂三詩之中止有三義，則比興之外，餘皆爲賦，然「不忮不求，何用不臧」於此六義爲雅，不當謂之賦。「稱彼兕觥，萬壽無疆」，此於六義爲頌，不當謂之賦。〔註189〕

原來嚴粲以六義皆動詞，風、雅、頌、賦、比、興之意分別爲風動、正言、稱美、敷陳、直比、感物，這是特殊而無法讓人接受的意見，就以〈關雎〉

〔註184〕《詩緝》，卷1，頁5。

〔註185〕按：《詩緝》引朱子說之次數爲577次，引呂氏說之次數爲175次。詳拙著《嚴粲詩緝新探》，頁171～188。台北文史哲出版社印行。

〔註186〕《詩緝》，卷1，頁6。

〔註187〕《毛詩正義》，頁15。

〔註188〕參胡樸安：《詩經學》，頁32。台灣商務印書館印行。

〔註189〕《詩緝》，卷1，頁6。

而言，它在〈國風〉之中，爲興體詩，即〈關雎〉論體裁體制、內容性質，屬六義中的「風」，論其創作技巧（佈局、架構）屬六義中的興。若依嚴粲之說，試問有風動之效、有稱美之意、有感物之美的〈關雎〉，是否兼具六義中的三義？藝術性質單純的〈關雎〉尚且如此，佈局比較複雜而被朱子解爲「賦而興又比」的〈小雅・頍弁〉又該如何從六義來解釋？〔註190〕六義以體用可分兩組，風雅頌與賦比興各爲一組，這是一個非常簡易的問題，〔註191〕嚴粲以六義皆屬動詞，表面是簡化了這個名詞，實則是治絲益棼之舉，引呂祖謙的說法，對他而言，並無加分之作用。

　　在六義的解說中，嚴粲比較引人注意的或許是他對於二雅的區分意見，《詩序》以爲「政有小大，故有小雅焉，有大雅焉」，嚴粲反對：

> 以政有小大爲二〈雅〉之別，驗之經而不合。……二〈雅〉之別，先儒亦皆未有至當之說，竊謂〈雅〉之小大，特以其體之不同耳。蓋優柔委曲，意在言外者，風之體也。明白正大，直言其事者，雅之體也。純乎雅之體者爲雅之大，雜乎風之體者爲雅之小。今考〈小雅〉正經，存者十六篇，大抵寂寥短簡，其首篇（按：「篇」字當爲「章」字之誤）多寄興之辭，次章以下則申複詠之，以寓不盡之意，蓋兼有風之體；〈大雅〉正經十八篇，皆春容大篇，其辭旨正大，氣象開闊，不唯與〈國風〉夐然不同，而比之〈小雅〉，亦自不牟矣。……詠「呦呦鹿鳴，食野之苹」，便會得〈小雅〉興趣。誦「文王在上，於昭于天」，便識得〈大雅〉氣象。〈小雅〉〈大雅〉之別，則昭昭矣。
> 〔註192〕

嚴氏之說當然比《詩序》具體得多，可怪的是，他特別強調「二〈雅〉之別，先儒亦皆未有至當之說」，假如所謂的先儒都只是如同孔穎達一般在疏解《詩序》之見，〔註193〕嚴粲的不滿也就情有可原，可是事實並非如此，例如北宋

〔註190〕裴普賢曾歸納《朱傳》所標115篇興詩有六式：興也、興而比也、比而興也、賦而興也、賦而興又比也、賦其事以起興也。見裴普賢《詩經研讀指導》，頁232。台北東大圖書公司印行。按：察《朱傳》所標興詩實有七式，蓋〈邶風・谷風〉第二章，《朱傳》標「賦而比也」，此爲裴普賢所忽略。

〔註191〕相關討論亦可參馮浩菲：〈六義兩分論〉，《歷代詩經論說述評》，頁53～58。北京中華書局印行。

〔註192〕《詩緝》，卷1，頁10。

〔註193〕孔《疏》：「詩人歌其大事，制爲大體；述其小事，制爲小體。體有大小，故分爲二焉。」《毛詩正義》，頁19。

的李清臣《詩論》曾說：「夫詩者，古人樂曲，故可以歌，可以被於金石鐘鼓之節。其聲之曲折，其氣之高下，詩人作之之始，固已爲風，爲小雅，爲大雅，爲頌。風之聲不可以入雅，雅之聲不可以入頌，不待太師與孔子而後分也。太師知其聲，孔子知其義爾，亦猶今之樂曲有小有大，聲之不同，而辭之不相入，亦作者爲之，後來者所不能易也。」〔註194〕南宋的鄭樵、程大昌都從音樂的角度來解說風雅頌，而爲後人所注意及之，〔註195〕但其實北宋的李清臣早有類似的意見，這些在嚴粲看來，都非「至當之說」？《詩》與樂關係至爲密切，毋庸置疑，但大小二〈雅〉的區分標準，也未必就一定要從音樂的角度來立論，仍是事實。既然如此，我們可以再看看朱子對此問題的意見：「正小雅，宴饗之樂也；正大雅，會朝之樂，受釐陳戒之辭也。故或歡欣和說，以盡群下之情；或恭敬齊莊，以發先王之德。詞氣不同，音節亦異。」〔註196〕朱子之說兼顧到了「政有小大」與詩的音樂性兩個層次，相當高明。試想，宴饗之事再怎麼重要，相對於會朝大事，確實是小的，且就大小二〈雅〉的各篇內容看來，「歡欣和悅」與「恭敬齋莊」確實是兩者顯而易見的分別。朱子的區分二〈雅〉，即便不算完美，起碼也還合情合理，嚴粲卻也以爲「未有至當」，於是提出了新說。坦而言之，嚴氏之說跟一些先儒舊說並無大異，《詩序》謂「雅者，正也」，嚴氏解爲明白正大，《詩序》以「政有小大」區別大小雅，嚴氏以爲純粹的雅體詩爲大雅，雜有風的體制者爲小雅，前者篇幅長、氣象大；後者篇幅短，興趣濃；這個說法就現有二〈雅〉之詩看來也頗爲屬實，但從另個角度來看，這不也是在疏解《詩序》麼？

　　六義之意分別爲風動、正言、稱美、敷陳、直比與感物，大小二〈雅〉之氣象與興趣不同；如果嚴粲對六義的見解僅止於此，那麼其六義說就不夠豐富，而事實上這一部份他最令人感到興味的是他用實際行動來支持呂祖謙的「興詩多兼比」說。〔註197〕《詩緝》解釋〈關雎〉的寫作技巧：「興也。凡

〔註194〕朱彝尊：《經義考》，頁3。台北中華書局印行。
〔註195〕詳拙著《南宋三家詩經學》，頁 252～255、361～375。台北政治大學中國文
　　　　學研究所印行。
〔註196〕《詩集傳》，頁99。
〔註197〕按：朱子已認爲興體詩有兼比以取義之興不兼比、不取義之興兩大類，如
　　　　其解興體詩〈關雎〉云：「……言其相與和樂而恭敬，亦若雎鳩之情摯而有
　　　　別也。」《詩集傳》，頁2。解興體詩〈小星〉則曰：「……因所見以起興，
　　　　其於義無所取，特取『在東』、『在公』兩字之相應爾。」《詩集傳》，頁12。
　　　　又云：《詩》所以能興起人處，全在興。如『山有樞，隰有榆』，別無意義，

言興也者皆兼比。(嚴氏自註:「興之不兼比者,特表之」)鴡鳥性不再匹,立則異處,是有別而不淫也。又性好峙,每立更不移處,有幽閒正靜之象焉,故以興后妃也。雎鳩有關關然之聲在河中之洲遠人之處,興后妃德音聞於外,而身居深宮之中也。大姒有徽音,故以關關興之。此窈窕幽閒之善女,足以爲君子之良匹也,言大姒之賢,而文王齊家之道可見矣。」〔註198〕嚴粲將興體詩大別爲兩類:兼比之興與不兼比之興,前者遠多於後者,故《詩緝》遇前者即直接標示「興也」,後者則特別標示爲「興之不兼比者也」,兩者的比例是一百比八。〔註199〕亦即,依嚴粲之見,興詩絕大多數是兼比的,在興體詩中,這類兼比的詩就佔了百分之九十二點五!而不到一成的不兼比的興詩僅有〈葛覃〉、〈卷耳〉、〈殷其靁〉、〈旄丘〉、〈東門之楊〉、〈杕杜〉、〈鴛鴦〉與〈大東〉,前五篇在〈國風〉中,後三篇屬〈小雅〉。筆者的看法是,沒人規定詩的作法僅能有三種,且三種不能混用;也沒人規定三種作法必須涇渭分明,不可以有交集之處;當初詩人究竟使用哪種方式帶領讀者進入感發,任何人都可以自行判斷,但解詩者是否說對了詩人的創作苦心,卻是一個永遠解不開的謎。所以,只要是認眞的解詩者,筆者就可以諒解這些專家將興詩的再分類,甚至,連朱子的興體多式,筆者也很能接受。不過,對於嚴粲(當然也包含呂祖謙)的「興體詩多數兼比」之說,筆者持保留態度,須知嚴粲自己也知道直比與感物乃比興二者的大別之處,既然如此,同類的且具體的比擬才是比體詩,若是以具體引發抽象,那就是興體詩了。有此根本上

只是興起下面『子有車馬』,『子有衣裳』耳。」《朱子語類》,第6冊,頁2084。台北華世出版社印行。「興只是興起,謂下句直說不起,故將上句帶起來說,如何去上討義理?」《朱子語類》,第6冊,頁2085。呂祖謙則進一步認爲:「興與比相近而難辨,興多兼比,比不兼興;意有餘者興也,直比之者比也。興之兼比者,徒以爲比,則失其意味矣。興之不兼比者,誤以爲比,則失之穿鑿矣。」《呂氏家塾讀詩記》,《四庫全書》,第73冊,頁342—343。

〔註198〕《詩緝》,卷1,頁14~15。

〔註199〕詳裴普賢:《詩經研讀指導》,頁218~231。不過,裴氏謂嚴粲所標興詩共有113篇,這是包含所謂「次章興也」(〈車鄰〉、〈車舝〉)、「第三章興也」(〈四牡〉)、「第四章興也」(〈正月〉)、「第四章興也,第五章興也」(〈采菽〉)的五篇在內,實際上《詩緝》所標興體詩應是108篇。另外,程克雅根據裴氏文章所列之表,,而說嚴粲「首章標興也」的共有99篇,此計數偶誤。見程克雅:《朱熹、嚴粲二家比興釋詩體系比較及其意義》,頁139。中壢中央大學中文研究所碩士論文。

的區別，則興體詩雖不排除有兼比的可能性，但應該多數不兼比，起碼，不應該說絕大多數的興體詩都兼比。〔註200〕

　　根據以上的討論，我們可以確信嚴粲對於六義的說解最特殊的是以六者皆動詞，不過迄今多數學者仍以爲六義可分兩組，其性質有異，而嚴粲區分大小二〈雅〉的標準雖常見學者引用，只是其內容仍可視爲〈序〉說的推闡，至於他繼呂祖謙之後，推廣「凡興詩多兼比」之說，更是很難通過後人的檢驗。

二、涵泳情性的讀《詩》法

　　本文在討論嚴粲以理釋《詩》時已說過，《詩緝》釋詩的主要目的在於逆求古人之情性、性情，但我們研讀《詩緝》也可以隱約感覺到嚴粲解釋詩句有時也帶有濃厚的文學論評的味道。如他常以「味詩人言外之意」、「味詩之意」作爲分析一首詩的起點，用品味的方式欣賞一首詩。經學取向濃重且能以理學說詩的《詩緝》原本就極爲注重詩文的言外之意，但嚴粲以爲獲得這言外之意最好的途徑乃是「涵泳」，且強調「使詩人紆餘涵泳之『趣』，一見可了」，這就使得其書又進入文學解詩的層次了。與「涵泳」意相近的詞語很多，例如「吟詠」、「品味」、「玩味」、「體會」等等。這種讀《詩》法並不是嚴粲獨創，比嚴氏早一甲子的朱熹便已經提出。〔註201〕嚴粲在《詩緝‧自序》及〈條例〉中同時提及《孟子》的「以意逆志」解《詩》方法，〔註202〕但對於孟子的解《詩》方法，嚴粲似乎當成一種必備的常識，不再特別強調，儘管他在書中稱讚孟子爲最善說《詩》。〔註203〕涵泳之法有時嚴粲也用「歌詠」

〔註200〕相關討論可參拙著《朱子詩經學新探》，頁185～211。台北五南圖書公司印行。
〔註201〕朱子：「且置〈小序〉及舊說，只將元詩虛心熟讀，徐徐玩味。」「須先去了〈小序〉，只將本文熟讀玩味。」「讀詩正在於吟詠諷誦，觀其委曲折旋之意，如吾自作此詩，自然足以感發善心。」「讀《詩》之法，只是熟讀涵味，自然和氣從胸中流出，其妙處不可得而言。」「涵泳讀取百來遍，方見得那好處。」「某注得訓詁字字分明，卻便玩索涵泳，方有所得。」以上分見《朱子語類》，第6冊，頁2085～2088。朱子類似言論甚多，此處僅信手舉例而已，而朱子之所以有上述之見，正表示他逐漸已有《詩》（最起碼地說：〈國風〉）爲文學作品的認知。
〔註202〕《詩緝‧序》云：「《詩》之興，幾千年於此矣。古今情性一也，人能會孟子說《詩》之濾，涵泳三百篇之情性，則悠然見詩人言外之趣。」〈條例〉云：「集諸家之說爲《詩緝》，舊說已善者，不必求異。有所未安，乃參以己說。要在以意逆志，優而柔之以求吟詠之情性而已。」
〔註203〕嚴粲於〈大雅‧靈臺〉二章下云：「孟子最善說《詩》，只『民樂其有麋鹿魚

來表示，如說〈大雅・卷阿〉與〈公劉〉、〈泂酌〉三篇都是「成王蒞政，康公作之以戒（成）王也……康公慮周公歸政之後，成王涉歷尚淺，任用非人，故作〈卷阿〉之詩，反覆歌詠，有言之不盡之意，欲以動悟成王」，說作詩的康公反覆歌詠，欲使成王領悟其中深意，「默會其意」。而讀詩的人領悟的方法仍爲「再三歌詠」。嚴粲說：「我（康公）陳詩之意初無多說，只爲此一事耳。維王歌詠之，深味乎吾言可也。」之所以強調要再三歌詠，是因爲〈公劉〉、〈泂酌〉、〈卷阿〉三篇，前二篇皆爲直述之詞，「唯〈卷阿〉婉轉反覆，使人再三歌詠而後悟。蓋其深意所寓時在此篇也。」〔註204〕

把這種涵泳、默會的讀詩法，和前云的「言外之意」相互對看，馬上可以知道嚴粲的用意。嚴粲說：「〈國風〉、〈小雅〉多寓意於言外，或意雖形於言，而優柔紆餘，讀者不覺也。」這些寓意於言外的情形大約有六種類型：

> 有言古不言時而意在刺時者（如〈甫田〉、〈采菽〉之類）；有言乙不
> 言甲，而意在刺甲者（如〈叔于田〉全述叔段之事，而實刺鄭莊。〈椒
> 聊〉全述沃之強盛，而實刺晉昭）；有首章便見意，餘章變韻成歌者
> （此類甚多）；有前數章皆含蓄，而末章乃見意者（如〈載驅〉之類）；
> 有首尾全不露本意，但中間冷下一二語，使人默會者（如〈凱風〉
> 言母氏勞苦而不言欲嫁）；有先從輕處說起，漸漸說得重者（如〈四
> 月〉憂世亂而先歎徵役之勞。〈頍弁〉刺危亡而先說不宴樂同姓）。
> 讀《詩》與他書別，唯涵泳浸漬乃得之。〔註205〕

爲了能正確的掌握詩意，嚴粲提出「涵泳浸漬」的讀詩法，這種方法顯然與讀別種書籍不同，目的在於體會詩人的言外之意。因此，筆者才說嚴粲的「涵泳」讀《詩》法能顯示他對《詩》教的重視，因爲這些言外之意都與風化、諷刺有關。除了「涵泳」之法，在《詩緝》中出現更多的讀《詩》法是「味」字。「味」字作品味、咀嚼解，也是一種體會、領悟的意思，與「涵泳」之法相近。因此，「味」字類似於仔細研讀、揣摩的意思。如解說〈邶風・綠衣〉時，先提醒讀《詩》者「不可鹵莽」。又說「綠兮衣兮」兩「兮」字，雖爲語助詞，無意義，但卻有特別的作用。嚴粲透過「玩味」兩「兮」字，以爲「兮」除了表示感嘆的語氣之外，也是一種分別作用。將「綠」與「衣」區分開來，

鷩』一語，道盡詩意。」卷26，頁20～21。
〔註204〕《詩緝》，卷28，頁10～17。
〔註205〕《詩緝》，卷23，頁20。

可見「綠衣」不是單指綠色的衣服而已，而是：「『綠』字『衣』字皆有意義，綠以喻妾，衣以喻上僭，故以二『兮』字點掇而丁寧之。」〔註206〕可見這種「玩味」的讀《詩》法，決不是敷衍隨意的瀏覽速讀而已，而是要下功夫的細讀。因此，透過仔細品味的讀《詩》法，不止《詩序》的言外之意、深層大義可以求得，甚至可以改定詩中某字形體。〔註207〕

　　但是以涵泳、玩味的讀法來解釋《詩經》，到底有多少效力？即能否保證不同讀者對同一首詩都有相同的體會？答案顯然是否定的，而爲了確保每一個讀者所涵泳、體會的詩意都相同或相似，嚴粲的解決方案居然是提醒讀者〈首序〉的可依賴性，要讀者朝《詩序》的方向去涵泳、體會，如此就能確保所涵泳、體會詩意都相同。這一來，又使得《詩緝》的經學氣味遠遠濃厚於文學了。

三、從文學角度解說詩篇

　　有文學之《詩經》，有經學之《詩經》，大抵唐代以前，說詩爲解經者之

〔註206〕嚴粲於〈邶風・綠衣〉第一章下云：「讀《詩》不可鹵莽，如讀『綠兮衣兮』不可但言是綠色之衣。當玩味兩『兮』字。《詩》有『黃鳥』、『白華』，不言『黃兮鳥兮』、『白兮華兮』，唯綠衣曰『綠兮衣兮』。蓋『綠』字『衣』字皆有意義……故以二『兮』字點掇而丁寧之。」卷3，頁7。嚴粲如此解說顯然犯了推求太過的毛病，將「綠兮衣兮」拆解成二兩意思，「綠」與「衣」各有比喻，一比喻階級地爲之人物，一比喻僭越的事實，這種一句中隱含兩種比喻之法在《詩經》中雖有，卻未見如此複雜的比喻。且連著下一句看，「綠衣黃裏」、「綠衣黃裳」可知第一句「綠兮衣兮」本止有一個意思，即「綠衣」，而「綠衣」必須與「黃裏」、「黃裳」對看才可以見出其譏刺之意，並不是在「綠兮衣兮」一句就帶有譏刺之意。

〔註207〕用品味、咀嚼的讀《詩》法，可以瞭解《詩序》的言外之意、深意之說，如說〈周南・葛覃〉：「味詩人言外之意，可以見文王齊家之道。」、「味『服之無斁』一語，可以見后妃之德性」，卷1，頁19、20；說〈鄘風・載馳〉：「味詩之意，夫人蓋欲赴愬於方伯，以圖救衛，而託歸唁爲詞耳。」卷5，頁23；說〈衛風・竹竿〉：「此詩全部說不見答之意，但末語著一憂字，使人玩味之，而其情自見矣。」卷6，頁19；說〈陳風・東門之枌〉：「味此詩『不績其麻』正是誚責之辭，非相樂之辭。」卷13，頁3；說〈小雅・四月〉：「味此詩皆悽悽然憂亂之辭。」卷22，頁14；說〈大雅・板〉：「朱氏以爲此詩爲切責其僚友用事之人，而義歸於刺王，與上篇同。味詩意信然。」卷28，頁22；說〈大雅・桑柔〉：「味詩之意，政是厭苦兵革，如杜甫所謂車轔轔、馬蕭蕭。」卷28，頁20；說〈周頌・昊天有成命〉：「味詩之意，嗟歎而更端言之，所謂『肆其靖之』即『于時保之』之意。」卷32，頁10。用品味的方式可以改正、校定詩句字句的，見〈小雅・四月〉第8章：「隰有杞桋」之「桋」當作「薁」。嚴粲云：「味此詩上下文意與蕨、薇、杞並言，當作『薁』也。」卷22，頁17。

事，宋代以後，文士也加入了解詩的行列。〔註208〕嚴粲的《詩緝》絕非宋代說《詩》新派產品，但他本身能寫五七言詩，說解三百篇也常注意到詩人的創作用意，就此一角度而言，《詩緝》也未必即爲我們印象中所謂的舊派解《詩》之作。先以適合說教的〈周南・葛覃〉爲例，此篇在嚴粲心目中乃八篇「不兼比的興體詩」之一：

> （首章）述后妃之意，若曰葛生覃延而施移於谷中，其葉萋萋然茂盛，當是之時，有黃鳥飛集於叢生之木間，其鳴聲之和喈喈然，我女工之事將興矣。黃鳥飛鳴乃春葛初生之時，未可刈也，而已動女工之思，見念念不忘也。先時感事乃豳民艱難之俗，今以后妃之貴而志念如此，豈復有一毫貴驕之習邪？味詩人言外之意，可以見文王齊家之道矣。……（二章）味「服之無斁」一語，可見后妃之德性，後世后妃以驕奢禍其俗者，皆一厭心爲之也。詩人辭簡而旨深矣。……（三章）舉動必告於師氏，澣衣猶爲之斟酌，觀此氣象，其賢可見矣。〔註209〕

說教氣氛雖然濃厚，且對全詩歡樂情緒未能有所著墨，靜態與動態之美也僅點到而已，但已注意到詩人的言外之意，辭簡旨深，這已經透露出《詩緝》說詩的活潑一面了。〔註210〕又如其解〈邶風・燕燕〉云：

> （首章）興也。燕以春來秋去，有離別之義，故以起興。……風人舍不盡之意，但敘離別之恨，而子弑國危之戚，皆隱然在不言之中矣。燕鴻往來靡定，別離者多，以燕鴻起興，如魏文帝〈燕歌行〉云「群燕辭歸鴈南翔，念君客遊思斷腸」、謝宣城〈送孔令詩〉云「巢幕無留燕」、老杜云「秋燕已如客」是也。……（三章）皆稱戴嬀之

〔註208〕《四庫提要》：「林光朝《艾軒集》有〈與趙子直書〉，曰：『《詩本義》初得之如洗腸，讀之三歲，覺有未穩處。大率歐陽、二蘇及劉貢父談經多如此。』又一書駁〈本義〉、〈關雎〉、〈樛木〉、〈兔罝〉、〈麟趾〉諸解，辨難甚力。蓋文士之說詩，多求其意；講學者之說詩，則務繩以理。互相掊擊，其勢則然，然不必盡爲定論也。」《四庫全書總目》，第1冊，335～336。

〔註209〕《詩緝》，卷1，頁19。

〔註210〕〈葛覃〉首章具有靜中有動的特色，二章景實情虛，三章情緒達到高潮，嚴粲對於這些近乎視若無睹，原因之一在於嚴粲信守《詩序》首句，面對〈葛覃・詩序〉，他說：「本者，務本也。國史所題此一語而已，其下則說詩者之辭，如言在父母家則志在女功之事，非詩意也。」（《詩緝》，卷1，頁18～19）我們可以想像得到，假如嚴粲連《詩序》首句都半信半疑，則《詩緝》的文學氣氛將更濃厚。

> 美，以為別辭，所以致其愛戀無已之意，末又述戴媯相勉之辭，雖
> 以見戴媯之賢，而意緒黯然矣。〔註211〕

〈燕燕〉是一篇極為出色的送別之作，〔註212〕嚴粲由於支持《詩序》首句之說，此詩在《詩緝》中就成為春秋初年衛莊姜送歸妾戴媯之詩，詩中的「寡人」一詞也就只好解釋為「莊姜自謂也」了。〔註213〕撇開篇旨不論，〈燕燕〉之語言悲切感人，字字帶著深情，離別之愁苦溢然紙上，解析時若跳過其文學表現，未免有憾；在《詩緝》中，嚴粲將詩人抒發情感而採寓情於景的生動筆法扼要且具體地勾發出來，透過魏文帝等幾位後人詩句來強化原詩以燕鴻起興的藝術技巧，也都引證妥切，而末章追美歸者生平性行之賢所蘊含的黯然心緒，自然也可謂詩人千古知音，這些對於讀者的明白〈燕燕〉的文學性無疑有莫大的助益。再如解〈陳風·月出〉云：

> 興也。當月出皎潔之時，感其所見，興佼好之人，顏色僚然而好，
> 其明艷白晢，如月之初出而皎潔，其行止舒遲窈糾然，姿態之美也，
> 思而不可得，則勞心悄然，憂愁而靜默也。宋玉〈神女賦〉云：「其
> 少進也，皎若明月舒其光。」正用此詩也。又云：「步裔裔兮曜後堂。」
> 又云：「動霧縠以徐步。」皆形容舒之意。〔註214〕

〈陳風·月出〉與在王國維心目中風格灑落、「最得風人深致」的〈秦風·蒹葭〉皆屬意境飄逸、神韻悠長，非民歌所能企及的「詩人之詩」，〔註215〕嚴粲

〔註211〕《詩緝》，卷3，頁9～11。

〔註212〕陳子展：「《朱子語類》云：『譬如畫工一般，直是寫得他精神出。』王士禎云：『〈燕燕〉之詩，許彥周以為可泣鬼神。合本事觀之，家國興亡之感，傷逝懷舊之情，盡在阿堵中。〈黍離〉麥秀未足喻其悲也。宜為萬古送別之祖。(《分甘餘話》)』」《詩經直解》，頁85。台北書林出版公司印行。

〔註213〕按「寡人」為「莊姜自謂」乃鄭《箋》之解，王質（1135—1189）《詩總聞》謂〈燕燕〉為國君送女弟遠嫁之作，他雖未點名批評鄭玄之解「寡人」一詞，但仍表示「君夫人出遠郊送歸妾，既違妻妾尊卑之禮，又違婦人迎送之禮。莊姜，識禮者也。鄭氏以歸妾為戴媯歸宗也。戴媯既生桓公，烏有絕其母子之理？莊姜亦識義者也。以桓公為己子，而絕戴媯使不母桓公，人情斷矣。又烏有瞻望涕泣，不可勝忍之情？且大有可疑者，使桓公幼稺，戴媯隔離，容或有之。既稱先君，則莊公已沒，桓公已立，尤非人情也。……兼其末皆非婦人稱謂之辭。」《詩總聞》，頁26。台北新文豐出版公司印行。王質時代在前，恐嚴粲未見其書。當然，即使嚴粲讀過《詩總聞》，也必須接受鄭《箋》之解「寡人」，否則〈序〉說首句即破局。

〔註214〕《詩緝》，卷13，頁12～13。

〔註215〕王國維：「《詩》〈蒹葭〉一篇最得風人深致。晏同叔之『昨夜西風凋碧樹。獨

因為篤信〈序〉說首句，因此面對〈蒹葭〉那樣婉秀雋永、音節流轉之作，卻有「蒹葭雖蒼蒼然盛，必待白露凝戾為霜，然後堅實，譬秦雖彊盛勁健，必用周禮，然後堅固也。伊人指襄公也……」〔註216〕之勉強牽合之說，但在面對具有方言特色、意境幽遠、旋律優美的〈月出〉之時，《詩序》的「刺好色也」不再束縛他的詮釋，讀者藉著《詩緝》，很快地明白了詩人的創作用意，而所引宋玉作品確實也有助讀之功。當然，《詩緝》畢竟還是一本經學取向的書籍，因此對〈月出〉大量使用疊韻字，細緻刻畫少女美好的神情姿態和詩人無法表述的憂傷情懷，依然欠缺著力，也就因為如此，我們才說《詩緝》依然是守舊之作。再以〈豳風・東山〉為例，此詩透過一個東征之士歸鄉途中的見聞和感受，表達了他對家鄉親人的深切懷念和對平和生活的嚮往。曹操〈苦寒行〉：「悲彼〈東山〉詩，悠悠使我哀。」〈東山〉是很能感動人心的一篇作品：

> 前二章皆為述歸士在途思家之情，後山詩所謂「住遠猶相忘，歸近不可忍」，蓋別家之情，於久住之處猶或相忘，至於歸心已動，行而未至，則思家之情最切，故序其在途之情以慰勞之。〈采薇〉、〈出車〉言「今我來思」，皆言在途之事，與此正同。末章因述自途而至家，故四章皆以「我來自東，零雨其濛」發之。〔註217〕

〈東山〉四章皆以「我徂東山，慆慆不歸。我來自東，零雨其濛」發端，這四句極為簡括的敘述性複沓，為視覺性極強的背景襯托，為全詩塑造了一種迷濛、惆悵、淒清的氣氛。嚴粲解析此詩，特別著重在作者「歸心已動，行而未至」時的急切心情，這可以啟導讀者賞識詩篇在文學藝術上的造詣。〔註218〕

《詩經》的文學佳作多數在〈國風〉之中，這是因為〈風〉詩的產生時代較〈雅〉、〈頌〉為晚，且風格較具多樣化，然而嚴粲面對〈雅〉詩也能注意其文學表現，如解〈黃鳥〉云：

> 興也。民適異國，不得其所，無可告語者，唯黃鳥可愛，平時飛鳴往來於此，故於其將去，呼黃鳥而告之曰：爾無集于我之穀木，無啄我之粟矣。蓋此邦之人，不肯以善道待我，我亦不久於此，將旋

　　上高樓，望盡天涯路』，意頗近之。但一瀟落，一悲壯耳。」《人間詞話》，頁
　　202。台北河洛圖書出版社印行。
〔註216〕《詩緝》，卷12，頁13。
〔註217〕《詩緝》，卷16，頁21～22。
〔註218〕洪湛侯：《詩經學史》，上冊，頁408。

歸復，反我邦之宗族矣。與黃鳥告別之辭也。杜詩「岸花飛送客，
檣燕語留人」，謂送留惟花燕，亦此詩告別惟黃鳥之意也。〔註219〕
〈黃鳥〉以風詩慣用的反覆詠歎之方式，真切而形象地敘述出作者強烈的憎愛
之情，逐層深入地表露出其主旨。所謂主旨，嚴粲對於舊說有所割捨：「毛鄭以
為室家相棄，王氏、蘇氏以為賢者不得志而去，不若朱氏以為民不安其居，適
異國而不見收恤。諸家以『無啄我粟』為此邦之言，『不我肯穀』、『復我邦族』
為去者之言，文意斷續，朱氏以為皆去者之言；朱義為長。」〔註220〕朱子解〈黃
鳥〉為「民適異國，不得其所，故作此詩，託為呼其黃鳥而告之曰，爾無集于
穀而啄我之粟，苟此邦之人不與善道相與，則我亦不久於此而將歸矣」，這個說
法比「刺宣王」之〈序〉說要來得完整太多，嚴粲取其說可謂明智。〔註221〕不
僅如此，《朱傳》標示此詩為比，嚴粲從毛《傳》解為興，這似乎又是比較能理
解原詩作意的改標。黃鳥即今之黑枕黃鸝（Oriolus chinensis），體色金黃亮麗，
聲音婉轉宏亮，在《詩經》時代人們經常利用牠來表達感情上的甜蜜、幸福、
抱怨或悲傷。由於這種小鳥之食物以昆蟲為主，較少啄食穀類，本詩以呼告黃
鳥「無集于穀，無啄我粟」起興，或許就表示作者流落他鄉，所處環境不順遂
而有思歸之意。〔註222〕朱子特標此詩為比，無論以黃鳥比喻不以善道相與的「此
邦之人」，或象徵自己所適非其邦而欲復歸，總覺不類，〔註223〕況且朱子又言
民適異國者「託為呼其黃鳥而告之」，〔註224〕自然仍以此詩為託物起興之作法

〔註219〕《詩緝》，卷19，頁15～16。

〔註220〕《詩緝》，卷19，頁15。

〔註221〕朱子又言：「東萊呂氏曰：『宣王之末，民有失所者，意它國之可居也，及其
至彼，則又不若故鄉焉，故思而欲歸。使民如此，亦異於還定安集之時矣。』
今按詩文，未見其為宣王之世。」《詩集傳》，頁123～124。很明顯的，朱子
所言之篇旨，實際呂祖謙已先言之，然而呂氏猶拘執於刺宣王之舊說，不若
朱子之能放手一搏（當然從另一角度而言，我們也可以說呂氏在新舊之說中
取得了相當好的平衡），而嚴粲《詩緝》雖屬宗呂之作，但正如筆者在前面所
說的，嚴粲不斷引述朱子之言，正見其對朱說的尊重。

〔註222〕詳顏重威著，陳加盛攝影：《詩經裡的鳥類》，頁168～175。台中鄉宇文化公
司印行。按：這裡是採黃鳥即倉庚之舊說，但清儒頗有以為黃鳥實為黃雀者，
詳裴普賢：〈詩經黃鳥倉庚考辨〉，《詩經研讀指導》，頁98～110。台北東大
圖書公司印行。

〔註223〕余培林以為此詩為興體，又言「詩人蓋以黃鳥象徵自己，無集於穀、桑、栩
者，止非其處也；無食我粟、梁、黍者，食非所也」，《詩經正詁》，頁106。
台北三民書局印行。若說詩人見到黃鳥而有所感發，則斯為興體詩。

〔註224〕《詩集傳》，頁123。

較爲得當。〔註225〕嚴粲以黃鳥可愛，即將回鄉之民呼黃鳥而告之，雖然未必定爲詩人本意，但以杜詩爲己說背書，也確爲其說解增添了幾許說服力，美中不足者僅在未對於〈黃鳥〉的層遞格修辭特別致意而已。言及修辭運用之注意，我們可以再觀察〈斯干篇〉：

> （首章）〈西京賦〉言長安於前則「終南太一」，猶此詩言「幽幽南
> 山」，於後則「據渭踞涇」，猶此詩言「秩秩斯干」，〈西京賦〉祖述
> 〈斯干〉也。〔註226〕

〈斯干〉爲歌頌周王宮室落成之詩，首章寫宮室所處之地勢環境與主人家族之和睦。用「秩秩」寫澗，用「幽幽」寫山，以此描繪新造宮室的地勢，嚴粲熟讀前人文學作品，因而把此詩與東漢張衡描述長安繁華富麗景象之〈西京賦〉連結，指出張氏作品祖述〈斯干〉，這對於後世文學的傳承關係，可說是作了具體的論定。〔註227〕當然，「秩秩斯干，幽幽南山；如竹苞矣，如松茂矣」所呈現的青山綠水、竹苞松茂之美景，以及內中所寓含的興盛發達的氣象，嚴粲並未進一步析釋，而全詩描繪宮室建築最生動的三四五章更是隻字未提，這也正表示《詩緝》雖已注意到《詩經》的文學性，但文學畢竟不是嚴氏解詩的主要手段與終極目標。

　　另一方面，嚴粲偶爾也因爲重視詩人的創作用心而懂得運用歸納法來解釋詩中字句，例如他在解說〈邶風·谷風〉時特別指出：

> 舊說谷風爲生長之風，以谷爲穀，固已不安，又以習習爲和調，喻
> 夫婦和同，說此詩猶可通，至〈小雅·谷風〉二章言「維風及頹」，
> 頹，暴風也，非和調也。三章言草木萎死，非生長也，其說不通矣。
> 《詩》多以風雨喻暴亂，「北風其涼」喻虐，「風雨淒淒」喻亂，「風
> 雨飄搖」喻危，「大風有隧」喻貪，故風雅二〈谷風〉，〈邶〉下文言
> 「以陰以雨」喻暴怒，猶「終風且曀」喻州吁之暴也。〈雅〉下文言
> 「維風及雨」喻恐懼，猶後人以「震風凌雨」喻不安也。〔註228〕

僅以〈邶風·谷風〉而論，毛《傳》：「興也。習習，和舒貌。東風謂之谷風。

〔註225〕胡寅〈致李叔易〉引李仲蒙：「敍物以言情，謂之賦，情盡物者也；索物以託情，謂之比，情附物者也；觸物以起情，謂之興，物動情者也。」《斐然集》，卷18，《四庫全書》，集部，第76冊，頁534。
〔註226〕《詩緝》，卷19，頁19。
〔註227〕洪湛侯：《詩經學史》，上冊，頁408。
〔註228〕《詩緝》，卷4，頁2～3。

陰陽和而谷風至，夫婦和則室家成，室家成而繼嗣生。」很明顯不如嚴粲之解：「興也。來自大谷之風，大風也，盛怒之風也。又習習然連續不斷，所謂終風也。又陰又雨，無清明開霽之意，所謂曀曀其陰也。皆喻其夫之暴怒無休息也。」蓋毛《傳》以谷爲穀之通假，以谷風爲東風，爲可以幫助萬物生長之和風，不僅多繞一個圈子來解釋，且也不合全詩的興義。〔註229〕但這是僅就〈谷風〉而言，若就全《詩》來說，恐怕未必盡然。除了〈邶風·終風〉、〈北風〉以及兩篇〈谷風〉之外，下列各篇中涉及「風」或「雨」的句子，《詩緝》皆以暴亂貪危之喻釋之：〈邶風·綠衣〉、〈鄭風·蘀兮〉、〈風雨〉、〈秦風·晨風〉、〈檜風·匪風〉、〈豳風·鴟鴞〉、〈小雅·斯干〉、〈正月〉、〈何人斯〉、〈蓼莪〉、〈四月〉、〈角弓〉以及〈桑柔〉，而其解釋也都是可從的。可惜的是，《詩》中的風雨不盡然是比喻暴亂，如〈邶風·凱風〉、〈鄘風·定之方中〉、〈曹風·下泉〉、〈小雅·大田〉、〈出車〉、〈大雅·烝民〉、〈卷阿〉、〈崧高〉……等，〔註230〕嚴粲面對這些詩篇，當然不可能執著於之前他所作的歸納，也就因爲如此，嚴粲強調的是「《詩》多以風雨喻暴亂」，著一「多」字，固然可以使得其說法不易被駁斥，但例外者不只一二，那也就使原先的歸納顯得意義不大了。

第五節　小　結

　　南宋的嚴粲能寫詩，明理學，但在中國文學史與思想史上，嚴粲無足輕重，而《詩緝》一書則讓他名重一時，甚至流譽千古，透過以上的論述，筆者整理出下列幾個重點：

　　（一）嚴粲篤守〈首序〉，認定此爲國史所題，而〈後序〉乃說《詩》者之辭，故不完全接受。若著眼於對《詩序》的依違以論新舊，則《詩緝》介

〔註229〕王引之：「詁訓之指，存乎聲音，字之聲同聲近者，經傳往往假借，學者以聲求義，破其假借之字，而讀以本字，則煥然冰釋。如其假借之字而強爲之解，則詁鞫爲病矣！故毛公《詩傳》，多易假借之字，而訓以本字，以開改讀之先。至康成箋《詩》注《禮》，婁云某讀爲某，而假借之例大明，後或病康成破字者，不知古字之多假借也。」《經義述聞》，頁 2。台北廣文書局印行。按：王氏之言無可置疑，但是本義若已可通，又何需以假借釋之？何況〈谷風〉中的女子慘遭家暴（末章「有洸有潰，既詒我肆」之句可爲明證），嚴粲以谷風爲來自山谷之大風、盛怒之風，解釋當然直接且較合乎全詩基調。

〔註230〕李莉褢：《嚴粲詩緝研究》，頁 65～67。台中中興大學中文研究所碩士論文。

於范處義《詩補傳》與朱子《詩集傳》之間，因為范氏接收全部《詩序》，而《朱傳》經常連〈首序〉也反對。

（二）前儒指出《詩緝》以呂祖謙《讀詩記》為主，而雜採諸說以發明之，實則嚴書旁徵博引，所引諸說中，朱子特多。這就使得《詩緝》不只擁有舊派的治學特色，也帶有新派的影響。〔註231〕

（三）司馬遷有孔子刪《詩》之說，嚴粲也認為聖人有刪存詩篇以見其教化的動作，更進一步提出聖人保留〈魯頌〉乃「著魯之僭，而傷周之衰」的論點，這是特殊的解釋，值得我們留意。

（四）嚴粲重視詩的美刺之說，以為此種詮解可以與孔子的《春秋》相通；推廣孟子讀《詩》的「以意逆志」法，認為這樣的方法可以求得詩人的言外之意；由此正見《詩》三百在嚴粲心目中的神聖性。

（五）比起最尊《詩序》的范處義，嚴粲其實更具有「古之學者」之架勢，不止尊重舊學，並且能辨析不同的古說，講客觀，不盲從，能運用基礎的統計、比對方式，推論說解三百篇的字詞句意，因此《詩緝》雖屬舊派說《詩》產品，但在保守中，又帶著改良、進步的色彩。

（六）嚴粲的解經方法最主要的是以經解經法、以傳解經法。前者包含「以本經解本經」、「以他經解本經」，後者包含「以本傳解本經」、「以他傳解本經」，幾種方法都顯示出嚴粲解詩的認真態度，但林希逸與《四庫提要》恭維嚴粲「音訓疑似，名物異同，考證尤為精核」，則稍嫌溢美。

（七）嚴粲所處的時代，正是理學發展成熟之時期，《詩緝》也因而不時呈現出理學的影子，不過，號稱以《讀詩記》為主的《詩緝》，承襲、取用呂祖謙理學思想的成分極少，反倒是程朱理學大受嚴粲青睞，尤其是朱子。

（八）《詩緝》釋詩的主要目的之一在於逆求古人之情性、性情，對三百篇關注的焦點經常擺在心、性、情等修養之說。

（九）四書在宋代廣受矚目，嚴粲《詩緝》也常以四書之義解說經文，並將四書作為重要的義理證據。

（十）嚴粲的詩名不若其同族諸多從兄弟，但亦能寫五七言詩，更不時從文學的角度來觀察詩篇。

〔註231〕按：朱子尊重《詩序》，又不篤信《詩序》，可謂「舊中帶新」、「新中帶舊」型的說《詩》巨擘，拙著《朱子詩經學新探》（台北五南圖書公司印行）有全面性的探討，茲不贅。

（十一）對於《詩經》學重大問題之一的六義，嚴粲反對孔穎達將之分爲兩組的作法，而釋六義皆動詞：風動、正言、稱美、敷陳、直比、感物，這是特殊而爲本文所無法接受的意見。

（十二）如同呂祖謙，嚴粲也認爲兼比之興體詩遠多於不兼比之興體詩，《詩緝》遇前者，直接標「興也」，後者則標「興之不兼比者也」。兩者的比例爲一百比八。不過，「興詩多數兼比」之說尚未得到後人普遍的認可。

（十三）嚴粲津津樂道涵泳情性的讀《詩》法，以爲透過浸漬、品味、默會即可知曉詩人的言外之意，而詩人紆餘涵泳之「趣」，就此「一見可了」。不過，當眾人使用同樣的方法讀《詩》，理解卻各自不同時，他主張朝《詩序》的方向去涵泳、體會；如此則又削弱了《詩緝》的文學韻味了。

（十四）嚴粲熟讀古人詩作，因此有時也能適度引用前人詩句來幫助說詩，甚至也因爲重視詩人的創作用心而懂得運用歸納法來解釋詩中字句，但《詩緝》的勝處不在這些地方。

（十五）《詩緝》兼具經學、理學、文學各方面的色調，在《詩經》學史中不失爲極有特色的一部著作，林希逸恭維此書可以與伊川《易傳》、朱子《四書集注》等相提並論，姚際恆認爲嚴粲「爲宋人說《詩》第一」，〔註232〕《四庫提要》表示「宋代說《詩》詩之家，與呂祖謙書竝稱善本，其餘莫得而鼎立」，這都是誇張之言，至於萬斯同〈詩序說〉稱譽嚴氏《詩緝》爲「爲千古卓絕之書」，那更是不足憑信了。〔註233〕

〔註232〕〈詩經論旨〉，《詩經通論》，《姚際恆著作集》，第1冊，頁7。
〔註233〕《群書疑辨》，卷1，頁13。台北廣文書局印行。不過，萬斯同對《詩緝》也有微詞，那就是認爲嚴粲「堅執〈序〉爲史官所作，則偏信〈大序〉之故也」。

第八章　結　論

　　古人以《詩》為五經之一，今人謂《詩經》為我國第一部詩歌總集，若三百篇者，實兼具經學與文學之雙重性質與價值。

　　近人或以為《詩經》絕非經典，如顧頡剛就說：「《詩經》是一部文學書，這句話對現代人說，自然是沒有一個人不承認的。我們既知道它是一部文學書，就應用文學的眼光去批評它，用文學書的慣例去註釋它，才是正途。」〔註1〕胡適云：「《詩經》不是一部經典。從前的人把這部《詩經》看得非常神聖，說它是一部經典。我們現在要打破這個觀念，假如這個觀念不能打破，《詩經》簡直可以不研究了。」〔註2〕顧、胡這類的主張在今人中頗為常見，唯古人恆以經書視《詩》，故歷代研究《詩經》之特色，與當時之經學風氣息息相關。《四庫提要·經部總敘》曰：「自漢京以後，垂二千年，儒者沿波，學凡六變：其初專門授受，遞稟師承。非惟詁訓相傳，莫敢同異，即篇章字句，亦恪守所聞。其學篤實謹嚴，及其弊也拘。王弼、王肅，稍持異議。流風所扇，或信或疑。越孔、賈、啖、趙，以及北宋孫復、劉敞等，各自論說，不相統攝，及其弊也雜。洛閩繼起，道學大昌。擺落漢唐，獨研義理。凡經師舊說，但排斥以為不足信。其學務別是非，及其弊也悍。學脈旁分，攀緣日眾；驅除異己，務定一尊。自宋末以逮明初，其學見異不遷，及其弊也黨。主持太過，勢有所偏；材辨聰明，激而橫決。自明正德、嘉德以後，其學各抒心得，及其弊也肆。空談臆斷，考證必疏。於是博雅之儒，引古義以抵其隙。國初諸家，其學徵實不誣，及其弊也瑣。」可知歷朝研究經學之風氣、特色不一，《詩經》學之發展，亦不例外。

〔註1〕　見顧頡剛：〈詩經的厄運與幸運〉，載《小說月報》3～5號。
〔註2〕　見胡適：〈談談詩經〉，載《古史辨》第3冊，下編。

　　宋代《詩經》學之最大特色大抵有二。其一曰疑經與反傳統。近人屈萬里說：「宋代疑經之說，大致可分三類：一、是懷疑經義的不合理，二、是懷疑先儒所公認的經書的著者，三、是懷疑經文的脫簡、錯簡、訛字等。」〔註3〕宋人所疑之經書遍及《易》、《書》、《詩》、三《禮》、三《傳》、《論語》、《孝經》、《爾雅》與《孟子》，〔註4〕在《詩經》方面，代表傳統漢學權威的《詩序》、毛《傳》、鄭《箋》，乃至於被認爲是神聖的經文本身，皆在宋人懷疑與反對之列，終於導致刪《詩》、改竄篇章次序之舉。〔註5〕其二曰重義理與實證。宋人說《詩》多不依傍先儒之說，另依己意申述詩篇義理，對於《詩經》之文字、名物、地理等，亦不輕易放過，輯佚之工作亦爲前人所未有。在此二特色中，懷疑之精神尤爲引人矚目。宋前雖亦有人懷疑古書，〔註6〕然如宋代之疑經改經蔚爲風尚者，則可謂絕無僅有。

　　討論《詩經》學，最棘手之問題而又不得不面對的應該是《詩序》。爲了論述各詩篇旨，三家《詩》亦皆有《序》，〔註7〕然以其零星不全，難窺全豹，故後人重之者不多，而《毛詩》之大小〈序〉則現存完整，觀之可知漢儒以美刺言《詩》的特色，假若其說精確不移，則三百篇之詩人吟詠情性之作，其實無不爲時政之得失而發。無庸諱言的是，《詩序》的推出有其撰述背景與意義，〔註8〕然其爲了說教而往往不惜曲解詩之原義，則不言可喻，且若要從

〔註3〕　見屈萬里：〈宋人疑經的風氣〉，《書傭論學集》，頁238。台北開明書店印行。

〔註4〕　詳見葉國良：《宋人疑經改經考》，台大文史叢刊之55。

〔註5〕　參閱劉兆祐：《歷代詩經學概說》，收於林慶彰編：《詩經研究論集》，台灣學生書局印行。

〔註6〕　孟子曰：「盡信《書》，則不如無《書》：吾於〈武成〉，取二三策而已。」是孟子已懷疑經書。漢馬融疑河內女子所得〈泰誓〉爲僞，何休以《周禮》爲六國陰謀之書，唐啖肋、趙匡以爲《左傳》作者非左丘明……，凡此皆可證明，宋代之前，懷疑古書者亦頗不乏人。

〔註7〕　漢四家《詩》都有《序》，此幾爲《詩經》學史上的共識，唯程元敏《詩序新考》從史志著錄與三家《詩》殘文，斷定漢四家《詩》僅《毛詩》有《序》，詳可參本書第五章〈程大昌之詩經學〉中的相關討論。

〔註8〕　關於《詩序》之時代背景與意義，屈萬里言之極詳：「從漢代以來，經生們竟把〈國風〉中那些勞人思婦吟咏情性的詩篇，都說成了讚美某人，或諷刺某人之作，以致把那些活生生的文學作品，都變成了死板板的教條。推其原因，大致有以下兩點：（一）漢人認爲六經都是孔子刪定的，孔子是垂教萬世的聖人，他所刪定的經典，一字一句，都應該含有高尚的哲理，都有教導訓戒的深意。（二）專制時代的皇帝，對於臣民操生殺予奪之權，可以任意作威作福，而無所忌憚；大臣們只有利用當時崇聖的心理，引聖人之言來說服皇帝。但群經中所說到的哲理畢竟有限，不足以應付千變萬化的事態，於

倫理教化的角度詮解詩篇，《詩序》之說也未必無暇到必須盡依。只是，在尊孔崇經之風氣與壓力之下，魏晉南北朝與隋唐諸儒，罕有能依己意說《詩》者，〔註9〕宋儒則不然，反毛、反鄭、反《詩序》，非僅不被視爲離經叛道，亦且成爲當代說《詩》之主流。

　　宋初，專宗毛學者僅梅堯臣、周堯卿兩家，蘇子材、劉宇、胡旦、宋咸、周軾則兼宗毛鄭。自後迄元，說《詩》家幾乎不出「廢毛鄭、《詩序》」與「宗毛鄭、《詩序》」兩派，而以前一派爲最盛。朱子謂宋朝自劉敞、歐陽修、王安石、蘇轍、程頤、張載，皆出乎毛鄭二氏之域，始用己意，發其理趣。由是以後，蔚爲風氣，推波不窮。〔註10〕

　　歐陽修爲北宋第一位敢議毛鄭之《詩經》學家，其《毛詩本義》前十二卷，旨在研求詩人之本意，又暢論《詩經》一百十四篇中毛鄭之失，其中兼及《詩序》者亦有十餘篇。其地位宋樓鑰與《四庫提要》所言皆深中肯綮，樓氏曰：「由漢以至本朝，千餘年間，號爲通經者，不過經述毛鄭，莫詳於孔穎達之《疏》，不敢以二語違忤二家，自不相侔者，皆曲爲之說以通之。韓文公，大儒也，其上書所引〈菁菁者莪〉，猶規規然守其說，惟歐陽公《本義》之作，始有以開百世之惑。曾不輕議二家之短長，而能指其不然，以深持詩

　　　是在《尚書》方面就有〈洪範五行傳〉；在《春秋》方面，也有災異之說。
　　　傳《詩經》的儒者，自然不甘落人。《齊詩》夾雜一些陰陽五行之言，不必
　　　說了；就連最平實的毛《傳》，也必得穿鑿附會地說某詩是美某人，某詩是
　　　刺某人，用以表現褒貶之意，而希望在政治和教化上發生作用。說《詩》的
　　　人，能就上述的兩點去發揮，才合乎通經致用的原則。『詩教』之說之所以
　　　形成，這兩點應當是重要的關鍵。」屈萬里：〈先秦說詩的風尚和漢儒以詩
　　　說教之迂曲〉，原載《南洋大學學報》第 5 期，全文又收於林慶彰所編之《詩
　　　經研究論集》一書中。

〔註9〕　魏之劉楨、王肅，吳之韋昭、徐整，晉之孫毓、陳統、徐邈、郭璞，劉宋之
　　　周續之，南齊之劉瓛、梁之簡文帝、何胤、崔靈恩、舒瑗，後周之沈重、劉
　　　芳等，其《詩經》著述俱巳亡佚，由《玉函山房輯佚書》觀之，諸家俱未能
　　　以己意說《詩》。隋唐三百餘年間，知名之《詩經》學者尤爲罕見，屈指數來，
　　　大約僅有劉焯、劉炫、陸德明、孔穎達、施士丐、成伯璵、張泝、顏師古等
　　　少數幾家，亦唯成氏《毛詩指說》能以己見說經，以《詩序》首句爲子夏作，
　　　餘則毛公續成，而宋儒疑《序》之風，遂乘之大暢。

〔註10〕　朱子：「……至於本朝劉侍讀（敞）、歐陽公（修）、王丞相（安石）、蘇黃門
　　　　（轍）、河南程氏（頤）、橫渠張氏（載），始用己意，有所發明。雖其深淺得
　　　　失有不能同，然自是之後，三百五篇之微詞奧義，乃可得而尋繹，蓋不待講
　　　　於齊、魯、韓氏之傳，而學者已知《詩》之不專於毛、鄭矣。」〈呂氏家塾讀
　　　　詩記後序〉，《朱子文集》，第 8 冊，總頁 3806。台北德富文教基金會印行。

人之意。其後王文公、蘇文定公、伊川程先生各著其說，更相發明，愈益昭著，其實自歐陽氏發之。」〔註11〕《四庫提要》：「自唐以來，說《詩》者莫敢議毛鄭，雖老師宿儒，亦謹守〈小序〉，至宋而新義日增，舊說幾廢，推原所始，實發於修。」「修不曲徇二家，亦不輕詆二家，大抵和氣平心，以意逆志，故其說《詩》，往往得詩人之本旨。」〔註12〕要之，歐陽公雖始議毛鄭，然亦未嘗以輕心掉之，盡其說而理有不通，方有以論正之，故其立論，往往得是非之平，然亦開宋人以己意說《詩》之端。

歐陽修之後，蘇轍繼起，其《詩集傳》始本唐成伯璵之說，定〈小序〉唯取首句，以下餘文悉從刪汰。然成氏仍以〈小序〉爲出自子夏，轍則以《詩》之〈小序〉反復繁重，類非一人之詞，因疑爲毛公之學，衛宏之所集錄，此又與成氏持異。訓詁一端，轍《集傳》雖多取於毛《傳》，然於毛《傳》有不可從者，亦逕以己意說之，於毛氏之學，可謂不激不隨，務持其平者。

蘇轍之後，周紫芝、鄭樵、王貞、程大昌、項安世、楊簡、朱子……諸家繼之而作，新派勢力，如日中天。諸家之中，鄭樵爲第一位全盤否定《詩序》內容者，此舉意義重大，蓋前此雖有韓愈、成伯璵、歐陽修、蘇轍、曹粹中等之懷疑《詩序》，然多僅限於作者，於《詩序》內容則尚不敢公開詆斥，鄭樵則不然，其《詩辨妄》以激烈之措辭，痛斥《詩序》，指作者爲村野妄人，內容則傅會書史，依託名謚，鑿空妄語，以誑後人。而其說《詩》專言毛鄭之失，一以己意爲之，其《六經奧論》又謂孔子言《詩》，皆取《詩》之聲，不言《詩》之義，以是之故，人或謂其「不知溫柔敦厚之教，與觀群怨之旨，聲與義與，故知鄭氏之言，有顯違《詩》教者矣」。〔註13〕今言鄭樵爲宋代《詩經》學家中最富批判精神者，當無可否認。

鄭樵之外，王質《詩總聞》毅然自用，別出心裁，亦頗見勇銳之氣，而當時「最敢於違背漢儒」之書，〔註14〕則非程大昌之《詩論》（或作《詩議》）莫屬。《詩論》雖僅一卷，然文義蔚然，洵多獨得之見，尤以二〈南〉與〈雅〉、〈頌〉並列，又謂〈南〉〈雅〉〈頌〉爲樂詩，諸國之風爲徒詩，最爲後人所

〔註11〕 見朱彝尊《經義考》，卷104。
〔註12〕 見《四庫全書總目》，卷15。
〔註13〕 引文見徐英：《詩經學纂要》，頁184。台北廣文書局印行。
〔註14〕 程大昌《詩論·自序》云：「世人止循傳習之舊說，無乃舍其所當據，而格其所不當據，是敢於違古背聖人，而不敢於違背漢儒也。嗚呼！此《詩論》之所爲作也。」

重視。〔註15〕唯程氏說《詩》雖新解頻出，然並未批駁《詩序》之說，甚且撰文暢論《詩序》絕不可廢；按《詩序》代表某一時期的說《詩》成果，可以視爲一種特殊性的產品，即便其詮釋每多不洽詩義，亦不可遽言廢棄，程氏之態度堪稱平允。

朱子爲宋代學術史上之巨擘，宋以下之學術思想史，朱子擁有莫可與京之地位。後人稱其致廣大，盡精微，綜羅百代，朱子實當之無愧。〔註16〕宋代說《詩》之新派有朱子之加入，氣勢自是不同。朱子對於《詩序》之大肆韃伐，實不亞於鄭樵。其《詩序辨說》曰：「〈小序〉大無義理，皆是後人杜撰，先後增益湊合而成。多就詩中採摭言語，更不能發明《詩》之大旨。才有見『漢之廣矣』之句，便以爲『德廣所及』；才見有『命彼後車』之言，便以爲『不能飲食教載』。……其他謬誤，不可勝說。後世但見《詩序》巍然冠於篇首，不敢復議其非，並有解說不通，多爲飾辭以曲護之者，其誤後學多矣。」又曰：「今人不以詩說詩，卻以《序》解詩，是以委曲牽合，必欲如《序》者之意，寧失詩人之本意不恤也。此是《序》之大害處。」雖然，朱子作《詩集傳》仍未能盡脫《序》說窠臼，如謂〈關雎〉之詩曰：「周之文王，生有聖德，又以聖女姒氏以爲之配。宮中之人，於其始至，見其有幽閒貞靜之德，故作是詩。」謂〈桃夭〉之詩曰：「文王之化，自家而國，男女以正，婚姻以時。故詩人因所見以起興，而歎其女子之賢，知其必有以宜其室家也。」此非演論《詩序》之說而何？《集傳》解《詩》雖不能盡如人意，〔註17〕然是書能集眾說之長，成一家之言，

〔註15〕顧炎武《日知錄》云：「〈周南〉〈召南〉，南也，非〈風〉也。……自〈周南〉至〈豳〉，統謂之〈國風〉，先儒之誤也。」或亦受程氏《詩論》之影響。魏源《詩古微》謂「《詩》有爲樂作，不爲樂作之分。旦同一入樂，有正歌、散歌之別。古聖人因《禮》作樂，因樂作《詩》之始也，欲爲房中之樂，則必爲房中之詩，而〈關雎〉、〈鵲巢〉等篇作焉。欲爲燕享祭祀之樂，則必爲燕享祭祀之詩，而正〈雅〉及諸〈頌〉作焉。」當亦得自程氏之啓迪。梁國珍〈詩之雅解〉謂程氏以〈南〉〈雅〉〈頌〉爲樂名，辨證頗覈，遂取以論二〈雅〉，以爲〈南〉〈雅〉〈頌〉卻屬爲《樂》而作之《詩》，且有譜可按；鄭灝若亦謂「《詩》之有〈南〉，有〈風〉，有〈雅〉，有〈頌〉，用之鄉人邦國，秩然一定，不容紊亂。〈南〉之不可移於〈風〉，猶〈風〉之不可以移於〈雅〉〈頌〉」（梁、鄭之說俱見嚴杰輯《經義叢鈔》一書）。梁啓超〈釋四詩名義〉以〈南〉、〈風〉、〈雅〉、〈頌〉爲四詩，而「風」即「諷頌」之諷；凡此，皆可證明程氏之說頗得後人擁護。

〔註16〕參閱錢穆：〈宋明理學概述〉，頁144。台灣學生書局印行。

〔註17〕有關於朱子《詩經》學所獲得的正反兩極之評價，可參拙文〈關於朱子詩經學的評價問題〉，收於拙著《朱子詩經學新探》一書中。台北五南圖書公司印行。

又被清明兩朝列爲國家教材，故對於後世之影響，實不在毛《傳》、鄭《箋》之下。而在當時，朱子之門人賡續不絕，其始陳駿、劉鑰、輔廣、黃榦受之，榦傳何基，基傳王柏，柏傳元金履祥，履祥傳許謙，遂自成廢《序》一重淵源。〔註18〕只是，就朱子說《詩》之格調與內涵而言，視其爲反《序》之領航者，依然與事實不符，朱子實可謂新中帶舊的人物。

宋代《詩經》學革新的氣象確實特爲明顯，而其浪潮主要表現在對《詩序》的不滿上，後世研《詩》學者常以反《序》存《序》作爲區分宋代《詩》學新舊學派的標誌。南宋初年，這種攻《序》與宗《序》的對立情況已經發展到了極點。四庫館臣以鄭樵、范處義爲南宋早期新舊兩派之代表。〔註19〕在鄭樵、范處義之後，宋代新舊兩派爭論性最強、影響最大的，爲朱熹與呂祖謙對《詩序》價值與存廢的爭論。作爲南宋守《序》派殿軍角色的嚴粲，身處這種學術空氣之下，難免受到當時思潮的影響，其《詩緝》不止擁有舊派的治學特色，也帶有新派的影響，該書同時使用經學、理學、文學三條進路來解經，說《詩》方式別樹一格，成績也頗受後人肯定。

歐、蘇、鄭、程、朱、嚴爲本書所論之六家，此六家在研究者心目中有屬舊派者、有屬新派者，〔註20〕但各家說《詩》咸能獨抒己見，或修正、掙脫毛鄭之說，或直探詩人本旨，或以全新的角度闡釋詩的深層意義。雖其疏漏在所難免，然精闢之見更是疊見層出。

要而言之，宋代之前，毛《傳》、鄭《箋》定於一尊，地位之高，無與倫比；宋人勇於疑古，風氣一開，新解倍出，毛鄭勢力在當時逐漸潰退，三百篇之經學意涵有了可供讀者選擇的新說，而其文學價值自此亦始漸露曙光，宋代《詩經》學之最大成就與意義在此。或許，清代《詩經》學在訓詁與考證上的成就非宋代所可企及，不過，上述的重大意義，清代找不到，因爲那是屬於特殊時代的特殊成就。

〔註18〕參閱甘鵬雲：《經學源流考》，卷3。

〔註19〕《四庫提要》：「蓋南渡之初，最攻《序》者鄭樵，最尊《序》者則處義矣。」《四庫全書總目》，卷15。

〔註20〕按：假若所謂舊派係指照單全收毛鄭與《詩序》舊說者，則今存之宋代《詩經》學著作很少有此類作品，近人白之藩在〈詩經學史目錄說明書〉中，謂宋人說《詩》有「信〈小序〉之派」者，其所列舉者也僅范處義、呂祖謙、嚴粲三家。不過，嚴粲的解《詩》進路與內涵，絕非屬於《詩經》漢學一派，如同筆者在本書第七章所說的，嚴氏屬「舊中帶新」的說《詩》者，且呂祖謙也常表示《序》未必可從，是故，宋儒說《詩》，舊派終不勝新派。

參考書目

一、經　部

（一）《詩》類

1. 《韓詩外傳》，漢・韓嬰撰，叢書集成初編本。
2. 《毛詩》，漢・毛亨傳、鄭玄箋、唐・孔穎達正義。
3. 《毛詩譜》，漢・鄭玄撰、清・胡元儀輯，皇清經解續編本。
4. 《毛詩草木鳥獸蟲魚疏》，三國吳陸璣撰，叢書集成初編本。
5. 《毛詩指說》，唐・成伯璵撰，通志堂經解本。
6. 《詩本義》，宋・歐陽修撰，通志堂經解本。
7. 《詩集傳》，宋・蘇轍撰，四庫珍本六集，台灣商務印書館出版。
8. 《伊川詩說》，宋・程頤撰，二程全書本。
9. 《詩說》，宋・張耒撰，通志堂經解本。
10. 《毛詩名物解》，宋・蔡卞撰，通志堂經解本。
11. 《毛詩李黃集解》，宋・李樗、黃櫄撰，通志堂經解本。
12. 《詩辨妄》，宋・鄭樵撰、民國顧頡剛輯佚，北京大學國學門周刊一卷五期。
13. 《非詩辨妄》，宋・周孚撰，涉聞梓舊本。
14. 《詩總聞》，宋・王質撰，經苑本。
15. 《逸齋詩補傳》，宋・范處義撰，通志堂經解本。
16. 《詩補傳》，宋范處義撰，四庫全書本，台灣商務印書館印行。
17. 《毛詩講義》，宋林岊撰，四庫珍本初集，台灣商務印書館出版。

18. 《慈湖詩傳》，宋‧楊簡撰，四明叢書本。

19. 《呂氏家塾讀詩記》，宋‧呂祖謙撰，經苑本。

20. 《詩解》，宋‧唐仲友撰，續金華叢書本。

21. 《詩集傳》，宋‧朱熹撰，四部叢刊本。

22. 《詩序辨說》，宋‧朱熹撰，學津討原本。

23. 《文公詩傳遺說》，宋‧朱鑑編，通志堂經解本。

24. 《詩童子問》，宋‧輔廣撰，四庫珍本四集，台灣商務印書館出版。

25. 《續呂氏家塾讀詩記》，宋‧戴溪撰，經苑本。

26. 《毛詩要義》，宋‧魏了翁撰，五經要義本。

27. 《叢桂毛詩集解》，宋‧段昌武撰，四庫珍本二集，台灣商務印書館出版。

28. 《詩義指南》，宋‧段昌武撰，知不足齋叢書本。

29. 《詩緝》，宋‧嚴粲撰，廣文書局影印味經堂刻本。

30. 《詩說》，宋‧劉克撰，宛委別藏本。

31. 《詩地理考》，宋‧王應麟撰，學津討原本。

32. 《詩考》，宋‧王應麟撰，津逮祕書本。

33. 《詩傳注疏》，宋‧謝枋得撰，知不足齋叢書本。

34. 《詩疑》，宋‧王柏撰，通志堂經解本。

35. 《佩韋齋輯聞詩說》，宋‧俞德鄰撰，新興書局印行。

36. 《詩辨說》，宋‧趙惠撰，槐廬叢書本。

37. 《詩傳通釋》，元‧劉瑾撰，四庫珍本三集，台灣商務印書館出版。

38. 《詩經疑問》，元‧朱倬撰，通志堂經解本。

39. 《詩纘緒》，元‧劉玉汝撰，四庫珍本初集，台灣商務印書館出版。

40. 《皇清經解毛詩類彙編》，清‧阮元輯，藝文印書館印行。

41. 《詩演義》，明‧梁寅撰，四庫珍本初集，台灣商務印書館出版。

42. 《詩說解頤》，明‧季本撰，四庫珍本四集，台灣商務印書館出版。

43. 《毛詩原解》，明‧郝敬撰，湖北叢書本。

44. 《詩經世本古義》，明‧何楷撰，明崇禎刊本。

45. 《毛詩古音考》，明‧陳第撰，齊忠堂刊本。

46. 《偽子貢詩傳》，明‧豐坊撰，漢魏叢書本。

47. 《讀詩略記》，清‧朱朝瑛撰，四庫珍本初集，台灣商務印書館出版。

48. 《田間詩學》，清‧錢澄之撰，四庫珍本五集，台灣商務印書館出版。

49. 《詩經稗疏》，清‧王夫之撰，皇清經解續編本。

50. 《毛詩稽古編》，清・陳啓源撰，皇清經解本。

51. 《詩説》，清・惠周惕撰，皇清經解本。

52. 《詩疑辨正》，清・黄中松撰，四庫珍本初集，台灣商務印書館出版。

53. 《欽定詩經傳說彙纂》，清・王鴻緒等撰，鐘鼎文化事業公司影印。

54. 《虞東學詩》，清・顧震撰，四庫珍本三集，台灣商務印書館出版。

55. 《讀風偶識》，清・崔述撰，崔東壁遺書本。

56. 《詩瀋》，清・范家相撰，四庫珍本四集，台灣商務印書館出版。

57. 《詩經通論》，清・姚際恒撰，廣文書局影印本。

58. 《毛詩後箋》，清・胡承珙撰，皇清經解續編本。

59. 《毛詩傳箋通釋》，清・馬瑞辰撰，皇清經解續編本。

60. 《詩古微》，清・魏源撰，皇清經解續編本。

61. 《詩本誼》，清・龔橙撰，半厂叢書本。

62. 《毛詩鄭箋改字說》，清・陳喬樅撰，皇清經解續編本。

63. 《三家詩遺說考》，清・陳喬樅撰，皇清經解續編本。

64. 《詩地理徵》，清・朱右曾撰，皇清經解續編本。

65. 《毛詩平議》，清・俞樾撰，皇清經解續編本。

66. 《詩毛氏傳疏》，清・陳奐撰，皇清經解續編本。

67. 《詩經原始》，清・方玉潤撰，藝文印書館影印本。

68. 《詩三家義集疏》，清・王先謙撰，世界書局影印本。

69. 《讀毛詩序》，民・鄭振鐸撰，古史辨第三冊下編。

70. 《釋四詩名義》，民・梁啓超撰，小說月報十七卷。

71. 《詩言志辨》，民・朱自清撰，台灣開明書店印行。

72. 《談談詩經》，民・胡適撰，古史辨第三冊下編。

73. 《非詩辨妄跋》，民・顧頡剛撰，北京大學國學門周刊一卷六期。

74. 《論詩經所錄全爲樂歌》，民・顧頡剛撰，古史辨第三冊下編。

75. 《詩經的厄運與幸運》，民・顧頡剛撰，小說月報三號、四號、五號。

76. 《詩義會通》，民・吳闓生撰，洪氏出版社印行。

77. 《詩經通解》，民・林義光撰，中華書局印行。

78. 《詩經四論》，民・朱東潤撰，東昇出版公司印行。

79. 《詩經學纂要》，民・徐英撰，廣文書局印行。

80. 《詩樂論》，民・羅倬漢撰，正中書局印行。

81. 《詩經學》，民・胡樸安撰，台灣商務印書館印行。

82. 《高本漢詩經注釋》，民·董同龢譯，國立編譯館印行。

83. 《三百篇演論》，民·蔣善國撰，台灣商務印書館印行。

84. 《詩經講義稿》，民·傅斯年撰，聯經出版社傅斯年全集本。

85. 《詩經釋義》，民·屈萬里撰，華岡出版部印行。

86. 《詩經詮釋》，民·屈萬里撰，聯經出版社印行。

87. 《詩經今論》，民·何定生撰，台灣商務印書館印行。

88. 《詩經朱斠補》，民·汪中撰，蘭台書局印行。

89. 《詩經新評價》，民·高葆光撰，中央書局印行。

90. 〈朱子詩序舊說敘錄〉，民·潘重規撰，新亞書院學術年刊九期。

91. 《詩經通釋》，民·王師靜芝撰，輔仁大學文學院叢書。

92. 《詩經通釋》，民·李辰冬撰，水牛出版社印行。

93. 《詩經研究》，民·李辰冬撰，水牛出版社印行。

94. 《詩經新義輯考彙評》，民·程元敏撰，中華文化復興月刊十三卷四期。

95. 《詩經研究論集》，民·熊師翰叔等撰、孔孟學會主編，黎明文化事業公司印行。

96. 《詩經賦比興綜論》，民·趙制陽撰，楓城出版社印行。

97. 《歐陽修詩本義評介》，民·趙制陽撰，中華文化復興月刊十三卷九期。

98. 《詩經名著評介》，民·趙制陽撰，萬卷樓圖書公司印行。

99. 《詩經欣賞與研究》，民·糜文開、裴普賢撰，三民書局印行。

100. 《詩經研讀指導》，民·裴普賢撰，東大圖書公司印行。

101. 《歐陽修詩本義研究》，民·裴普賢撰，東大圖書公司印行。

102. 《詩經評註讀本》，民·裴普賢撰，三民書局印行。

103. 《詩經篇旨通考》，民·張學波撰，廣東出版社印行。

104. 《詩經地理考》，民·任遵時撰，作者自印本。

105. 《詩經裡的鳥類》，民·顏重威著，陳加盛攝影，鄉宇文化公司印行。

106. 《詩經研究》，民·黃振民撰，正中書局印行。

107. 《詩經選》，民·周錫䪖撰，源流出版社印行。

108. 《詩經研究論集》，民·林慶彰編，學生書局印行。

109. 《詩經研究叢刊》第六輯，中國詩經學會編，學苑出版社印行。

110. 《詩經正詁》，民·余培林撰，三民書局印行。

111. 《詩經評釋》，民·朱師守亮撰，台灣學生書局印行。

112. 《朱子詩經學新探》，民·黃忠慎撰，五南圖書公司印行。

113. 《南宋三家詩經學》，民·黃忠慎撰，台灣商務印書館印行。

114《范處義詩補傳與王質詩總聞比較研究》，文津出版社印行。

115. 《詩三百解題》，民·陳子展撰，復旦大學出版社印行。

116. 《詩經直解》，民·陳子展撰，書林出版公司印行。

117. 《詩本義析論》，民·車行健撰，里仁書局印行。

118. 《讀詩四論》，民·朱東潤撰，東昇出版公司印行。

119. 《毛詩會箋》，日本·竹添光鴻撰，華國出版社印行。

120. 《毛詩品物圖考》，日本·岡元鳳撰，新世紀出版社印行。

121. 《國風》，日本·吉川幸次郎撰、民洪順隆譯注，林白出版社印行。

122. 《王柏之詩經學》，民·程元敏撰，台灣大學中文研究所 1967 年碩士論文。

123. 《毛詩考異》，民·賴明德撰，台灣師大國文研究所 1972 年博士論文。

124. 《朱子詩集傳釋例》，民·陳美利撰，政治大學中文研究所 1972 年碩士論文。

125. 《詩經周南召南發微》，民·文幸福撰，台灣師範大學國文研究所 1978 年碩士論文。

126. 《朱呂詩序說比較研究》，民·林惠勝撰，台灣大學中文研究所 1983 年碩士論文。

127. 《朱熹、嚴粲二家比興釋詩體系比較及其意義》，民·程克雅撰，中央大學中文研究所 1990 年碩士論文。

128. 《嚴粲詩緝研究》，民李莉褒撰，中興大學中文研究所 1997 年碩士論文。

（二）《書》類

1. 《尚書今古文注疏》，清·孫星衍撰，皇清經解本。

2. 《尚書洪範研究》，民·黃忠慎撰，政治大學中文研究所 1980 年碩士論文。

（三）《禮》類

1. 《周禮》，漢·鄭玄注，唐·賈公彥疏，十三經注疏本。

2. 《儀禮》，漢·鄭玄注，唐·賈公彥疏，十三經注疏本。

3. 《禮記》，漢·鄭玄注，唐·孔穎達正義，十三經注疏本。

4. 《禮經通論》，清·邵懿辰撰，皇清經解續編本。

5. 《周禮今註今釋》，民·林尹撰，商務印書館印行。

6. 《周官成立之時代及其思想性格》，民·徐復觀撰，學生書局印行。

（四）《春秋》類

1. 《春秋左傳正義》，晉·杜預注，唐·孔穎達正義，十三經注疏本。

2. 《春秋師說》，元·趙汸撰，通志堂經解本。

3. 《春秋本義》，元·程端學撰，通志堂經解本。

4. 《左氏春秋考證》，清·劉逢祿撰，皇清經解本。

5. 《左傳會箋》，日本·竹添光鴻撰，鳳凰出版社印行。

（五）《孝經》類

1. 《孝經鄭注》，日本·岡田挺之輯，藝文印書館印行。

（六）四書類

1. 《論語》，魏·何晏集解、宋·邢昺疏，十三經注疏本。

2. 《論語正義》，清·劉寶楠撰，世界書局印行。

3. 《論語會箋》，民·徐英撰，中華書局印行。

4. 《論語新解》，民·錢穆撰，作者自印本。

5. 《論語讀訓解故》，民·程石泉撰，先知出版社印行。

6. 《論語會箋》，日本·竹添光鴻撰，廣文書局印行。

7. 《論語集說》，日本·安井衡撰，廣文書局印行。

8. 《孟子》，漢·趙岐注，宋·孫奭疏，十三經注疏本。

9. 《孟子正義》，清·焦循撰，世界書局印行。

10. 《四書集注》，宋·朱熹撰，世界書局印行。

11. 《四書章句集注》，宋·朱熹撰，大安出版社印行。

12. 《朱子四書集註典據考》，日本·大槻信良撰，學生書局印行。

（七）群經通論類

1. 《經典釋文》，唐·陸德明撰，通志堂經解本。

2. 《六經奧論》，宋·鄭樵撰，通志堂經解本。

3. 《經史問答》，清·全祖望撰，皇清經解本。

4. 《潛研堂集》，清·錢大昕撰，皇清經解本。

5. 《揅經室集》，清·阮元撰，皇清經解本。

6. 《經義叢鈔》，清·嚴杰輯，皇清經解本。

7. 《經義述聞》，清·王引之撰，皇清經解本。

8. 《群經識小》，清·李惇撰，皇清經解本。

9. 《經說略》，清·黃以周撰，皇清經解續編本。

10. 《經學源流考》，清·甘鵬雲撰，鐘鼎文化事業公司印行。

11. 《經學通論》，清・皮錫瑞撰，河洛圖書出版社印行。

12. 《新學僞經考》，清・康有爲撰，盤庚出版社印行。

13. 《國學概論》（經部），民・章太炎撰，河洛圖書出版社印行。

14. 《群經概論》，民・周大同撰，商務印書館印行。

15. 《讀經示要》，民・熊十力撰，廣文書局印行。

16. 《兩漢經學今古文平議》，民・錢穆撰，東大圖書公司印行。

17. 《古籍導讀》，民・屈萬里撰，開明書店印行。

18. 《增訂國學概論》，民・傅師隸樸撰，中華叢書編審委員會。

19. 《群經述要》，民・高師仲華主編，黎明文化事業公司印行。

20. 《經學通論》，民・王師靜芝撰，國立編譯館主編。

21. 《典籍英華》（經部），民・陳耀南撰，學生書局印行。

22. 《經學概述》，民・裴普賢撰，開明書店印行。

23. 《詩經研究史》，民・戴維撰，湖南教育出版社印行。

24. 《詩經學史》，民・洪湛侯撰，北京中華書局印行。

25. 《歷代詩經論說述評》，民・馮浩菲撰，中華書局印行。

26. 《馬融之經學》，民・李師威熊撰，政治大學中文研究所 1975 年博士論文。

27. 《王肅之經學》，民・李振興撰，政治大學中文研究所 1976 年博士論文。

28. 《中國經學史的基礎》，民・徐復觀撰，學生書局印行。

29. 《王應麟之經史學》，民・何澤恒撰，台灣大學中文研究所 1981 年博士論文。

30. 《宋人疑經改經考》，民・葉國良撰，台大文史叢刊之 55。

31. 《二程詩書義理求》，民・蔣秋華撰，台灣大學中文研究所 1990 年博士論文。

（八）小學類

1. 《爾雅》，晉・郭璞注，宋・邢昺疏，十三經注疏本。

2. 《說文解字》，漢・許愼撰，清・段玉裁注，漢京文化事業公司印行。

3. 《廣雅》，魏・張揖撰，清・王念孫疏證，廣文書局印行。

4. 《廣韻》，宋・陳彭年等修，聯貫出版社印行。

5. 《說文通訓定聲》，清・朱駿聲撰，藝文印書館印行。

6. 《漢語音韻學》，民・董同龢撰，學生書局印行。

7. 《爾雅義疏》，清・郝懿行，藝文印書館印行。

二、史　部

（一）正史類

1. 《史記》，漢・司馬遷撰，鼎文書局印行。
2. 《漢書》，漢・班固撰，鼎文書局印行。
3. 《後漢書》，南朝・宋范曄撰，鼎文書局印行。
4. 《宋書》，梁・沈約撰，鼎文書局印行。
5. 《梁書》，唐・姚思廉撰，鼎文書局印行。
6. 《北齊書》，唐・李百藥撰，鼎文書局印行。
7. 《南史》，唐・李延壽撰，鼎文書局印行。
8. 《唐書》，後晉・劉昫等撰，鼎文書局印行。
9. 《新唐書》，宋・歐陽修、宋祈等撰，鼎文書局印行。
10. 《宋史》，元・托克托撰，鼎文書局印行。

（二）編年類

1. 《竹書紀年》，梁・沈約注，叢書集成初編本。
2. 《續資治通鑑長編》，宋・李燾撰，世界書局印行。

（三）別史類

1. 《國語》，舊題，周・左丘明撰，吳韋昭注，里仁書局印行。
2. 《東都事略》，宋・王偁撰，文海書局印行。
3. 《隆平集》，宋・曾鞏撰，四庫珍本二集，台灣商務印書館出版。
4. 《南宋書》，明・錢士升纂輯，日本進修館刊本。
5. 《宋史新編》，明・柯維騏纂輯，明嘉靖刊本。
6. 《宋史翼》，清・陸心源撰，鼎文書局印行。

（四）傳記與學術史類

1. 《列女傳》，漢劉向撰，清・王照圓補注，台灣商務印書館印行。
2. 《三朝名臣言行錄》，宋・朱熹撰，四部叢刊本。
3. 《伊洛淵源錄》，宋・朱熹撰，文海書局印行。
4. 《宋元學案》，明・黃宗羲撰，河洛圖書出版社印行。
5. 《宋季忠義錄》，清・陸心源撰，四明叢書本。
6. 《元祐黨人傳》，清・陸心源撰，清光緒十五年刊本。
7. 〈鄭樵傳〉，民・顧頡剛撰，北京大學國學季刊二期。
8. 〈寄胡適之書〉，民・陸侃如撰，國學月報彙刊一集

9. 《歐陽修的治學與從政》，民‧劉子健撰，香港新亞研究所印行。

10. 《朱子新學案》，民‧錢穆撰，作者自印本。

11. 《呂祖謙研究》，民‧吳春山撰，台灣大學中文研究所 1977 年博士論文。

12. 《朱子門人》，民‧陳榮捷撰，學生書局印行。

13. 《中國學術家列傳》，民‧楊蔭深編，西南書局印行。

14. 《歐陽修的生平與學術》，民‧蔡世明撰，文史哲出版社印行。

（五）地理類

1. 《水經注》，魏‧酈道元撰，世界書局印行。

2. 《讀史方輿紀要》，清‧顧祖禹撰，新興書局印行。

（六）職官類

1. 《南宋館閣錄》，宋‧陳騤撰，四庫珍本別集，台灣商務印書館出版。

2. 《南宋館閣續錄》，撰人不詳，四庫珍本別集，台灣商務印書館出版。

（七）政書類

1. 《通志》，宋‧鄭樵撰，新興書局印行。

2. 《文獻通考》，元‧馬端臨撰，新興書局印行。

（八）目錄類

1. 《直齋書錄解題》，宋‧陳振孫撰，廣文書局印行。

2. 《郡齋讀書志》，宋‧晁公武撰，商務印書館印行。

3. 《經義考》，清‧朱彝尊撰，中華書局印行。

4. 《經義考補正》，清‧翁方綱撰，廣文書局印行。

5. 《四庫全書總目》，清‧紀昀等撰，藝文印書館印行。

6. 《鄭堂讀書記》，清‧周孚撰，商務印書館印行。

7. 《四庫未收書提要》，清‧阮元撰，藝文印書館印行。

8. 《皕宋樓藏書志》，清‧陸心源撰，廣文書局印行。

9. 《閩中理學淵源考》，清‧李清馥撰，四庫全書本，台灣商務印書館印行。

10. 《叢書子目類編》，上海博物館編，中國學典館印行。

11. 〈鄭樵著述考〉，民‧顧頡剛撰，北京大學國學季刊一卷 1～2 期。

12. 〈關於詩經研究的重要書籍介紹〉，民‧鄭振鐸撰，小說月報十四卷三號。

13. 〈詩經參考書提要〉，民‧陸侃如撰，國學月報彙刊一集。

14. 〈詩經學日錄說明書〉，民‧白之藩撰，國學月報彙刊一集。

15. 《六十年來之國學》，元‧程發軔主編，正中書局印行。

16. 《歐陽脩著述考》，民‧許秋碧撰，政治大學中文研究所 1976 年碩士論文。

17. 〈經苑作者與內容述評〉，民‧黃忠慎撰，孔孟學報 42 期。

（九）年譜年表類

1. 《盧陵歐陽文忠公年譜》，宋‧胡柯撰，歐陽文忠公全集本。

2. 《蘇穎濱年表》，明‧孫汝聽撰，永樂大典本。

3. 《疑年錄》，清‧錢大昕撰，粵雅堂叢書本。

4. 《朱子年譜》，清‧王懋竑撰，世界書局印行。

5. 《增訂歐陽文忠公年譜》，清‧華孳亨撰，昭代叢書本。

6. 《善本書室藏書志》，清‧丁丙輯，廣文書局印行。

7. 《南宋制撫年表》，民‧吳廷燮撰，二十五史補編本。

8. 《歷代名人生卒年表》，民‧梁廷燦撰，台灣商務印書館印行。

9. 《三蘇年譜彙證》，民‧易蘇民撰，大學文選社印行。

（十）方志類

1. 《江南通志》，清‧黃之雋等撰，華文書局印行。

2. 《福建通志》，清‧陳壽祺等撰，華文書局印行。

3. 《莆田縣志》，清‧廖必琦等撰，成文出版社印行。

4. 《休寧縣志》，清‧廖騰煃等撰，成文出版社印行。

5. 《臨海縣志》，民‧張寅等修，成文出版社印行。

6. 《重纂邵武府志》，清‧王琛等修，張景祁等纂，成文出版社印行。

（十一）專科史與詮釋學類

1. 《經學歷史》，清‧皮錫瑞撰，河洛圖書出版社印行。

2. 《史林雜識初編》，民‧顧頡剛撰，出版者不詳。

3. 《中國訓詁學史》，民‧胡樸安撰，台灣商務印書館印行。

4. 《中華五千年史》，民‧張其昀撰，華岡出版部印行。

5. 《中國通史》，民‧傅樂成撰，大中國圖書公司印行。

6. 《中國經學史》，民‧馬宗霍撰，商務印書館印行。

7. 《中國經學史》，日本‧本田成之撰，廣文書局印行。

8. 《中國哲學史概論》，日本‧渡邊秀方撰、劉侃元譯，商務印書館印行。

9. 《中國思想史》，民‧韋政通撰，大林出版社印行。

10. 《中國文學史論》，民‧華師仲麐撰，開明書店印行。

11. 《中國文學史》，民・葉慶炳撰，弘道文化公司印行。

12. 《中國文學流變史》，民・李曰剛撰，聯貫出版社印行。

13. 《詮釋學史》，民・洪漢鼎撰，桂冠圖書公司印行。

14. 《詮釋學導論》，民・潘德榮撰，五南圖書公司印行。

15. 《葛達瑪詮釋學與中國哲學的詮釋》，民・陳榮華撰，明文書局印行。

16. 《中國古典詩論中語言與意義的論題》，民・蔡英俊撰，台灣學生書局印行。

17. 〈2006：詮釋學與中國〉，陳治國撰，收於洪漢鼎、傅永軍主編：《中國詮釋學》，第五輯，山東人民出版社印行。

三、子　部

1. 《荀子》，周・荀況撰、清王先謙集解，蘭台書局印行。

2. 《新序》，漢・劉向撰，叢書集成初編本。

3. 《說苑》，漢・劉向撰，叢書集成初編本。

4. 《白虎通》，漢・班固撰，抱經堂叢書本。

5. 《獨斷》，漢・蔡邕撰，漢魏叢書本。

6. 《孔子家語》，魏・王肅撰，世界書局印行。

7. 《孔叢子》，撰人不詳，世界書局印行。

8. 《博物志》，晉・張華撰，叢書集成初編本。

9. 《列子》，晉・張湛注，叢書集成初編本。

10. 《世說新語》，南朝・宋劉義慶撰，惜陰軒叢書本。

11. 《張子全書》，宋・張載撰，四部備要本。

12. 《楊龜山先生全集》，宋・楊時撰，台灣學生書局印行。

13. 《朱子語類》，宋・朱熹撰，華世出版社印行。

14. 《能改齋漫錄》，宋・吳曾撰，廣文書局筆記三編本。

15. 《容齋隨筆》，宋・洪邁撰，上海古籍出版社印行。

16. 《二程語錄》，宋・朱熹輯，叢書集成初編本。

17. 《象山先生全集》，宋・陸九淵撰，四部叢刊本。

18. 《慈溪黃氏日抄》，宋・黃震撰，慈溪黃禮之刊本。

19. 《潁川語小》，宋・陳昉撰，中央圖書館藏鈔本。

20. 《焦氏筆乘》，明・焦竑撰，商務印書館印行。

21. 《群書疑辨》，明・萬斯同撰，廣文書局印行。

22. 《尚友錄》，明・廖用賢編，清康熙五年刊本。

23. 《日知錄》，明·顧炎武撰，國泰文化事業公司印行。

24. 《古今圖書集成》，清·陳夢雷編，鼎文書局印行。

25. 《陔餘叢考》，清·趙翼撰，世界書局印行。

26. 《考信錄》，清·崔述撰，世界書局印行。

27. 《述學》，清·汪中撰，世界書局印行。

28. 《居易錄》，清·王士禎，四庫全書本，台灣商務印書館印行。

29. 《目耕帖》，清·馬國翰撰，世界書局印行。

30. 《觀堂集林》，清·王國維撰，河洛圖書出版社印行。

31. 《梁啟超學術論叢》，民·梁啟超撰，南嶽出版社印行。

32. 《僞書通考》，民·張心澂撰，宏業書局印行。

33. 《神話與詩》，民·聞一多撰，藍燈文化出版社。

34. 《孔叢子探源》，民·羅根澤撰，古史辨第四冊。

35. 〈辨梁任公陰陽五行說之來歷〉，民·呂思勉撰，古史辨第五冊。

36. 《朱子及其哲學》，民·范壽康撰，開明書店印行。

37. 《書傭論學集》，民·屈萬里撰，開明書店印行。

38. 《梅園論學續集》，民·戴君仁撰，藝文印書館印行。

39. 《宋明理學概述》，民·錢穆撰，學生書局印行。

40. 《荀卿學案》，民·熊師翰叔撰，商務印書館印行。

41. 《兩宋思想述評》，民·陳鐘凡撰，華世出版社印行。

42. 《荀子與古代哲學》，民·韋政通撰，商務印書館印行。

43. 《朱子思想之研究》，民·陳震華撰，作者自印本。

44. 《復性書院講錄》，民·馬一浮撰，收於民劉夢溪主編：《中國現代學術經典：馬一浮卷》，河北教育出版社印行。

45. 〈嚴羽家世考〉，民·許志剛撰，《遼寧大學學報》第 138 期。

46. 〈嚴羽戴復古異同論〉，民·張繼定撰，《浙江師大學報》第 26 卷第 5 期。

47. 〈劉克莊和閩籍江湖派詩人〉，民·陳慶元撰，《福州師專學報》第 15 卷第 2 期。

四、集　部

1. 《楚辭章句》，漢·王逸撰，湖北叢書本。

2. 《文心雕龍》，南朝梁·劉勰撰，明倫出版社印行。

3. 《詩品》，南朝梁·鍾嶸撰，開明書店印行。

4. 《昭明文選》，南朝梁·蕭統編，藝文印書館印行。

5. 《韓昌黎集》，唐‧韓愈撰，河洛圖書出版社印行。

6. 《歐陽文忠公全集》，宋‧歐陽修撰，商務印書館印行。

7. 《欒城集》，宋‧蘇轍撰，河洛圖書出版社印行。

8. 《夾漈遺稿》，宋‧鄭樵撰，函海本。

9. 《高峯文集》，宋‧廖剛撰，四庫全書本。

10. 《朱子文集》，宋‧朱熹撰，中華書局印行。

11. 《魯齋王文憲公集》，宋‧王柏撰，金華叢書本。

12. 《本堂集》，宋‧陳著撰，四庫全書本。

13. 《蒙齋集》，宋‧袁甫撰，四庫全書本，台灣商務印書館印行

14. 《華谷集》，宋‧嚴粲撰，收錄於陳思編，陳世隆補《兩宋名賢小集》，四庫全書本，台灣商務印書館印行。

15. 《石屏續集》，宋‧戴復古撰，收於陳思編，陳世隆補《兩宋名賢小集》，四庫全書本，台灣商務印書館印行。

16. 《河南程氏經說》，《二程集》下冊，宋‧程顥、程頤，漢京文化公司印行。

17. 《河南程氏遺書》，《二程集》上冊，宋‧程顥、程頤，漢京文化公司印行。

18. 《斐然集》，宋‧胡寅撰，四庫全書本，台灣商務印書館印行。

19. 《吳文正集》，元‧吳澄撰，四庫全書本，台灣商務書局印行。

20. 《宋百家詩存》，清‧曹庭棟編，四庫全書本，台灣商務印書館印行。

21. 《艾軒集》，清‧林光朝撰，四庫全書珍本別集，台灣商務印書館出版。

22. 《惜抱軒全集》，清‧姚鼐撰，上海中華書局印行。

23. 《南宋文範》，清‧莊仲方編，鼎文書局印行。

24. 《人間詞話》，清‧王國維撰，河洛圖書出版社印行。

25. 《章氏叢書》，民‧章太炎撰，世界書局印行。

26. 《文學原論》，民‧王師志忱撰，啓德出版社印行。

27. 《唐宋八大家評傳》，民‧張樸民撰，學生書局印行。

28. 《中國詩學鑑賞篇》，民‧黃永武撰，巨流圖書公司印行。

29. 《徐復觀雜文——憶往事》，民‧徐復觀撰，時報出版公司印行。

30. 《徐復觀文錄選粹》，民‧蕭欣義編，台灣學生書局印行。

31. 《中國文學講話》，民‧余培林等撰，巨流圖書公司印行。

32. 《中國文學論集》，民‧徐復觀撰，台灣學生書局印行。

33. 《思文之際論集》，民‧張亨撰，允晨文化公司印行。